Dennis Lehane

WYSPA TAJEMNIC

Przełożył Sławomir Studniarz

Prószyński i S-ka

Tytuł oryginału
SHUTTER ISLAND

Projekt okładki
Maciej Trzebiecki

Redaktor prowadzący
Renata Smolińska

Redakcja
Magdalena Koziej

Korekta
Bronisława Dziedzic-Wesołowska

Łamanie
Ewa Wójcik

Wszystkie postacie w tej książce są fikcyjne. Jakiekolwiek podobieństwo do osób
rzeczywistych – żywych czy martwych – jest całkowicie przypadkowe

ISBN 97-83-7648-234-7

Warszawa 2010

Wydawca
Prószyński Media Sp. z o.o.
02-651 Warszawa, ul. Garażowa 7
www.proszynski.pl

Druk i oprawa
Drukarnia Naukowo-Techniczna
Oddział Polskiej Agencji Prasowej
03-828 Warszawa, ul. Mińska 65

TEGO SAMEGO AUTORA
POLECAMY

MIASTO NIEPOKOJU
RZEKA TAJEMNIC

Chrisowi Gleasonowi i Mike'owi Eigenowi.
Którzy słuchali i nie pozostali obojętni.

PODZIĘKOWANIA

Przede wszystkim dziękuję Sheili, George'owi Bickowi, Jackowi Driscollowi, Dawn Ellenburg, Mike'owi Flynnowi, Julie Anne McNary, Davidowi Robichaud i Joannie Solfrian.

Niezbędne w powstaniu tej powieści okazały się trzy teksty: „Boston Harbor Islands", autorstwa Emily i Davida Kale'ów; „Gracefully Insane", opis McLean Hospital dokonany przez Alexa Beama; oraz Roberta Whitakera „Mad in America", książka dokumentująca stosowanie neuroleptyków w leczeniu schizofrenii w amerykańskich szpitalach psychiatrycznych. Te trzy książki ze swym bogactwem faktograficznym dostarczyły mi mnóstwa informacji, za co jestem ich autorom niezmiernie wdzięczny.

Jak zawsze, składam podziękowania mojej redaktorce, Claire Wachtel (oby każdy pisarz miał szczęście mieć takiego redaktora), a także mojemu agentowi literackiemu, Ann Rittenberg, za inspirację.

...można więc śnić sny
i ziścić je też?

ELISABETH BISHOP,
„QUESTIONS OF TRAVE"

PROLOG

Z ZAPISKÓW DOKTORA LESTERA SHEEHANA

3 maja 1993

N ie oglądałem tej wyspy od kilku lat. Ostatni raz miałem okazję ujrzeć ją z pokładu łodzi należącej do mego przyjaciela, kiedy wypuściliśmy się na szersze wody Zatoki Bostońskiej; spowita w letnią mgiełkę, rysowała się w oddali, za pierścieniem bliższych wysepek, niczym smuga farby rozmazanej niedbale na niebie.

Nie odwiedzałem wyspy od ponad dwudziestu lat, ale Emily powiada (czasami żartem, czasami nie), że ma wątpliwości, czy w ogóle stamtąd wyjechałem. Kiedyś oświadczyła, że czas to dla mnie nic innego jak ciąg zakładek, za pomocą których przemieszczam się tam i z powrotem po księdze życia, powracając raz po raz do pewnych wydarzeń, wskutek czego, zdaniem mych bardziej przenikliwych kolegów, wykazuję wszelkie znamiona klasycznego melancholika.

Emily pewnie ma rację. W tak wielu sprawach ma rację.

Niebawem ją również utracę. Zostało jej zaledwie kilka miesięcy, oznajmił nam w czwartek doktor Axelrod. Wyjedźcie stąd, poradził. Wybierzcie się w końcu w tę upragnioną podróż. Do Florencji i Rzymu, do wiosennej Wenecji. Ponieważ, dodał, ty też nie wyglądasz najlepiej, Lester.

I chyba się nie myli. Ostatnio wciąż zapodziewam rozmaite rzeczy, najczęściej okulary. Kluczyki do samochodu. Wchodzę do sklepów i nie pamiętam, co miałem kupić; oglądam przedstawienie w teatrze i po chwili zapominam jego treść. Jeśli czas naprawdę jest dla mnie ciągiem zakładek, to odnoszę wrażenie, jakby ktoś potrząsnął księgą mego życia i powypadały z niej pożółkłe paski papieru, etykiety

9

pudełek z zapałkami i spłaszczone mieszadełka do kawy, a stronice z pozaginanymi rogami zostały wygładzone.

Dlatego chcę te wydarzenia opisać. Nie po to, aby zmienić tekst księgi i przedstawić siebie w korzystniejszym świetle. Nie, nie. On by nigdy na to nie pozwolił. Na swój osobliwy sposób nienawidził kłamstwa bardziej niż ktokolwiek ze znanych mi ludzi. Zamierzam tylko utrwalić tekst, przenieść go z obecnej przechowalni (gdzie, nie ma co ukrywać, narażony jest na powolne niszczenie) na te stronice.

Szpital Ashecliffe wznosił się na równinie pośrodku południowo--zachodniej strony wyspy. Wznosił się z wdziękiem, można by dodać. W niczym nie przypominał zakładu dla obłąkanych przestępców, a jeszcze mniej wspólnego miał z wyglądu z koszarami, za które wcześniej służył. W istocie kojarzył się nam raczej ze szkołą z internatem.

Tuż przed ogrodzonym głównym zespołem budynków stał dom komendanta straży, zbudowany w stylu wiktoriańskim, z mansardą, oraz piękny, ciemny elżbietański pałacyk, podczas wojny secesyjnej siedziba dowódcy północno-wschodniego odcinka wybrzeża, a obecnie – kierownika personelu medycznego. W obrębie murów mieściły się kwatery pracowników – urocze drewniane domki dla lekarzy, trzy przysadziste bloki mieszkalne z pustaków dla posługaczy, strażników i pielęgniarek. W otoczeniu trawników i starannie przystrzyżonych żywopłotów, potężnych, rozłożystych dębów, sosen, strzelistych klonów, jabłoni, których owoce późną jesienią spadały na wierzchołek murów lub na trawę, stał budynek szpitalny, wzniesiony z dużych, ciemnoszarych kamieni i przedniego granitu, a po jego bokach warowały bliźniacze domy w stylu kolonialnym, z czerwonej cegły. Dalej rozciągały się urwiska i mokradła, a także długa dolina, gdzie tuż po narodzinach niepodległych Stanów Zjednoczonych powstała – i niebawem upadła – farma założona przez wspólnotę. Drzewa i krzewy posadzone przez dawnych gospodarzy – brzoskwinie, grusze, aronie, przetrwały do dziś, lecz przestały rodzić owoce. Nocne wichry często zapuszczały się do tej doliny i potępieńczo wyły wśród konarów drzew.

Rzecz jasna, jest jeszcze fort, który wznosił się tam na długo przed przybyciem pierwszych pracowników szpitala i wznosi się do dziś, uczepiony południowego skalnego urwiska. A za nim latarnia, zamknięta jeszcze przed wybuchem wojny secesyjnej, bezużyteczna, odkąd uruchomiono latarnię w Bostonie.

Od strony morza całość nie przedstawiała się zbyt imponująco. Trzeba wyobrazić sobie widok, jaki ukazał się oczom Teddy'ego Danielsa tamtego spokojnego ranka we wrześniu 1954 roku. Skrawek ziemi rysujący się w oddali na wodach zatoki. Nie tyle wyspa, można by pomyśleć, ile jej idea. Czemu ona służy, zastanawiał się pewnie. Czemu służy?

Najliczniej występującym na naszej wyspie gatunkiem zwierząt były szczury. Chrzęściły w zaroślach, nocą w długim szeregu wysiadywały nad brzegiem, wdrapywały się na mokre skały. Niektóre wielkością dorównywały płastudze. W późniejszych latach, po wydarzeniach tych czterech niesamowitych dni września 1954, prowadziłem obserwacje szczurów ze szczeliny w zboczu opadającym na północne wybrzeże wyspy. Zdumiało mnie odkrycie, że niektóre osobniki wyprawiały się wpław na Paddock Island, właściwie nagą skałę, osadzoną w garści piasku, zanurzoną pod wodą przez dwadzieścia dwie godziny na dobę. Kiedy podczas odpływu poziom oceanu obniżał się maksymalnie, wysepka wyłaniała się na godzinę czy dwie i szczury czasami próbowały do niej dopłynąć; nigdy więcej niż tuzin śmiałków naraz, zawsze znoszonych z powrotem przez nurt przybrzeżny.

Napisałem „zawsze", ale to nieprawda. Byłem świadkiem, że jednemu się udało. Raz. Podczas pełni księżyca pewnej październikowej nocy 1956 roku. Ujrzałem jego czarny, podłużny kształt mknący po piasku.

Albo tak mi się zdaje. Emily, którą zresztą poznałem na tej wyspie, zawsze powtarza: „Lester, to niemożliwe. Ta wysepka jest za daleko".

I ma rację.

Ale ja wiem swoje. Widziałem jeden ciemny kształt przemykający po piasku barwy perłowoszarej, już zapadającym się pod wodę, albowiem znów nadciągała fala przypływu, żeby pochłonąć Paddock Island i tego szczura, jak się domyślam, gdyż nie dostrzegłem, by płynął z powrotem na wyspę.

A gdy patrzyłem, jak sunie po brzegu (naprawdę go widziałem, pal licho odległość), przyszedł mi na myśl Teddy, Teddy i jego nieszczęsna, zmarła wcześniej żona, Dolores Chanal, i ta przerażająca para, Rachel Solando i Andrew Laeddis. Przypomniałem sobie, jakiego spustoszenia dokonali w życiu nas wszystkich. Pomyślałem też, że gdyby Teddy siedział tam u mego boku, na pewno również zobaczyłby tego szczura.

I wiecie, co by zrobił?

Biłby mu brawo.

Dzień pierwszy
RACHEL

1

Ojciec Teddy'ego Danielsa był rybakiem. W 1931 roku, kiedy Teddy miał jedenaście lat, jego łódź przejął bank i odtąd do końca swego życia ojciec zaciągał się na inne kutry, gdy wypływały w morze, a jeśli nie wypływały, nosił ładunki w dokach; z reguły wracał do domu przed dziesiątą rano, a potem wychodził na długie spacery, wysiadywał w fotelu, wpatrywał się w swoje ręce wzrokiem wyrażającym zagubienie i niekiedy mruczał coś do siebie.

Zabrał Teddy'ego na przejażdżkę po zatoce, kiedy ten był jeszcze małym chłopcem i na niewiele przydawał się na łodzi. Potrafił jedynie rozplątywać liny i wiązać haczyki. Skaleczył się przy tym kilka razy, a krew spływała mu po palcach i rozmazywała się na dłoniach.

Wyruszyli przed świtem, a gdy słońce wzeszło nad krawędzią oceanu, podobne do tarczy z kości słoniowej, z rozpraszającego się mroku wynurzyły się wyspy, zbite w gromadkę, jakby przyłapane na wstydliwym uczynku.

Teddy oglądał niskie zabudowania o pastelowych barwach, ciągnące się wzdłuż plaży na jednej wysepce, sypiącą się posiadłość z wapienia na drugiej. Ojciec wskazał ręką więzienie na Deer Island i dumny fort na Georges. Na Wyspie Thompsona chmary ptactwa wydzierały się w koronach wysokich drzew, a ich wrzaski przywodziły na myśl gradobicie i pękające szkło.

Nieco dalej wysepka zwana Shutter[*] unosiła się na wodzie niczym pamiątka po hiszpańskim galeonie. W tamtych czasach, wiosną 1928, kiedy nikt się jeszcze o nią nie troszczył, tonęła w bujnej roślinności

---

[*] *Shutter* to po angielsku okiennica, ale również coś, co zamyka lub służy do zamknięcia (przyp. tłum.).

i nawet położony na najwyższym wzniesieniu fort ginął w objęciach winorośli i pod zieloną czapą mchu.

– Dlaczego tak się nazywa? – zapytał Teddy.

Ojciec wzruszył ramionami.

– Ty i te twoje pytania. Wieczne pytania.

– No dobrze, ale dlaczego?

– Po prostu... ktoś nadaje nazwę, a ona się przyjmuje. Pewnie od piratów.

– Piratów?

Teddy'ego urzekła ta myśl. Stanęli mu przed oczami krzepcy faceci w butach z wysokimi cholewami, z czarnymi przepaskami na oku i lśniącymi szablami.

– Tam właśnie mieli kryjówki w dawnych czasach – mówił ojciec, zataczając ręką łuk w powietrzu. – Na tych wyspach. Ukrywali się. Trzymali łupy.

Teddy wyobraził sobie skrzynie wypełnione po brzegi złotymi monetami.

Później zrobiło mu się niedobrze, ciemne strugi chlusnęły do wody, kiedy wychyliwszy się za burtę, kilka razy gwałtownie zwymiotował.

Ojciec zdziwił się, ponieważ nastąpiło to dopiero po kilku godzinach pływania, a tafla oceanu połyskiwała wokół nich spokojnie.

– Nic się nie stało – pocieszał syna. – Pierwszy raz jesteś na morzu. Nie ma się czego wstydzić.

Teddy skinął głową, ocierając usta szmatką, którą podał mu ojciec.

– Czasami morze się porusza – mówił ojciec – a człowiek ani się spostrzeże... dopiero kiedy żołądek podejdzie mu do gardła.

Teddy kiwnął jedynie głową, nie potrafił wyjaśnić tacie, że to nie od ruchu zebrało mu się na wymioty.

To sprawiła woda, otaczający ich zewsząd bezmiar oceanu, który przesłonił cały świat. Z łatwością mógłby wchłonąć niebo, w tej chwili chłopiec święcie w to wierzył. Dotąd nie uświadamiał sobie, jak bardzo byli samotni.

Spojrzał na tatę załzawionymi i czerwonymi oczami.

– Nic ci nie będzie – rzekł ojciec i Teddy zdobył się na uśmiech.

Latem 1938 ojciec wypłynął z Bostonu na statku wielorybniczym i nigdy już nie wrócił. Wiosną następnego roku morze wyrzuciło szczątki statku na brzeg w Hull, rodzinnym mieście Teddy'ego. Odłamek stępki, kuchenkę z wyrytym u dołu nazwiskiem kapitana, puszki zupy, kilka pułapek na homary, nieszczelnych i zniekształconych.

W kościele pod wezwaniem św. Teresy, wzniesionym niemal na samym brzegu morza, w którego odmętach zginęło już tylu parafian, odprawiono mszę w intencji zmarłych czterech członków załogi. Teddy stał obok matki i słuchał mów pochwalnych wygłaszanych pod adresem kapitana statku, pierwszego oficera i trzeciego rybaka, niejakiego Gila Restaka, wilka morskiego, który siał postrach w miejscowych knajpach, odkąd wrócił z wojny światowej z roztrzaskaną piętą i nadmiarem koszmarnych obrazów zachowanych w pamięci. Po śmierci jednak, jak rzekł barman, któremu Restak dał się we znaki, wszystko zostaje człowiekowi wybaczone.

Właściciel statku, Nikos Costa, przyznał, że słabo znał ojca Teddy'ego, który zaciągnął się w ostatniej chwili, gdy jeden z członków złamał nogę, spadając z ciężarówki. Lecz kapitan miał o nim pochlebne zdanie; znany był z tego, mówił, że potrafił się wywiązać ze swojego zadania. A czy można wyrazić się o człowieku z wyższym uznaniem niż w tych właśnie słowach?

W kościele Teddy wspominał ten pierwszy dzień spędzony z ojcem na morzu, gdyż nigdy więcej razem już nie wypłynęli. Wprawdzie ojciec obiecywał, że wybiorą się znowu, ale chłopak domyślał się, że mówi tak, by mu poprawić humor. Ojciec nie nazwał wprost tego, co zaszło, ale wymienili ze sobą znaczące spojrzenia, gdy płynęli z powrotem, zostawiając za sobą Shutter Island. Przed nimi rozciągała się Wyspa Thompsona, a za nią wysoko strzelała w niebo nowoczesna zabudowa śródmieścia, budynki tak wyraźnie widoczne, tak bliskie, zdawało się, że można by dosięgnąć ich ręką, podnieść je za iglice.

– Widzisz – rzekł ojciec, głaszcząc syna po plecach, kiedy siedzieli oparci o rufę – jedni za morzem przepadają, a inni w nim przepadają.

I popatrzył na Teddy'ego tak, że chłopak domyślił się, do której kategorii będzie zapewne należał, kiedy dorośnie.

Żeby dostać się na Shutter Island w 1954 roku, wsiedli w mieście na pokład promu i przecięli pierścień zapomnianych wysepek: Thompsona i Spectacle, Grape i Bumpkin, Rainford i Long, hardych brył piasku, giętkich drzew i skał bielejących jak kości, dzielnie stawiających opór morzu. Prom kursował nieregularnie, z wyjątkiem wtorków i czwartków, kiedy przewoził zapasy, a jego główny pokład był zupełnie ogołocony, jeśli nie liczyć okrywającej go warstwy blachy i dwóch stalowych ławek pod oknami. Ławki przykręcono śrubami do pokładu i, dodatkowo z obu końców, do czarnych grubych drążków, z których zwieszały się zwoje łańcuchów z kajdanami.

Tego dnia na pokładzie promu nie było jednak niebezpiecznych pasażerów, tylko Teddy i jego nowy partner, Chuck, a ponadto kilka worków z listami i pudeł z lekarstwami.

Teddy rozpoczął podróż na klęczkach w toalecie, wymiotując do miski klozetowej; w tle posapywał i klekotał silnik statku, a nozdrza Teddy'ego drażnił ciężki, oleisty zapach benzyny zmieszany z wonią letniego morza. Wyrzucał z siebie strumyczki samej wody, lecz przełykiem wciąż targały nowe skurcze, żołądek podchodził mu do gardła, a w powietrzu tuż przy jego twarzy wirowały drobinki mrugające niczym oczy.

Ostatni skurcz uwolnił bańkę uwięzionego w żołądku powietrza, a Teddy miał wrażenie, że gwałtownie ulatując, porwała za sobą kawałek jego ciała. Siadł na metalowej podłodze, otarł usta chusteczką i pomyślał, że na razie dał się poznać nowemu partnerowi od nie najlepszej strony.

Wyobraził sobie, jak Chuck po powrocie do domu opowiada żonie – jeśli był żonaty, nawet tego Teddy nie zdążył się jeszcze dowiedzieć – o spotkaniu ze sławnym Teddym Danielsem: „Facet tak się ucieszył na mój widok, że aż się porzygał".

Od czasu tej morskiej wyprawy w dzieciństwie Teddy nigdy nie czuł się dobrze na wodzie, nie sprawiało mu przyjemności oddalenie od lądu, od rzeczy, po które można było sięgnąć bez obawy, że ręka się w nich rozpłynie. Nie pomagało tłumaczenie sobie, że to nieuniknione, że to jedyny sposób przeprawy. Na wojnie, podczas szturmowania plaży, Teddy najbardziej bał się pokonywania ostatniego odcinka, między łodzią a brzegiem, kiedy trzeba było wskoczyć do wody i różne oślizgłe stwory obijały się o buty.

Mimo to wolał wyjść na pokład, stawić czoło morzu na świeżym powietrzu niż kisić się w toalecie, w mdlącym cieple.

Kiedy Teddy nabrał pewności, że torsje minęły, żołądek się uspokoił i zniknęło wirowanie w głowie, obmył ręce i twarz, po czym przejrzał się w przymocowanym nad zlewem lusterku, wyżartym przez sól morską do tego stopnia, że pozostał w środku jedynie niewielki owal, w którym Teddy dojrzał swoje odbicie – mężczyzny wciąż jeszcze dość młodego, ostrzyżonego na przepisowego jeża. Ale na twarzy wyryły mu się głębokimi zmarszczkami doświadczenia wojenne i lata służby; w jego spojrzeniu „smutnego psiaka", jak określiła je raz Dolores, kryło się zamiłowanie do ścigania przestępców i nierozłącznie z tym związanej przemocy.

Jestem za młody, pomyślał, na tak surowy wygląd.

Poprawił pas, przesuwając na biodro kaburę z rewolwerem. Nałożył kapelusz, przekrzywiając go nieznacznie w prawo. Ściągnął węzeł krawata, krzykliwego, kwiecistego krawata, który już z rok temu wyszedł z mody, co jednak nie miało dla Teddy'ego żadnego znaczenia, ponieważ był to urodzinowy prezent od Dolores: nasunęła mu go znienacka na oczy, kiedy siedział w salonie, przycisnęła usta do szyi. Pamiętał jej ciepłą dłoń na policzku. Język pachnący pomarańczami. Siadła mu na kolanach, zdjęła krawat, a on przez cały czas nie otwierał oczu. Chciał ją czuć. Zobaczyć w wyobraźni. Stworzyć jej obraz w myślach i tam go zachować.

Nadal to potrafił – zamykał oczy i już ją widział. Ale ostatnio pewne szczegóły się zacierały – ucho, rzęsy czy zarys włosów; prześwitywały przez nie białe smugi. Na razie nie przybierało to groźnych rozmiarów, ale Teddy bał się, że czas mu ją odbiera, wżera się w portrety, które hołubił w pamięci, burzy je.

– Tęsknię za tobą – rzekł i przeszedł przez pokład na dziób.

Powietrze było ciepłe i czyste, ale wodę przecinały ciemne rdzawe przebłyski i unosił się nad nią bladoszary całun, oznaka, że w jej głębinach narasta, dojrzewa coś mrocznego.

Chuck pociągnął łyk z piersiówki i podsunął ją Teddy'emu, unosząc pytająco brew. Teddy pokręcił przecząco głową i Chuck schował flaszkę do kieszeni służbowej marynarki, obciągnął poły płaszcza i spojrzał na morze.

– Dobrze się czujesz? – spytał Chuck. – Kiepsko wyglądasz.

– Nic mi nie jest – odparł Teddy wymijająco.

– Na pewno?

Teddy skinął głową.

– Muszę się oswoić z morzem, to wszystko.

Stali chwilę w milczeniu, wokół roztaczał się pofałdowany przestwór wody, wklęsłości w jej powierzchni były ciemne, jakby wyściełane aksamitem.

19

– Wiesz, że kiedyś był tam obóz jeniecki? – odezwał się Teddy.

– Na wyspie?

Teddy skinął głową.

– Podczas wojny secesyjnej. Zbudowali tam fort, baraki...

– Co teraz mieści się w tym forcie?

Teddy wzruszył ramionami.

– Nie mam pojęcia. Na tych wysepkach było ich sporo. W czasie wojny artylerzyści wprawiali się tam w strzelaniu do celu. Niewiele z nich zostało.

– A szpital?

– O ile mi wiadomo, przejął dawne koszary.

– Przypomnimy sobie dobre czasy: „Witaj w szeregach armii, rekrucie" – zauważył Chuck.

– Nie chciałbym drugi raz przez to przechodzić – rzekł Teddy, opierając się o reling. – Opowiedz mi coś o sobie, Chuck.

Chuck się uśmiechnął. Był nieco tęższy i niższy niż Teddy, miał ze 175 centymetrów wzrostu, szopę czarnych, kręconych włosów, oliwkową cerę i szczupłe, delikatne dłonie, które wyróżniały się w całej jego postaci, jakby zostały wypożyczone do czasu, kiedy wrócą z naprawy prawdziwe ręce. Lewy policzek przecinała łukowata blizna i Chuck musnął ją palcem wskazującym.

– Zawsze zaczynam od blizny – powiedział. – Prędzej czy później i tak wszyscy o nią pytają.

– Niech będzie.

– Nie nabawiłem się jej na wojnie – podkreślił Chuck. – Moja dziewczyna każe mi, dla świętego spokoju, mówić, że to z czasów wojny, ale... – Wzruszył ramionami. – Właściwie to skutek zabawy w wojnę. W dzieciństwie. Strzelaliśmy do siebie z procy w lesie, ja i mój kolega. Kolega nieznacznie spudłował, więc mi się upiekło, nie? – Chuck pokręcił przecząco głową. – Ale trafił w drzewo i odłupał kawałek kory, który przebił mi policzek. I stąd ta blizna.

– Skutek zabawy w wojnę.

– Właśnie, zabawy.

– Przeniosłeś się tu z Oregonu?

– Nie, z Seattle. Tydzień temu.

Teddy odczekał chwilę, ale Chuck nie kwapił się z wyjaśnieniami.

– Długo jesteś szeryfem federalnym? – spytał Teddy.

– Cztery lata.

– Więc zdążyłeś się zorientować, jaki to mały światek.

– Jasne. Chcesz wiedzieć, dlaczego się przeniosłem – odgadł Chuck, kiwając głową, jakby coś w duchu postanowił. – A gdybym powiedział, że sprzykrzył mi się deszcz?

Teddy rozłożył dłonie nad relingiem.

– Gdybyś tak powiedział...

– Ale to mały światek, jak sam zauważyłeś. Wszyscy mundurowi się znają. Toteż kwitnie, jak to się mówi, poczta pantoflowa.

– Właśnie.

– To ty dorwałeś Becka, zgadza się?

Teddy skinął głową.

– Skąd wiedziałeś, gdzie go szukać? Ścigało go pięćdziesięciu chłopa, wszyscy ruszyli do Cleveland, a ty jeden do Maine.

– Facet spędził tam raz wakacje z rodziną jeszcze jako chłopiec. A to, jak postępował z ofiarami? Zupełnie jakby miał do czynienia z końmi. Rozmawiałem z jego ciotką. Powiedziała mi, że jedyne szczęśliwe chwile swego życia spędził w stadninie, niedaleko wynajętego przez nich domu letniskowego w Maine. Dlatego tam się wybrałem.

– Wpakowałeś mu pięć kul – rzekł Chuck i spojrzał przez dziób w dół, na spienione morze.

– I jeszcze bym mu dołożył – oświadczył Teddy. – Ale pięć wystarczyło.

Chuck skinął głową i splunął przez reling.

– Mam dziewczynę, Japonkę. Oczywiście urodziła się tutaj, ale sam wiesz... dorastała w obozie. W tamtych stronach – w Portland, Seattle, Tacomie – stosunki z japońską mniejszością wciąż są napięte. Ludzi kłuje w oczy, kiedy się z nią pokazuję publicznie.

– Dlatego dostałeś przeniesienie.

Chuck skinął głową, znowu splunął, odprowadził wzrokiem ślinę, która przepadła w spienionych odmętach.

– Podobno zapowiada się niewesoło – powiedział.

Teddy wyprostował się, na twarzy czuł wilgoć, na wargach smak soli. Dziwne, że dosięgło go morze, skoro w powietrzu nie unosił się pył wodny.

– Co takiego? – spytał, przetrząsając kieszenie płaszcza w poszukiwaniu paczki chesterfieldów.

– Sztorm. Gazety piszą, że zapowiada się nielichy. Potężny. – Potrząsnął ręką w kierunku nieba, bladego jak piana rozbijająca się o dziób. Ale od południa nad widnokręgiem rysowało się pasmo purpurowych kłębów, rozlewających się niczym kleksy na bibule.

Teddy wciągnął powietrze przez nos.

– Chyba pamiętasz, jak było na wojnie, Chuck?

Chuck znów uśmiechnął się po swojemu, a Teddy odniósł wrażenie, że już się do siebie dostrajają, uczą się wyłapywać wysyłane przez siebie sygnały.

– Co nieco pamiętam – odparł Chuck. – Głównie gruz. Całe rumowiska. Dla ludzi gruz jest czymś szpetnym, ale ja uważam, że spełnia swoje zadanie. Jest estetyczny, ma swój urok. Moim zdaniem, piękno rzeczy istnieje w umyśle tego, który ją ogląda.

– Książkowa gadanina. Kto cię tego nauczył?

– Podniosło się – zauważył Chuck, wychylając się za reling i przypatrując morzu z lekkim uśmiechem na twarzy.

Teddy poklepał się po spodniach, sprawdził kieszenie w marynarce.

– Wiesz, jak często prognoza pogody decydowała o tym, czy wojsko wyruszało do walki i dokąd.

Chuck potarł dłonią szczecinę na brodzie.

– O, tak.

– A pamiętasz, jak często te prognozy się sprawdzały?

Chuck ściągnął brwi, dając Teddy'emu do zrozumienia, że głęboko zastanawia się nad odpowiedzią, po czym cmoknął ustami i powiedział:

– W trzydziestu przypadkach na sto, przypuszczam.

– Najwyżej.

– Najwyżej – powtórzył Chuck.

– Więc teraz, kiedy wróciliśmy do normalnego życia...

– O tak, normalnego życia – wtrącił Chuck – można by rzec, niefrasobliwego...

Teddy stłumił w sobie śmiech. Ten facet był rozbrajający. Niefrasobliwego. To dopiero.

– Niefrasobliwego – zgodził się Teddy. – Dlaczego miałbyś teraz ufać prognozom pogody bardziej niż podczas wojny?

– No cóż, ja chyba nie potrafię stopniować zaufania – odparł

Chuck, gdy na horyzoncie wyrósł pochyły wierzchołek małego trójkąta. – Masz ochotę zapalić?

Teddy zastygł – po raz drugi już przetrząsał kieszenie – i spostrzegł, że Chuck patrzy na niego z wyrytym na twarzy, tuż pod blizną, szelmowskim uśmiechem.

– Miałem je przy sobie, kiedy wchodziłem na pokład – zaznaczył Teddy.

Chuck spojrzał przez ramię.

– Ach ta budżetówka. Oskubałby cię jeden z drugim do nitki.

Wytrząsnął z paczki lucky strike'a, podał papierosa Teddy'emu i podsunął mu płomień swej mosiężnej zapalniczki Zippo. Opary nafty, niesione przesyconym solą powietrzem, wdzierały się Teddy'emu do gardła. Chuck zamknął zapalniczkę, potem znów skrzesał ogień i przypalił sobie papierosa.

Teddy wypuścił dym, jego kłęby przesłoniły na chwilę trójkątny wierzchołek wyspy.

– Z dala od kraju – powiedział Chuck – kiedy od prognozy pogody zależało, czy trafiałeś ze spadochronem do strefy zrzutów, czy szturmowałeś plażę, gra szła o znacznie wyższą stawkę, prawda?

– Zgadza się.

– Ale teraz, gdy jesteśmy w naszej ukochanej ojczyźnie, w czym może zaszkodzić nam odrobina czystej wiary? To wszystko, szefie.

Stopniowo odsłaniała się przed nimi jako coś więcej niż czubek trójkąta, zarysowały się jej dolne partie, nabierały barw jak za pociągnięciem pędzla – stonowana zieleń panoszącej się roślinności, płowy pasek brzegu, żółta ochra skalistego urwiska na zachodnim krańcu. A na górze, kiedy podpłynęli bliżej, zaczęli dostrzegać płaskie prostokątne zarysy budynków.

– Szkoda – rzekł ni z tego, ni z owego Chuck.

– Czego?

– Taka jest cena postępu – odparł.

Stanął jedną nogą na linie holowniczej i oparł się o reling obok Teddy'ego. Na ich oczach wyspa stawała się coraz lepiej widoczna.

– Przy takim tempie zmian – ciągnął Chuck – zmian zachodzących, nie oszukujmy się, co dnia w dziedzinie leczenia chorób umysłowych, placówki takie jak ta są skazane na wyginięcie. Za dwadzieścia lat wydadzą się wszystkim barbarzyńskim przeżytkiem. Nieszczęsnym skutkiem ubocznym przebrzmiałych wiktoriańskich poglądów. Trzeba będzie się ich pozbyć. Wszyscy stanowimy przecież jeden organizm. Hasłem przewodnim stanie się jedność, wspólnota. Witaj w zespole. Ukoimy cię. Naprawimy. Pójdziemy za przykładem generała Marshalla. Zbudujemy nowe społeczeństwo, z którego nikt nie będzie wykluczony. Koniec z wygnaniem.

Budynki zniknęły za drzewami, za to w oddali majaczyła stożkowa bryła jakiejś wieży, a także ostre, wysunięte kontury, zapewne starego fortu, jak domyślił się Teddy.

– Ale czy odcinając się od przeszłości, zapewniamy sobie lepszą przyszłość? – Chcuk cisnął niedopałek w spienioną wodę. – Oto jest pytanie. Co idzie na straty, gdy zamiata się podłogę, Teddy? Kurz. Okruszyny, które z pewnością zwabiłyby mrówki. Ale co z kolczykiem, który gdzieś się jej zawieruszył? Czy on też wylądował w śmieciach?

– Jakiej znowu „jej"? Skąd „ona" się wzięła, Chuck? – spytał Teddy.

– Zawsze jest jakaś „ona", czyż nie?

Za ich plecami wyjący silnik promu zmienił ton, pokład dziobowy zakołysał się nieznacznie. Kierowali się ku zachodniej stronie wyspy i na szczycie południowego urwiska wyraźnie było widać fort. Po armatach nie został ślad, ale wieżyczki wciąż trwały. W pewnej odległości za fortem rysowały się wzgórza. Teddy był pewny, że fort nadal otoczony jest murem, z tego miejsca niedostrzegalnym, zlewającym się z tłem. Gdzieś w głębi lądu po zachodniej stronie wyspy, za tymi urwiskami, znajdował się szpital Ashecliffe.

– Masz dziewczynę, Teddy? Żonę? – spytał Chuck.

– Miałem – odparł Teddy, przywołując obraz Dolores, spojrzenia, jakim obdarzyła go raz, podczas ich miodowego miesiąca; obejrzała się wtedy za siebie, brodą niemal dotykając nagiego ramienia, pod jej napiętą skórą na karku prężyły się mięśnie. – Zginęła.

Chuck odsunął się od relingu, czerwieniejąc.

– O rany.

– Nie szkodzi – powiedział Teddy.

– Nie, to ja.... – Chuck podniósł rękę w przepraszającym geście. – Przecież słyszałem o tym, nie wiem, jak mogłem zapomnieć. To stało się kilka lat temu, zgadza się?

Teddy kiwnął głową.

24

– Jezu, Teddy. Wyszedłem na idiotę. Wybacz.

Teddy znów ją widział, tym razem w mieszkaniu – ubrana w jego koszulę służbową szła korytarzem i skręciła do kuchni, nucąc coś pod nosem. Znajome znużenie przeniknęło go do kości. Wszystko, tylko nie to. Wolałby nawet wskoczyć do wody niż rozmawiać o Dolores, o jej trzydziestojednoletnim istnieniu na tym świecie i nagłym unicestwieniu. Ot tak. Jest, kiedy człowiek wychodzi rano do pracy, a gdy wraca, już jej nie ma.

To chyba tak jak z tą blizną Chucka, pomyślał Teddy. Należy postawić sprawę jasno na samym początku, żeby nie było między nimi niedomówień, w przeciwnym razie ta historia zawsze będzie ich dzielić. Pozostanie zbyt wiele znaków zapytania. A jak? A gdzie? A dlaczego?

Dolores umarła dwa lata temu, ale nocami ożywała w jego snach. Niekiedy po przebudzeniu długo nie mógł się otrząsnąć z wrażenia, że Dolores kręci się po kuchni albo pije kawę na tarasie ich apartamentu przy Buttonwood. Owszem, umysł płatał mu okrutnego figla, ale miało to swoją logikę, którą Teddy szybko zaakceptował – przebudzenie to przecież niemal jak narodziny. Człowiek wynurza się pozbawiony historii, potem, przecierając oczy i ziewając, usiłuje na nowo sklecić swoją przeszłość, układa rozsypane okruchy życia w chronologicznym porządku, a na koniec zbiera siły, żeby stawić czoło teraźniejszości.

Jednak dużo większej udręki przysparzało mu pozornie nielogiczne zestawienie rzeczy, których widok wyzwalał w nim wspomnienia o żonie, tkwiące w jego umyśle jak płonące zapałki. Nigdy nie potrafił przewidzieć, co wywoła w nim taki oddźwięk – solniczka, chód nieznajomej kobiet w tłumie przechodniów, butelka coca-coli, ślad szminki na szklance.

Lecz spośród wszystkich tych czynników najtrudniejszym do wyjaśnienia, jeśli chodzi o związek będący podstawą skojarzenia, a zarazem najdotkliwszym w skutkach, była woda – kapiąca z kranu, padająca z nieba, stojąca w kałużach na chodniku czy tak jak teraz otaczająca go ze wszystkich stron.

– W budynku, w którym mieszkaliśmy, wybuchł pożar – wyjaśnił. – Ja byłem w pracy. Zginęły cztery osoby. Wśród ofiar znajdowała się moja żona. Udusiła się dymem, Chuck, nie spaliła się. Czyli nie umarła w męczarniach. W strachu? Może. Ale nie w męczarniach. To ważne.

Chuck pociągnął łyk z piersiówki i podsunął Teddy'emu.

– Skończyłem z tym – odparł Teddy. – Po pożarze. Martwiło ją to, wiesz? Powtarzała, że my, mundurowi, za dużo pijemy.

Wyczuł zakłopotanie Chucka i dodał:

– Człowiek uczy się z tym żyć, Chuck. Nie ma wyboru. Tak jak z tymi okropnościami, których tyle naoglądałeś się podczas wojny. Przecież pamiętasz?

Chuck skinął głową, błądząc gdzieś wzrokiem, oddając się wspomnieniom.

– Tak trzeba – rzekł cicho Teddy.

– Jasne – przytaknął w końcu Chuck, ale na jego twarzy wciąż malowało się przejęcie.

Wtem, niczym złudzenie optyczne, ukazała się przystań, jej szary, ulotny pomost z tej odległości przypominał sterczący z piasku listek gumy do żucia.

Teddy'emu dawało się we znaki odwodnienie, następstwo jego wizyty w toalecie, poza tym zmęczyła go ta rozmowa; chociaż nauczył się dźwigać swój krzyż, dźwigać wspomnienia o Dolores, ich brzemię raz po raz go przygniatało. Czuł ćmiący ból w skroni, a tuż za lewym okiem jakby coś uciskało je od środka, przyłożona płaską stroną łyżka. Jeszcze było za wcześnie, żeby określić, czy to tylko uboczny skutek odwodnienia, początek zwykłego bólu głowy, czy też zapowiedź czegoś znacznie gorszego – ataku migreny. Dręczyły go od lat młodzieńczych, niekiedy nasilały się do tego stopnia, że ślepł na jedno oko, a światło zamieniało się w nawałnicę rozżarzonych gwoździ, a raz – tylko raz, dzięki Bogu – na półtora dnia migrena sprowadziła na niego częściowy paraliż. Nigdy jednak nie dokuczała mu na służbie, w czasie wytężonej pracy, dopiero kiedy opadało napięcie, kiedy przestały grzmieć działa, kiedy pościg dobiegł końca. Wtedy spadała na niego z całą siłą – w obozie, w koszarach, a po wojnie – w motelowym pokoju lub na autostradzie, kiedy wracał do domu. Sztuka polegała na tym, jak już dawno przekonał się Teddy, żeby nie zwalniać biegu, nie rozpraszać się. Kiedy działał na najwyższych obrotach, migrena nie miała do niego dostępu.

– Słyszałeś coś o tym zakładzie? – zapytał Chucka.

– To szpital dla umysłowo chorych, wiem tylko tyle.

– Dla obłąkanych przestępców – sprostował Teddy.

– Cóż, nie wysłaliby nas tutaj, gdyby tak nie było – odparł Chuck.

Teddy dostrzegł ten szelmowski uśmiech, znów wypisany na jego twarzy.

– Nigdy nic nie wiadomo, Chuck. Nie wyglądasz mi na całkiem normalnego.

– Może wpłacę zadatek, kiedy tam będziemy, zarezerwuję sobie łóżko na przyszłość.

– Niegłupi pomysł – skwitował Teddy.

Tymczasem silniki na chwilę zamarły i dziób skręcił w prawo. Prom zrobił zwrot i silniki znów zaskoczyły. Teraz, gdy prom podchodził tyłem do pomostu, Teddy i Chuck mieli widok na pełne morze.

– O ile mi wiadomo – rzekł Teddy – lekarze tam pracujący mają opinię radykałów.

– Komunistów?

– Nie komunistów, radykałów. To przecież nie to samo.

– Ostatnio trudno to rozróżnić – odparł Chuck.

– To prawda – zgodził się Teddy.

– Co to za jedna? Ta, co uciekła?

– Dała nogę zeszłej nocy – powiedział Teddy. – W notesie zapisałem jej nazwisko. Mam nadzieję, że reszty dowiemy się od nich.

Chuck powiódł okiem po otaczającym ich bezmiarze wody.

– Dokąd by się wybrała? Wpław do domu?

Teddy wzruszył ramionami.

– Tutejsi pacjenci najwyraźniej cierpią na rozmaite urojenia.

– Schizofrenicy?

– Tak przypuszczam. W każdym razie nie spotkasz tu osobników z zespołem Downa. Albo takich, co mają bzika na punkcie szpar w chodnikach i boją się wyjść z domu. Z raportu wynika, że wszyscy, którzy są tu zamknięci, mają poważne zaburzenia.

– Ale jak myślisz, ilu z nich po prostu się zgrywa? – spytał Chuck. – Nigdy nie dawało mi to spokoju. Pamiętasz z wojny żołnierzy zwolnionych ze służby na podstawie paragrafu ósmego? Ilu było wśród nich prawdziwych wariatów?

– Kiedy walczyliśmy w Ardenach, był u nas w oddziale taki jeden.

– Walczyłeś w Ardenach?

Teddy skinął głową.

– Facet obudził się kiedyś i zaczął mówić wspak.

– Słowa czy zdania?

– Zdania. Mówił na przykład: „Sierżancie, dzisiaj się polało krwi dużo za". Kiedy znaleźliśmy go po południu, siedział w okopie i walił się w łeb kamieniem. Siedział i walił się w łeb. Zupełnie nas to rozstroiło i dopiero po minucie zauważyliśmy, że wydłubał sobie oczy.

– Chrzanisz.

Teddy pokręcił przecząco głową.

– Kilka lat później dowiedziałem się, że przebywa w szpitalu dla weteranów w San Diego. Wciąż mówił wspak i na dodatek dopadł go paraliż, którego przyczyny nie mógł ustalić żaden z tamtejszych lekarzy. Przykuty do wózka, po całych dnia wysiadywał przy oknie i opowiadał o uprawianiu ziemi, o swoim zbożu. Sęk w tym, że facet pochodził z Brooklynu.

– Jeśli gość z Brooklynu uważa się za farmera, to chyba podpada pod paragraf ósmy.

– Jest to pewien objaw, na którym można się oprzeć.

2

Na przystani przywitał ich zastępca komendanta McPherson. Wydawał się dość młody na to stanowisko. Jasne włosy przystrzyżone miał nieco ponad regulaminową długość i poruszał się z leniwym wdziękiem, który Teddy'emu kojarzył się z Teksańczykami albo z ludźmi mającymi do czynienia z końmi.

Przybył z obstawą posługaczy, głównie Murzynów i kilku białych, o twarzach pozbawionych oznak wszelkich uczuć, jakby zaznane w dzieciństwie niedożywienie zahamowało ich dalszy rozwój, odcisnęło na nich wyraz odwiecznego znudzenia.

Posługacze, odziani w białe koszule i białe spodnie, poszli gromadą do promu po odbiór ładunku. Zachowywali się tak, jakby nie dostrzegali Teddy'ego i Chucka, jakby w ogóle niczego nie dostrzegali.

Na życzenie McPhersona Teddy i Chuck wyjęli odznaki i legitymacje służbowe. Zastępca komendanta uważnie je oglądał, porównywał zdjęcia z oryginałami, patrząc na nich z ukosa.

– Chyba nie widziałem jeszcze odznaki szeryfa federalnego – odezwał się.

– A teraz trzyma pan w ręku aż dwie – powiedział Chuck. – Będzie co wspominać.

McPherson uśmiechnął się od niechcenia i rzucił mu odznakę.

Plaża nosiła ślady niedawnych gwałtownych przypływów – usłana była muszlami, patykami, martwymi mięczakami i rybami, nadżartymi przez miejscowych padlinożerców.

Teddy zauważył śmieci naniesione przez prądy morskie od strony miasta – puszki, sterty przemoczonych papierów, tablicę rejestracyjną wyrzuconą na plażę aż pod drzewa, wyblakłą na słońcu. Wśród drzew przeważały sosny i klony, smukłe i postrzępione, a między nimi prześwitywały budynki stojące na szczycie wzniesienia.

To miejsce na pewno oczarowałoby Dolores, która uwielbiała wylegiwać się na słońcu, lecz Teddy czuł tylko powiew bryzy, ostrzeżenie wysyłane nieustannie przez ocean, że lada chwila może uderzyć, wessać człowieka na dno.

Posługacze wrócili z workami i pudłami i załadowali je do wózków. McPherson pokwitował odbiór przesyłki i oddał dokument strażnikowi z promu, który oświadczył:

– Zaraz odpływamy.

McPherson zmrużył oczy w słońcu.

– Ten sztorm – mówił strażnik. – Nie wiadomo, czego się po nim spodziewać.

Zastępca komendanta skinął głową.

– Zawiadomimy was przez radio, kiedy macie nas odebrać – powiedział Teddy.

Strażnik pokiwał głową.

– Ten sztorm – powtórzył.

– Jasne, jasne – wtrącił Chuck. – Będziemy to mieć na uwadze.

McPherson poprowadził ich ścieżką, która pięła się łagodnie między drzewami. Doszli do brukowanej drogi przecinającej ścieżkę tuż za linią drzew. Teddy dostrzegł dwa budynki wznoszące się po obu stronach drogi. Dom po lewej był prostszy, wiktoriański, z mansardowym dachem i czarno obramowanymi okienkami, które kojarzyły się ze strażnicą. Po prawej stał dumnie na pagórku elżbietański pałacyk.

Wspinali się dalej po stromym i porośniętym trawą morską zboczu, aż weszli na górę, gdzie teren był płaski, pokryty bardziej zieloną i krótszą trawą. Zielony kobierzec ciągnął się przez kilkaset metrów aż do muru z pomarańczowej cegły, który chyba biegł wzdłuż całej wyspy. Wysoki na ponad trzy metry, zwieńczony drutem, którego widok poruszył w Teddym czułą strunę. Ogarnęła go nagle litość dla tych wszystkich skazańców po drugiej stronie muru, którym ten cienki drut uświadamiał nagą prawdę, iż świat za wszelką cenę chce trzymać ich tam w zamknięciu. Teddy dojrzał mężczyzn w ciemnoniebieskich mundurach, którzy z opuszczonymi głowami przepatrywali trawę przed murem.

– Strażnicy więzienni w zakładzie dla umysłowo chorych – odezwał się Chuck. – Bez obrazy, panie McPherson, ale przedstawiają dość szczególny widok.

– To placówka o maksymalnie zaostrzonym rygorze – wyjaśnił zastępca komendanta. – Obowiązują u nas dwa oddzielne statuty: Stanowego Departamentu Zdrowia Psychicznego i Federalnego Departamentu Więziennictwa.

– Rozumiem – odparł Chuck. – Ale ciekawi mnie, co też wy tutaj opowiadacie sobie przy obiedzie.

McPherson uśmiechnął się i lekko pokręcił głową.

Teddy zobaczył czarnowłosego mężczyznę ubranego w taki sam mundur jak pozostali, ale wyróżniający się żółtymi pagonami, sterczącym kołnierzykiem i złotą odznaką. On jeden kroczył z zadartą głową i ręką założoną do tyłu. Jego postawa przypominała Teddy'emu pułkowników, z jakimi zetknął się na wojnie, mężczyzn, dla których dowodzenie było obowiązkiem, nałożonym na nich nie tylko przez regulamin, ale i przez samego Boga.

Do piersi przyciskał czarną książeczkę, ukłonił się w ich stronę, po czym oddalił się tą samą drogą, którą przyszli; jego czarne włosy sztywno opierały się bryzie.

– To komendant – powiedział McPherson. – Spotkacie się z nim później.

Teddy skinął głową, chociaż nie rozumiał, dlaczego nie mogli się spotkać teraz, a tymczasem komendant zniknął im z oczu.

Jeden z posługaczy otworzył kluczem bramę osadzoną w murze, skrzydło bramy uchyliło się i posługacze wtoczyli do środka wózki. Dwóch strażników podeszło do McPhersona i stanęło po obu jego stronach.

Zastępca komendanta wyprężył się i przybrał urzędową minę.

– Muszę teraz zapoznać was z obowiązującymi tu zasadami.

– Oczywiście.

– Przysługują wam, panowie, wszelkie wygody, na jakie nas stać, i otrzymacie z naszej strony wszelką możliwą pomoc. Jednak podczas pobytu w zakładzie, bez względu na to, jak długo pozostaniecie, będziecie przestrzegać procedury. Jasne?

Teddy skinął głową, a Chuck powiedział:

– Jak słońce.

McPherson zawiesił wzrok tuż ponad ich głowami.

– Doktor Cawley bez wątpienia wyjaśni wam niuanse procedury, ale ja muszę podkreślić z całą stanowczością jedno: zabroniony jest jakikolwiek kontakt z pacjentami tego zakładu bez dozoru. Jasne?

Teddy'emu cisnęło się na usta: „Tak jest", jak za żołnierskich czasów, ale ugryzł się w język i poprzestał na zwyczajnym:

– Tak.

– Oddział A, dla mężczyzn, mieści się w budynku za moimi plecami po mojej prawej ręce, oddział B, dla kobiet, po lewej. Oddział C znajduje się za urwiskami rozciągającymi się z tyłu szpitala, w dawnym forcie Walton. Wstęp na oddział C dozwolony jest wyłącznie za pisemnym zezwoleniem zarówno komendanta, jak i doktora Cawleya, i w ich obecności. Jasne?

Chuck i Teddy skinęli głowami.

McPherson wyciągnął szeroką dłoń, jakby oddawał cześć słońcu.

– Proszę o oddanie broni służbowej.

Chuck spojrzał na Teddy'ego, który potrząsnął głową i powiedział:

– Panie McPherson, ma pan przed sobą powołanych zgodnie z prawem szeryfów federalnych. W myśl rządowych rozporządzeń jesteśmy zobowiązani do noszenia broni przez cały czas.

Głos McPhersona przeciął powietrze niczym stalowa linka.

– Zarządzenie trzysta dziewięćdziesiąte pierwsze Federalnego Kodeksu Służb Więziennych i Zakładów dla Umysłowo Chorych

Przestępców stanowi, że obowiązek noszenia broni przez funkcjonariusza służb bezpieczeństwa publicznego ulega uchyleniu wyłącznie wskutek rozkazu jego bezpośredniego przełożonego albo osób, którym powierzono ochronę zakładów karnych lub szpitali dla umysłowo chorych. Panowie, jesteście w sytuacji, do której odnosi się ten wyjątek. Nie wejdziecie uzbrojeni na teren szpitala.

Teddy popatrzył na Chucka, a ten wskazał głową wyciągniętą dłoń McPhersona i wzruszył ramionami.

– Proszę zaznaczyć ten wyjątek w aktach – powiedział Teddy.

– Strażniku, pamiętajcie, aby odnotować przepis, na mocy którego szeryfowie Daniels i Aule złożyli broń.

– Rozkaz, panie komendancie.

– Panowie – zwrócił się do nich McPherson.

Strażnik po prawej ręce McPhersona rozwiązał mały skórzany worek.

Teddy odchylił połę płaszcza i wyjął z kabury służbowy rewolwer. Machnięciem nadgarstka przełamał go na pół, a potem podał McPhersonowi rewolwer z otwartym bębenkiem.

Ten przekazał go strażnikowi, który umieścił broń w skórzanym worku. McPherson wyciągnął rękę po rewolwer Chucka.

Chuckowi zabrało to trochę więcej czasu, zmagał się chwilę z zapięciem kabury, ale McPherson nie okazywał zniecierpliwienia, po prostu czekał, wreszcie Chuck nieporadnie wsunął mu do ręki rewolwer, który w ślad za bronią Teddy'ego został umieszczony w worku.

– Wasza broń zostanie oddana do depozytu – mówił cicho McPherson, głosem szeleszczącym jak liście na wietrze. – Będziecie mogli ją odebrać w dniu odjazdu w głównym budynku szpitalnym, w pokoju naprzeciw gabinetu komendanta.

Twarz McPhersona nagle rozciągnęła się w szerokim, zawadiackim uśmiechu kowboja.

– To by było tyle tytułem formalności. Nie wiem jak wy, ale ja się cieszę, że mam to za sobą. Złóżmy teraz wizytę doktorowi Cawleyowi. Co wy na to?

Odwrócił się i poprowadził ich przez bramę na dziedziniec. Bramę za nimi zamknięto.

Środkiem rozległego trawnika biegła ścieżka wyłożona taką samą cegłą, jakiej użyto do budowy muru. Przy trawniku, drzewach i klombach, a nawet przy krzewach róż, których rząd posadzono wzdłuż fundamentu szpitala, pracowali pacjenci z nogami skutymi łańcuchami. Ogrodników nadzorowali strażnicy, oprócz nich snuli się po terenie inni pacjenci w kajdanach na kostkach nóg; Teddy'ego uderzył ich dziwny, kaczkowaty chód. Większość stanowili mężczyźni, kobiet było kilka.

– Kiedy przyjechali tu pierwsi lekarze, wszędzie pleniła się trawa morska i chaszcze – powiedział McPherson. – Powinniście obejrzeć zdjęcia. Ale teraz...

Po bokach szpitala stały dwa identyczne budynki z czerwonej cegły, biało obramowane okna były zakratowane, a szyby pożółkłe od soli i wilgoci. Szpital zbudowany z ciemnoszarych kamieni, wygładzonych przez morze, wznosił się na wysokość pięciu pięter, a ze spadzistego dachu wystawały mansardowe okna.

– Postawiono go przed wojną secesyjną – tłumaczył McPherson. – Miał być przeznaczony na kwatery dla batalionu, najwyraźniej planowano tu też umieścić ośrodek szkolenia. A kiedy wojna wydawała się już nieunikniona, zajęli się przede wszystkim fortem, a tu powstał obóz dla jeńców.

Teddy zobaczył wieżę, którą dostrzegł wcześniej z promu. Jej szczyt wystawał nieznacznie nad korony drzew na przeciwległym krańcu wyspy.

– Co to za wieża?

– Stara latarnia morska – odparł McPherson. – Właściwie już na początku dziewiętnastego wieku przestała spełniać swoje zadanie. Podobno armia Północy wystawiała tam swoje posterunki, a teraz mieści się w niej stacja.

– Badawcza?

McPherson potrząsnął głową.

– Oczyszczania wody. Nie macie pojęcia, co trafia do zatoki, a w końcu i do nas. Z pokładu wygląda to ładnie, ale zatoka jest zapaskudzona. Rzeki, które do niej wpływają, znoszą tu brudy z całego stanu.

– Fascynujące – powiedział Chuck, zapalił papierosa i stłumił ziewnięcie, mrużąc oczy w słońcu.

– Tam, za murem – wskazał ręką w kierunku oddziału B – znajduje się siedziba pierwszego dowódcy. Widzieliście ją pewnie w drodze do szpitala. Postawienie jej kosztowało fortunę, ale kiedy Wuj Sam zobaczył rachunek, zaraz zdjął dowódcę ze stanowiska. Powinniście tam zajrzeć.

– Kto tam teraz mieszka? – spytał Teddy.

– Doktor Cawley. Bez jego udziału szpital nie byłby tym, czym jest. Jego i komendanta. Udało im się tu stworzyć coś naprawdę wyjątkowego.

Obeszli szpital od tyłu, mijając skutych ogrodników, którzy pod nadzorem strażników wzruszali gracami czarną ziemię pod murem. Jedna z pacjentek, kobieta w średnim wieku, z włosami barwy pszenicy mocno przerzedzonymi na czubku głowy, spojrzała na Teddy'ego znad motyki i przytknęła palec do ust. Teddy dostrzegł grubą, ciemnoczerwoną krechę blizny, przecinającą jej szyję. Kobieta uśmiechnęła się do niego, nie odrywając palca od ust, a potem powoli pokręciła głową.

– Cawley to prawdziwa sława w swojej dziedzinie – mówił McPherson, gdy zbliżali się do frontowego wejścia do budynku. – Jeden z najlepszych studentów na roku na Uniwersytecie Johna Hopkinsa i Harvardzie, w wieku dwudziestu lat opublikował pierwszą pracę na temat patologii urojeń. Jego rady zasięgał Scotland Yard, wywiad brytyjski, Biuro Służb Strategicznych.

– Dlaczego? – spytał Teddy.

– Dlaczego?

Teddy skinął głową. Pytanie wydawało się całkiem słuszne.

– No cóż... – bąkał McPherson wyraźnie zbity z tropu.

– Biuro Służb Strategicznych, na przykład – powiedział Teddy. – Po co miałoby się zwracać do psychiatry?

– W sprawach związanych z wojną.

– No tak – odparł Teddy. – Ale jakiego rodzaju?

– Objętych tajemnicą, jak przypuszczam.

– Co to za tajemnica – wtrącił Chuck, posyłając rozbawione spojrzenie Teddy'emu – jeśli tak sobie o tym rozmawiamy?

McPherson przystanął przed wejściem do szpitala, stawiając nogę na pierwszym schodku. Na jego twarzy malowało się zakłopotanie. Odwrócił wzrok w stronę krzywizny pomarańczowego muru, a potem powiedział:

– Cóż, nic nie stoi na przeszkodzie, żebyście zapytali o to samego doktora. Jest już pewnie po naradzie.

34

Weszli po schodach, a potem do środka, do wyłożonego marmurem przedsionka o łukowatym sklepieniu przechodzącym w kasetonową kopułę. Stamtąd, kiedy elektroniczna blokada bramy została zwolniona, przeszli do sporego holu, gdzie po prawej i po lewej stronie siedzieli za biurkami dyżurni, a w głębi, za kolejną bramą, ciągnął się długi korytarz. Wręczyli swoje odznaki oraz legitymacje dyżurnemu siedzącemu na posterunku przy schodach. McPherson wpisał na tabliczce trzy nazwiska, swoje oraz dwóch szeryfów, a dyżurny po sprawdzeniu oddał im dokumenty. Za jego plecami znajdowało się całkowicie zakratowane pomieszczenie, a w nim Teddy dojrzał mężczyznę w mundurze podobnym do munduru komendanta; jedna ściana pomieszczenia obwieszona była pękami kluczy.

Wspięli się na pierwsze piętro i poszli korytarzem, który pachniał środkiem do czyszczenia drewna; pod nogami lśniła dębowa podłoga, skąpana w jasnym świetle padającym przez duże okno w przeciwległym końcu.

– Pilnie strzeżone miejsce – zauważył Teddy.

– Nie zaniedbujemy żadnych środków ostrożności – odparł McPherson.

– Nie wątpię, że ku zadowoleniu wdzięcznego społeczeństwa – powiedział Chuck.

– Musicie zrozumieć, panowie – zaczął McPherson, odwracając się do nich plecami i prowadząc ich obok szeregu gabinetów, których zamknięte drzwi opatrzone były srebrnymi tabliczkami z nazwiskami lekarzy. – W całych Stanach Zjednoczonych nie ma drugiej takiej placówki. Przyjmujemy tylko najcięższe przypadki. Trafiają do nas pacjenci, z którymi inne zakłady nie mogą sobie poradzić.

– Macie tutaj Gryce'a, zgadza się? – powiedział Teddy.

– Owszem, Vincent Gryce przebywa u nas na oddziale C.

– To ten, który...? – Chuck zawiesił głos.

Teddy kiwnął głową.

– Zamordował bliskich, oskalpował ich i zrobił sobie czapki.

– I paradował w nich po mieście, tak? – dodał Chuck.

– Jeśli wierzyć gazetom.

Stanęli przed dwuskrzydłowymi drzwiami. Na mosiężnej tabliczce umocowanej pośrodku prawego skrzydła widniał napis KIEROWNIK PERSONELU MEDYCZNEGO, DR J. CAWLEY.

McPherson odwrócił się do nich. Rękę trzymał na gałce od drzwi i spoglądał na nich z napięciem.

– Dawniej, kiedy ludzkość była na niższym etapie rozwoju, takiego pacjenta jak Gryce posłanoby na śmierć. Ale teraz lekarze mogą go tutaj badać, określić jego zaburzenia, może nawet wykryć w mózgu podłoże jego zachowań, całkowicie odbiegających od przyjętych norm. Jeśli im się to uda, może dożyjemy dnia, kiedy będziemy umieli całkowicie wykorzenić tego rodzaju zaburzenia, uwolnić od nich społeczeństwo.

Zdawało się, że z ręką zaciśniętą na gałce czeka na odzew z ich strony.

– Marzenia to dobra rzecz – podsumował Chuck. – Nie uważa pan?

3

Doktor Cawley był chudy, niemal wynędzniały. Może nie tak jak ci nieszczęśnicy, których Teddy widział w Dachau – sama skóra, kości i ścięgna – ale na pewno przydałoby mu się kilka pożywnych posiłków. Jego małe ciemne oczy były głęboko osadzone, a cienie pod oczami zdawały się rozlewać po całej twarzy. Policzki miał tak zapadnięte, że tworzyły ciemne jamy, a skórę wokół nich pokrywały stare blizny po krostach. Usta i nos były równie cienkie jak reszta jego postaci, a broda tak niewielka, że ginęła w twarzy. Mocno przerzedzone włosy odpowiadały barwą jego oczom i podkreślającym je cieniom.

Za to uśmiech miał porażający, promienny i tchnący pewnością siebie, od której rozjaśniały mu się tęczówki. I tak też się uśmiechał, kiedy wychodził im naprzeciw zza biurka.

– Szeryf Daniels i szeryf Aule – powiedział, wyciągając rękę. – Cieszę się, że przybyliście tak szybko, panowie.

Jego dłoń była sucha i gładka w dotyku jak posąg, ale uścisk miał potężny, o czym przekonał się Teddy, gdy Cawley zdusił mu rękę tak, że poczuł ból aż w przedramieniu. W oczach Cawleya pojawiły się ogniki, które zdawały się mówić: „ Nie spodziewałeś się tego po mnie, co? ". Potem przywitał się z Chuckiem.

36

– Na razie to wszystko. Dziękuję panu – zwrócił się do McPhersona, a uśmiech nagle zniknął z jego twarzy.

– Oczywiście, panie doktorze. Miło mi było was poznać, panowie – odparł McPherson i wyszedł z gabinetu.

Na twarzy Cawleya znów zagościł uśmiech, ale tym razem jakby bardziej wymuszony; Teddy'emu skojarzył się z kożuchem zastygłym na powierzchni gęstej zupy.

– To dobry chłopak, ten McPherson. Chętny.

– Do? – spytał Teddy, siadając na krześle przed biurkiem.

Cawley zastygł z uniesionym w uśmiechu kącikiem ust.

– Nie rozumiem.

– Do czego jest taki chętny? – wyjaśnił Teddy.

Cawley siadł za biurkiem z drewna tekowego i rozłożył ręce.

– Do pracy. To połączenie opieki lekarskiej z praworządnością, wysoce moralne. Jeszcze pół wieku temu, a w niektórych wypadkach nawet mniej, uważano, że pacjenci, jakimi się tu zajmujemy, w najlepszym razie zasługują na przymusowe odosobnienie i powolne gnicie we własnym brudzie i plugastwie. Tłukliśmy ich, jakby w ten sposób można było wypędzić z nich psychozę. Przypisywaliśmy im najgorsze cechy. Poddawaliśmy torturom. Łamaliśmy kołem... Tak. Wierciliśmy im dziury w mózgu. Niekiedy nawet topiliśmy.

– A teraz? – spytał Chuck.

– Teraz zapewniamy im godziwe traktowanie. Próbujemy leczyć, uzdrowić. A jeśli to się nie powiedzie, to chociaż wnosimy do ich życia nieco spokoju.

– Ciekawe, co by na to powiedziały ich ofiary? – odezwał się Teddy.

Cawley ściągnął brwi i patrzył na niego wyczekująco.

– To przecież brutalni przestępcy – rzekł Teddy. – Zgadza się?

Cawley skinął głową.

– Rzeczywiście, okrutni.

– Więc zadawali ból, często zabijali.

– Większość to mordercy.

– Zatem jakie znaczenie ma ich wewnętrzny spokój, jeśli weźmie się pod uwagę tych wszystkich ludzi, których pozbawili życia?

– Moim zadaniem jest ich leczyć. Dla ich ofiar, niestety, nie mogę już nic zrobić. Każda praca, z natury rzeczy, ma jakieś ograniczenia.

Ja mogę troszczyć się tylko o moich pacjentów. Czy senator wyjaśnił panom sytuację? – spytał z uśmiechem.

Teddy i Chuck spojrzeli szybko po sobie.

– Nic nam nie wiadomo o żadnym senatorze – odparł Teddy. – Skierował nas tu miejscowy wydział pościgowy.

Cawley położył łokcie na blacie obitym na zielono, splótł ręce, oparł na nich brodę i przypatrywał im się zza okularów.

– Widocznie coś mi się pomyliło. Co wam wiadomo o sprawie?

– Zaginęła więźniarka – odparł Teddy, wertując notes. – Niejaka Rachel Solando.

Cawley posłał mu zimny uśmiech.

– Pacjentka.

– Pacjentka – poprawił się Teddy. – Przepraszam. Podobno zniknęła w ciągu ostatnich dwudziestu czterech godzin.

Cawley na potwierdzenie opuścił nieznacznie brodę.

– Zeszłej nocy. Między dziesiątą a dwunastą wieczór.

– I do tej pory jej nie odnaleziono – powiedział Chuck.

– W rzeczy samej, szeryfie... – Cawley nie dokończył, unosząc rękę w przepraszającym geście.

– Aule – przypomniał Chuck.

Twarz Cawleya jakby stała się bardziej pociągła, a Teddy dostrzegł kropelki wody rozpryskujące się na oknie za jego plecami. Trudno było określić, czy to deszcz, czy morska wilgoć.

– Na imię ma pan Charles? – upewnił się Cawley.

– Tak – odparł Chuck.

– Mógłbym pana wziąć za Charlesa, ale niekoniecznie za Aule'a.

– Wypada mi się z tego cieszyć.

– Jak to?

– Nie wybieramy sobie imion ani nazwisk – wyjaśnił Chuck – więc miło usłyszeć, że przynajmniej jedno z nich do nas pasuje.

– Kto je panu nadał? – spytał Cawley.

– Rodzice.

– Chodzi mi o nazwisko.

Chuck wzruszył ramionami.

– A kto to wie? Trzeba by się cofnąć o dwadzieścia pokoleń.

– Wystarczy o jedno w tym wypadku.

Chuck pochylił się do przodu.

– Słucham?

– Jest pan z pochodzenia Grekiem albo Ormianinem, niech pan przyzna.

– Ormianinem.

– Więc przed Aule'em był...

– Anasmadżijan.

– A pan? – spytał Cawley, przenosząc chytre spojrzenie na Teddy'ego.

– Ja? Danielsowie to stary irlandzki ród – odpowiedział. – I owszem – uśmiechnął się do Cawleya – potrafię prześledzić jego dzieje dziesięć pokoleń wstecz.

– Ale jakie otrzymał pan imię? Theodore?

– Edward.

Cawley przestał się podpierać rękami i odsunął od biurka. Stukał o krawędź nożem do rozcinania papieru; cichy i uporczywy odgłos przywodził na myśl bębnienie śniegu o dach.

– Moja żona ma na imię Margaret – oświadczył. – Ale prócz mnie nikt się do niej tak nie zwraca. Najstarsi przyjaciele, choć nie wszyscy, mówią na nią Margo, co ma jeszcze jakiś sens, ale inni nazywają ją Peggy. Zupełnie tego nie rozumiem.

– Czego?

– Jakim cudem z Margaret wychodzi Peggy. Mimo to spotyka się to nader często. Albo co Teddy ma wspólnego z Edwardem. Nie ma przecież *p* w *Margaret*, ani *t* w *Edward*.

Teddy wzruszył ramionami.

– A jak panu na imię?

– John.

– I mówią na pana Jack?

Cawley potrząsnął głową.

– Ludzie na ogół zwracają się do mnie „panie doktorze".

Kropelki wody dzwoniły lekko o szybę. Cawley odtwarzał chyba w myślach przebieg rozmowy, miał błyszczące oczy i był nieobecny duchem.

– Czy ta Solando uchodzi za niebezpieczną? – odezwał się Chuck.

– Wszyscy nasi pacjenci wykazują silne skłonności do agresji – powiedział Cawley. – Dlatego tu przebywają. Płeć nie ma znaczenia.

Jej mąż zginął na wojnie. Rachel Solando utopiła troje swoich dzieci w stawie na tyłach domu. Wyprowadziła je tam po kolei i trzymała im głowy pod wodą tak długo, aż się utopiły. Potem przeniosła je do domu, posadziła przy stole w kuchni i zjadła w ich towarzystwie śniadanie. Wtedy zjawił się sąsiad.

– Wykończyła go? – spyta Chuck.

Cawley uniósł brwi i westchnął cicho.

– Nie. Zaprosiła go do stołu, żeby coś przekąsił. Rzecz jasna facet odmówił i zawiadomił policję. Rachel wciąż wierzy, że jej dzieci żyją i czekają na nią. Stąd może ta próba ucieczki.

– Ciągnie ją do domu – powiedział Teddy.

Cawley skinął głową.

– A gdzie jest jej dom? – spytał Chuck.

– W małej mieścinie w górach Berkshire. Ponad dwieście kilometrów stąd. – Cawley odchylił głowę w stronę okna za plecami. – Płynąc w tym kierunku, trzeba pokonać wpław piętnaście kilometrów, żeby dotrzeć do brzegu. A gdyby płynąć na północ, najbliższy ląd to dopiero Nowa Fundlandia.

– A cały teren przeszukaliście – rzekł Teddy.

– Owszem.

– Dokładnie?

Cawley nie od razu odpowiedział, bawił się chwilę srebrną figurką konia stojącą w rogu biurka.

– Komendant ze swoimi ludźmi i oddziałem strażników przetrząsnęli całą wyspę i wszystkie budynki. Dopiero co skończyli. Ani śladu. Co gorsza, nie mamy pojęcia, w jaki sposób wydostała się z pokoju. Jej pokój był zamknięty na klucz, a w oknie tkwiła krata. Nic nie wskazuje na to, że ktoś majstrował przy zamkach. – Przeniósł spojrzenie z figurki konia na Teddy'ego i Chucka. – Wygląda to tak, jakby się ulotniła, przeniknęła przez mury.

Teddy zanotował w notesie słowo „ulotniła".

– Jest pan pewny, że przebywała w swoim pokoju, gdy rozpoczęła się cisza nocna?

– Całkowicie.

– Skąd ta pewność?

Cawley puścił figurkę i połączył się przez interkom z pokojem pielęgniarek.

– Siostra Marino?

– Słucham, panie doktorze?

– Proszę przysłać do nas pana Gantona.

– Już go wysyłam, panie doktorze.

Pod oknem stał stolik, a na nim dzbanek z wodą i cztery szklanki. Cawley podszedł do stolika i napełnił trzy szklanki. Jedną postawił przed Teddym, drugą przed Chuckiem, a trzecią wziął ze sobą i usiadł z powrotem za biurkiem.

– Nie ma pan przypadkiem aspiryny, doktorze? – spytał Teddy.

Cawley uśmiechnął się lekko.

– Coś się chyba znajdzie.

Zajrzał do szuflady biurka i wyjął buteleczkę aspiryny Bayera.

– Dwie czy trzy?

– Trzy, jeśli można – odparł Teddy; ćmienie za lewym okiem przeszło w rwący ból.

Cawley podał mu tabletki, a Teddy wrzucił je do ust i popił wodą.

– Cierpi pan na bóle głowy, szeryfie?

– Na chorobę morską... niestety – odparł Teddy.

Cawley skinął głową.

– Rozumiem. Odwodnienie.

Teddy kiwnął twierdząco, a Cawley otworzył drewniane pudełko z papierosami i podsunął je gościom. Teddy poczęstował się, ale Chuck odmówił i wyjął własne. Wszyscy trzej zapalili i doktor otworzył okno.

Usiadł z powrotem na swoim miejscu i podał im fotografię młodej, pięknej kobiety; raziła w jej twarzy obecność ciemnych sińców pod oczami, tak ciemnych jak jej czarne włosy. Same oczy były nienaturalnie rozszerzone, jakby napierał na nie od środka rozgrzany pręt. Uchwycona na zdjęciu kobieta dostrzegała coś poza obiektywem, poza fotografem, przypuszczalnie poza wszelkimi znanymi rzeczami tego świata, lecz widok ten nie był przeznaczony dla ludzkich oczu.

Coś w niej wydało się Teddy'emu niepokojąco znajome i nagle przypomniał sobie chłopaka z obozu, który nie chciał nic przełknąć, chociaż podtykali mu pod nos jedzenie. Po prostu siedział oparty o ścianę w kwietniowym słońcu z takim samym wyrazem oczu, aż opadły mu powieki i w końcu powiększył stos umarlaków piętrzący się na stacji kolejowej.

Chuck gwizdnął cicho.

– Mój Boże.

Cawley się zaciągnął.

– Urzekła pana jej uroda czy przeraziło szaleństwo w oczach?

– Jedno i drugie.

To spojrzenie, pomyślał Teddy. Nawet uwięzione na wieczność, w tej jednej chwili tchnęło takim cierpieniem, że miało się ochotę wskoczyć do zdjęcia i pocieszyć ją: „Nie ma się czego bać. Już wszystko w porządku, już w porządku. Ciiii". Chciało się ją przytulić i trzymać, aż przestanie się trząść, i powtarzać, że wszystko będzie dobrze.

Otworzyły się drzwi i do gabinetu wszedł wysoki Murzyn w białym ubraniu, z włosami gęsto przetykanymi siwizną.

– Panie Ganton – odezwał się Cawley. – To szeryf Aule i szeryf Daniels, o których panu wspominałem.

Teddy i Chuck wstali i przywitali się z Gantonem. Teddy wyczuł z jego strony strach, miał wrażenie, że przybysz jest mocno zmieszany, gdy podawał rękę stróżom prawa, zachowywał się, jakby coś przeskrobał.

– Pan Ganton pracuje tutaj od siedemnastu lat. Jest przełożonym posługaczy. To właśnie on wczoraj w nocy odprowadził Rachel do jej pokoju. Co ma pan do powiedzenia szeryfom?

Ganton skrzyżował nogi w kostkach, oparł ręce o kolana i pochylił się trochę do przodu, wbijając wzrok w podłogę.

– O dziewiątej była grupa, a potem....

– To znaczy sesja terapii grupowej prowadzona przez doktora Sheehana i pielęgniarkę, panią Marino – wtrącił Cawley.

Ganton odezwał się dopiero wówczas, kiedy nabrał pewności, że Cawley skończył.

– No właśnie. Grupa trwała do dziesiątej czy coś koło tego. Potem zaprowadziłem Rachel do pokoju. Weszła do środka. Zamknąłem drzwi kluczem od zewnątrz. W czasie ciszy nocnej robimy obchód co dwie godziny. Wracam o północy, zaglądam do środka, a jej łóżko jest puste. Myślę sobie, może śpi na podłodze. Oni lubią spać na podłodze. Otwieram drzwi...

– Kluczem, zgadza się, panie Ganton? – ponownie przerwał mu Cawley.

Ganton skinął doktorowi głową i zapatrzył się w swoje kolana.

– Jasne, otwieram kluczem, bo drzwi są zaryglowane. Wchodzę. Nigdzie nie widzę pani Rachel. Zamykam za sobą drzwi, sprawdzam okno i kratę. Zamek w kracie jest w porządku. – Wzruszył ramionami. – Wzywam komendanta.

Podniósł wzrok na Cawleya, który pokiwał mu głową z ojcowską aprobatą.

– Wasza kolej, panowie. Macie jakieś pytania?

Chuck potrząsnął głową.

Teddy oderwał wzrok od notatek.

– Panie Ganton, powiedział pan, że wszedł do pokoju i upewnił się, że pacjentki nie ma. Na czym to polegało?

– Proszę?

– Czy jest tam szafa? Miejsce pod łóżkiem, gdzie mogła się schować? – spytał Teddy.

– I jedno, i drugie.

– Sprawdził pan oba te miejsca?

– Tak jest.

– A drzwi nadal były otwarte?

– Proszę?

– Powiedział pan, że wszedł do pokoju, rozejrzał się i nigdzie nie znalazł pacjentki. Dopiero potem zamknął pan za sobą drzwi.

– Nie... To znaczy....

Teddy czekał cierpliwie, zaciągnął się papierosem, którego dostał od Cawleya. Różnił się od jego ulubionych chesterfieldów łagodnym, wyraźniejszym smakiem. Nawet dym miał inny zapach, niemal słodki.

– To zabrało mi wszystkiego pięć sekund, szeryfie – odparł Ganton. – Szafa jest bez drzwi. Zaglądam do niej, patrzę pod łóżko i zamykam drzwi. To mały pokoik, nie ma gdzie się schować.

– A pod ścianą? – powiedział Teddy. – Po prawej albo po lewej stronie drzwi?

– Gdzie tam. – Ganton potrząsnął głową i Teddy odniósł wrażenie, że spod spuszczonego wzroku i ugrzecznionej pozy rozmówcy po raz pierwszy wyjrzał gniew, jakby te przypuszczenia dotknęły Gantona do żywego.

– To raczej wykluczone – zwrócił się Cawley do Teddy'ego. – Wiem, do czego pan zmierza, szeryfie, ale kiedy zobaczy pan pokój, zrozumie, że pan Ganton musiałby być pod wpływem ogromnego stresu,

43

żeby nie zauważyć pacjentki, gdyby ta przebywała gdziekolwiek w obrębie czterech ścian swego pokoju.

– Święta prawda – potwierdził Ganton, patrząc teraz Teddy'emu prosto w oczy.

Teddy domyślił się, że facet jest cholernie wrażliwy na punkcie etyki zawodowej, a on swoimi pytaniami głęboko go uraził, zranił jego dumę.

– Dziękuję, panie Ganton – powiedział Cawley. – Proszę wracać do swoich obowiązków.

Ganton wstał, jeszcze przez chwilę wpatrywał się w Teddy'ego, po czym odparł: – Do widzenia, panie doktorze – i wyszedł.

Przez minutę siedzieli w milczeniu, dopalając papierosy. Zgnietli niedopałki w popielniczkach i dopiero wtedy Chuck powiedział:

– Pora rzucić okiem na ten pokój, doktorze.

– Oczywiście – odrzekł Cawley i wyszedł zza biurka; w ręku trzymał pęk kluczy na kółku wielkości pokrywki do garnka. – Proszę za mną.

*

Pokoik był maleńki, drzwi otwierały się do środka na prawą stronę. Były ciężkie, stalowe, a zawiasy tak dobrze naoliwione, że pchnięte skrzydło drzwi uderzyło z hukiem o ścianę. Po lewej stronie, w pewnej odległości od drzwi, stała drewniana szafa; w środku wisiało kilka fartuchów i wiązanych w pasie spodni.

– No i nici z mojej teorii – przyznał Teddy.

Cawley skinął głową.

– Nie ma tu miejsca, żeby ukryć się przed wzrokiem stojącej w drzwiach osoby.

– Chyba że na suficie – odezwał się Chuck, a wszyscy trzej podnieśli wzrok i nawet doktor zdobył się na uśmiech.

Cawley zamknął drzwi i Teddy naraz poczuł się jak w pułapce, osaczony. Wbrew swojej nazwie to była cela. W oknie umieszczonym nad wąskim łóżkiem tkwiły kraty. Pod ścianą po prawej stronie stała mała toaletka, goła betonowa podłoga i ściany pomalowane były na biało, jak przystało na tego rodzaju placówkę. Zamknięci w tej klitce musieli uważać, żeby nie potrącić jeden drugiego.

– Kto jeszcze mógł mieć dostęp do tego pokoju? – spytał Teddy.

– O tak późnej porze? Nikt nie kręci się wtedy po oddziale bez powodu.

– Jasne. Ale kto mógł mieć dostęp?

– Oczywiście posługacze.

– A lekarze? – odezwał się Chuck.

– No i pielęgniarki.

– Lekarze nie mają kluczy do tego pokoju? – dociekał Teddy.

– Owszem, mają – odparł Cawley z lekką nutką rozdrażnienia w głosie. – Ale do dziesiątej wieczór lekarze powinni już się rozejść do swoich kwater.

– I zdać klucze?

– Tak.

– I jest to gdzieś udokumentowane? – spytał Teddy.

– Nie rozumiem.

– Zastanawia nas, doktorze – odezwał się Chuck – czy muszą się gdzieś podpisać, kiedy pobierają i zdają klucze.

– Naturalnie.

– I moglibyśmy zajrzeć do rejestru i sprawdzić wpisy z ubiegłej nocy? – powiedział Teddy.

– Tak, tak. Naturalnie.

– Rejestr zapewne przechowuje się w tym zakratowanym pomieszczeniu, które mijaliśmy na parterze? – dopytywał się Chuck. – Tym ze strażnikiem i mnóstwem kluczy?

Cawley potwierdził kiwnięciem głowy.

– A akta osobowe personelu? Pracowników medycznych, posługaczy i strażników? – wtrącił Teddy. – Będziemy musieli do nich zajrzeć.

Cawley łypnął na niego tak, jakby z twarzy Teddy'ego wzbił się rój rozwścieczonych gzów.

– Po co?

– Doktorze Cawley! Kobieta znika z zamkniętego na cztery spusty pokoju. Przepada jak kamień w wodę na maleńkiej wyspie. Nie możemy wykluczyć, że ktoś jej w tym pomógł.

– Zastanowimy się, szeryfie – powiedział Cawley.

– Zastanowicie?

– Owszem, szeryfie. Muszę naradzić się z komendantem i kilkoma innymi pracownikami. Rozpatrzymy pańską prośbę, kierując się....

– To nie prośba, doktorze Cawley. Jesteśmy tu z rozkazu rządu federalnego. Z tej placówki zbiegł niebezpieczny więzień...

– Pacjent.

– Niebezpieczny pacjent – zgodził się Teddy, nie dając się wyprowadzić z równowagi. – Jeśli odmawia pan udzielenia pomocy szeryfom federalnym w ujęciu tego pacjenta, to niestety, tym samym... Chuck?

– Utrudnia pan pracę organów ścigania – dokończył Chuck.

Cawley posłał mu spojrzenie, które wyraźnie miało oznaczać, że nie spodziewał się po nim takiego zagrania.

– Cóż, mogę jedynie panów zapewnić – rzekł Cawley bezbarwnym głosem – że uczynię wszystko, co w mojej mocy, by uwzględnić wasze życzenie.

Teddy i Chuck spojrzeli po sobie, potem znów na niemal puste pomieszczenie. Pozwolili Cawleyowi trochę odsapnąć, gdyż zapewne nie przywykł do tego, że męczono go pytaniami wtedy, kiedy sobie tego wyraźnie nie życzył.

Teddy zajrzał do wąskiej szafy, popatrzył na trzy białe fartuchy, dwie pary białych pantofli.

– Ile par obuwia przysługuje pacjentowi?

– Dwie.

– Czyżby wydostała się stąd boso?

– Najwyraźniej. – Cawley poprawił krawat pod fartuchem lekarskim i wskazał leżącą na łóżku zapisaną kartkę. – Znaleźliśmy ją za toaletką. Nie mamy pojęcia, co oznacza. Bylibyśmy wdzięczni, gdyby komuś udało się to rozszyfrować.

Teddy podniósł kartkę, odwrócił ją na drugą stronę, zobaczył tabelę do badania wzroku – stopniowo malejące litery ułożone w piramidę. Obrócił kartkę i pokazał Chuckowi.

ZASADA CZTERECH

JA JESTEM 47
ONI TO 80

+ WY JESTEŚCIE 3

46

My Jesteśmy 4
Ale
Kim Jest 67?

Teddy nie miał nawet ochoty trzymać tej kartki w ręce, jej krawędzie łaskotały go nieprzyjemnie w palce.

– Niech skonam, jeśli coś z tego rozumiem – powiedział Chuck.

– Przyznam, że doszliśmy do podobnego wniosku – oświadczył Cawley, podchodząc do nich.

– Jest nas trzech – rzekł Teddy.

Chuck zerknął na kartkę.

– No i co?

– Możemy być tą trójką – powiedział. – Nas trzech, tak jak stoimy teraz w tym pokoju.

Chuck pokręcił głową.

– W jaki sposób by to przewidziała?

Teddy wzruszył ramionami.

– To tylko domysł, nic więcej.

– Właśnie.

– Owszem, to tylko domysł – odezwał się Cawley – ale Rachel potrafi prowadzić błyskotliwe gry z otoczeniem. Jej urojenia – zwłaszcza te, które utrzymują ją w przekonaniu, że jej dzieci nadal żyją – to nader subtelne, a przy tym zawiłe konstrukcje. Dla ich podtrzymania Rachel ucieka się do wyszukanych zabiegów fabularnych, oplatając swoje życie całkowicie zmyślonym wątkiem.

Chuck powoli odwrócił głowę i popatrzył na Cawleya.

– Trzeba by być przynajmniej magistrem, żeby coś z tego zrozumieć, doktorze.

Cawley parsknął śmiechem.

– Niech pan przypomni sobie kłamstwa, jakie opowiadał pan rodzicom w dzieciństwie. Ich bogatą, złożoną tkankę. Zamiast ograniczać się do podania prostego zmyślonego powodu, dla którego poszedł pan na wagary czy zapomniał o swoich domowych obowiązkach, konfabuluje pan, nadaje faktom fantastyczną oprawę. Zgadza się?

Chuck po chwili zastanowienia skinął głową.

– Jasne – powiedział Teddy. – To samo robią przestępcy.

– Otóż to. Chodzi o to, aby zagmatwać. Oszołomić słuchacza,

aż w końcu uwierzy, bardziej wyczerpany niż przekonany. Proszę teraz pomyśleć, że okłamuje pan samego siebie. Tak jest w przypadku Rachel. W ciągu tych czterech lat nawet nie przyjęła do wiadomości, że przebywa w szpitalu. W swoim mniemaniu wciąż mieszkała u siebie w Berkshire, a nas traktowała jak przychodzących do jej domu dostawców, mleczarzy, listonoszy. Opierała się rzeczywistości i siłą woli, niczym więcej, umacniała swoje mrzonki.

– Jak to możliwe, że prawda nigdy do niej nie dotarła? – zdziwił się Teddy. – Przecież była zamknięta w zakładzie dla obłąkanych. Jak mogła tego nie zauważyć?

– Och – odparł Cawley – w ten sposób dochodzimy do straszliwej i fascynującej prawdy o paranoicznych urojeniach, które są tworem fundamentalnie rozszczepionej jaźni. Jeśli, panowie, jesteście niezbicie przekonani, że tylko wy znacie prawdę, cała reszta siłą rzeczy kłamie. A jeśli wszyscy oprócz was kłamią...

– To każda prawda w ich ustach jest kłamstwem – dokończył Chuck.

Cawley zrobił z palców pistolet i strzelił na niby do Chucka.

– Zaczyna pan chwytać.

– Więc te liczby wiążą się jakoś z jej fantazjami? – spytał Teddy.

– Na pewno. Muszą coś oznaczać. W przypadku Rachel nie ma mowy o pustych czy błahych popisach. Jej umysł nie próżnował ani przez chwilę, ratując przed zawaleniem zamki z piasku, które tak pieczołowicie wznosiła. To – postukał palcem w tablicę badania wzroku – jest ta konstrukcja przelana na papier. Jestem święcie przekonany, że dzięki temu dowiemy się, co się z nią stało.

Przez chwilę Teddy odniósł wrażenie, że to pismo do niego przemawia, staje się czytelniejsze. Zwłaszcza pierwsze dwie liczby, „47" i „80"; miał uczucie, że błąkają się po zakamarkach jego umysłu, próbując przebić się do świadomości, niczym melodia piosenki, którą usiłuje sobie przypomnieć, kiedy w radiu nadają właśnie coś zupełnie innego. Najwyraźniejszą wskazówką było „47". Miał to w zasięgu ręki. To było takie proste. To było...

I wtedy runęły wszelkie pomosty logiki wiodące ku rozwiązaniu, jego umysł wypełniła pustka i wszystko mu się wymknęło. Odłożył kartkę na łóżko.

– Zwariowała – powiedział Chuck.

– Co takiego? – zdziwił się Cawley.
– To właśnie z nią się stało. Tak uważam.
– Co do tego raczej nie ma wątpliwości – skwitował Cawley.

4

Po wyjściu z pokoju stanęli na korytarzu. Pokój Rachel znajdował się po lewej stronie klatki schodowej, która dzieliła korytarz na dwie równe części.
– Innego zejścia z tego piętra nie ma? – spytał Teddy.
Cawley potwierdził kiwnięciem głowy.
– I żadnego włazu na dach? – upewnił się Chuck.
Cawley potrząsnął głową.
– Na dach można się dostać jedynie po schodach przeciwpożarowych. Są widoczne od południowej strony budynku. Dostępu do nich broni brama zamykana na klucz. Personel, oczywiście, ma do niej klucze, ale pacjenci nie. Żeby wyjść na dach, musiałaby zejść po schodach, wydostać się z budynku, otworzyć kluczem bramę i z powrotem wdrapać się na górę.
– Ale sprawdziliście dach?
– Jak wszystkie pomieszczenia na oddziale. Natychmiast. Gdy tylko stwierdzono jej zaginięcie.
Teddy wskazał posługacza siedzącego przy stoliku przed schodami.
– Rozumiem, że pracownicy pełnią tam dyżur przez całą dobę?
– Tak.
– Zatem zeszłej nocy ktoś miał to piętro na oku.
– Ganton we własnej osobie.
Podeszli do schodów.
– Więc... – odezwał się Chuck, patrząc pytająco na Teddy'ego, który uśmiechnął się zachęcająco. – Więc pani Solando wydostaje się z zamkniętego na klucz pokoju, potem idzie tymi schodami na dół.
Zeszli po schodach, mijając strażnika dyżurującego na drugim piętrze.
– Przechodzi obok następnego strażnika – ciągnął Chuck – ale jak tego dokonuje, nie wiemy, może staje się niewidzialna. Idzie dalej schodami na dół i wychodzi na...

Pokonali ostatni odcinek schodów i mieli teraz przed sobą duże, otwarte pomieszczenie z kilkoma leżankami pod ścianami, składanym stołem i krzesłami pośrodku. Pomieszczenie skąpane było w białym świetle wpadającym do środka przez wykuszowe okna.

– Świetlicę – dokończył Cawley – w której pacjenci przebywają wieczorami. Tu odbywały się wczoraj zajęcia terapii grupowej. A przez tę arkadę, proszę spojrzeć, idzie się do stanowiska pielęgniarek. Po ogłoszeniu ciszy nocnej zbierają się tu posługacze. Mają zmywać podłogi, ale najczęściej przyłapujemy ich na grze w karty.

– A wczorajszej nocy?

– Podobno rżnęli w karty na całego, sami się przyznali. Siedmiu chłopa siedziało u stóp tych schodów i grało w pokera.

Chuck oparł ręce na biodrach i syknął przez zęby.

– Wychodzi na to, że znów staje się niewidzialna, przemyka się i kieruje na prawo albo na lewo.

– Idąc w prawo, przeszłaby przez jadalnię do kuchni. Dalej są drzwi, zakratowane i zabezpieczone instalacją alarmową, włączaną o dziewiątej wieczorem, po wyjściu ostatnich pracowników kuchni. Po lewej jest stanowisko pielęgniarek i pokój wypoczynkowy dla personelu. Nie ma wyjścia na zewnątrz. Z budynku można się wydostać tylko przez drzwi po drugiej stronie świetlicy albo te w korytarzu za schodami. Przy obu dyżurowali zeszłej nocy posługacze.

Cawley zerknął na zegarek.

– Panowie, muszę iść na zebranie. Z dalszymi pytaniami proszę śmiało zwracać się do pracowników szpitala albo udać się do McPhersona. To on kierował do tej pory poszukiwaniami. Powinien udzielić wam wszystkich niezbędnych informacji. Personel jada kolację punktualnie o szóstej w stołówce w budynku, w którym zakwaterowani są posługacze. Po kolacji zbierzemy się tutaj w pokoju wypoczynkowym i będziecie mogli porozmawiać z pracownikami, którzy mieli dyżur w noc zaginięcia Rachel Solando.

Wyszedł w pośpiechu na dziedziniec przez drzwi frontowe. Odprowadzali Cawleya wzrokiem, zanim skręcił w lewo i zniknął im z oczu.

– Czy jest w tej całej sprawie coś, co wykluczałoby współudział pracownika szpitala? – powiedział Teddy.

– Ja nadal opowiadam się za tym, że Rachel stała się niewidzialna.

Mogła nałożyć czapkę-niewidkę. Kapujesz? Może nas teraz obserwuje, Teddy. – Chuck szybko obejrzał się za siebie. – Warto o tym pamiętać.

Po południu przyłączyli się do ekipy poszukiwawczej i wyruszyli w głąb wyspy. Powietrze było parne, ciężkie. Wyspa tonęła w dzikiej roślinności, przyduszona chwastami i polami gęstej, wysokiej trawy przetykanej czepnymi wąsami pnączy i krzaków najeżonych kolcami. Często nie można było się przez te chaszcze przedrzeć, nawet korzystając z maczet, w które została zaopatrzona część strażników. Rachel Solando maczety nie miała, a nawet gdyby miała, wyspa jakby zawzięła się, żeby spychać wszelkich przybyszów z powrotem na wybrzeże.

Poszukiwania wydały się Teddy'emu dość niemrawe, odnosił wrażenie, że tylko on i Chuck naprawdę wkładają w nie serce. Strażnicy posuwali się naprzód ze spuszczonym wzrokiem, osowiale. Trasa biegła równolegle do linii brzegowej. W pewnej chwili, wychodząc zza skalnego występu, natknęli się na wznoszącą się wysoko ścianę urwiska opadającego prosto do morza. Po lewej ręce, za gąszczem kolczastych krzewów, mchu i borówek, widać było polankę położoną u stóp niskich wzgórz. Wzgórza te, poprzecinane wąskimi rozpadlinami, stopniowo podnosiły się, przechodząc w poszarpany klif. Teddy dostrzegł podłużne szczeliny w ścianie urwiska.

– Jaskinie? – spytał McPhersona.

– Jest ich tam kilka.

– Sprawdziliście je?

McPherson westchnął i zapalił cygaretkę, osłaniając stulonymi dońmi zapałkę przed wiatrem.

– Kobieta miała dwie pary butów, szeryfie. Obie zostawiła w pokoju. Jak niby miała pokonać trasę, którą my ledwo przebyliśmy, a potem wspiąć się na te skały i wdrapać po tej ścianie?

Teddy wskazał na wzgórza ciągnące się za polaną.

– A gdyby wybrała okrężną drogę, posuwała się powoli do góry od zachodu?

– Niech pan spojrzy, szeryfie – odparł McPherson. – Tam gdzie kończy się ta polana, zaczynają się bagna. A u podnóża tych wzgórz pleni się sumak jadowity i tysiąc innych ciernistych krzaków, z kolcami wielkości mojego fiuta.

– Czyli jakimi? Dużymi czy małymi? – rzucił przez ramię Chuck, idący kilka metrów przed nimi.

– Średnimi. – McPherson się uśmiechnął. – Rozumiecie, panowie, co chcę przez to powiedzieć? Uciekinierka nie miałaby wyboru, musiałaby trzymać się blisko linii brzegowej, a obojętnie, w którą stronę by poszła, w połowie drogi natknęłaby się na coś takiego. – Wskazał ręką urwisko.

Godzinę później, już po drugiej stronie wyspy, stanęli przed ogrodzeniem okalającym stary fort i latarnię morską. Teddy zobaczył biegnący wokół latarni drugi płot z bramą, przy której stali na warcie dwaj strażnicy z karabinami.

– Pilnują oczyszczalni? – zdziwił się.

McPherson skinął głową.

Teddy spojrzał na Chucka, a ten uniósł brwi.

– Pilnują oczyszczalni? – powtórzył Teddy.

Nikt nie towarzyszył im przy kolacji. Siedzieli sami przy stoliku, przesiąknięci wilgocią oceanu, którą przesycone było powietrze i która skraplała się niczym kapryśna mżawka. Wiatr przybierał na sile, spowita mrokiem wyspa trzeszczała za oknami.

– Przez zaryglowane drzwi – powiedział Chuck.

– Boso – dodał Teddy.

– Obok trzech punktów kontrolnych.

– I świetlicy z całą nocną zmianą.

– Boso – zgodził się Chuck.

Teddy podłubał widelcem w talerzu; na kolację podano zapiekankę z mięsem i ziemniakami, mięso było żylaste.

– Przez mur z drutem pod napięciem – powiedział.

– Albo przez strzeżoną bramę.

– Na ten wygwizdów.

Podmuchy wiatru wstrząsały budynkiem, wstrząsały ciemnością.

– Boso.

– I nikt jej nie widział.

Chuck przeżuł kawałek mięsa, popił kawą.

– Powiedzmy, że ktoś wykituje na tej wyspie – przecież nikt nie jest nieśmiertelny – to co się z nim dzieje?

– Chowają go.

– No właśnie. A widziałeś gdzieś tutaj cmentarz?

Teddy potrząsnął głową.

– Na pewno jest jakieś ogrodzone miejsce pochówku.

– Jak ta oczyszczalnia. Jasne – rzekł Chuck, odsunął tacę i rozsiadł się wygodnie. – Jaki jest następny punkt programu?

– Spotkanie z personelem.

– Myślisz, że będą skorzy do pomocy?

– Masz wątpliwości?

Chuck uśmiechnął się szeroko. Zapalił papierosa, z rozbawieniem patrząc na Teddy'ego, aż w końcu parsknął śmiechem, wydmuchując jednocześnie kłęby dymu.

Teddy stał pośrodku sali, pracownicy szpitala siedzieli dookoła niego. Położył ręce na krawędzi oparcia metalowego krzesła, obok niego Chuck w niedbałej pozie, z rękami w kieszeniach, opierał się o filar.

– Domyślam się, że wszystkim wam wiadomo, dlaczego się tu zebraliśmy – powiedział Teddy. – Zeszłej nocy doszło w szpitalu do ucieczki. Wygląda na to, że pacjentka po prostu zniknęła. Nie trafiliśmy na żaden ślad, który obaliłby założenie, że ktoś pomógł jej wydostać się na wolność. Czy zastępca komendanta podziela moje zdanie?

– Uważam, że na tym etapie jest to słuszne przypuszczenie.

Teddy chciał mówić dalej, ale odezwał się siedzący obok pielęgniarki Cawley:

– Moglibyście się przedstawić, panowie? Nie wszyscy mieli okazję was poznać.

Teddy przestał się pochylać nak krzesłem.

– Szeryf federalny Edward Daniels. A to mój partner, szeryf federalny Charles Aule.

Chuck pomachał zebranym ręką i z powrotem wsadził ją do kieszeni.

– Panie McPherson – powiedział Teddy – przeszukał pan ze swoimi ludźmi całą wyspę.

– Ma się rozumieć.

– Z jakim wynikiem?

McPherson wyprostował się na krześle.

– Nie znaleźliśmy żadnych śladów uciekinierki, strzępków ubrania, odcisków stóp, przydeptanej trawy, nic. Zeszłej nocy był silny prąd i bardzo duży przypływ. Przeprawa wpław nie wchodziła w grę.

– Mogła jednak spróbować.

Słowa te wypowiedziała pielęgniarka, Kerry Marino, szczupła kobieta z szopą rudych włosów, które gdy wchodziła, były upięte w kok, ale teraz spływały swobodnie na ramiona. Czepek położyła na kolanach i leniwie przeczesywała palcami włosy, gestem wyrażającym znużenie, a zarazem przykuwającym uwagę wszystkich mężczyzn, którzy posyłali jej ukradkowe spojrzenia – wyrażane w ten sposób zmęczenie świadczyło o pilnej potrzebie wyciągnięcia się na łóżku.

– Proszę? – powiedział McPherson.

Pielęgniarka przestała bawić się włosami i położyła ręce na kolanach.

– Skąd wiemy, że nie wskoczyła do wody i nie utopiła się?

– Morze wyrzuciłoby jej ciało na brzeg – odparł Cawley i ziewnął, zasłaniając usta pięścią. – Przy takim przypływie?

Marino podniosła pojednawczo rękę.

– Chciałam tylko zwrócić uwagę na taką możliwość.

– Doceniamy to, siostro – powiedział Cawley – ale mamy za sobą wyczerpujący dzień. Szeryfie, proszę zadawać pytania.

Teddy zerknął na Chucka, a ten lekko skinął głową. Po wyspie grasowała zbiegła pacjentka, niebezpieczna dla otoczenia, a każdy marzył tylko o tym, żeby położyć się spać.

– Pan Ganton – zaczął Teddy – oświadczył, że zajrzał do pokoju pani Solando o północy i stwierdził jej zaginięcie. Zamki przy drzwiach i przy kracie okiennej były nienaruszone. Panie Ganton, czy między dziesiątą a dwunastą zdarzyło się, że chociaż przez krótką chwilę nie miał pan w polu widzenia korytarza na drugim piętrze?

Kilka osób odwróciło głowę w stronę Gantona, a Teddy z zakłopotaniem dojrzał na niektórych twarzach lekkie uśmieszki, jakby miał do czynienia z trzecioklasistami i wyrwał do odpowiedzi najbystrzejsze dziecko w klasie.

– Nie miałem korytarza na oku tylko wtedy, gdy wszedłem do jej pokoju i zobaczyłem, że zniknęła – odparł Ganton wpatrzony w swoje buty.

– Czyli przez trzydzieści sekund.

– Raczej piętnaście – powiedział, przenosząc spojrzenie na Teddy'ego. – Pokoik jest mały.

– A poza tym?

– Poza tym o dziesiątej wszyscy pacjenci siedzieli już pod kluczem. Rachel wróciła do swojego pokoju ostatnia. Ja dyżurowałem przy schodach i przez te dwie godziny nie widziałem żywej duszy.

– I ani razu nie opuścił pan swojego stanowiska?

– Nie, proszę pana.

– Nie poszedł pan po kawę ani nic w tym rodzaju?

Ganton potrząsnął głową.

– No dobra, ludzie – odezwał się Chuck, odrywając się od słupa. – Będę zdrowo szarżować, ale pozwolę sobie przyjąć, czysto hipotetycznie, w niczym nie ujmując panu Gantonowi, że pani Solando zdołała jakoś uczepić się sufitu i wydostać na korytarz.

Kilka osób zachichotało.

– Dotarła do schodów prowadzących na pierwsze piętro. Kogo tam musiałaby ominąć?

Podniósł rękę posługacz o mlecznobiałej cerze i włosach koloru marchewki.

– Możesz się przedstawić? – spytał Teddy.

– Glen. Glen Miga.

– W porządku, Glen. Więc całą noc byłeś na swoim stanowisku?

– No... tak.

– Glen?

– Słucham? – Posługacz przestał skubać skórki od paznokci i popatrzył na szeryfa.

– Mów prawdę.

Glen spojrzał na Cawleya i z powrotem na Teddy'ego.

– No byłem.

– Przestań, Glen – powiedział Teddy.

Glen napotkał wzrok Teddy'ego, oczy lekko mu się rozszerzyły.

– Poszedłem do łazienki – przyznał w końcu.

Cawley pochylił się na krześle.

– Kto cię zastąpił?

– Zachciało mi się sikać. Przepraszam.

– Jak długo to trwało? – spytał Teddy.

Glen wzruszył ramionami.

– Najwyżej minutę.
– Minutę. Na pewno?
– A czy ja jestem wielbłąd?
– Nie.
– Uwinąłem się raz-dwa.
– Człowieku, złamałcś przepisy – oświadczył Cawley.
– Wiem, panie doktorze. Ja...
– O której godzinie to się stało? – spytał Teddy.
– Około jedenastej trzydzieści.

Strach przed Cawleyem przeradzał się u posługacza w nienawiść do szeryfa; jeszcze kilka pytań i Teddy miałby w jego osobie zawziętego wroga.

– Dzięki, Glen – powiedział Teddy i dał głową znak Chuckowi, że teraz jego kolej.

– Około jedenastej trzydzieści wciąż jeszcze odchodził ostry poker? – spytał Chuck.

Kilku posługaczy spojrzało po sobie, potem na Chucka i jeden z nich, Murzyn, skinął głową, a w ślad za nim pozostali.

– Kto o tej porze brał udział w grze?

Podniosło ręce pięciu posługaczy, czterech Murzynów i jeden biały.

Chuck wyłowił przywódcę – pierwszy skinął głową, pierwszy uniósł rękę – tęgiego faceta z głową ogoloną do skóry, lśniącą w świetle jarzeniówek.

– Nazwisko?
– Washington. Trey Washington.
– Powiedz mi, Trey, gdzie wtedy siedzieliście.
– Mniej więcej w tym miejscu – odparł Murzyn, wskazując na dół. – Na środku sali. Dokładnie naprzeciw schodów. Mieliśmy na oku drzwi frontowe i te od zaplecza.

Chuck podszedł do niego i wykręcił szyję, żeby objąć wzrokiem przednie i tylne drzwi oraz schody.

– Dogodne stanowisko.

– Nie chodzi tylko o pacjentów, szeryfie – powiedział Trey, zniżając głos. – Musimy uważać na lekarzy, na pielęgniarki, które nas nie lubią. Na dyżurze nie wolno grać w karty. Trzeba patrzeć, czy ktoś nadchodzi, i w razie czego zaraz łapać miotłę.

– Założę się, że prędko się ruszasz. – Chuck się uśmiechnął.

– Widział pan błyskawicę na sierpniowym niebie?

– No.

– Ja jestem szybszy, kiedy dopadam do miotły.

Na sali zapanowało rozprzężenie, siostra Marino nie zdołała powstrzymać uśmiechu, a pokerzyści żartobliwie wytykali się nawzajem palcami. Teddy wiedział już, że podczas ich pobytu na wyspie to Chuck będzie grał dobrego glinę. Potrafił zjednać sobie ludzi i na pewno czułby się jak ryba w wodzie w każdym środowisku, a kwestie etniczne czy nawet językowe nie miały tu żadnego znaczenia. Teddy'ego cholernie dziwiło to, że wydział pościgowy w Seattle pozbył się takiego cennego pracownika, nawet jeśli zadawał się z Japonką.

Teddy z kolei miał silną i władczą osobowość. Jego stosunki z innymi układały się świetnie, jeśli to akceptowali, a na wojnie szybko musieli do tego przywyknąć. Jednak zanim to następowało, dochodziło do spięć.

– Dobrze już, dobrze – próbował powściągnąć powszechną wesołość Chuck, sam śmiejąc się od ucha od ucha. – A więc, Trey, siedzieliście na wprost tych schodów. Kiedy się zorientowaliście, że coś jest nie tak?

– Kiedy Ike – chciałem powiedzieć, pan Ganton – zaczął do nas krzyczeć: „Zawiadomić komendanta. Ktoś uciekł z oddziału".

– Która wtedy była godzina?

– Dwunasta zero dwa i trzydzieści dziewięć sekund.

Chuck uniósł brwi ze zdziwieniem.

– Masz w głowie zegar?

– Nie, ale człowiek wyrabia w sobie odruch, żeby zaraz patrzeć na zegar, kiedy zaczyna się zamieszanie. Wie pan, wszystko może być uznane za „zajście", a potem musimy pisać raporty na specjalnych formularzach. W raporcie na samym początku trzeba określić czas zajścia, a kiedy człowiek nawypełnia się takich formularzy, wchodzi mu w krew patrzenie na zegar, jak tylko zaczyna się dziać coś podejrzanego.

Jego przemowa przyjmowana była z ogólną aprobatą posługaczy, którzy kiwali głowami i potakiwali, jak wierni słuchający kaznodziei nawołującego do odnowy duchowej.

Chuck posłał Teddy'emu spojrzenie, które zdawało się mówić: „I co ty na to?".

– Czyli wtedy była dwunasta zero dwa – powiedział Chuck.

– I trzydzieści dziewięć sekund.

– Te dwie minuty – zwrócił się Teddy do Gantona – wzięły się stąd, że zajrzał pan najpierw do innych pacjentów, zanim doszedł pan do pokoju Rachel Solando, tak?

Ganton skinął głową.

– Najpierw sprawdziłem pokoje czterech bliższych pacjentów.

– A kiedy przybył komendant? – spytał Teddy.

– Pierwszy zjawił się Hicksville, strażnik. Chyba dyżurował tej nocy przy bramie – odparł Trey. – Była dokładnie dwunasta zero sześć i dwadzieścia dwie sekundy, kiedy wpadł na oddział. Komendant wparował cztery minuty później z szóstką ludzi.

– A pani? – zwrócił się Teddy do siostry Marino. – Słyszy pani całe to zamieszanie i co pani robi?

– Zamykam na klucz stanowisko pielęgniarek. Docieram do pokoju wypoczynkowego mniej więcej w tym czasie, kiedy Hicksville wchodzi przez drzwi frontowe.

Siostra Marino wzruszyła ramionami i zapaliła papierosa, a za jej przykładem poszli inni palacze.

– I nikt nie mógł przedostać się niezauważony obok stanowiska pielęgniarek?

Pielęgniarka podparła ręką brodę, przyglądała mu się przez smużkę dymu z papierosa.

– Przedostać się dokąd? Tam można dojść tylko do sali hydroterapii. To betonowy bunkier z wannami i basenami.

– Sprawdziliście tam?

– Oczywiście, szeryfie – odezwał się McPherson z wyraźnym znużeniem w głosie.

– Siostro Marino – powiedział Teddy – brała pani udział w grupie zeszłej nocy.

– Brałam.

– Czy zauważyła pani coś niezwykłego?

– Zależy, co pan ma na myśli.

– Nie rozumiem.

– To zakład dla obłąkanych przestępców, szeryfie. „Niezwykłe" jest u nas na porządku dziennym.

Teddy uśmiechnął się z zażenowaniem.

– W takim razie postawię pytanie inaczej. Czy z ostatnich zajęć terapii grupowej utkwiło pani w pamięci coś, co, hm...?

– Odbiegało od normy? – dokończyła pielęgniarka.

Wywołało to u Cawleya uśmiech, kilka osób parsknęło z rozbawieniem.

Teddy kiwnął potakująco głową.

Siostra Marino zastanawiała się przez chwilę, a biały słupek popiołu na jej papierosie rósł i zakrzywiał się w dół, lecz pielęgniarka strzepnęła popiół do popielniczki, zanim się posypał na jej ubranie.

– Niestety. Przykro mi – powiedziała.

– Czy pani Solando zabierała głos?

– Kilka razy, o ile pamiętam... tak.

– I co mówiła?

Siostra Marino przeniosła spojrzenia na Cawleya.

– Na razie na potrzeby śledztwa uchylamy zasadę poufności informacji dotyczących pacjentów – rzekł doktor.

Pielęgniarka skinęła głową, ale nie wyglądała na szczęśliwą z takiego obrotu sprawy.

– Omawialiśmy sposoby panowania nad złością. Niedawno wśród pacjentów doszło do kilku wybuchów.

– To znaczy?

– Krzyczeli na siebie, brali się za łby. Właściwie to nic nadzwyczajnego, tylko że w ostatnich tygodniach zjawisko nieco się nasiliło, co najprawdopodobniej wywołane było falą upałów. Wczoraj wieczorem przedyskutowaliśmy właściwe i niewłaściwe sposoby okazywania niepokoju czy niezadowolenia.

– Czy pani Solando miewała ostatnio ataki złości?

– Rachel? Nie. Jedyną rzeczą, która wytrącała ją z równowagi, był deszcz. Cały jej udział we wczorajszych zajęciach polegał na tym, że w kółko powtarzała: „Słyszę deszcz. Słyszę deszcz. Jeszcze nie pada, ale czuję, że nadciąga. Czy nic nie da się zrobić w sprawie jedzenia?".

– Jedzenia?

Pielęgniarka zgasiła papierosa i skinęła głową.

– Rachel uważała, że posiłki szpitalne są ohydne. Bez przerwy narzekała.

– Słusznie? – spytał Teddy.

Siostra Marino uśmiechnęła się półgębkiem i spuściła wzrok.

– Ktoś mógłby uznać jej postawę za całkiem zrozumiałą. My nie nadajemy pobudkom i przesłankom zabarwienia moralnego; nie określamy, czy coś jest słuszne, czy nie.

– Wczoraj wieczorem był z wami doktor Sheehan. To on prowadził zajęcia. Jest obecny na sali?

Nikt się nie odezwał. Kilku mężczyzn zgniotło niedopałki w popielniczkach stojących między krzesłami.

Ogólne milczenie przerwał Cawley.

– Doktor Sheehan odpłynął dziś rano tym samym promem, który zabrał pana w drodze powrotnej.

– Jak to?

– Zgodnie z wcześniejszymi ustaleniami wziął urlop.

– Ale musimy zadać mu kilka pytań.

– Mam jego sprawozdanie z przebiegu ostatniej sesji – odparł Cawley. – A także wszystkie jego notatki. Opuścił teren szpitala wczoraj o dziesiątej wieczór, wrócił do siebie. Rano wyjechał. Już od dawna należał mu się urlop i od dawna go planował. Nie widzieliśmy powodu, żeby go zatrzymywać.

Teddy spojrzał w stronę McPhersona.

– I pan do tego dopuścił?

Zastępca komendanta skinął głową.

– Zbiegł niebezpieczny pacjent. Do wyjaśnienia sprawy obowiązuje zawieszenie swobody ruchów. Dotyczy to każdego – rzekł Teddy. – Jak można w takiej sytuacji pozwolić komuś na wyjazd?

– Ustaliliśmy, gdzie doktor przebywał tamtej nocy. Przemyśleliśmy całą sprawę i uznaliśmy, że nie ma powodu go zatrzymywać – odparł McPherson.

– W końcu to doktor – dodał Cawley.

– Jezu – jęknął Teddy. Z tak poważnym odstępstwem od obowiązujących reguł postępowania nie zetknął się do tej pory w całej swej karierze, a wszyscy zachowywali się tak, jakby nic się nie stało.

– Dokąd wyjechał?

– Słucham?

– Na ten urlop – wyjaśnił Teddy. – Dokąd wyjechał?

Cawley utkwił wzrok w suficie, próbując sobie przypomnieć.

– Jak sądzę do Nowego Jorku. Tam mieszka jego rodzina. Przy Park Avenue.

– Potrzebny mi numer telefonu – oznajmił Teddy.

– Nie rozumiem, dlaczego...

– Doktorze Cawley, potrzebny mi numer telefonu.

– Zajmiemy się tym, szeryfie – odpowiedział Cawley, wciąż zapatrzony w sufit. – Ma pan jeszcze jakieś życzenia?

– Pewnie.

Cawley opuścił głowę i spojrzał Teddy'emu w oczy.

– Potrzebny mi telefon.

*

Ze słuchawki telefonu w pokoju pielęgniarek wydobywał się jednostajny szum i nic więcej. Na oddziale były jeszcze cztery inne aparaty, trzymane w gablotach zamykanych na klucz, ale po wyjęciu okazało się, że również nie nadają się do użytku.

Teddy poszedł z Cawleyem do centrali telefonicznej mieszczącej się na parterze w głównym budynku szpitalnym.

– Panie doktorze – odezwał się na ich widok telefonista z parą czarnych słuchawek zawieszonych na szyi. – Wszystko padło. Nawet łączność radiowa.

– Przecież warunki pogodowe na wyspie nie są takie straszne – rzekł Cawley.

Telefonista wzruszył ramionami.

– Będę próbował dalej. Ale to, co się dzieje u nas, nie ma takiego znaczenia jak pogoda po tamtej stronie.

– Niech pan się stara nawiązać łączność – powiedział Cawley. – Jak tylko uda się panu coś zdziałać, proszę dać mi znać. Ten pan musi zadzwonić na brzeg w ważnej sprawie.

Telefonista skinął głową, odwrócił się do nich plecami i nałożył z powrotem słuchawki.

Wyszli na powietrze, które dosłownie zapierało dech w piersi.

– Co się stanie, jeśli pan się nie zgłosi? – spytał Cawley.

– Zaznaczą to w nocnym raporcie. Wydział pościgowy zwykle zaczyna się martwić dopiero po upływie kolejnych dwudziestu czterech godzin.

– Może do tej pory sztorm przejdzie.

– Przejdzie? – zdziwił się Teddy. – Jeszcze nawet nie zaczęło dmuchać.

Cawley wzruszył ramionami i skierował się w stronę bramy.

– Urządzam u siebie małe spotkanie w męskim gronie, wie pan, przy cygarach i kieliszku. O dziewiątej, jeśli będziecie mieli ochotę się przyłączyć.

– Dobrze – odparł Teddy. – Będziemy mogli wtedy porozmawiać?

Cawley zatrzymał się, spojrzał na niego przez ramię. Za murem czarne drzewa kołysały się i szeptały.

– Przecież rozmawialiśmy cały dzień, szeryfie.

*

Chuck i Teddy szli w ciemnościach, czując gorące, nabrzmiałe wzbierającym sztormem powietrze; wszystko wokół wydawało się brzemienne, opuchnięte.

– Cholernie podejrzana sprawa.

– Zgadza się.

– Śmierdzi jak zepsuta ryba.

– Gdybym był baptystą, powiedziałbym: „Święta prawda".

– „Święta prawda"?

– Tak mówią w Missisipi. Służyłem tam przez rok.

– To prawda?

– Święta prawda.

Teddy zapalił kolejnego papierosa wyżebranego od Chucka.

– Skontaktowałeś się z wydziałem? – spytał Chuck.

Teddy potrząsnął głową.

– Podobno nie działa centrala telefoniczna. Przez ten sztorm – dodał, podnosząc rękę.

Chuck wypluł okruch tytoniu, który przykleił mu się do języka.

– Jaki sztorm?

– Wisi w powietrzu – odparł Teddy, spoglądając na ciemne niebo.

– Ale nie wygląda na taki, co załatwiłby na amen ich główny punkt łączności.

– „Główny punkt łączności"? – powtórzył Chuck. – Przeszedłeś do cywila czy wciąż jeszcze czekasz na zwolnienie ze służby?

– Niech ci będzie, że centralę telefoniczną – powiedział Teddy, pokazując papierosem w jej kierunku. – I radio też.

Oczy Chucka rozszerzyły się ze zdumienia.

– I radio też im się spieprzyło? Radio?

Teddy skinął głową.

– Jest niewesoło... tak, tak. Ugrzęźliśmy na odciętej od świata wyspie, gdzie szukamy kobiety, która uciekła z pokoju przez zaryglowane drzwi...

– Obok czterech dyżurnych.

– Pod nosem posługaczy grających w świetlicy w pokera.

– Pokonała trzymetrowy mur z cegły.

– Zwieńczony przewodem pod napięciem.

– Przepłynęła piętnaście kilometrów...

– Pod prąd, i to srogi...

– ...do brzegu. Ładnie powiedziane, srogi. I do tego zimny. Jaką temperaturę może mieć woda? Jeden, dwa stopnie?

– Najwyżej dwa stopnie. Ale w nocy?

– Pewnie spada do zera. Wiesz co, Teddy? To wszystko...

– I do tego jeszcze nieobecny doktor Sheehan – rzekł Teddy.

– Zdziwiło cię to, co? – powiedział Chuck. – Chyba zbyt łagodnie obszedłeś się z Cawleyem, szefie. Trzeba go było złapać mocno za jaja.

Teddy się roześmiał. Słyszał, jak jego śmiech ulatuje niesiony podmuchem nocnego wiatru i przepada w szumie przybrzeżnych fal, jak gdyby w ogóle go nie było, jak gdyby ta wyspa i morze, i sól odbierały człowiekowi to, co wydawało mu się, że należy do niego, i...

– ...jeśli służymy im tylko za przykrywkę? – mówił Chuck.

– Słucham?

– A jeśli służymy im tylko za przykrywkę? – powtórzył Chuck. – Jeśli ściągnęli nas po to, żeby zatuszować bałagan na swoim podwórku?

– Proszę jaśniej, Watsonie.

– Dobrze, szefie. – Chuck się uśmiechnął. – Ale skup się.

– Już się skupiam.

– Załóżmy, że tutejszy lekarz zadurzył się w pewnej pacjentce.

– Rachel Solando.

– Widziałeś jej zdjęcie.

– Niczego sobie.

– Niczego sobie? Teddy, to dziewczyna z okładki, obiekt westchnień szeregowców. Więc urabia naszego chłoptasia, Sheehana... Rozumiesz teraz?

Teddy wyrzucił papierosa i patrzył, jak ognik rozżarza i rozpryskuje się na wietrze, a następnie niesiony podmuchem z powrotem przemyka obok niego i Chucka.

– Sheehan daje się omotać, uznaje, że nie może bez niej żyć – dodał Teddy.

– Kluczowym słowem jest „żyć" razem z nią w szerokim świecie.

– Więc dają nogę z wyspy.

– Może w tej chwili są na koncercie Fatsa Domino.

Teddy przystanął przed pomarańczowym murem na przeciwległym krańcu budynku mieszkalnego dla personelu.

– Ale dlaczego nie wezwali policji?

– Zamiast policji jesteśmy my – odparł Chuck. – Musieli kogoś ściągnąć, taka jest procedura, a przy ucieczce z tego rodzaju zakładu wzywają nas. Lecz jeśli chcą zatuszować współudział któregoś z pracowników szpitala, nasza obecność tylko potwierdza ich wersję – że wszystko odbyło się zgodnie z przepisami.

– Zgoda – odparł Teddy. – Ale dlaczego mieliby kryć Sheehana?

Chuck oparł się nogą o mur, uginając ją w kolanie, i zapalił papierosa.

– Nie wiem. Jeszcze tego nie rozgryzłem.

– Jeśli Sheehan rzeczywiście zabrał ją z wyspy, to dał komuś w łapę.

– Musiał przekupić jakiegoś pracownika.

– I to niejednego.

– Na pewno kilku posługaczy. Jednego strażnika, może dwóch.

– Kogoś na promie. Może nawet kilku ludzi.

– Chyba że w ogóle nie wsiadł na prom. Mógł odpłynąć własną łodzią.

Teddy rozważał chwilę taką możliwość.

– Pochodzi z zamożnej rodziny. Mieszkają przy Park Avenue, jeśli wierzyć Cawleyowi.

– No i proszę – facet ze swoją łodzią.

Teddy spojrzał do góry na drut wieńczący mur. Powietrze wokół nich wybrzuszało się jak przyciśnięty szkłem bąbel.

– Ta teoria pozostawia bez odpowiedzi wiele pytań – rzekł po chwili.

– Jak to?

– A skąd ten szyfr w pokoju Rachel Solando?

– Cóż, to przecież wariatka.

– Ale po co mieliby go nam pokazywać? To znaczy, jeśli to wszystko pic na wodę, to powinni nas jak najszybciej spławić, wcisnąć nam jakąś historyjkę. „Posługacz zasnął na dyżurze" albo: „Zamek na okiennej kracie przerdzewiał, a myśmy nie zauważyli". A my podpisujemy raport i do domu.

Chuck dotknął ręką muru.

– Może doskwierała im samotność. Im wszystkim. Stęsknili się za nowymi twarzami, przybyszami z szerokiego świata.

– Jasne. I wymyślili bajeczkę, żeby nas tu sprowadzić? Żeby mieć co wspominać? Już mnie przekonałeś.

Chuck odwrócił się i spojrzał na szpital.

– No dobra, żarty na bok...

Teddy poszedł w jego ślady i teraz obaj stali zwróceni twarzą w stronę głównego budynku.

– Słusznie....

– Zaczynam się trochę denerwować, Teddy.

5

– Nazywali ją Wielką Salą – powiedział Cawley, prowadząc ich przez wyłożony parkietem przedsionek w stronę pary dębowych drzwi z mosiężnymi gałkami wielkości ananasa. – Poważnie. Moja żona znalazła na poddaszu listy pierwszego gospodarza, pułkownika Spiveya, których nie zdążył wysłać. Rozwodzi się w nich nad Wielką Salą, którą budował.

Cawley przekręcił potężną gałkę i szarpnięciem otworzył drzwi.

Chuck aż gwizdnął. Teddy i Dolores mieli wprawdzie mieszkanie przy Butonwood, które było przedmiotem zawiści ze strony przyjaciół z racji swej powierzchni, gdyż wchodząc do niego, odnosiło się wrażenie, że główny korytarz długością nie ustępuje boisku futbolowemu, ale w Wielkiej Sali z łatwością zmieściłyby się dwa takie mieszkania.

Posadzka była marmurowa, przykryta gdzieniegdzie ciemnymi orientalnymi kobiercami. Wysokość kominka przekraczała wzrost przeciętnego mężczyzny. Same kotary – trzy metry ciemnopurpurowego aksamitu na każdym oknie, a było ich dziewięć – na pewno kosztowały więcej, niż Teddy zarabiał w ciągu roku albo i dwóch lat. W kącie pod obrazem olejnym, przedstawiającym mężczyznę w granatowym mundurze wojsk Północy, stał stół do bilardu. Obok na ścianie wisiały jeszcze dwa malowidła, kobiety w białej sukni z falbanami oraz wspólny portret mężczyzny i kobiety, z psem u stóp i tym samym gigantycznym kominkiem za plecami.

– To właśnie pułkownik Spivey? – spytał Teddy.

Idąc za jego spojrzeniem, Cawley skinął głową.

– Pozbawiony dowództwa krótko po tym, jak wykonane zostały te portrety. Znaleźliśmy je w piwnicy, podobnie jak dywany, stół bilardowy i większość krzeseł. Powinien pan zobaczyć piwnicę, szeryfie. Można by tam urządzić boisko do gry w polo.

Teddy poczuł dym z fajki i on oraz Chuck odwrócili się jednocześnie, uświadamiając sobie obecność jeszcze jednego mężczyzny w pokoju. Siedział na wprost kominka w krześle z wysokim oparciem, odwrócony do nich plecami, z nogą założoną na kolano i otwartą książką pod ręką.

Cawley poprowadził ich do kominka, wskazał ustawione w półkole krzesła.

– Czym się trujecie, panowie? – spytał, podchodząc do barku.

– Whisky, jeśli pan ma – odparł Chuck.

– Chyba coś się znajdzie. A pan, szeryfie Daniels?

– Poproszę wodę sodową z odrobiną lodu.

Nieznajomy podniósł wzrok na nowo przybyłych.

– Stroni pan od mocnych trunków? – spytał.

Teddy dobrze mu się przyjrzał. Mała głowa pokryta rudymi włosami wyglądała jak wiśnia przyczepiona do klocowatego tułowia. Mężczyzna ten był przy tym wydelikacony; Teddy nie mógł oprzeć się wrażeniu, że każdego ranka godzinami przed lustrem wklepuje w siebie talk i pachnące olejki.

– A z kim mam przyjemność? – spytał Teddy.

– To mój kolega – wyjaśnił Cawley. – Doktor Jeremiah Naehring.

Mężczyzna mrugnął na potwierdzenie, ale nie wyciągnął ręki na powitanie, a Teddy i Chuck poszli za jego przykładem.

– Zastanawiam się – odezwał się Naehring, gdy Teddy i Chuck rozsiedli się po jego lewej ręce.

– To świetnie – mruknął Teddy.

– Dlaczego pan nie pije. Nadużywanie alkoholu to chyba częste zjawisko wśród mężczyzn wykonujących pański zawód?

Cawley podał Teddy'emu napój. Teddy wstał i podszedł do regału z książkami stojącego po prawej stronie kominka.

– Dość częste – odparł. – A u was?

– Słucham?

– Wśród lekarzy – wyjaśnił Teddy. – Słyszałem, że w waszym środowisku jest mnóstwo pijaków.

– Nie zauważyłem.

– No to nie przyglądał się pan dokładnie.

– Nie rozumiem.

– A co pan popija? Zimną herbatkę?

Teddy odwrócił się do niego, zobaczył, że Naehring zerka na swoją szklaneczkę, a kąciki miękkich ust wykrzywiają się w chytrym uśmieszku.

– Znakomicie, szeryfie. Pana mechanizmy obronne są wprost zadziwiające. Domyślam się, że świetnie pan sobie radzi z przesłuchiwaniem przestępców.

Teddy potrząsnął głową. Sądząc po tej biblioteczce, Cawley trzymał u siebie niewiele książek medycznych. Przeważały w niej powieści, poza tym były cienkie tomiki poezji, jak się domyślał, i zajmujące kilka półek prace historyczne i biografie.

– Nie? – zdziwił się Naehring.

– Jestem szeryfem federalnym. Moje zadanie polega na doprowadzaniu przestępców. Od zadawania pytań na ogół są inni.

– Dla mnie to „przesłuchanie", a dla pana „zadawanie pytań". Tak, szeryfie, pana mechanizmy obronne są naprawdę zadziwiające. – Stuknął kilka razy dnem szklaneczki o stół, niby z zachwytem. – Fascynują mnie ludzie niecofający się przed przemocą.

– Przed czym? – zapytał Teddy, podchodząc do Naehringa. Zmierzył go wzrokiem i zagrzechotał kostkami lodu w szklaneczce.

Naehring odchylił do tyłu głowę i pociągnął łyk whisky.

– Przed przemocą.

– To cholernie ryzykowne założenie, doktorku – odezwał się Chuck. Teddy nie widział dotąd u niego tak silnego wzburzenia.

– Ja nic nie zakładam.

67

Teddy jeszcze raz zagrzechotał szklaneczką i opróżnił ją. Przez twarz Naehringa pod lewym okiem przebiegł leciutki skurcz.

– Jestem takiego samego zdania jak mój kolega – powiedział Teddy i siadł na swoim krześle.

– Ależ panowie – odparł Naehring, przeciągając ostatnią sylabę. – Powiedziałem, że nie cofacie się przed przemocą. To nie to samo co oskarżanie was o stosowanie przemocy.

Teddy wyszczerzył zęby.

– Niech pan nas oświeci.

Cawley za ich plecami nastawił płytę; zachrobotała igła, rozległo się kilka chrupnięć i syków, które przypominały Teddy'emu odgłosy, jakie wydawały z siebie bezużyteczne telefony w szpitalu. Potem odezwały się kojące smyczki i fortepian: muzyka poważna, tyle Teddy potrafił powiedzieć, jakiegoś niemieckiego kompozytora. Brzmienie instrumentów kojarzyło mu się z zamorskimi kawiarniami i zbiorem płyt, jaki widział w gabinecie zastępcy komendanta obozu w Dachau. Mężczyzna ten słuchał jednej z nich, gdy wpakował sobie kulkę w usta. Jeszcze żył, kiedy Teddy w obstawie czterech szeregowców wkroczył do jego gabinetu. Rzęził, próbując sięgnąć po pistolet, który spadł mu na podłogę. Łagodna muzyka rozpełzła się po całym pokoju niczym chmara pająków. *Kommandant* konał dwadzieścia minut, a chłopcy plądrujący gabinet pytali go, czy mocno cierpi. Teddy wziął do ręki oprawioną fotografię jego żony i dwójki dzieci, którą ten położył sobie na kolanach. Niemiec patrzył na niego rozszerzonymi oczami i próbował złapać go za rękę, gdy Teddy odbierał mu zdjęcie. Teddy odsunął się i spoglądał to na zdjęcie, to na faceta, aż ten w końcu wyzionął ducha. I przez cały czas towarzyszyła im ta rzewna muzyka.

– To Brahms? – spytał Chuck.

– Mahler – odpowiedział Cawley, siadając obok swego kolegi.

– Domagacie się, panowie, wyjaśnienia – rzekł Naehring.

Teddy oparł się łokciami o kolana, rozłożył dłonie.

– Zaryzykuję twierdzenie – mówił Naehring – że jeszcze jako uczniowie nie unikaliście starć na boisku szkolnym. Nie znaczy to, że sprawiały wam przyjemność. Po prostu odwrót nie wchodził w grę. Mam rację?

Teddy spojrzał na Chucka, który uśmiechnął się do niego lekko speszony.

– Tak zostałem wychowany, doktorku – odparł Chuck. – Żeby nie dać sobie w kaszę dmuchać.

– No, właśnie... wychowany. A kto zajmował się waszym wychowaniem?

– Wilki – wtrącił Teddy.

Cawleyowi rozbłysły oczy, pokiwał lekko głową.

Ale Naehring wyraźnie nie docenił dowcipu. Obciągnął nogawkę spodni i zapytał:

– Wierzycie w Boga?

Teddy się roześmiał.

Naehring pochylił się do przodu.

– Pyta pan serio? – zdziwił się Teddy.

Naehring nie odzywał się.

– Widział pan kiedyś obóz zagłady, doktorze? – spytał Teddy.

Naehring potrząsnął głową.

– Nie? – Teddy przysunął się bliżej ognia. – Świetnie mówi pan po angielsku, niemal doskonale. Ale spółgłoski wciąż wymawia pan odrobinę za twardo.

– Legalna imigracja nie jest chyba przestępstwem, szeryfie?

Teddy uśmiechnął się, potrząsnął głową.

– Ale wracając do kwestii wiary...

– Najpierw niech pan zobaczy obóz zagłady, doktorze, a potem podzieli się ze mną swoimi uczuciami wobec Boga.

Naehring powoli przymknął i uniósł powieki na znak, że przyjmuje to do wiadomości, po czym zwrócił się do Chucka:

– A pan?

– Nie widziałem obozu zagłady – odparł Chuck.

– Wierzy pan w Boga?

Chuck wzruszył ramionami.

– Nie zastanawiałem się nad tym od dłuższego czasu.

– Od śmierci ojca, tak?

Chuck pochylił się do przodu, wpatrywał się w tego grubego człowieczka lśniącymi oczami.

– Pana ojciec nie żyje, zgadza się? I pański też, szeryfie Daniels? Idę o zakład, że obaj utraciliście dominujący w waszym życiu wzorzec męski przed ukończeniem piętnastu lat.

– Piątka karo – powiedział Teddy.

– Proszę? – Naehring jeszcze bardziej zgiął się do przodu.

– Taka będzie pańska kolejna sztuczka? – ciągnął Teddy. – Tym razem odgadnie pan, jaką kartę trzymam w ręku. Albo nie, chwileczkę... przetnie pan pielęgniarkę na pół i wyciągnie królika z głowy doktora Cawleya.

– To nie są sztuczki.

– A może to – mówił Teddy, którego korciło, żeby strącić tę wiśnię wyrastająca Naehringowi z beczułkowatego tułowia. – Sprawi pan, że kobieta przejdzie przez ściany, uniesie się w powietrze nad szpitalem pełnym posługaczy i strażników i odleci za morze.

– Dobre – rzekł Chuck.

Naehring pozwolił sobie jedynie na leniwe mrugnięcie, niczym domowy kot po posiłku.

– Raz jeszcze pana mechanizmy obronne okazują się...

– No proszę, znowu to samo.

– ...imponujące. Ale chodzi o to...

– Chodzi o to – wpadł mu w słowo Teddy – że zeszłej nocy doszło w tym zakładzie do dziesięciu przypadków rażącego naruszenia przepisów porządkowych. Zbiegła pacjentka i nikt jej nie szuka...

– Przecież trwają poszukiwania.

– Na jaką skalę?

Naehring rozsiadł się w krześle i posłał Cawleyowi takie spojrzenie, że Teddy zaczął mieć wątpliwości, kto tu naprawdę jest szefem.

Cawley napotkał wzrok Teddy'ego i lekko się zaróżowił na podbródku.

– Do zadań doktora Naehringa – tłumaczył – należy między innymi reprezentowanie naszego szpitala przed radą nadzorczą. Doktor Naehring występuje dziś wieczór właśnie w takim charakterze. Rozważaliśmy wspólnie pańskie wcześniejsze życzenia.

– Które mianowicie?

Naehring rozpalił na nowo fajkę zapałką, którą trzymał w stulonej dłoni.

– Nie udostępnimy akt osobowych pracowników medycznych.

– A Sheehana?

– Niczyich.

– Robicie sobie z nas jaja.

– Nie znam tego wyrażenia.

70

– Brakuje panu obycia w świecie.

– Szeryfie, proszę dalej prowadzić dochodzenie, a my udzielimy wam wszelkiej możliwej pomocy, ale...

– Nie.

– Słucham? – Cawley pochylił się do przodu i teraz wszyscy czterej siedzieli zgięci niemal wpół, z głowami wysuniętymi do przodu.

– Nie – powtórzył Teddy. – To koniec dochodzenia. Wrócimy do miasta najbliższym promem. Złożymy raporty i sprawa zostanie, jak się domyślam, przekazana chłopakom Hoovera. A my umywamy ręce.

Ręka Naehringa z fajką zawisła w powietrzu. Cawley napił się drinka. W tle pobrzmiewał Mahler. Gdzieś w pokoju tykał zegar.

– Jak pan uważa, szeryfie.

Lało jak z cebra, kiedy wyszli z domu Cawleya. Deszcz tłukł o dachówki, o dziedziniec wyłożony cegłą, o czarny dach czekającego na nich samochodu. Ciął otaczającą ich ciemność ukośnymi płatami srebra. Samochód stał zaledwie kilka kroków od ganku, ale i tak zdążyli przemoknąć. McPherson przeszedł na drugą stronę i wskoczył na swoje miejsce za kierownicą. Nachlapał na tablicę rozdzielczą, kiedy otrząsał się z wody, jednocześnie włączając bieg.

– Miła noc – powiedział, podnosząc głos, aby nie zagłuszyło go plaskanie wycieraczek i bębnienie deszczu.

Teddy spojrzał w lusterko wsteczne, zobaczył na ganku rozmyte postaci Cawleya i Naehringa, którzy odprowadzali ich wzrokiem.

– Strach wychodzić z domu – odparł McPherson, kiedy oderwana od konara gałązka przefrunęła tuż przed przednią szybą samochodu.

– Długo tu pracujesz, McPherson? – zapytał Chuck.

– Cztery lata.

– Doszło tu wcześniej do ucieczki?

– Do cholery, nie.

– A może ktoś się zgubił i po godzinie czy dwóch się odnalazł?

McPherson potrząsnął głową.

– Nie, nie było nawet takiego przypadku. Trzeba by być skończonym świrem. Tu nie ma dokąd uciec.

– Znasz doktora Sheehana? – spytał Teddy.

71

– Jasne.

– Od dawna tu pracuje?

– Zaczął chyba rok przede mną.

– Czyli od pięciu lat.

– Zgadza się.

– Często zajmował się Rachel Solando?

– Nic mi o tym nie wiadomo. Jej głównym psychoterapeutą był doktor Cawley.

– Czy to powszechna praktyka, że kierownik personelu medycznego jednocześnie jest osobiście zaangażowany w terapię konkretnego pacjenta?

– No cóż...

Zapadło milczenie. Słychać było plaskanie wycieraczek. Za oknami samochodu widać było ciemne drzewa przyginane przez wicher.

– To zależy – odezwał się McPherson, kiwając ręką strażnikowi, kiedy wjeżdżali przez bramę. – Doktor Cawley prowadzi pacjentów z oddziału C. Jeszcze paroma z innych oddziałów zajmuje się osobiście.

– Kim jeszcze oprócz Rachel Solando?

McPherson zatrzymał samochód przed wejściem do budynku mieszkalnego dla mężczyzn.

– Wybaczcie, że tym razem nie otworzę wam drzwi. Prześpijcie się. Rano doktor Cawley na pewno odpowie wam na wszystkie pytania.

– McPherson? – powiedział Teddy, nim wysiadł.

McPherson obejrzał się do tyłu.

– Kiepsko ci to wychodzi.

– Co takiego kiepsko mi wychodzi?

Teddy uśmiechnął się do niego cierpko i wyszedł na lejący się strumieniami deszcz.

Dzielili pokój z Treyem Washingtonem i jeszcze jednym posługaczem, który nazywał się Bibby Luce. Pokój był dość przestronny, z dwoma piętrowymi łóżkami i kącikiem wypoczynkowym i tam właśnie Trey i Bibby grali w karty, kiedy Teddy i Chuck weszli do środka. Przybysze wytarli włosy białymi ręcznikami, których stertę zostawiono dla nich na górnym łóżku, po czym dostawili krzesła i przyłączyli się do gry.

Stawki były niskie, a jeśli komuś zabrakło monet, przyjmowano w zamian papierosy. Teddy przechytrzył wszystkich, podbijając przy siódemkach, potem zgarnął pięć dolarów i osiemnaście papierosów, mając w ręku kolor treflowy, i od tamtej pory grał zachowawczo.

Za to Chuck okazał się prawdziwym karciarzem, jak zawsze tryskał humorem, a z jego twarzy nic nie można było wyczytać. Patrzył na piętrzący się przed nim stos monet, papierosów, a wreszcie banknotów, jakby dziwił się, jakim cudem urósł tak wysoko.

– Ma pan w oczach rentgena czy co, szeryfie? – powiedział Trey.

– Chyba dopisuje mi szczęście.

– Pieprzenie. Kto to widział, kurwa, żeby komuś tak szła karta? Stosuje pan chyba jakieś czary.

– A może taki jeden nie powinien skubać ucha?

– Że co?

– Skubie pan ucho, panie Washington. Za każdym razem, kiedy nie ma pan w ręku co najmniej fula. A ten gość, kurwa... – Chuck wskazał Bibby'ego.

Cała trójka wybuchnęła śmiechem.

– Ten... ten... zaraz, chwila – ten robi dzikie oczy, patrzy, ile kto uzbierał, a potem blefuje. A kiedy ma mocne karty? Jest całkiem spokojny i zamyślony.

Trey ryknął ze śmiechu, aż powietrze zadrżało, i grzmotnął pięścią w stół.

– A szeryf Daniels? Jak się odsłania?

Chuck uśmiechnął się szeroko.

– Mam zdradzić mojego partnera? Nie, nie, nie.

– A fe! – zawołał Bibby, wytykając ich palcem.

– Nie da rady.

– Już wiem – powiedział Trey. – To spisek białych przeciwko nam.

Chuck pociemniał na twarzy i wbił wzrok w Treya. Z pokoju nagle jakby wyssało całe powietrze.

Treyowi skoczyła grdyka i już zbierał się do przeprosin, gdy Chuck powiedział: – Oczywiście. A cóż by innego! – i wyszczerzył zęby w uśmiechu od ucha do ucha.

– W mordę kopany! – wykrzyknął Trey, przybijając piątkę Chuckowi.

– W mordę kopany! – powtórzył Bibby.

– W dupę jeża! – zawołał Chuck i cała trójka zachichotała jak nastolatki.

Teddy też chciał się dołączyć, ale doszedł do wniosku, że slang w jego ustach brzmiałby głupio. Ale u Chucka? U Chucka jakoś to nie raziło.

– Więc czym się zdradzam? – spytał Chucka, kiedy leżeli w ciemnościach. Po drugiej stronie pokoju Trey i Bibby szli na całego w zawody o to, który z nich najgłośniej chrapie. Od pół godziny nie lało już tak mocno za oknem, jakby deszcz odpoczywał, nabierał sił.

– W kartach? – odezwał się Chuck z dolnego łóżka. – Ach, nieważne.

– Powiedz, chcę wiedzieć.

– Do tej pory uważałeś się za dobrego gracza, co? Przyznaj się.

– Myślałem, że jestem niezły.

– Bo jesteś.

– Ale mnie pokonałeś.

– Wygrałem kilka dolców.

– Twój stary był hazardzistą, tak?

– Mój stary był kutasem.

– O, przepraszam.

– Nie twoja wina. A twój?

– Mój stary?

– Nie, twój stryjek. No jasne, że stary.

Teddy starał się wyobrazić go sobie w mroku, ale jedyne, co przywołał z pamięci, to jego ręce poznaczone bliznami.

– On był jak obcy – powiedział Teddy. – Dla całego świata. Nawet dla mojej matki. Cholera, wątpię, czy sam wiedział, kim naprawdę jest. On i jego łódź stanowili jedno. Kiedy stracił łódź, snuł się bez celu.

Chuck nie odzywał się i Teddy pomyślał, że pewnie zasnął. Nagle ojciec stanął mu przed oczami jak żywy; widział go wysiadującego w fotelu w te dni, kiedy nie wychodził do pracy, człowieka zupełnie przytłoczonego przez ściany, sufity, pokoje.

– Hej, szefie!

– Nie śpisz jeszcze?

74

– Naprawdę jutro się stąd zwijamy?

– Tak. Dziwisz się?

– Nie mam ci tego za złe. Ale sam nie wiem...

– Czego?

– Nigdy przedtem nie dawałem za wygraną.

– Nie usłyszeliśmy dotąd ani słowa prawdy – odezwał się Teddy po chwili milczenia. – Do niczego nie dojdziemy, nie mamy się na czym oprzeć i nie możemy skłonić tych ludzi do mówienia.

– Rozumiem. Rozumiem twoje powody – odparł Chuck.

– Ale?

– Nigdy przedtem nie dawałem za wygraną, to wszystko.

– Rachel Solando nie wydostała się o własnych siłach boso z pokoju zamkniętego na klucz. Ktoś musiał jej pomóc. Cała społeczność szpitala. A doświadczenie nauczyło mnie, że nic nie zdziałasz, jeśli cała społeczność puszcza mimo uszu to, co masz do powiedzenia. We dwójkę nic tu nie zwojujemy. A jaki jest wariant optymistyczny? Groźba poskutkowała i Cawley w swoim pałacu łamie sobie teraz głowę nad nową strategią działania. A rano może...

– Więc to był blef.

– Tego nie powiedziałem.

– Dopiero co graliśmy razem w karty, szefie.

Leżeli chwilę w milczeniu i Teddy wsłuchał się w szum oceanu.

– Zagryzasz wargę – powiedział Chuck; zasypiał już i język mu się trochę plątał.

– Co takiego?

– Kiedy masz dobre karty. Tylko przez sekundę, ale robisz to za każdym razem.

– Aha.

– Dobranoc, szefie.

– Dobranoc.

6

Widzi ją w korytarzu.

Dolores. Podchodzi do niego, ma w oczach gniewne błyski, gdzieś w głębi mieszkania, pewnie w kuchni, Bing Crosby wyśpiewuje czule

„East Side of Heaven". „Jezu Chryste, Teddy. Jezu", mówi Dolores. W ręku trzyma butelkę bourbona. Pustą butelkę. I nagle dociera do niego, że odkryła jego kolejny schowek na gorzałę.

– Czy ty w ogóle bywasz trzeźwy? Czy ty, kurwa, choć przez chwilę potrafisz być trzeźwy? Odpowiadaj.

Ale on nie może. Nie może wydobyć z siebie głosu. Nie wie nawet, gdzie podziało się jego ciało. Widzi Dolores, która idzie w jego stronę tym długim korytarzem, ale nie dostrzega swojej fizycznej postaci, nawet jej nie czuje. Za plecami Dolores, na końcu korytarza, jest lustro, ale on się w nim nie odbija.

Dolores wchodzi do salonu, widać teraz, że jej ciało jest z tyłu zupełnie zwęglone, a w kilku miejscach jeszcze się tli. Już nie trzyma w ręku pustej butelki, a z jej włosów wzbijają się pasemka dymu.

Dolores staje przy oknie.

– Ach, popatrz. Jak one ładnie wyglądają. Unoszą się na wodzie.

Teddy podchodzi do niej. Już nie jest popalona, ocieka teraz wodą, a on patrzy, jak jego ręka obejmuje jej ramię, palce muskają obojczyk. Ona odwraca głowę i delikatnie całuje jego palce.

– Co ty zrobiłaś? – mówi, nie wiedząc właściwie, dlaczego pyta.

– Popatrz na nie, tam na wodzie.

– Skarbie, dlaczego jesteś cała mokra? – mówi, ale nie jest wcale zdziwiony, kiedy ona nie odpowiada.

Widok za oknem jest inny, niż się spodziewał. Nie jest to znajomy widok z ich mieszkania przy Buttonwood, ale z domku na wsi, w którym kiedyś się zatrzymali na parę dni. Za oknem widać małe jezioro; na jego powierzchni unoszą się kłody. Teddy podziwia wdzięk, z jakim się przesuwają, niemal niezauważalnie, a woda drga i mieni się w świetle księżyca.

– Urocza ta altanka – mówi Dolores. – Bielutka. Niedawno odmalowana. Jeszcze czuć farbę.

– Jest ładna.

– A więc – mówi Dolores.

– Zabiłem wielu ludzi na wojnie.

– Dlatego pijesz.

– Może.

– Ona tu jest.

– Rachel?

76

Dolores kiwa głową.

– Wcale nie uciekła. Prawie odgadłeś. Byłeś blisko.

– Zasada Czterech.

– To szyfr.

– Jasne, ale czemu służy?

– Ona tu jest. Nie możesz wyjechać.

Obejmuje ją ramionami od tyłu, wtula twarz w jej kark.

– Nigdzie nie wyjeżdżam. Kocham cię. Tak bardzo cię kocham.

Z jej brzucha cieknie woda, przesiąka mu przez palce.

– Jestem prochem, Teddy.

– Nie.

– Jestem, a ty musisz się przebudzić.

– Jesteś tutaj.

– Nie. Musisz to przyjąć do wiadomości. Ona tu jest. Ty tutaj jesteś. On też. Policz łóżka. On tu jest.

– Kto?

– Laeddis.

Na dźwięk tego nazwiska przechodzą go ciarki aż do kości.

– Nie.

– Tak. – Odchyla głowę do tyłu i patrzy na niego. – Wiedziałeś o tym.

– Nie wiedziałem.

– Wiedziałeś. Nie możesz wyjechać.

– Ciągle jesteś taka spięta – mówi, po czym masuje jej ramiona, a ona, zaskoczona, wydaje z siebie cichy jęk, który wywołuje u Teddy'ego erekcję.

– Już nie jestem spięta – odpowiada ona. – Wróciłam do domu.

– To nie jest dom – mówi Teddy.

– Owszem, to mój dom. Ona tu jest. On też tu jest.

– Laeddis.

– Laeddis – powtarza ona i dodaje: – Muszę iść.

– Nie, nie, zostań ze mną – szlocha Teddy.

– O, Boże. – Dolores opiera się o niego całym ciałem. – Pozwól mi odejść. Pozwól mi odejść.

– Nie odchodź, proszę cię. – Jego łzy spływają po niej i mieszają się ze strumieniem lejącym się z jej brzucha. – Muszę jeszcze potrzymać cię w ramionach. Jeszcze trochę. Proszę.

77

Z gardła Dolores wyrywa się ulotny odgłos – na poły westchnienie, na poły skowyt, pełen wewnętrznego rozdarcia, a przy tym piękny w swoim udręczeniu.

– Zgoda. Obejmij mnie mocno. Jak najmocniej.

A on obejmuje swoją żonę. I nie puszcza.

O piątej rano, gdy na świat wciąż padały obfite strugi deszczu, Teddy zszedł z łóżka i wyjął z kieszeni płaszcza notes. Usiadł przy stole, przy którym grali w pokera, i poszukał strony, na której zapisał Zasadę Czterech.

Trey i Bibby nadal chrapali w najlepsze, robiąc tyle hałasu co deszcz za oknem. Chuck spał cichutko na brzuchu, z pięścią przyciśniętą do ucha, jak gdyby szeptała mu jakieś sekrety.

Teddy spojrzał na kartkę. To było proste, jeśli się wiedziało, jak do tego podejść. Szyfr był w sumie dziecinnie prosty, ale złamanie go i tak zajęło mu godzinę.

O szóstej podniósł wzrok znad notesu i ujrzał wpatrzonego w niego Chucka, który leżał na łóżku z podpartą brodą.

– Wyjeżdżamy, szefie?

Teddy potrząsnął głową.

– W taką gównianą pogodę nikt się stąd nie ruszy – odparł Trey, gramoląc się z łóżka, podciągając roletę i odsłaniając tonący w deszczu krajobraz perłowej barwy. – Nie da rady.

Sen nagle zaczął mu się wymykać; podniesiona roleta, suchy kaszel Bibby'ego, Trey, który przeciągał się z długim, głośnym ziewnięciem, wszystko to nie pozwalało mu dłużej zachować w pamięci jej zapachu.

Teddy zastanawiał się, zresztą nie po raz pierwszy, czy tego dnia okaże się, że brzemię tęsknoty za nią w końcu stanie się nie do zniesienia. Gdyby mógł cofnąć się w czasie do dnia, kiedy wybuchł pożar, i za jej ciało oddać własne, nie wahałby się. To był pewnik. W miarę upływu czasu tęsknił za nią coraz mocniej, a pragnienie bycia z Dolores stało się raną w duszy, która nie chciała się zabliźnić, sączący się z niej strumień nie dawał się zatamować.

Trzymałem ją w ramionach, chciał obwieścić Chuckowi, Treyowi i Bibby'emu. Trzymałem ją w ramionach, a w radiu Bing Crosby śpiewał czułą piosenkę; chłonąłem jej zapach, zapach naszego mieszkania przy Buttonwood i jeziora, nad którym spędziliśmy tamto lato, a ona muskała ustami moje palce.

Trzymałem ją w ramionach. Tego ten świat dać mi nie może. Ten świat na każdym kroku uświadamia tylko człowiekowi jego ubóstwo, przypomina mu, czego nie ma, czego nigdy nie posiądzie i co utracił, nie zdążywszy się tym nacieszyć.

Mieliśmy razem doczekać starości, Dolores. Zostać rodzicami. Spacerować wśród starych drzew. Chciałem patrzeć, jak czas żłobi bruzdy na twojej twarzy, śledzić pojawienie się każdej zmarszczki.

Nie było nam to pisane.

Trzymałem ją w ramionach, chciał powiedzieć, i gdybym miał pewność, że wystarczy tylko umrzeć, żeby znów wziąć ją w ramiona, bez wahania przystawiłbym sobie lufę do skroni i pociągnął za spust.

Chuck spoglądał na niego wyczekująco.

– Złamałem szyfr Rachel – oznajmił Teddy.

– I to wszystko? – zapytał Chuck.

Dzień drugi
LAEDDIS

7

Spotkali Cawleya w holu oddziału B. Był cały przemoczony i wyglądał tak, jakby spędził noc na ławce na przystanku autobusowym.

– Sztuka polega na tym, doktorze – powiedział Chuck – żeby zasnąć, kiedy leży się w łóżku.

Cawley otarł twarz chusteczką.

– Więc na tym polega sztuka, szeryfie? Wiedziałem, że coś mi umyka. Zasnąć, powiada pan. Słusznie.

Poszli do góry pożółkłymi schodami, skinęli głową posługaczowi czuwającemu na swoim stanowisku.

– A jak się dziś miewa doktor Naehring? – spytał Teddy.

Cawley uniósł i opuścił brwi gestem wyrażającym znużenie.

– Przepraszam za jego wczorajsze zachowanie. Jeremiah to geniusz w swej dziedzinie, ale przydałoby mu się trochę ogłady. Nosi się z zamiarem napisania książki na temat kulturowej dominacji mężczyzn-wojowników w dziejach ludzkości. Ma na tym punkcie obsesję, ciągle porusza ten temat w rozmowach, próbuje naginać ludzi do przyjętych z góry założeń. Raz jeszcze proszę o wybaczenie.

– Często to robicie?

– Co takiego, szeryfie?

– Zbieracie się i przy kieliszku, jak by to powiedzieć, sondujecie ludzi?

– To skrzywienie zawodowe, jak myślę. Ilu psychiatrów trzeba, żeby wkręcić żarówkę?

– Nie wiem. Ilu?

– Ośmiu.

– Dlaczego?

– Och, niech pan przestanie tak wszystko analizować.

Teddy napotkał spojrzenie Chucka i obaj się roześmieli.

– Psychiatrzy opowiadają o sobie dowcipy – zdziwił się Chuck. – Kto by przypuszczał?

– Wiecie, panowie, co przypomina dziedzina zdrowia psychicznego w obecnych czasach?

– Nie mamy zielonego pojęcia – odparł Teddy.

– Pole bitwy – rzekł Cawley i ziewnął, zasłaniając usta przemoczoną chusteczką. – Toczy się na nim wojna, ideologiczna, filozoficzna, a nawet psychologiczna.

– Przecież jesteście lekarzami – zauważył Chuck. – Powinniście się grzecznie bawić, dzielić zabawkami.

Cawley się uśmiechnął. Minęli posługacza dyżurującego na pierwszym piętrze. Gdzieś na dole rozległ się krzyk pacjenta, niosąc się echem po schodach. Był to żałosny skowyt i Teddy odebrał całą zawartą w nim rozpacz, pewność, że tęsknota, którą tak dojmująco wyrażał, nigdy nie zostanie zaspokojona.

– Stara szkoła – powiedział Cawley – wierzy w skuteczność terapii wstrząsowej, częściowej lobotomii, kąpieli solankowych w przypadku najbardziej potulnych pacjentów. Nazywamy to psychochirurgią. Z kolei nowa szkoła zdecydowanie opowiada się za psychofarmakologią. Podobno do niej należy przyszłość. Być może. Zresztą nie wiem.

Zatrzymał się z ręką na poręczy w połowie drogi między pierwszym i drugim piętrem. Teddy wyczuwał jego wyczerpanie niczym żywą, złamaną istotę, namacalną czwartą postać stojącą obok nich na schodach.

– Jakie ma zastosowanie psychofarmakologia? – spytał Chuck.

– Ostatnio został zatwierdzony nowy lek, związek litu – odrzekł Cawley. – Na pacjentów psychotycznych działa odprężająco, hamująco, jak powiedzieliby niektórzy. Kajdany wkrótce staną się przeżytkiem, łańcuchy, nawet kraty, tak przynajmniej twierdzą optymiści. Oczywiście wyznawcy starej szkoły dowodzą, że nic nie zastąpi psychochirurgii, ale moim zdaniem nowa szkoła jest silniejsza i ma po swojej stronie pieniądze.

– Czyje pieniądze?

– Firm farmaceutycznych, ma się rozumieć. Wykupujcie akcje, panowie, póki czas, a na starość będziecie wygrzewać kości na własnej wyspie tropikalnej. Nowe szkoły, stare szkoły. Mój Boże, czasami mnie ponosi.

– A do której szkoły pan się zalicza? – spytał Teddy.

– Choć zabrzmi to mało wiarygodnie, jestem zwolennikiem terapii słownej, umiejętnego oddziaływania na poziomie interpersonalnym. Wyznaję taki radykalny pogląd, że jeśli traktuje się pacjenta z szacunkiem, słucha się, co próbuje przekazać, to można nawiązać z nim kontakt.

I znów skowyt. Teddy był pewny, że wydarł się z gardła tej samej kobiety. Ten odgłos zdawał się przyciągać całą uwagę Cawleya.

– Nawet z takim pacjentem?

Cawley uśmiechnął się.

– No cóż, wielu pacjentom trzeba podawać leki, a niektórych zakuwać w kajdany. Nie będę zaprzeczał. Ale poruszamy się po grząskim gruncie. A kiedy wpuści się truciznę do studni, jak potem oddzielić ją od wody?

– Nie da się – przyznał Teddy.

Cawley skinął głową.

– No właśnie. Coś, co powinno być środkiem nadzwyczajnym, staje się standardowym postępowaniem. Wiem, wiem, moje metafory nie są zbyt spójne. A wracając do snu – zwrócił się do Chucka – następnym razem postaram się zasnąć.

– Mówią, że sen czyni cuda – odparł Chuck.

Wyszli wreszcie na ostatnie piętro. Kiedy znaleźli się w pokoju Rachel, Cawley usiadł ciężko na krawędzi łóżka, a Chuck oparł się o drzwi.

– Hej! Ilu surrealistów trzeba, żeby wkręcić żarówkę? – spytał Chuck.

Cawley popatrzył na niego.

– Zaraz będę gryzł. Ilu?

– Ryba – odparł Chuck i zarechotał głośno.

– Pewnego dnia pan dorośnie, szeryfie – rzekł Cawley. – Mam rację?

– Czasami nachodzą mnie wątpliwości.

Teddy stuknął w kartkę papieru, którą trzymał przed sobą.

– Przyjrzyjcie się jeszcze raz.

ZASADA CZTERECH

JA JESTEM 47
ONI TO 80

+ WY JESTEŚCIE 3

MY JESTEŚMY 4
ALE
KIM JEST 67?

– Jestem na to zbyt zmęczony, szeryfie – rzekł po minucie Cawley. –
W tej chwili nie dostrzegam w tym żadnego sensu. Przepraszam.
Teddy spojrzał na Chucka. Chuck potrząsnął głową.
– To znak dodawania dał mi do myślenia – oznajmił Teddy. – Kazał
jeszcze raz się nad tym zastanowić. Popatrzcie na tę linijkę pod „Oni
to 80". Należy dodać do siebie te dwa rzędy. I co wychodzi?
– Sto dwadzieścia siedem.
– Jeden, dwa, siedem – powiedział Teddy. – Dobrze. Teraz trzeba
dodać trzy. Ale trzy jest oddzielone. Rachel chciała, żebyśmy potrak-
towali te cyfry jak odrębne człony. Mamy więc jeden plus dwa plus
siedem plus trzy. Czyli razem?
– Trzynaście – rzekł Cawley i wyprostował plecy.
Teddy skinął głową.
– Czy ta liczba ma jakieś szczególne znaczenie dla Rachel Solando?
Urodziła się trzynastego? Wyszła za mąż tego dnia? Zamordowała
swoje dzieci trzynastego?
– Musiałbym sprawdzić – odparł Cawley. – Ale tak czy inaczej
trzynaście to dla schizofreników szczególny numer.
– Dlaczego?
Cawley wzruszył ramionami.
– Pod tym względem schizofrenicy nie różnią się od większości
ludzi. Trzynaście to feralna liczba, przynosi pecha. Schizofrenicy
przeważnie żyją w nieustannym strachu. Jest to wspólny wyznacznik
wszystkich odmian tej choroby. Toteż schizofrenicy na ogół są bardzo
przesądni. A liczba trzynaście się z tym wiąże.
– To by tłumaczyło, skąd ta trzynastka – powiedział Teddy. – Ale

popatrzcie na następną liczbę. Cztery. Jeden plus trzy daje cztery. A jeden i trzy oddzielnie?

– Trzynaście – odezwał się Chuck, który podszedł do Teddy'ego i patrząc na kartkę, przekrzywił głowę.

– A weźmy ostatnią liczbę, sześćdziesiąt siedem – rzekł Cawley. – Sześć plus siedem równa się trzynaście.

Teddy skinął z aprobatą.

– Tu nie działa zasada czterech, tylko zasada trzynastu. W imieniu i nazwisku Rachel Solando jest łącznie trzynaście liter.

Widać było po Cawleyu i po Chucku, że przeliczają litery w myślach.

– Proszę mówić dalej – powiedział Cawley.

– Kiedy przyjmie się tę przesłankę, kod Rachel staje się czytelny. Oparty jest na najprostszej zasadzie przyporządkowania literom alfabetu kolejnych liczb. Jeden odpowiada literze A, dwa B, i tak dalej. Rozumiecie?

Cawley skinął głową, a Chuck kilka sekund po nim.

– Pierwsza litera jej imienia to R. Odpowiada jej liczba osiemnaście*. A to jeden, C to trzy, H to osiem, E to pięć, a L to dwanaście. Osiemnaście, jeden, trzy, osiem, pięć i dwanaście. Co otrzymamy po dodaniu, panowie?

– Jezu – wyszeptał Cawley.

– Czterdzieści siedem – rzekł Chuck, który wpatrywał się rozszerzonymi oczami w trzymaną przez Teddy'ego kartkę.

– Dlatego mamy tu „Ja jestem 47" – powiedział Cawley. – To jej imię. Teraz to widzę. Ale co to za „oni"?

– Jej nazwisko – wyjaśnił Teddy. – Pochodzi od nich.

– Od kogo?

– Rodziny męża i ich przodków. Nie jest jej rodowym nazwiskiem. Albo odnosi się do dzieci. Tak czy inaczej na jedno wychodzi. To jej nazwisko, Solando. Dodajcie wszystkie liczby przyporządkowane poszczególnym literom i wierzcie mi, otrzymacie osiemdziesiąt.

Cawley wstał z łóżka i teraz obaj z Chuckiem stali przed Teddym i studiowali z bliska zaszyfrowaną wiadomość Rachel.

---

* W alfabecie angielskim. Również wszystkie następne relacje odnoszą się do alfabetu angielskiego (przyp. tłum.).

Po chwili Chuck podniósł wzrok, spojrzał w oczy Teddy'emu.

– O cholera! Co ty, drugi Einstein jesteś?

– Zajmował się pan w wojsku łamaniem szyfrów, szeryfie? – spytał Cawley, ze wzrokiem utkwionym w kartce.

– Nie.

Jakim więc cudem...? – odezwał się Chuck.

Teddy'emu ścierpły ręce od trzymania kartki i położył ją na łóżku.

– Nie wiem. Moje hobby to rozwiązywanie krzyżówek. Uwielbiam różnego rodzaju łamigłówki – odparł i wzruszył ramionami.

– Ale w czasie wojny służył pan w wywiadzie, tak? – dociekał Cawley.

Teddy potrząsnął głową.

– Walczyłem na froncie. Za to pan pracował dla Biura Służb Strategicznych.

– Nie, byłem tylko konsultantem – powiedział Cawley.

– W jakich sprawach?

Na twarzy doktora pojawił się charakterystyczny, niemal niedostrzegalny uśmiech, który zaraz znikł.

– Poufnych – odparł.

– Ale ten kod jest całkiem prosty – podsumował Teddy.

– Prosty? – zdziwił się Chuck. – Od twoich wyjaśnień rozbolała mnie głowa.

– A dla pana, doktorze? – upierał się Teddy.

Cawley wzruszył ramionami.

– Co mam panu odpowiedzieć, szeryfie? Nie łamałem tam szyfrów.

Cawley pochylił głowę i gładząc się po brodzie, wpatrywał się w zaszyfrowaną wiadomość. Teddy napotkał pełne wątpliwości spojrzenie Chucka.

– Zatem domyśliliśmy się, to znaczy, pan się domyślił, szeryfie, co znaczą liczby czterdzieści siedem i osiemdziesiąt – powiedział Cawley. – Ustaliliśmy, że wszystkie wskazówki oparte są na zasadzie trzynastki. Ale jak rozumieć „trzy"?

– Jak mówiłem – odparł Teddy – albo to odnosi się do nas i wtedy Rachel okazałaby się jasnowidzem...

– Mało prawdopodobne.

– Albo odnosi się do jej dzieci.

– To jestem gotów przyjąć.

– Dodajmy Rachel do trzech...

– I otrzymamy następną linijkę – powiedział Cawley. – „My jesteśmy czwórką".

– Ale kim jest sześćdziesiąt siedem?

Cawley popatrzył na niego.

– To pytanie retoryczne?

Teddy potrząsnął głową.

Cawley powiódł palcem po zapisanej kartce.

– Żadna z tych liczb po dodaniu nie da w wyniku sześćdziesięciu siedmiu?

– Żadna.

Cawley potarł dłonią włosy i wyprostował się.

– I nic się panu nie nasuwa na myśl?

– Tego jednego nie mogę rozgryźć – przyznał Teddy. – Nie wiem, do czego się to odnosi, ale na pewno nie jest to nic, co byłoby mi znajome, dlatego musi mieć związek z wyspą. A panu, doktorze?

– Proszę?

– Nasuwa się coś panu?

– Niestety, nic. Sam padłbym na pierwszej linijce.

– Owszem, wspominał pan, że jest zmęczony i tak dalej.

– Bardzo zmęczony, szeryfie – podkreślił, patrząc Teddy'emu w oczy, po czym podszedł do okna i oglądał spływający po szybach deszcz; warstwy wody były tak grube, że odgradzały świat za oknem niczym mur. – Wczoraj wieczorem oświadczył pan, że nas opuszcza.

– Najbliższym promem – odparł Teddy, ani myśląc przyznać, że to był blef.

– Dzisiaj żaden nie wypłynie. Jestem tego pewny.

– Poczekamy do jutra. Albo do pojutrza – powiedział Teddy. – Nadal pan uważa, że ona chowa się gdzieś tam na tym odludziu? Przy takiej pogodzie?

– Wcale tak nie uważam.

– W takim razie gdzie się podziewa?

– Nie wiem. – Cawley westchnął. – Tropienie ludzi to nie moja specjalność.

Teddy wziął do ręki leżącą na łóżku kartkę.

– To jest szablon. Klucz do rozszyfrowania następnych wiadomości. Mogę się założyć o moją miesięczną pensję.

– A jeśli nawet, to co?

– Ona wcale nie zamierza uciec, doktorze. Sprowadziła nas tutaj. Sądzę, że zostawiła nam więcej takich podpowiedzi.

– Ale nie w tym pokoju – odparł Cawley.

– W tym pokoju nie. Ale może na terenie szpitala. Albo gdzieś na tym pustkowiu.

Cawley wciągnął głośno powietrze przez nos, opierając się ręką o szybę; ledwo trzymał się na nogach, a Teddy był ciekaw, z jakiego powodu tak naprawdę doktor nie zmrużył oka zeszłej nocy.

– Sprowadziła was tutaj? – powiedział Cawley. – Ale po co?

– Pan mi to powie.

Cawley przymknął oczy i długo się nie odzywał, aż Teddy zaczął podejrzewać, że zasnął na stojąco.

Doktor otworzył oczy i popatrzył na nich.

– Czeka mnie ciężki dzień narady z personelem medycznym, zebranie z radą nadzorczą w sprawie budżetu, nadzwyczajna odprawa służby ratowniczej na wypadek, gdyby ten sztorm wyrządził nam poważne szkody. Z pewnością ucieszy was wiadomość, że będziecie mogli spotkać się osobiście i porozmawiać ze wszystkimi pacjentami, którzy brali udział w terapii grupowej wraz z Rachel Solando tego wieczoru, kiedy zniknęła. Zgodnie z planem spotkanie to ma się rozpocząć za piętnaście minut. Panowie, jesteście tu mile widziani. Naprawdę. Ja ze swej strony staję na głowie, żeby wam pomóc, choć wy może postrzegacie to inaczej.

– Więc niech pan da nam do wglądu akta Sheehana.

– Tego uczynić nie mogę. W żadnym wypadku. – Cawley oparł głowę o ścianę. – Szeryfie, telefonista próbuje się do niego dodzwonić. Ale wygląda na to, że straciliśmy łączność ze światem. Z tego, co wiem, zalane jest całe wschodnie wybrzeże. Cierpliwości, panowie. O nic więcej nie proszę. Znajdziemy Rachel albo przynajmniej dowiemy się, co się z nią stało. – Spojrzał na zegarek. – Już jestem spóźniony. Mamy jeszcze do omówienia coś pilnego czy możemy to odłożyć na później?

Stali pod daszkiem przed wejściem do szpitala, pole widzenia przesłaniały im ściany deszczu wielkości wagonów kolejowych.

– Myślisz, że on wie, co oznacza sześćdziesiąt siedem? – spytał Chuck.

– Mhm.

– I wcześniej od ciebie złamał ten szyfr?

– Pracował dla OSS. Na pewno trochę się zna na kryptografii.

Chuck otarł twarz ręką, otrząsnął ją na chodnik.

– Ilu mają tu pacjentów?

– Niewielu.

– Właśnie. Pewnie ze dwadzieścia kobiet i trzydziestu facetów, co?

– Coś koło tego – zgodził się Teddy.

– Tak czy siak, brakuje do sześćdziesięciu siedmiu.

Teddy odwrócił się do niego.

– Co ty...?

– Ja tylko tak – powiedział Chuck.

Spojrzeli w dal na linię drzew, na wierzchołek fortu za drzewami, przytłoczony przez nawałnicę, zamazany i niewyraźny niczym szkic węglem w zadymionym pokoju.

Teddy przypomniał sobie słowa Dolores ze snu: „Policz łóżka".

– Ilu jest tu pacjentów, twoim zdaniem?

– Nie wiem – odparł Chuck. – Musimy zapytać naszego usłużnego doktorka.

– O tak, Cawley aż się pali do pomocy.

– Szefie?

– Mów.

– Natknąłeś się kiedyś na takie marnotrawstwo w zagospodarowaniu państwowej przestrzeni?

– Co masz na myśli?

– Pięćdziesięciu pacjentów na dwóch oddziałach? Jak myślisz, ilu mogłyby pomieścić te budynki? Jeszcze ze dwustu?

– Co najmniej.

– A liczba zatrudnionych w stosunku do pacjentów? Wychodzi dwa do jednego na korzyść personelu. Spotkałeś się wcześniej z czymś takim?

– Muszę powiedzieć, że nie.

Spojrzeli na rozciągające się wokół tereny szpitala chłostane deszczem.
– Co to za miejsce, do kurwy nędzy? – rzekł Chuck.

Spotkanie z pacjentami miało się odbyć w stołówce. Chuck i Teddy usiedli przy stoliku w głębi sali. Dwóch posługaczy czuwało w pobliżu, a Trey Washington miał za zadanie przyprowadzać pacjentów i zabierać ich z powrotem po skończonej rozmowie. Pierwszy był zarośniętym nieborakiem wstrząsanym tikami i bez przerwy mrugającym oczami. Siedział z podciągniętymi pod brodę kolanami, przypominając z wyglądu wielkiego skrzypłocza. Drapał się po rękach i strzelał na boki oczami.

Teddy spojrzał na pierwszą stronę przygotowanej przez Cawleya teczki, zawierającej notatki sporządzone przez niego odręcznie z pamięci, a nie właściwe karty pacjentów. Umieszczony na samej górze listy pacjent nazywał się Ken Gage i trafił do tego zakładu, ponieważ zaatakował nieznajomego w sklepie spożywczym, walił ofiarę w głowę puszką z fasolą, powtarzając przy tym ściszonym głosem: „Przestań czytać moje listy".

– No, Ken, jak samopoczucie? – spytał Chuck.
– Zimno mi. Zimno mi w stopy.
– To przykre.
– Chodzenie sprawia mi ból. – Ken obrysowywał paznokciem strupa na ramieniu, z początku delikatnie, jakby wytyczał wokół niego fosę.
– Brałeś udział w terapii grupowej przedwczoraj wieczorem?
– Zimno mi w stopy i chodzenie sprawia mi ból.
– Może chcesz skarpetki? – zaproponował na próbę Teddy. Zauważył, że posługacze przyglądają im się z kpiącymi uśmieszkami.
– Tak, chcę skarpetki, chcę skarpetki, chcę skarpetki.
Ken mówił to szeptem, z głową opuszczoną i lekko drgającą.
– Dobrze, zaraz je dostaniesz. Chcemy tylko wiedzieć, czy brałeś...
– Tak mi zimno. W stopy? Jest mi zimno i chodzenie sprawia mi ból.
Teddy spojrzał na Chucka, który uśmiechnął się do posługaczy, słysząc dolatujący z ich strony chichot.
– Ken – powiedział Chuck. – Ken, popatrz na mnie.
Ken siedział ze spuszczoną głową, drgającą teraz nieco mocniej. Oderwał paznokciem strup i strużka krwi zlepiła mu włosy na przedramieniu.

– Ken?

– Nie mogę chodzić. Ja tak nie chcę, ja tak nie chcę. Jest mi zimno, zimno, zimno.

– No dalej, Ken, popatrz na mnie.

Ken położył ręce na stole.

Posługacze wstali z miejsc, a Ken powiedział:

– Nie powinno boleć. Nie powinno. Ale to przez nich. Oni oziębiają powietrze. Oziębiają mi kolana.

Posługacze podeszli do stołu, stanęli za plecami Kena i popatrzyli na Chucka.

– Skończyliście, panowie, czy jeszcze chcecie posłuchać o jego stopach? – spytał jeden z nich, biały.

– Zimno mi w stopy.

Drugi posługacz, czarnoskóry, uniósł brwi.

– W porządku, Kenny. Zabierzemy cię na hydroterapię, tam cię rozgrzeją.

– Pracuję tu pięć lat – oświadczył biały. – Ciągle ta sama śpiewka. Nic się nie zmienia.

– Nigdy? – spytał Teddy.

– Nigdy – odparł posługacz.

– Chodzenie sprawia mi ból, bo oni oziębiają mi stopy...

*

Następny, Peter Breene, był dwudziestoszcześcioletnim pulchnym blondynem. Miał poobijane kłykcie i obgryzione paznokcie.

– Dlaczego tutaj trafiłeś, Peter?

Pacjent spojrzał na nich oczami, które wydawały się bez przerwy załzawione.

– Ciągle się boję.

– Czego?

– Różnych rzeczy.

– Mów dalej.

Peter założył lewą stopę na prawe kolano, chwycił się za kostkę i pochylił do przodu.

– Wiem, że to brzmi głupio, ale napędza mi stracha tykanie zegarów. Wdziera mi się do mózgu. Przerażają mnie szczury.

– Mnie też – powiedział Chuck.

93

– Naprawdę? – Peter ożywił się nagle.

– Jak cholera. Piszczące sukinsyny. Na sam widok szczura dostaję gęsiej skórki.

– To lepiej nie wychodź w nocy za ogrodzenie – ostrzegł Peter. – Na wyspie się od nich roi.

– Dobrze wiedzieć. Dzięki.

– Jeszcze ołówki. Ten ołów skrobiący o papier. I boję się ciebie.

– Mnie?

– Nie – odparł Peter, wskazując brodą Teddy'ego. – Jego.

– Dlaczego? – spytał Teddy.

Peter wzruszył ramionami.

– Kawał chłopa z ciebie. I te krótko ostrzyżone włosy. Wyglądasz groźnie. Masz poharatane kłykcie. Przypominasz mi ojca. On miał wypielęgnowane ręce. Ale wyglądał groźnie. Moi bracia też. Dostawałem od nich w skórę.

– Ja ci nic złego nie zrobię – powiedział Teddy.

– Ale mógłbyś. Rozumiesz, o co mi chodzi? Masz taką siłę. A ja nie. Dlatego łatwo mnie zranić. A ponieważ łatwo mnie zranić, boję się.

– A jak się boisz, to co wtedy?

Ściskając kostkę, Peter kołysał się do przodu i do tyłu, a włosy opadły mu na czoło.

– Była całkiem miła. Nie miałem złych zamiarów. Ale napędzała mi stracha swoimi wielkimi cyckami, jak falowały jej pod fartuchem. Codziennie do nas przychodziła. Patrzyła na mnie tak... Wiecie, jak dorosły uśmiecha się do dziecka? Ona właśnie tak się do mnie uśmiechała. A była w moim wieku. No dobrze, może kilka lat starsza, ale i tak jeszcze przed trzydziestką. I taka doświadczona w sprawach seksu. Widać to było w jej oczach. Lubiła paradować nago. Obciągała facetom. A mnie prosi o szklankę wody. Jest ze mną w kuchni sam na sam i zachowuje się jak gdyby nigdy nic.

Teddy przesunął teczkę, tak aby Chuck mógł odczytać zapiski Cawleya:

Pacjent zaatakował odłamkiem szkła pielęgniarkę ojca. Ofiara została ciężko ranna, oszpecona na całe życie. Pacjent uchyla się od odpowiedzialności za czyn.

94

– Tylko dlatego, że mnie wystraszyła – mówił Peter. – Chciała, żebym wyciągnął swój interes, a potem miała zamiar mnie wyśmiać. Wmawiać mi, że nigdy nie prześpię się z kobietą, nie będę mógł mieć dzieci, nie zostanę mężczyzną. Bo inaczej, przecież wiecie, mam to wypisane na twarzy – nie skrzywdziłbym muchy. Nie jestem do tego zdolny. Za to kiedy ogarnia mnie lęk... Och, ten umysł.

– Co z umysłem? – spytał kojącym głosem Chuck.

– Myśli pan czasem o nim?

– O twoim umyśle?

– Umyśle w ogóle – odparł Peter. – Moim, swoim, każdego. To taki silnik. Właśnie. Bardzo delikatny, skomplikowany mechanizm. Składa się z tylu różnych części, tych wszystkich przekładni, śrub, zawiasów. A my nawet nie wiemy, do czego połowa z nich służy. Wystarczy, że puści jedna przekładnia, tylko jedna... Zastanawiał się pan nad tym?

– Ostatnio nie.

– A warto. Umysł działa jak samochód. Nie ma różnicy. Jedna przekładnia puści, jedna śrubka pęknie, a cały układ diabli biorą. Czy można żyć z taką wiedzą? – Peter stuknął się w skroń. – Że wszystko to tkwi uwięzione tam w środku i nie można się tam dostać? Że tak naprawdę nie mamy nad tym żadnej władzy? Ale to z kolei ma władzę nad nami. A jeśli pewnego dnia się zbuntuje, odmówi przyjścia do pracy? – Pochylił się do przodu, widać było napięte ścięgna na jego szyi. – Wtedy mamy po prostu przerąbane, nie?

– Ciekawy punkt widzenia – rzekł Chuck.

Peter odchylił się do tyłu, nagle odrętwiały.

– To przeraża mnie najbardziej.

Z powodu dokuczliwych migren Teddy doświadczył na sobie poczucia braku władzy nad własnym umysłem i skłonny byłby przyznać Peterowi rację w ogólnym sensie, ale przede wszystkim miał ochotę złapać gnojka za gardło, cisnąć nim o kuchenkę stojącą w stołówce pod ścianą i zapytać o tę biedną pielęgniarkę, którą tak pochlastał.

Pamiętasz chociaż, jak miała na imię, Peter? Co w niej wzbudzało strach, jak myślisz? Co? Ty. Tak jest. Starała się uczciwie pracować, zarobić na życie. Może miała dzieci, męża. Może oboje próbowali odłożyć trochę grosza, żeby posłać dziecko na studia, zapewnić mu lepszy start. Takie skromne marzenie.

95

Ale nie, popieprzony synalek bogatego kutasa przekreśla to wszystko: nie, przykro mi, ale twoje marzenie nie może się spełnić. Nie dla ciebie normalne życie, mój panie. Już nie.

Teddy mierzył wzrokiem Petera Breene'a i miał ochotę rąbnąć go w gębę tak mocno, żeby lekarze nie mogli poskładać mu z powrotem kości nosa. Walnąć go tak, żeby odgłos uderzenia prześladował go przez całe życie.

Ale tylko zamknął teczkę i powiedział:

– Brałeś udział w terapii grupowej przedwczoraj wieczorem razem z Rachel Solando. Zgadza się?

– Tak. Jasne, że brałem, proszę pana.

– Widziałeś, jak odchodziła do swojego pokoju?

– Nie. Pacjentki zawsze wyprowadzane są po nas. Ona została w sali z Bridget Kearns, Leonorą Grant i tą pielęgniarką.

– Tą pielęgniarką?

Peter skinął głową.

– Rudą. Czasami nawet ją lubię. Wydaje się szczera. Ale kiedy indziej znowu, no wie pan?

– Nie wiem – odparł Teddy łagodnym tonem, idąc za przykładem Chucka.

– Przecież pan ją widział, nie?

– Jasne. Więc jak się nazywa?

– Takie jak ona nie potrzebują imion ani nazwisk – powiedział Peter. – Nie ma dla niej imienia. Świntucha. Tak się nazywa.

– Przecież mówiłeś, że ją lubisz, Peter – wtrącił Chuck.

– Kiedy tak mówiłem?

– Minutę temu.

– To zdzira. Puszczalska.

– Chcę cię jeszcze o coś zapytać.

– Bara-bara-bara.

– Peter?

Peter spojrzał na Teddy'ego.

– Mogę cię o coś zapytać?

– Pewnie.

– Czy podczas tamtych zajęć wydarzyło się coś niezwykłego? Czy Rachel Solando powiedziała albo zrobiła coś, co odbiegało od jej normalnego zachowania?

– Nie pisnęła słowa. Siedziała cicho jak myszka. Zamordowała swoje dzieciaki. Całą trójkę. To się nie mieści w głowie. Kto jest zdolny do czegoś takiego? Tylko chorzy zwyrodnialcy, panowie, jeśli wolno mi się tak wyrazić.

– Ludzie mają problemy – odezwał się Chuck. – Czasami dość poważne. Są chorzy, jak sam powiedziałeś. Trzeba im pomóc.

– Trzeba ich wytruć – odparł Peter.

– Słucham?

– Posłać do gazu – oznajmił Peter Teddy'emu. – Do gazu niedorozwojów. Do gazu morderców. Zabiła dzieciaki? Do gazu posłać sukę.

Zapadło milczenie. Peter promieniał, jakby obwieścił im natchnioną prawdę. Po chwili puknął w stół i wstał.

– Miło było panów poznać. Na mnie już czas.

Teddy zaczął bazgrać ołówkiem po okładce teczki i Peter zatrzymał się i odwrócił do niego.

– Peter – powiedział Teddy.

– Co?

– Jeszcze...

– Mógłby pan przestać?

Teddy rył swoje inicjały długimi, powolnymi pociągnięciami ołówka po tekturowej okładce.

– Ciekaw jestem, czy...

– Niech pan przestanie, proszę, proszę...

Teddy podniósł wzrok, nie przerywając swego dzieła.

– Co takiego?

– ...skrobać ołówkiem.

– O to ci chodzi? – Patrząc to na niego, to na teczkę, uniósł ołówek, marszcząc pytająco brew.

– Tak. O to. Proszę.

Teddy wypuścił ołówek z ręki.

– Teraz lepiej?

– Dziękuję panu.

– Znasz może, Peter, pacjenta, który nazywa się Andrew Laeddis?

– Nie.

– Nie? Nie ma tu nikogo o takim nazwisku?

Peter wzruszył ramionami.

– Na pewno nie na oddziale B. Może przebywa na C. My się z nimi nie zadajemy. To pieprzone świry.

– Cóż, dziękuję ci, Peter – powiedział Teddy, wziął ołówek i zaczął kreślić esy-floresy.

Po Peterze Breenie przyszła kolej na Leonorę Grant. Leonora była święcie przekonana, że jest Mary Pickford, Chuck to Douglas Fairbanks, a Teddy to Charlie Chaplin. Uważała, że stołówka jest biurem przy Bulwarze Zachodzącego Słońca, a oni zebrali się w nim po to, żeby pomówić o emisji akcji wytwórni filmowej United Artist. Bez przerwy głaskała Chucka po ręce i pytała, kto będzie protokołował.

Na końcu posługacze musieli oderwać ją siłą od Chucka, a ona wołała za nim:

– *Adieu, mon chéri. Adieu.*

Wyrwała się posługaczom na środku stołówki, przybiegła do nich z powrotem i chwyciła Chucka za rękę.

– Nie zapomnij nakarmić kotka – powiedziała.

Chuck spojrzał jej w oczy i odparł:

– Spokojna głowa.

Następnym pacjentem był Arthur Tomey, który upierał się, żeby mówić mu Joe. Joe przespał zajęcia terapii grupowej tamtego wieczoru. Joe, jak się okazało, cierpiał na narkolepsję. Przysnął im dwa razy w trakcie rozmowy, za drugim razem na dobre i w takim stanie miał pozostać mniej więcej do końca dnia.

Teddy zdążył już się nabawić ćmiącego bólu pod czaszką z tyłu głowy, od którego szczypały go korzonki włosów, a chociaż współczuł wszystkim pacjentom oprócz Breene'a, trudno mu było zrozumieć, jak można znieść pracę w takim zakładzie.

Trey przyprowadził kolejnego pacjenta, niewysoką jasnowłosą kobietę o okrągłej twarzy. Jej oczy jaśniały, nie blaskiem szaleństwa, lecz zwyczajną bystrością inteligentnej osoby, która znalazła się w niedorównującym jej inteligencją środowisku. Uśmiechnęła się i siadając, pomachała im nieśmiało na powitanie.

Teddy zajrzał do notatek Cawleya – Bridget Kearns.

– Ja już stąd nie wyjdę – odezwała się nagle po kilku minutach. Papierosy wypalała tylko do połowy, mówiła łagodnym, zdecydowanym głosem, a dziesięć lat wcześniej zarąbała swojego męża siekierą.

– Nie wiem, czy powinni mnie wypuścić.

– Dlaczegóż to? – spytał Chuck. – To znaczy, proszę mi wybaczyć, panno Kearns, ale...

– Pani Kearns.

– Pani Kearns. Więc proszę mi wybaczyć, ale wydaje mi się pani... no... całkiem normalna.

Rozsiadła się w krześle, zupełnie na luzie, jakby była nie pacjentem, lecz pracownikiem tej instytucji, i zachichotała cicho.

– Może i tak – odparła. – Ale kiedy mnie tu przywieźli, było ze mną źle. O mój Boże. Cieszę się, że nie mam żadnych zdjęć z tamtego okresu. Rozpoznali u mnie psychozę maniakalno--depresyjną. Nie widzę powodu, aby w to wątpić. Nadal miewam okropne dni. Chyba każdy je miewa. Ale mało kto sięga wtedy po siekierę i zabija małżonka. Na tym polega różnica. Dowiedziałam się, że noszę w sobie głęboką urazę do ojca, i skłonna jestem się z tym zgodzić. Raczej nie rzucę się już na nikogo z siekierą, ale nigdy nic nie wiadomo. – Machnęła w ich kierunku papierosem. – Uważam, że jeśli facet bije żonę i pieprzy się z co drugą napotkaną przez siebie babą, a nikt nie chce jej pomóc, to nie jest wcale takie niepojęte, że go w końcu ukatrupia.

Teddy napotkał jej wzrok i rozśmieszył go wyraz jej oczu – jakby dziewczęca, nieśmiała figlarność.

– Co? – zdziwiła się, śmiejąc się wraz z nim.

– Może jednak nie powinni cię wypuszczać – powiedział.

– Mówisz tak, bo jesteś facetem.

– Do licha, masz rację.

– No cóż, to wiele wyjaśnia.

Śmiech przyniósł Teddy'emu ulgę, tak potrzebną mu po rozmowie z Peterem Breene'em. Zastanawiał się, czy nie wdaje się przypadkiem we flirt. Z pacjentką zakładu dla obłąkanych. Morderczynią. Oto, do czego doszło, Dolores. Ale nie czuł z tego powodu wyrzutów sumienia, jakby po dwóch długich mrocznych latach żałoby należało mu się trochę niewinnej zalotności.

– A co ja bym robiła po wyjściu na wolność? – mówiła Bridget. – Nie wiem, co mnie tam czeka w tym dzisiejszym świecie. Słyszałam o bombach. Bombach, które obracają w popiół całe miasta. I telewizorach. Tak się nazywają, prawda? Krążą pogłoski, że każdy oddział dostanie jeden telewizor i będziemy mogli oglądać przedstawienia w tej skrzynce. To raczej nie dla mnie. Głosy dochodzące ze skrzynki. Twarze w skrzynce. Człowiek i tak każdego dnia dość się nasłucha i naogląda. Po co mu jeszcze jedno źródło hałasu?

– Możesz opowiedzieć nam o Rachel Solando? – spytał Chuck.

Bridget Kearns dość raptownie zastygła i Teddy dostrzegł, że zwróciła oczy lekko ku górze, jak ktoś, kto przetrząsa umysł w poszukiwaniu prawidłowej odpowiedzi. Napisał w notatniku „kłamstwa" i zaraz zasłonił to ręką.

Jej słowa były starannie dobrane, wyraźnie wyuczone.

– Rachel jest całkiem miła. Trzyma się na uboczu. Dużo opowiada o deszczu, ale na ogół wcale się nie odzywa. Wierzyła, że jej dzieci wciąż żyją. Uważała, że nadal mieszka w swoim domu, a my jesteśmy sąsiadami, listonoszami, dostawcami, mleczarzami. Nie wiadomo, jaka była naprawdę.

Bridget mówiła z opuszczoną głową, a kiedy skończyła, wyraźnie unikała wzroku Teddy'ego. Jej spojrzenie powędrowało w dół; wpatrzona w blat stolika, zapaliła następnego papierosa.

Teddy zastanowił się nad jej wypowiedzią i uświadomił sobie, że podany przez nią opis urojeń Rachel niemal dokładnie odpowiada temu, co wczoraj usłyszeli z ust Cawleya.

– Jak długo tu przebywała?

– Co?

– Rachel. Jak długo była z panią na oddziale B?

– Ze trzy lata? Chyba coś koło tego. Człowiek traci poczucie czasu. Łatwo o to w takim miejscu.

– A przedtem gdzie ją trzymano? – spytał Teddy.

– Słyszałam, że na oddziale C, a stamtąd została przeniesiona tu, jak się domyślam.

– Ale pewności pani nie ma?

– Nie. Ja... człowiek się gubi w tym wszystkim.

– Jasne. Czy zaszło coś niezwykłego, kiedy widziała ją pani po raz ostatni?

– Nie.

– To było w czasie grupy.

– Słucham?

100

– Podczas zajęć terapii grupowej. Wtedy widziała ją pani ostatni raz – wyjaśnił Teddy.

– Tak, tak. – Kiwnęła skwapliwie głową i strzepnęła popiół z papierosa. – W czasie grupy.

– I rozeszłyście się do swoich pokoi?

– Pod opieką pana Gantona.

– Jak zachowywał się tego wieczora doktor Sheehan?

Podniosła wzrok i Teddy dojrzał malujące się na jej twarzy zagubienie, a może i lęk.

– Nie wiem, o co panu chodzi.

– Doktor Sheehan był wtedy z wami, prawda?

Spojrzała na Chucka, potem z powrotem na Teddy'ego i zagryzła górną wargę.

– Prawda.

– Jaki on jest?

– Doktor Sheehan?

Teddy skinął głową.

– W porządku. Miły, przystojny.

– Przystojny?

– Tak. Jest... całkiem do rzeczy, jak mawiała moja matka.

– Czy kiedykolwiek flirtował z panią?

– Nie.

– Podrywał panią?

– Ależ skąd. To porządny lekarz.

– A tamtego wieczoru?

– Tamtego wieczoru? – Zastanawiała się przez chwilę. – Nie wydarzyło się nic nadzwyczajnego. Rozmawialiśmy o, hm, sposobach radzenia sobie ze złością? A Rachel narzekała na deszcz. Doktor Sheehan wyszedł tuż przed końcem zajęć, a pan Ganton odprowadził nas do pokoi. Położyłyśmy się do łóżek i to wszystko.

Tedy otworzył notatnik, dopisał „wyreżyserowane" pod „kłamstwa" i zamknął go z powrotem.

– To wszystko?

– Tak. A następnego ranka Rachel już nie było.

– Następnego ranka?

– Kiedy się obudziłam, dowiedziałam się, że uciekła.

– A w nocy? Na pewno pani słyszała.

– Co słyszałam? – odparła, zgniatając niedopałek i rozganiając ręką unoszący się z popielniczki dym.

– Cały ten zgiełk. Gdy odkryto jej zniknięcie.

– Nie. Ja...

– Słychać było krzyki, nawoływania, wyjący alarm, nadbiegających strażników.

– Myślałam, że to mi się przyśniło.

– Przyśniło?

Skinęła energicznie głową.

– Tak. Myślałam, że to koszmarny sen. – Spojrzała na Chucka. – Mogłabym prosić o szklankę wody?

– Jasne.

Chuck wstał i rozejrzał się, dostrzegł rząd szklanek pod ścianą obok metalowego dystrybutora.

– Szeryfie? – spytał jeden z posługaczy, podnosząc się z krzesła.

– W porządku. Przyniosę tylko trochę wody.

Chuck podszedł do urządzenia, wziął szklankę i po kilku sekundach domyślił się, z którego kranika leciało mleko, a z którego woda.

Pociągnął do góry solidną dźwigienkę, przypominającą metalową podkowę, a Bridget Kearns chwyciła notatnik Teddy'ego i pióro. Patrząc mu prosto w oczy, wyszukała niezapisaną stronę, nabazgrała coś na niej, zatrzasnęła notatnik i pchnęła wraz z piórem w jego stronę.

Teddy spoglądał na nią zaintrygowany, ale Bridget Kearns spuściła wzrok i od niechcenia gładziła swoją paczkę papierosów.

Chuck wrócił ze szklanką wody i usiadł obok Teddy'ego. Bridget opróżniła szklankę do połowy.

– Dziękuję – powiedziała. – Czy macie panowie jeszcze jakieś pytania? Jestem nieco zmęczona.

– Zetknęła się pani kiedykolwiek z pacjentem o nazwisku Laeddis, Andrew Laeddis? – spytał Teddy.

Jej twarz nie wyrażała żadnych uczuć. Zastygła niczym maska wykonana z alabastru. Jej dłonie spoczywały na stoliku, jakby obawiała się, że gdy je stamtąd zabierze, stolik pofrunie pod sufit.

Choć nie miał pojęcia dlaczego, Teddy przysiągłby, że kobieta ledwo powstrzymywała się od płaczu.

– Nie – odparła. – Nigdy o nim nie słyszałam.

– Myślisz, że jej odpowiedzi były wyreżyserowane? – spytał Chuck.

– A ty tak nie uważasz?

– No dobrze, brzmiały trochę sztucznie.

Stali pod zadaszonym łącznikiem między budynkiem szpitala i oddziałem B. Deszcz nie miał teraz do nich dostępu. Czuli jego krople spływające po skórze.

– Trochę? Niektóre jej wyrażenia były jak żywcem wyjęte z ust Cawleya. Kiedy ją zapytałem o temat zajęć, dopiero po namyśle odpowiedziała „sposoby radzenia sobie ze złością". Jakby nie była pewna. Jakby brała udział w teleturnieju i wkuwała całą poprzednią noc.

– I co z tego wynika?

– Niech skonam, jeśli wiem – odparł Teddy. – Nasuwają mi się pytania i z każdą chwilą ich przybywa.

– Jestem tego samego zdania – powiedział Chuck. – Hej, a oto pytanie dla ciebie: kto to jest Andrew Laeddis?

– Nie uszło twojej uwagi, co?

Teddy zapalił zdobycznego papierosa.

– Pytałeś o niego każdego pacjenta.

– Z wyjątkiem Kena i Leonory Grant – sprostował Teddy.

– Oni nawet nie wiedzą, na jakim świecie żyją.

– To prawda.

– Jesteśmy partnerami, szefie.

Teddy oparł się o kamienny mur, Chuck poszedł w jego ślady. Teddy odwrócił głowę w stronę Chucka, spojrzał na niego.

– Dopiero co się poznaliśmy.

– Aha, zatem nie masz do mnie zaufania.

– Ufam ci, Chuck. Naprawdę. Ale w tym wypadku postępuję wbrew regułom. Poprosiłem o przydzielenie mi tej sprawy. Jak tylko przyszło zawiadomienie do tutejszego wydziału pościgowego.

– I co z tego?

– Mam osobiste powody, żeby tu być.

Chuck skinął głową, zapalił papierosa, trawił w milczeniu słowa Teddy'ego.

– Moja dziewczyna, Julie – odezwał się w końcu – Julie Taketomi, tak się nazywa, jest Amerykanką jak ja. Nie zna ani słowa po japońsku. Do diabła, jej rodzina jest tu zadomowiona od trzech pokoleń, a oni zamykają ją w obozie, a potem... – Chuck potrząsnął głową, pstryknął papierosa na deszcz i podciągnął koszulę, odsłaniając prawy bok. – Popatrz, Teddy. To moja druga blizna.

Teddy zobaczył długą i ciemną szramę grubości kciuka.

– Tej też nie nabawiłem się na wojnie. Oberwałem, pracując w wydziale pościgowym. Nakryliśmy takiego jednego drania w Tacomie, ja pierwszy wparowałem przez drzwi i poharatał mnie szablą. Dasz wiarę? Szablą, kurwa mać. Trzy miesiące przeleżałem w szpitalu, zanim lekarze pozszywali mi z powrotem bebechy. A to wszystko w służbie narodu. Dla ojczyzny, Teddy. A potem oni wykurzają mnie z rodzinnego okręgu, bo zakochałem się w skośnookiej Amerykance? – Wsunął za pas poły koszuli. – Pieprzyć ich.

– Gdybym cię wcześniej nie rozgryzł – powiedział Teddy po chwili – dałbym głowę, że naprawdę ją kochasz.

– Zginąłbym za nią. Bez najmniejszego żalu.

Teddy skinął głową. Nie znał czystszego uczucia na tym świecie.

– I tego się trzymaj, chłopaku.

– Ma się rozumieć, Teddy. O to właśnie chodzi. Ale musisz mi powiedzieć, po co tu jesteśmy? Kim, do cholery, jest Andrew Laeddis?

Teddy wgniótł niedopałek w kamienną płytę chodnika.

Dolores, muszę mu powiedzieć. W pojedynkę nic nie zdziałam.

Jeśli w ogóle mogę odkupić swoje przewinienia – pijaństwo, wszystkie te chwile, kiedy zbyt długo zostawiałem cię samą, zawiodłem cię, złamałem ci serce – to właśnie teraz, bo inna taka sposobność już się nie nadarzy.

Chcę to naprawić, skarbie. Chcę odpokutować. Ty jedna, ze wszystkich ludzi, byś to zrozumiała.

– Andrew Laeddis – zwrócił się do Chucka, a słowa więzły mu w wyschniętym gardle. Przełknął ślinę, zwilżył trochę gardło, spróbował jeszcze raz... – Andrew Laeddis był konserwatorem w budynku, w którym mieszkałem z żoną.

– Tak?

– Piromanem.

Chuck chłonął słowa Teddy'ego, nie odrywając wzroku od jego twarzy.

– I co dalej?

– Andrew Laeddis wzniecił pożar...
– O w mordę!
– ...w którym spłonęła moja żona.

8

Teddy podszedł na skraj zadaszenia i wystawił twarz na deszcz. Zimne strugi wody przyjemnie chłodziły. W kroplach deszczu widział Dolores. Rozpryskiwała się przy zderzeniu z jego ciałem.

Tamtego ranka nie chciała go wypuścić z domu. W ostatnim okresie swego życia miewała niewytłumaczalne huśtawki nastrojów, cierpiała na bezsenność, co przyprawiało ją o stany lękowe, doprowadzało do rozstroju. Kiedy zadzwonił budzik, połaskotała Teddy'ego, zaproponowała, żeby zamknąć okiennice, nie wpuszczać światła słonecznego i nie wychodzić z łóżka przez cały dzień. Objęła go tak łapczywie i z taką mocą, że czuł wpijające mu się w kark kości jej przedramion.

Przyszła do niego, kiedy brał prysznic, ale on był zbyt zaaferowany, bo spieszył się do pracy, a do tego jeszcze przepity, co często mu się wtedy zdarzało. Umysł miał zamroczony, a pod czaszką czuł bolesne kłucie. Jej ciało tarło go niczym papier ścierny, gdy do niego przywarła. Strumień z prysznica raził jak grad śrutu.

– Zostań ze mną – powiedziała. – Tylko dziś. Nic się nie stanie, jeśli raz nie przyjdziesz do pracy.

Próbował zdobyć się na uśmiech, kiedy delikatnie przestawił ją na bok i sięgnął po mydło.

– Nie mogę, skarbie.

– Dlaczego? – Pogłaskała go po udach. – Daj mi mydło. Umyję cię tam.

Gładziła dłonią jego jądra, kąsała zębami pierś.

Nie chciał jej odpychać. Wziął ją za ramiona i unosząc lekko, odsunął do tyłu o krok czy dwa.

– Przestań – powiedział. – Naprawdę zaraz muszę wyjść.

Roześmiała się głośno, próbowała się w niego wtulić, a on widział malującą się w jej oczach desperację. Pragnęła czuć się szczęśliwa. Nie spędzać tyle czasu w samotności. Żeby znów było jak dawniej, kiedy tyle nie pracował i tyle nie pił, zanim obudziła się pewnego dnia i świat nagle wydał jej się zbyt jaskrawy, zbyt wrzaskliwy, zbyt zimny.

– No dobrze, już dobrze. – Odchyliła się do tyłu, para wzbijająca się z gorącej wody zraszała jej nagie ciało. – Pójdę z tobą na układ. Nie cały dzień, kochanie. Nie cały dzień. Bądź ze mną jeszcze przez godzinę. Jedną godzinę.

– Już jestem...

– Tylko godzinę. – Głaskała go namydloną ręką. – Potem pójdziesz do pracy. Chcę cię poczuć w sobie.

Wspięła się na palce, żeby go pocałować.

Musnął ją ustami.

– Nie mogę, najdroższa – powiedział i zwrócił twarz w stronę strumienia.

– Dostaniesz powołanie? – spytała.

– Co takiego?

– Do wojska.

– Mam znowu walczyć za ten zasmarkany kraj? Skarbie, ta wojna się skończy, zanim zawiążę sobie sznurówki.

– Nie wiem. Nawet nie wiem, po cośmy się tam właściwie pchali. To znaczy...

– Bo Korei Północnej to jej uzbrojenie nie spadło z nieba. Dostała je od Stalina. A my musimy pokazać, że wyciągnęliśmy naukę z Monachium, że już wtedy trzeba było powstrzymać Hitlera. Dlatego ukrócimy Stalina i Mao. Teraz. Właśnie w Korei.

– Poszedłbyś na wojnę.

– Gdybym dostał powołanie? Musiałbym. Ale nie powołają mnie, kotku.

– Skąd wiesz?

Nalał szamponu na włosy.

– Zastanawiałeś się kiedyś, dlaczego oni nas tak nienawidzą? Ci komuniści? Dlaczego nie mogą zostawić nas w spokoju? Świat z hukiem wyleci w powietrze, a ja nawet nie wiem dlaczego.

– Nie wyleci.

– Właśnie, że tak. Piszą o tym w gazetach i....

– To nie czytaj gazet.

Teddy spłukał szampon z włosów. Dolores przycisnęła twarz do jego pleców, oplotła brzuch ramionami.

– Pamiętam ten pierwszy raz, kiedy cię ujrzałam w Cocoanut Grove. W mundurze.

Teddy nie cierpiał tych jej wędrówek po ścieżkach pamięci. Nie potrafiła pogodzić się z tym, jacy byli teraz – sterani życiem, już nie „piękni dwudziestoletni" – więc wyprawiała się w przeszłość, żeby ogrzać się w cieple wspomnień.

– Taki byłeś przystojny. Linda Cox powiedziała: „Ja wypatrzyłam go pierwsza". A wiesz, co ja na to?

– Jestem spóźniony, kotku.

– Ciekawe, dlaczego to powiedziałam? Powiedziałam jej: „Może i wypatrzyłaś go pierwsza, Lindo, ale ja będę patrzeć na niego ostatnia". Uważała, że z bliska wyglądasz groźnie, ale ja odparłam: „A zajrzałaś mu w oczy, złotko? Nie ma w nich nic groźnego".

Teddy zakręcił prysznic i odwrócił się. Zobaczył, że Dolores ma na sobie ślady mydła. Smugi piany przylgnęły do jej nagiego ciała.

– Odkręcić ci wodę?

Potrząsnęła głową.

Owinął się w pasie ręcznikiem i zaczął się golić przy umywalce. Dolores oparła się o ścianę i przyglądała mu się, a białe smugi mydła zasychały na jej ciele.

– Nie chcesz się wysuszyć? – spytał. – Włożyć czegoś na siebie?

– Już go nie ma – powiedziała.

– Jak to nie ma? Wygląda, jakby przyssały się do ciebie białe pijawki.

– Nie chodzi mi o mydło – odparła.

– A o co?

– Cocoanut Grove. Spaliło się doszczętnie, kiedy walczyłeś za morzem.

– Tak, skarbie. Słyszałem o tym.

– „Za morzem – zanuciła, próbując rozpędzić ciemne chmury, jakie się nad nimi zbierały. – Za morzem...".

Zawsze miała cudowny głos. Tej nocy, kiedy dla uczczenia jego powrotu z wojny zaszaleli i wynajęli sobie pokój w Parker House, kiedy już się sobą nasycili, a ona poszła wziąć kąpiel, słuchał jej śpiewu dochodzącego z łazienki – śpiewała wtedy „Buffalo Girls", a spod drzwi buchały kłęby pary.

– Hej! – zawołała nagle.

– Słucham? – Dojrzał w lustrze odbicie lewej połowy jej ciała. Mydło zdążyło na niej zaschnąć i te białe strzępki dziwnie go drażniły. Nie wiedzieć dlaczego, odnosił wrażenie, że zadawały jej gwałt.

– Masz kogoś na boku?

– Cʋ?

– Masz?

– Co ty bredzisz, do cholery? Ja pracuję, Dolores.

– Dotykam twojego kutasa...

– Tylko bez takich wyrazów. Jezu Chryste.

– ...pod prysznicem i nawet ci nie staje?

– Dolores – powiedział, odwracając się od lustra. – Rozmawialiśmy o bombach. O końcu świata.

Wzruszyła ramionami na znak, że to nie ma żadnego związku z obecnym tematem. Przytknęła stopę do ściany i palcem starła wodę spływającą jej po udzie.

– Przestałeś mnie pieprzyć.

– Dolores, ja nie żartuję – nie życzę sobie takiego słownictwa pod tym dachem.

– Doszłam do wniosku, że pieprzysz inną.

– Nikogo nie pieprzę i proszę nie powtarzaj w kółko tego słowa.

– Którego? – Położyła rękę na kępie ciemnych włosów porastającej jej łono. – Pieprzyć?

– Tak. – Uniósł jedną rękę, a drugą zaczął się dalej golić.

– To brzydkie słowo?

– Przecież wiesz. – Zeskrobywał brzytwą zarost z podbródka, słychać było, jak ostrze trze o powierzchnię skóry przez warstwę piany.

– A jakie jest ładne słowo?

– Hę? – Opłukał brzytwę i otrząsnął ją.

– Jak mogę mówić o moim ciele, żebyś nie zacisnął przy tym odruchowo pięści?

– Nie zacisnąłem pięści.

– Ależ tak.

Skończył golić podbródek, wytarł brzytwę o ręczniczek. Przyłożył ją płasko do policzka poniżej lewego baczka.

– Nic podobnego, skarbie. Nie zacisnąłem pięści. – Ujrzał w lusterku jej lewe oko.

– Jakiego określenia powinnam użyć? – Jedną ręką przeczesywała włosy na głowie, a drugą poniżej pasa. – To znaczy, że można ją lizać, można ją całować i można ją pieprzyć. Można patrzeć, jak wychodzi z niej dziecko. Ale nie można wypowiadać jej nazwy?

– Dolores.

– Pizda.

Ostrze wraziło się tak głęboko w policzek, że jak podejrzewał, doszło pewnie aż do kości szczęki. Zapiekła go cała lewa strona twarzy, a kiedy do rany przedostał się krem do golenia, wiązki promieniującego bólu o mało nie rozsadziły mu czaszki. Do umywalki skapywała krew, mieszając się z białymi kłębkami piany i z wodą.

Podeszła do niego z ręcznikiem, ale on ją odepchnął i wciągnął powietrze przez zaciśnięte zęby. Czuł, jak ból przeszywa mu oczy, wdziera się w mózg. Stał przy umywalce, krwawiąc, i miał ochotę się rozpłakać. Nie z powodu bólu. Nie z powodu przepicia. Ale dlatego że nie wiedział, co dzieje się z jego żoną, dziewczyną, którą po raz pierwszy poprosił do tańca w Cocoanut Grove. Zmieniała się na jego oczach, a on nie miał pojęcia, jak to się skończy, podobnie jak nie wiedział, dokąd zmierzał ten świat z toczącymi go niczym rak małymi brudnymi wojnami, obłędną nienawiścią i nagonką na szpiegów w Waszyngtonie, w Hollywood, z maskami przeciwgazowymi rozdawanymi uczniom, betonowymi schronami w piwnicach. I wszystko było jakoś ze sobą powiązane – jego żona, ten świat, jego pijaństwo, wojna, w której brał udział, gdyż szczerze wierzył, że położy kres temu całemu draństwu...

Stał przy umywalce, krwawiąc, a Dolores powtarzała:

– Przepraszam, przepraszam, przepraszam.

Wziął od niej ręcznik, kiedy podała mu po raz drugi, ale nie mógł się zmusić, żeby jej dotknąć, żeby na nią spojrzeć. Poznał po głosie, że płacze, na pewno była cała we łzach, a on przeklinał to popieprzone i obrzydliwe miejsce, w jakie zamienił się świat, nie oszczędzając nikogo i niczego.

Gazety zamieściły jego wypowiedź, w której jakoby twierdził, że pożegnał się z żoną słowami: „Kocham cię".

Kłamstwo.

Jak naprawdę brzmiały jego ostatnie słowa skierowane do niej?

Z jedną ręką na klamce, z drugą przyciskającą trzeci już ręcznik do szczęki, czując na sobie badawczy wzrok Dolores, oświadczył:

– Do diabła, Dolores, musisz wziąć się w garść. Masz obowiązki. Pomyśl o nich czasami – dobrze? – i poukładaj sobie wszystko w tej pieprzonej łepetynie jak należy.

To były ostatnie słowa, jakie Dolores usłyszała z jego ust. Zamknął za sobą drzwi i zszedł na dół, zatrzymując się na ostatnim stopniu schodów. Przez chwilę chciał zawrócić. Naszła go myśl, żeby wrócić do Dolores i wszystko naprawić. A jeśli nie naprawić, to chociaż załagodzić.

Załagodzić. Tak by było miło.

Pod osłoną dachu szła w ich stronę, człapiąc i kołysząc biodrami, kobieta z czerwoną krechą na szyi, z kajdanami na rękach i na nogach, pod strażą dwóch posługaczy. Wyglądała na wesołą, kwakała i próbowała machać łokciami.

– A ta co przeskrobała? – spytał Chuck.

– Ona? – odparł jeden z posługaczy. – To stara Maggie. Maggie „Masz babo placek", jak ją przechrzciliśmy. Prowadzimy ją na hydroterapię. Ale z nią nigdy nic nie wiadomo.

Maggie stanęła przed nimi, posługacze niemrawo próbowali zmusić ją, żeby ruszyła, ale kobieta zaparła się łokciami, wbiła obcasy w chodnik i jeden z jej opiekunów przewrócił oczami i westchnął ciężko.

– Oho, zaraz się zacznie kazanie. Słuchajcie.

Maggie zadarła głowę i przekrzywiając ją w bok, wpatrywała się w Chucka i Teddy'ego; przypominała żółwia, który wyściubił nos ze skorupy.

– Ja jestem drogą – oświadczyła. – Ja jestem światłością. I nie będę wam piec tych pieprzonych placków. Nie będę. Dotarło?

– Jasne – odparł Chuck.

– Oczywiście – powiedział Teddy. – Żadnych placków.

– Byłeś tutaj i tutaj pozostaniesz. – Maggie wciągnęła powietrze przez nos. – To twoja przeszłość i twoja przyszłość, które następują po sobie jak pory roku w odwiecznym cyklu.

– Tak, proszę pani.

Nachyliła się i obwąchała ich, najpierw Teddy'ego, potem Chucka.

110

– Oni strzegą tajemnic. Tym żywi się to piekło.

– Tym... no i plackami – odparł Chuck.

Kobieta uśmiechnęła się do niego i przez chwilę wydawało się, że w jej ciało wślizgnął się ktoś poczytalny i mignął przez źrenice.

– Śmiej się – powiedziała do Chucka. – Śmiech jest lekarstwem duszy.

– Oczywiście, proszę pani. Będę się dużo śmiać.

Dotknęła jego nosa zgiętym palcem.

– Takiego chcę cię zapamiętać – roześmianego.

Odwróciła się i ruszyła powoli przed siebie. Posługacze dotrzymywali jej kroku, cała trójka oddaliła się od nich i weszła przez boczne drzwi do szpitala.

– Wesoła dziewczyna – rzekł Chuck.

– W sam raz, żeby przyprowadzić ją do domu i pokazać mamie.

– A potem zarżnęłaby mamę i pochowała w szopce, ale i tak... – Chuck zapalił papierosa. – Co z tym Laeddisem?

– Zabił mi żonę.

– To już wiem. Jak to się stało?

– Facet był piromanem.

– To też już wiem.

– Był zatrudniony jako konserwator w naszym domu. Pokłócił się z właścicielem, a ten go wylał. Wiadomo było, że pożar nastąpił w wyniku podpalenia. Ktoś musiał podłożyć ogień. Laeddis znalazł się na liście podejrzanych. Sporo czasu minęło, nim go odszukali, ale on zdążył sobie przygotować alibi. Cholera, wcale nie miałem pewności, że to jego sprawka.

– Co cię przekonało?

– Rok temu otwieram gazetę i patrzę: znowu on. Spalił szkołę, w której pracował. Ten sam scenariusz – wywalili go, a on wrócił, nabuzował w piecu i ustawił bojler tak, żeby wybuchł. Ten sam *modus operandi*. Identyczny. W szkole nie było dzieci, ale dyrektorka została po godzinach, żeby popracować. Zginęła na miejscu. Laeddis stanął przed sądem, ale opowiadał, że słyszy głosy i tym podobne bujdy. Został zamknięty w zakładzie dla umysłowo chorych w Shattuck. Sześć miesięcy temu coś tam się wydarzyło – nie wiem co – i został przeniesiony tutaj.

– Ale żaden pacjent go nie widział.

– Pytaliśmy na razie pacjentów z oddziałów A i B.

– Wynikałoby stąd, że Laeddis przebywa na oddziale C.

– Właśnie.

– Albo nie żyje.

– Możliwe. Jeszcze jeden powód, żeby wybrać się na poszukiwania cmentarza.

– Ale załóżmy, że nie umarł.

– Dobrze.

– Co masz zamiar zrobić, jeśli go znajdziesz, Teddy?

– Nie wiem.

– Nie wciskaj mi kitu, szefie.

Nadchodziły dwie pielęgniarki, stukając obcasami, trzymając się blisko ściany, żeby nie dosięgnął ich deszcz.

– Ale jesteście mokrzy – odezwała się jedna z nich.

– Cali mokrzy? – odparł Chuck i ta bliżej ściany, drobna dziewczyna z krótkimi czarnymi włosami, roześmiała się.

Kiedy ich minęły, czarnowłosa pielęgniarka spojrzała przez ramię do tyłu.

– Wy zawsze tacy frywolni na służbie?

– To zależy – powiedział Chuck.

– Od czego?

– Z kim mamy do czynienia.

To je na chwilę zatrzymało, a kiedy się połapały, czarnowłosa pielęgniarka wtuliła twarz w ramię koleżanki, obie wybuchnęły śmiechem i ruszyły w stronę szpitala.

Boże, jak on zazdrościł Chuckowi. Przekonania, z jakim się wypowiadał. Wdawał się w płoche flirty. Przerzucał się błahymi słówkami z upodobaniem godnym młodego żołnierza, który czuje, że świat należy do niego. Ale nade wszystko zazdrościł mu tego niewymuszonego wdzięku.

Teddy nigdy nie potrafił przywołać swego osobistego uroku na zawołanie. Po wojnie przychodziło mu to jeszcze trudniej. A po śmierci Dolores wyzbył się go całkowicie.

Wdzięk był zbytkiem, na który pozwolić sobie mogli tylko ci, co wierzyli w moralny ład. W czystość i w palisady.

– Wiesz – zwrócił się do Chucka – tego ranka, kiedy ostatni raz widziałem moją żonę żywą, wspominała o pożarze Cocoanut Grove.

– Tak?

– Tam się poznaliśmy. W tym klubie. Ona przyszła ze współlokatorką, dziewczyną z bogatego domu, a ja się dostałem, bo dla żołnierzy były zniżki. Zaraz potem przerzucili nas do Europy. Przetańczyłem z nią całą noc. Nawet fokstrota wtedy tańczyliśmy.

Chuck wykręcił szyję i spojrzał Teddy'emu w twarz.

– Fokstrota? Jakoś nie mogę sobie ciebie wyobrazić...

– Chłopie – odparł Teddy – trzeba było widzieć moją żonę tego wieczoru. Sam kicałbyś po parkiecie jak królik, gdyby sobie zażyczyła.

– Więc poznaliście się w Cocoanut Grove.

Teddy skinął głową.

– A potem klub się spalił. Kiedy to było? Walczyliśmy chyba wtedy we Włoszech, tak, we Włoszech, a jej ten pożar wydał się w jakiś sposób znaczący, tak przypuszczam. Ogień ją przerażał.

– I zginęła w płomieniach – powiedział cicho Chuck.

– Nie ma chyba nic gorszego. – Teddy zacisnął zęby na wspomnienie żony tamtego ranka, nagiej, z nogą opartą o ścianę, z zaschniętymi smugami białej piany na ciele.

– Teddy?

Spojrzał na Chucka.

– Możesz na mnie liczyć – oświadczył Chuck, rozkładając ręce. – Obojętne, co by się działo. Chcesz dopaść Laeddisa i wykończyć go? Klawo.

– Klawo. – Teddy się uśmiechnął. – Nie wiem, kiedy ostatni raz słyszałem...

– Ale jest jeden warunek, szefie. Muszę wiedzieć, czego się spodziewać. Poważnie. Albo będziemy grali ze sobą w otwarte karty, albo wylądujemy na jakimś nowym przesłuchaniu przed komisją Kefauvera*. W tych czasach każdy jest na widoku. Wszyscy patrzą sobie nawzajem na ręce. Z każdą minutą świat robi się coraz mniejszy. – Chuck przygładził do tyłu sterczącą mu na głowie gęstą czuprynę. – Myślę, że to miejsce jest ci znane. Myślę, że coś przede mną ukrywasz. Myślę, że przyjechałeś tu rozprawić się, z kim trzeba.

---

* Amerykański polityk, senator w latach 1949–1963. W latach 1950–1951 prowadził mocno nagłośnioną w środkach masowego przekazu batalię przeciwko przestępczości zorganizowanej (przyp. tłum.).

Teddy przytknął rękę do piersi.

– Ja nie żartuję, szefie.

– Jesteśmy mokrzy – powiedział Teddy.

– I co z tego?

– Stwierdzam tylko fakt. Masz ochotę jeszcze bardziej zmoknąć?

Wyszli przez bramę i skierowali kroki na plażę. Wszystko zasnuwały strugi deszczu. Fale wielkości domów rozbijały się o przybrzeżne skały. Wypiętrzały się wysoko i rozpryskiwały, ustępując miejsca nowym.

– Nie chcę go zabić – powiedział Teddy, przekrzykując ryk morza.

– Czyżby?

– Naprawdę.

– Trudno mi w to uwierzyć.

W odpowiedzi Teddy wzruszył tylko ramionami.

– Gdyby to była moja żona – mówił Chuck – ukatrupiłbym go bez zmrużenia oka.

– Mam dość zabijania – odparł Teddy. – Ilu zginęło na wojnie z mojej ręki? Straciłem rachubę. Jak to możliwe, Chuck? Ale naprawdę nie mogę się doliczyć.

– Mimo wszystko. Chodzi o twoją żonę, Teddy.

Natknęli się na rumowisko czarnych skał o ostrych zrębach, wznoszące się z plaży w kierunku drzew, i wspięli się po nim, kierując się w głąb wyspy.

– Posłuchaj – oświadczył Teddy, kiedy dotarli do niewielkiego płaskowyżu okolonego wysokimi drzewami, które zapewniały przynajmniej częściową osłonę przed deszczem. – Nadal na pierwszym miejscu stawiam pracę. Ustalimy, co się stało z Rachel Solando. A jeśli przy tym trafię na Laeddisa? Świetnie. Wygarnę mu prosto w twarz, że zabił moją żonę. Zapowiem mu, że będę czekał, aż go wypuszczą. Dam mu jasno do zrozumienia, że nie dane mu będzie długo cieszyć się wolnością, póki ja żyję.

– I to wszystko? – spytał Chuck.

– Tak.

Chuck otarł oczy rękawem, odgarnął włosy z czoła.

– Nie wierzę ci. Po prostu ci nie wierzę.

Teddy przeniósł wzrok w dal, na szczyt budynku szpitala rysujący się ponad linią drzew, jego okna dachowe przypominające oczy.

– Nie przyszło ci do głowy, że Cawley wie, co naprawdę cię tu sprowadziło?

– Naprawdę jestem tu w sprawie Rachel Solando.

– Do jasnej cholery, Teddy, jeśli facet, który ma na sumieniu śmierć twojej żony, został zamknięty w tym zakładzie, to...

– Nie za to stanął przed sądem. Nic go nie łączy z moją osobą. Nic.

Chuck przysiadł na kamieniu wystającym z ziemi, pochylił głowę przed deszczem.

– No to kierunek cmentarz. Rozejrzyjmy się po okolicy, skoro już tu jesteśmy. Może uda nam się go odnaleźć. Zobaczymy nagrobek z nazwiskiem „Laeddis", jedno zmartwienie z głowy.

– W porządku – odparł Teddy, wpatrując się w przepastną czerń otaczającego ich pierścienia drzew.

– A przy okazji, co ona ci powiedziała? – zapytał Chuck, wstając.

– Kto?

– Ta pacjentka. – Strzelił palcami. – Bridget. Wysłała mnie po wodę. Powiedziała ci coś w tym czasie, wiem.

– Nie.

– Kłamiesz. Wiem, że....

– Napisała mi coś – wyjaśnił Teddy, klepiąc się po kieszeniach płaszcza. W końcu znalazł notatnik w wewnętrznej kieszeni i zaczął przerzucać strony.

Chuck gwizdał i ćwiczył na podmokłym gruncie krok defiladowy, podrzucając do góry sztywne w kolanach nogi.

– Adolf, wystarczy już – powiedział Teddy, kiedy znalazł właściwą stronę.

– Masz to? – spytał Chuck, podchodząc.

Teddy skinął głową, obrócił notatnik, żeby pokazać Chuckowi stronę, na której widniało jedno słowo, napisane ściśniętymi literami, już rozmywającymi się na papierze od deszczu:

uciekaj

9

Natrafili na kamienie kilometr dalej w głębi wyspy, a niebo nad ich głowami gnało na oślep w ciemność pod zwałami chmur o gładkich ciemnopurpurowych spodach. Wspięli się na szczyt wzgórza rozmokłym stokiem, porośniętym prostą, wiotką trawą morską, śliską od deszczu. Od mozolnego wdrapywania się byli cali oblepieni błotem.

Poniżej rozciągało się pole, płaskie jak dolna warstwa chmur, gołe, jeśli nie liczyć jednego czy dwóch krzaków, nasiąkniętych liści ciskanych przez nawałnicę i mnóstwa kamieni. Teddy początkowo odniósł wrażenie, że trafiły tu niesione wichrem wraz z liśćmi. Ale w połowie drogi w dół zbocza zatrzymał się i przyjrzał im się uważniej.

Usypane były w małe, schludne stosy, rozrzucone po polu w odstępach mniej więcej piętnastu centymetrów. Teddy położył Chuckowi dłoń na ramieniu i wskazał je ręką.

– Policz, ile tam jest stosów.

– Co takiego?

– Widzisz te kamienie? – spytał Teddy.

– Tak.

– Usypane są w oddzielne stosy. Policz je.

Chuck spojrzał na niego tak, jakby rozum Teddy'ego ucierpiał wskutek sztormu.

– To zwykłe kamienie.

– Mówię poważnie.

Chuck patrzył na niego tym wzrokiem jeszcze przez chwilę, potem skupił uwagę na polu.

– Doliczyłem się dziesięciu – oznajmił po minucie.

– Ja też.

Ziemia osunęła się pod nogą Chucka i ten poślizgnął się, zamachnął do tyłu ręką, a Teddy chwycił ją i trzymał, dopóki jego partner nie odzyskał równowagi.

– Możemy wreszcie zejść? – spytał Chuck i spojrzał na Teddy'ego z miną wyrażającą zniecierpliwienie.

Gdy dobrnęli do skraju zbocza, Teddy poszedł przyjrzeć się kamieniom z bliska. Stosy ułożone były w dwóch rzędach i znacznie różniły się pod względem wielkości. Kilka składało się z trzech, czterech kamieni, podczas gdy inne usypane były z dziesięciu, a może nawet dwudziestu.

Teddy przeszedł między rzędami kamieni, stanął i odwrócił się do Chucka.

– Źle policzyliśmy – powiedział.

116

– Jak to?

– Spójrz między tymi dwoma kupkami. – Teddy zaczekał, aż jego partner podejdzie, i teraz obaj z Chuckiem patrzyli na wskazane miejsce. – Tutaj jest pojedynczy kamień. Ale liczy się jako oddzielny stos.

– Przy takiej wichurze? Nie. Musiał osunąć się z sąsiedniego.

– Leży w równej odległości od innych stosów, piętnaście centymetrów na lewo od tego, piętnaście centymetrów na prawo od tamtego. W drugim rzędzie takie samo zjawisko występuje dwa razy. Pojedyncze kamienie.

– Czyli?

– Czyli w sumie jest trzynaście stosów, Chuck.

– Myślisz, że to Rachel się za tym kryje? Jak babcię kocham, ty naprawdę tak uważasz.

– Ktoś musiał ułożyć te kamienie.

– Kolejna zaszyfrowana wiadomość.

Teddy przykucnął przy kamieniach. Nasunął na głowę płaszcz i rozchylił jego poły, aby uchronić przed zalaniem trzymany między nogami notatnik. Posuwał się w przysiadzie bokiem niczym krab, przystawał przed każdym stosem i zapisywał liczbę składających się na niego kamieni. Na koniec otrzymał ciąg trzynastu liczb: 18–1–4–9–5–4–23–1–12–4–19–14–5.

– To pewnie kombinacja otwierająca największą kłódkę świata – oświadczył Chuck.

Tedy zamknął notatnik i schował go do kieszeni.

– Niezły dowcip.

– Dziękuję, dziękuję – odparł Chuck. – Zapraszam na swoje występy w Pikutkowie Górnym, co wieczór. Obiecaj, że przyjdziesz.

Teddy ściągnął płaszcz z głowy i wstał. Znów chłostała go po głowie ulewa i wicher odzyskał głos.

Skierowali się na północ, po prawej ręce rozciągały się urwiska, a po lewej ginął gdzieś w odmęcie nawałnicy i deszczu kompleks szpitalny. W ciągu ostatnich trzydziestu minut sztorm się nasilił. Szli tuż obok siebie, żeby słyszeć, co drugi mówi, i zataczali się jak para pijaków.

– Cawley pytał cię, czy służyłeś w wywiadzie. Okłamałeś go?

– I tak, i nie – odparł Teddy. – Do cywila przeszedłem jako zwykły żołnierz.

– A gdzie trafiłeś na początku?

– Po szkoleniu zasadniczym wysłali mnie do szkoły radiotelegrafistów.

– A potem?

– Odbyłem przyspieszony kurs w Akademii Wojennej i w końcu faktycznie dostałem przydział do wywiadu.

– Więc jakim cudem wylądowałeś w armii?

– Bo spieprzyłem sprawę. – Teddy wykrzyczał to na wietrze. – Źle rozszyfrowałem współrzędne pozycji wroga.

– Straty były poważne?

Teddy'ego wciąż prześladował ten jazgot niesiony przez fale radiowe. Wrzaski, szum zakłóceń, płacz, szum zakłóceń, warkot karabinu maszynowego, a po nim znów wrzaski i płacz, i szum zakłóceń. I chłopięcy głos na tle tego zgiełku, pytający: „Widzieliście, gdzie się podziała reszta mojego ciała?".

– Padła połowa batalionu – odparł Teddy podniesionym głosem. – Podałem ich szkopom jak na tacy.

Przez długą chwilę słychać było jedynie świst wichury, a potem Chuck zawołał:

– To straszne. Współczuję ci.

Wspięli się na pagórek i wichura o mało ich nie zdmuchnęła z wierzchołka, ale Teddy mocno ściskał łokieć Chucka i parli przed siebie ze spuszczonymi głowami. W ten sposób posuwali się naprzód, zgięci niemal wpół, i z początku wcale nie dostrzegli nagrobków. Brnęli niemal na oślep, gdyż deszcz zalewał im oczy, aż Teddy rąbnął o kamienną płytę, która odchyliła się do tyłu i wyrwana przez wiatr ze swego mocowania upadła płasko na ziemię.

JACOB PLUGH
OFICER POKŁADOWY „BOSUNA"
1832–1858

Po ich lewej ręce nagle złamało się drzewo, z trzaskiem, który przywodził na myśl ostrze siekiery rozdzierające blaszany dach, i Chuck krzyknął: „Jezu Chryste", a wiatr natychmiast porwał kawałki drzewa, które przemknęły tuż przed ich oczami.

Weszli na teren cmentarza, osłaniając rękami twarze, a ziemia i miotane przez wiatr liście i szczątki drzew sprawiały wrażenie ożywionych i naelektryzowanych. Kilka razy się przewrócili, a Teddy w pewnej chwili zauważył majaczący z przodu szary, przysadzisty kształt. Zaczął pokazywać w jego kierunku i krzyczeć, lecz wichura zupełnie go zagłuszała. Coś ciężkiego śmignęło obok jego głowy, musnęło włosy. Zerwali się do biegu, wiatr szarpał ich za nogi, a ziemia wokoło jakby podnosiła się i napierała na kolana.

Grobowiec. Drzwi były stalowe, z popękanymi zawiasami; w fundamentach zagnieździły się już chwasty. Teddy przyciągnął drzwi do siebie i uderzył w niego wściekły podmuch, zepchnął go na lewo razem z drzwiami. Teddy runął na ziemię, a drzwi uniosły się, odczepione od urwanego dolnego zawiasu, zapiszczały i gruchnęły o ścianę. Teddy poślizgnął się na błocie, dźwignął się na nogi, a wtedy wiatr grzmotnął go w ramiona. Teddy upadł na jedno kolano, ujrzał przed sobą ziejący otwór, rzucił się szczupakiem przez breję i wczołgał się do środka.

– Widziałeś kiedyś coś takiego? – odezwał się Chuck, kiedy stanęli naprzeciw wejścia i oglądali targaną rozszalałymi żywiołami wyspę. Wiatr zgęstniał od błota, liści, gałęzi i kamyków, i siekącego bezlitośnie deszczu; wył przeraźliwie niczym stado odyńców i kąsał ziemię.

– Nigdy – odparł Teddy i odsunął się w głąb grobowca.

Chuck znalazł suche pudełko zapałek w wewnętrznej kieszeni płaszcza, zapalił trzy naraz, próbując odgrodzić wiatr własnym ciałem. Ujrzeli betonową konstrukcję pośrodku pomieszczenia, pustą, ani śladu trumny czy nieboszczyka, jakby po pochówku został stąd usunięty lub wykradziony. W ścianę po jej przeciwnej stronie wmurowano kamienną ławę, podeszli do niej, kiedy zapałki się wypaliły. Usiedli, a wokół wejścia nadal hulał wiatr i walił drzwiami o ścianę.

– Ma to swoisty urok, co? – powiedział Chuck. – Rozhukana przyroda, kolor tego nieba... Widziałeś, jak ta płyta fiknęła kozła?

– Co prawda potrąciłem ją, ale i tak to było niesamowite.

– O rany. – Chuck wyciskał nogawki spodni, aż pod stopami zebrała się kałuża. Odciągnął przemoczoną koszulę od piersi. – Nie trzeba było tak się oddalać od bazy. Ale może jakoś tutaj przeczekamy sztorm.

Teddy skinął głową.

– Nie znam się na huraganach, ale coś mi mówi, że to dopiero rozgrzewka.

– Oby tylko nie zmienił kierunku, bo cały ten cmentarz wleci nam do środka.

– Mimo to wolę być tu niż na zewnątrz.

– Jasne, ale kto się pcha tak wysoko podczas huraganu? Chyba nam odbiło, cholera.

– Na to wygląda.

– Wszystko zmieniło się tak nagle. W jednej sekundzie po prostu leje, a w następnej porywa nas jak Dorotkę do Krainy Oz.

– To było tornado.

– Gdzie?

– U Dorotki w Kansas.

– Aha.

Wycie wichru osiągało coraz wyższe rejestry. Teddy wyczuwał jego napór na gruby kamienny mur, o który się opierał. Huragan grzmocił w ścianę jak pięściami, wprawiając ją w drobne drgania, które rozchodziły się po plecach Teddy'ego.

– To dopiero rozgrzewka – powtórzył.

– Jak myślisz, co teraz robią świry?

– Pewnie wyją, żeby zagłuszyć wicher.

Przez chwilę siedzieli w milczeniu i palili papierosy. Teddy'emu przypomniał się tamten dzień spędzony z ojcem na łodzi, kiedy po raz pierwszy uświadomił sobie potęgę natury i jej obojętność na jego los. Wyobraził sobie wicher z głową jastrzębia i zakrzywionym dziobem, przelatujący nad grobowcem z przeraźliwym skrzeczeniem. Rozwścieczony stwór obracający fale w wieże, rozdzierający domy na zapałki, który mógłby Teddy'ego unieść z ziemi i cisnąć aż do Chin.

– W czterdziestym drugim służyłem w Afryce Północnej – powiedział Chuck. – Przeżyłem parę burz piaskowych. Nie umywają się do tego tutaj. Ale przecież człowiek zapomina. Może były równie straszne.

– Ja jakoś to znoszę – oświadczył Teddy. – Ma się rozumieć, nie wyszedłbym na przechadzkę przy takiej pogodzie, ale i tak lepsze to niż zimno. Jezu, w Ardenach oddech zamarzał, kiedy wypuszczało się powietrze. Do dziś jeszcze to czuję. Palce miałem tak zmrożone, że miałem wrażenie, jakby płonęły. I co ty na to?

– W Afryce wykańczał nas upał. Faceci padali z gorąca. Dostawali od tego zawału serca. Stoją, stoją i nagle ryms na ziemię. Strzeliłem do szkopa, a on miał ciało tak rozmiękłe od upału, że odwrócił się i patrzył, jak kula wylatuje mu z drugiej strony. – Chuck stukał palcem w ławę. – Patrzył, jak wylatuje – powtórzył cicho. – Klnę się na Boga.

– Jedyny, jakiego zabiłeś?

– Z bliska. A ty?

– Ze mną było inaczej. Wielu położyłem trupem, przeważnie umierali na moich oczach. – Teddy przytknął głowę do ściany, wbił wzrok w sufit. – Gdybym miał syna, nie wiem, czy puściłbym go na wojnę. Nawet na taką jak tamta, gdzie nie dano nam wyboru. Moim zdaniem nie powinno się tego żądać od nikogo.

– Czego?

– Żeby zabijał.

Chuck podciągnął kolano pod brodę.

– Rodzice, dziewczyna, przyjaciele, którzy nie zostali powołani z powodu stanu zdrowia, wszyscy mnie pytają, wiesz?

– Tak.

– Jak tam było? Chcą koniecznie to usłyszeć. A ty masz ochotę odpowiedzieć: „Nie wiem, jak tam było. To przydarzyło się komuś innemu. Ja tylko przyglądałem się z góry". – Rozłożył ręce. – Nie potrafię tego lepiej wytłumaczyć. Zabrzmiało to choć trochę zrozumiale?

– Kiedy wkroczyliśmy do Dachau, wszyscy esesmani pilnujący więźniów się poddali. W sumie pięciuset. Byli z nami dziennikarze, ale widzieli te stosy ciał na stacji kolejowej. Czuli ten odór. Chociaż patrzyli na nas bez słowa, wiedzieliśmy, że chcą tego samego co my. A nas aż świerzbiły ręce. Rozwaliliśmy tych pieprzonych szkopów. Rozbroiliśmy ich, postawiliśmy pod ścianą i rozstrzelaliśmy. Raz załatwiliśmy z karabinów maszynowych ponad trzystu strażników. Dobiliśmy dogorywających z pistoletów. Zbrodnia wojenna? A jakże! Ale, Chuck, żałowaliśmy, że tylko tyle mogliśmy zrobić. Kurwa, dziennikarze bili nam brawo. Więźniowie na ten widok płakali ze szczęścia. Oddaliśmy im kilkunastu esesmanów. Rozszarpali ich na kawałki gołymi rękami. Do końca tego dnia usunęliśmy z powierzchni ziemi pięćset ludzkich istnień. To było morderstwo. Nie usprawiedliwiała tego ani

121

obrona własna, ani działania wojenne. Lecz mimo to nikt nie miał cienia wątpliwości. Ci dranie zasługiwali na znacznie gorszy los. No dobrze – ale jak z czymś takim żyć? Jak przyznać się żonie, rodzicom, dzieciom do popełnienia takiego czynu? Rozstrzelania bezbronnych ludzi? Zabicia chłopców? Chłopców w mundurach co prawda, ale mimo to chłopców? Sęk w tym, że nie możesz im tego wyznać. Nigdy by nie zrozumieli. Bo zrobiłeś to w słusznej sprawie. A jednocześnie to, co zrobiłeś, było złe. I zawsze będzie cię dręczyć sumienie.

– Przynajmniej sprawa była słuszna – odezwał się po chwili Chuck. – Przyglądałeś się tym nieszczęśnikom, którzy wrócili z Korei? Do tej pory nie wiedzą, o co tam walczyli. Myśmy powstrzymali Adolfa. Ocaliliśmy życie milionom ludzi. Prawda? To coś znaczy, Teddy.

– Tak, to coś znaczy – zgodził się Teddy. – Czasami nie trzeba innego uzasadnienia.

– Musi wystarczyć. Mam rację?

Tuż za drzwiami śmignęło całe drzewo, obrócone do góry nogami, korzenie sterczały do góry niczym rogi.

– Widziałeś to drzewo?

– No. Obudzi się na środku oceanu i pomyśli: „Chwileczkę. Coś mi tu nie pasuje".

– „Moje miejsce jest przecież tam".

– „Tyle lat moich starań, żeby to wzgórze wyglądało jak należy, poszło na marne".

Roześmieli się cicho w ciemności i patrzyli, jak wyspa przemyka im przed oczami niczym w delirycznym zwidzie.

– Co tak naprawdę wiadomo ci o tym zakładzie, szefie?

Teddy wzruszył ramionami.

– Mało. Ale wystarczy, żeby napędzić mi stracha.

– Świetnie. Tobie napędza stracha. A co w takim razie powinien czuć zwykły śmiertelnik?

– Bojaźń i trwogę? – Teddy się uśmiechnął.

– W porządku. Już cały się trzęsę.

– Wiem, że prowadzi się tu eksperymenty. Mówiłem ci – radykalne rozwiązania. Zakład finansowany jest częściowo ze środków stanowych, częściowo przez Federalne Biuro Więziennictwa, ale przede wszystkim z funduszu ustanowionego w pięćdziesiątym pierwszym przez Komisję do spraw Działalności Antyamerykańskiej.

– Niech mnie kule biją. Walka z komunizmem prowadzona z małej wysepki w Zatoce Bostońskiej. Na czym też ona polega?

– Eksperymentują na ludzkim umyśle. Tak się domyślam. Zapisują wyniki i pewnie przekazują starym kumplom Cawleya z OSS, obecnie pracującym w CIA. Nie wiem. Słyszałeś kiedyś o fencyklidynie?

Chuck potrząsnął głową.

– A o LSD? Meskalinie?

– Dwa razy nie.

– To środki halucynogenne – wyjaśnił Teddy. – Wywołują przywidzenia.

– Rozumiem.

– Po zażyciu minimalnej dawki nawet u ludzi zupełnie zdrowych na umyśle – jak ty czy ja – wystąpiłyby omamy wzrokowe.

– Widzielibyśmy wywrócone do góry nogami drzewo przelatujące za drzwiami?

– A... jest pewien haczyk. Skoro obaj widzimy to samo, to nie jest halucynacja. Każdy ma inne przywidzenia. Powiedzmy, że patrzysz, a ręce zmieniły ci się w jadowite węże, które podnoszą się, otwierają pyski, żeby odgryźć ci głowę?

– To byłby cholernie zły dzień.

– Albo krople deszczu stawałyby w płomieniach? Krzak przemienił się w szarżującego tygrysa?

– Fatalnie. Nie powinienem tego dnia w ogóle wstawać z łóżka. Hej, twierdzisz, że pod wpływem takiego leku mógłbym brać te zwidy za coś realnego?

– Nie „mógłbyś". Brałbyś. Przy odpowiedniej dawce zacząłbyś mieć halucynacje jak amen w pacierzu.

– To dopiero leki.

– Właśnie. A gdyby podawać je w dużych ilościach? Skutek podobno jest identyczny z objawami ciężkiej schizofrenii. Ten gość... jak mu było na imię? Ken, ze swoimi zimnymi stopami... On w to wierzy. Leonora Grant nie widziała ciebie, tylko Douglasa Fairbanksa.

– Charlie Chaplina też. Nie zapominaj, przyjacielu.

– Wcieliłbym się w niego, ale nie wiem, jaki ma głos.

– Nieźle, szefie. Chyba razem wystąpimy w Pikutkowie Górnym.

– Są udokumentowane przypadki schizofreników, którzy zdzierali sobie twarz, bo byli przekonani, że ich ręce się zbuntowały, nabrały własnego życia. Schizofrenicy widzą nieistniejące rzeczy, słyszą głosy dla innych niesłyszalne, skaczą z solidnych dachów, bo myślą, że budynek się pali, i tak dalej. Środki halucynogenne wywołują podobne urojenia.

– Skąd u ciebie ta erudycja? – spytał Chuck, wskazując na niego oskarżycielsko palcem.

– Nie będę ukrywał, że sporo na ten temat czytałem – odparł Teddy. – Jak myślisz, Chuck? Co by się stało, gdyby podano środki halucynogenne osobom cierpiącym na ostrą schizofrenię?

– Takich rzeczy się nie robi.

– Robi się, i to w majestacie prawa. Schizofrenia dotyka wyłącznie ludzi. Nie przytrafia się szczurom, królikom ani krowom. Więc jak wypróbować skuteczność antidotum?

– Na ludziach.

– Należy ci się cygaro w nagrodę.

– Cygaro, które jest tylko i wyłącznie cygarem, tak?

– Jak sobie życzysz – skwitował Teddy.

Chuck wstał, oparł się rękami o betonową płytę i wpatrywał w szalejący sztorm.

– Czyli podają schizofrenikom środki halucynogenne, które jeszcze pogłębiają ich chorobę?

– To jedna grupa doświadczalna.

– A kto stanowi drugą?

– Pacjenci, którzy nie są dotknięci schizofrenią i którym podaje się środki halucynogenne, żeby zbadać reakcję ich mózgu.

– Chrzanisz.

– Są na to dowody, stary. Wybierz się kiedyś na konferencję psychiatryczną. Ja się wybrałem.

– Powiedziałeś, że to się dzieje w majestacie prawa.

– Bo to jest zgodne z prawem – odparł Teddy. – Tak jak kiedyś badania eugeniczne.

– W takim razie nic nie można na to poradzić.

Teddy pochylił się ku niemu.

– Bezsprzecznie. Nie przyjechałem tu nikogo aresztować. Na razie. Zostałem tu wysłany, żeby rozeznać się w sytuacji. To wszystko.

– Zaraz, chwileczkę. Jak to wysłany? Jasny gwint, Teddy, co to za konspiracja?

– Głęboka. – Teddy westchnął, patrząc na niego.

– Wróć – powiedział Chuck, unosząc rękę. – Jeszcze raz. Od samego początku. Jak się w to wszystko wplątałeś?

– Zaczęło się od Laeddisa. Rok temu – odparł Teddy. – Chciałem się z nim rozmówić w cztery oczy, więc wymyśliłem historyjkę, że niby jego wspólnik ścigany jest federalnym listem gończym, a Laeddis może udzielić nam informacji na temat jego miejsca pobytu. Pojechałem do Shattuck, ale tam go nie zastałem. Okazało się, że został przeniesiony do Ashecliffe. Dzwonię tu, a oni twierdzą, że nie mają go w ewidencji.

– I co?

– Ciekawe, mówię sobie. Obdzwaniam szpitale psychiatryczne w mieście, wszyscy słyszeli o Ashecliffe, ale nikt jakoś nie chce o nim rozmawiać. Pytam znajomego komendanta Renton, innego zakładu dla obłąkanych przestępców: „Bobby, o co ten cały szum? To szpital i więzienie, niczym się nie różni od waszego zakładu". A on kiwa głową i mówi: „Teddy, tamta placówka to zupełnie co innego. Prowadzą w niej tajne badania. Trzymaj się od niej z daleka".

– Jednak go nie posłuchałeś – rzekł Chuck. – A ja zostałem tu skierowany razem z tobą.

– Inaczej to sobie zaplanowałem. Ale zwierzchnik każe mi zabrać ze sobą partnera, to biorę partnera.

– Zatem czekałeś tylko na pretekst, żeby tu się dostać?

– Można tak powiedzieć – przyznał Teddy. – Cholera, nie miałem nawet pewności, że nadarzy się okazja. Nawet gdyby doszło do ucieczki pacjentów, ja mogłem być akurat na wyjeździe. Albo gdyby przydzielili to komuś innemu... Do diabła, można by tak gdybać w nieskończoność. Poszczęściło mi się.

– Poszczęściło? Takiego wała.

– Co?

– To nie szczęśliwy zbieg okoliczności. W życiu nic się tak nie układa po naszej myśli. Twoim zdaniem po prostu tak się złożyło, że ciebie wyznaczyli do tego zadania?

– Jasne. Brzmi to mało wiarygodnie, ale...

– Kiedy pierwszy raz dzwoniłeś do Ashecliffe w sprawie Laeddisa, przedstawiłeś się?

– Oczywiście.

– Wobec tego...

– To było rok temu.

– I co z tego? Myślisz, że nie prowadzą rejestrów rozmów? Zwłaszcza jeśli ktoś wypytuje ich o pacjenta, którego – jak twierdzą – nie mają w ewidencji?

– Powtarzam: minęło dwanaście miesięcy.

– Teddy, do jasnej anielki – odparł Chuck ściszonym głosem, położył dłonie na płycie i wziął głęboki oddech. – Załóżmy, że faktycznie prowadzą tu mocno podejrzane badania. A jeśli rozszyfrowali cię z chwilą, kiedy postawiłeś nogę na wyspie? A jeśli to oni cię tu sprowadzili?

– Bzdura.

– Bzdura? A co z Rachel Solando? Gdzie choćby okruch dowodu, że w ogóle istniała? Pokazali nam zdjęcie jakiejś kobiety, poparte historią choroby, którą każdy mógł spreparować.

– Słuchaj, Chuck. Nawet jeśli Rachel Solando to ich wymysł, nawet jeśli zainscenizowali to wszystko, nie mogli w żaden sposób przewidzieć, że wydział przydzieli tę sprawę mnie.

– Rozpytywałeś się, Teddy. Robiłeś podchody, węszyłeś wokół Ashecliffe. Na własne oczy widziałeś ogrodzenie pod napięciem otaczające oczyszczalnię wody. Słyszałeś o oddziale mieszczącym się w starym forcie. Trzymają mniej niż setkę pacjentów w zakładzie, który pomieściłby trzystu. To trefne miejsce jak cholera, Teddy. W innych szpitalach nie chcą rozmawiać na jego temat i to nie daje ci do myślenia? Szef personelu medycznego ma powiązania z OSS, pieniądze płyną tu z funduszu ustanowionego przez KDA. Wszystko wskazuje na to, że to jakiś ważny rządowy projekt. A ty jesteś zaskoczony, gdy sugeruję, że przez ostatni rok to nie ty ich, ale oni ciebie mieli na celowniku?

– Ile razy mam powtarzać, Chuck? Skąd mogli wiedzieć, że to ja zostanę przydzielony do sprawy Rachel Solando?

– Do ciężkiej cholery, naprawdę jesteś taki tępy?

Teddy wyprostował się i spojrzał na Chucka z góry.

– Przepraszam, przepraszam – powiedział Chuck, podnosząc rękę. – Jestem kłębkiem nerwów.

– W porządku.

– Chcę tylko zwrócić twoją uwagę na jedną rzecz: to było do przewidzenia, że nie przepuścisz takiej okazji. Do Ashecliffe trafił zabójca twojej żony. Wystarczyło tylko upozorować ucieczkę pacjenta. Wiedzieli, że przeskoczysz przez zatokę, jeśli będzie trzeba tu się dostać.

Stalowe skrzydło drzwi urwało się z ostatniego zawiasu i zamknęło z hukiem wejście do grobowca. Przez chwilę łomotało o kamienny mur, potem wzbiło się w powietrze, pofrunęło nad cmentarzem i zniknęło im z oczu.

Wpatrywali się w wejście bez słowa, wreszcie pierwszy odezwał się Chuck:

– Ale obaj to widzieliśmy, nie?

– Traktują ludzi jak króliki doświadczalne, a ty się tym nie przejmujesz.

– Wręcz przeciwnie, Teddy. To mnie przeraża. A właściwie skąd o tym wiesz? Twierdzisz, że zostałeś wysłany, żeby się rozeznać w sytuacji. Kto cię wysłał?

– Słyszałeś, jak Cawley pytał mnie o senatora, kiedy spotkaliśmy się z nim zaraz po przyjeździe na wyspę?

– Tak.

– Miał na myśli senatora Hurly'ego z New Hampshire, z Partii Demokratycznej. Hurly jest szefem podkomisji badającej finansowanie ze środków budżetowych opieki nad umysłowo chorymi. Widział, jakie fundusze przekazywane są do tego zakładu, i to mu się nie podobało. Z kolei ja trafiłem na niejakiego George'a Noyce'a. Noyce przebywał jakiś czas w Ashecliffe. Na oddziale C. Został wypuszczony i dwa tygodnie później wszedł do baru w Attleboro i rzucił się na ludzi z nożem. Obcych. W więzieniu opowiadał o smokach na oddziale C. Obrońca Noyce'a chce powołać się na jego niepoczytalność. W przypadku tego faceta sprawa jest oczywista. To świr. Ale Noyce zwalnia obrońcę, staje przed sądem i przyznaje się do winy, wręcz błaga sędziego, żeby skazał go na więzienie, każde więzienie, tylko broń Boże, nie wysyłał go do wariatkowa. Noyce siedzi w pudle mniej więcej rok i zaczyna odzyskiwać rozum i w końcu zaczyna opowiadać o tym, co się wyrabia w Ashecliffe. Wszyscy biorą jego opowieści za wytwory obłąkanego umysłu, ale senator Hurly uważa, że może wcale nie są takie niedorzeczne, jak się wydaje.

Chuck siadł na betonowej krawędzi i zapalił papierosa. Zastanawiał się przez chwilę nad słowami Teddy'ego.

127

– Ale jak senator wpadł na twój ślad i jak dotarliście do Noyce'a? – spytał.

Przez chwilę Teddy miał wrażenie, że w szalonej kotłowaninie na dworze dostrzega zataczające łuk światła.

– Właściwie rzecz miała się odwrotnie. To Noyce trafił do mnie, a ja odszukałem senatora. Przez Bobby'ego Farrisa, komendanta Renton. Zadzwonił do mnie kiedyś rano i zapytał, czy nadal interesuje mnie Ashecliffe. A ja na to, że jasne, więc opowiedział mi o więźniu w Dedham, który robi szum wokół Ashecliffe. Jadę do Dedham, rozmawiam z Noyce'em. Spotkałem się z nim w sumie kilka razy. Noyce mówił, że raz na studiach przed egzaminami puściły mu nerwy. Krzyczał na wykładowców, stłukł pięścią szybę w akademiku. Zaprowadzili go na rozmowę z psychologiem, a ten namówił go, żeby wziął udział w eksperymencie i zarobił trochę grosza. Rok później Noyce opuszcza mury kolegium jako schizofrenik w pełnym tego słowa znaczeniu, bredzi niestworzone rzeczy na ulicy, ma zwidy, świruje na całego.

– Chłopak był normalny...

Teddy znów zobaczył światła rozbłyskujące w nawałnicy, podszedł bliżej wyjścia, spojrzał na zewnątrz. Błyskawica? To by się zgadzało, ale przecież wcześniej nie widział ani jednej.

– Tak normalny, jak przewiduje ustawa. Nie potrafił może – jak oni to tutaj określają? – „poradzić sobie ze złością", ale był zdrów na umyśle. Rok później zupełnie mu odbija. Pewnego dnia widzi faceta w Park Square, bierze go za profesora, który skierował go do psychologa na uczelni. Tak naprawdę to Bogu ducha winny człowiek, ale Noyce mocno go poharatał. Trafia do Ashecliffe, na oddział A. Ale nie zagrzewa tam miejsca. Wykazuje już wtedy silne agresywne skłonności. Przenoszą go na oddział C. Tam karmią go środkami halucynogennymi i przyglądają się, jak pożerają go smoki i popada w szaleństwo. Zwariował chyba bardziej, niż sobie tego życzyli, bo na koniec, żeby go uspokoić, przeprowadzają na nim operację.

– Operację – powtórzył Chuck.

Teddy skinął głową.

– Przezoczodołową lobotomię. To sama radość, Chuck. Porażają faceta elektrowstrząsem, a potem wdzierają mu się przez oko do mózgu

– zgadnij czym? Szpikulcem do lodu. Nie żartuję. Na żywca. Gmerają mu pod czaszką, usuwają kilka włókien nerwowych z mózgu – i już po wszystkim, sprawa załatwiona. Bułka z masłem.

– Przecież zasady norymberskie zabraniają...

– ...eksperymentowania na ludziach dla celów czysto naukowych, owszem. Sam najpierw myślałem, że będzie można dobrać się do nich na tej podstawie. Nic z tego. Eksperymenty są dopuszczalne, gdy bezpośrednio służą zwalczeniu choroby pacjenta. Więc jeśli lekarz powie: „Hej, my tylko staramy się pomóc temu nieszczęśnikowi, chcemy sprawdzić, czy te środki mogą wywołać schizofrenię, a tamte ją powstrzymać" – w niczym nie narusza prawa.

– Zaraz, zaraz. Powiedziałeś, że Noyce został poddany tej przez... hm...

– Przezoczodołowej lobotomii. Zgadza się.

– Ale skoro z założenia ten zabieg ma uspokajać delikwenta, to jakim cudem Noyce zdołał uszkodzić faceta w Park Square?

– Widocznie nic nie dała.

– Często tak się dzieje?

Teddy znów ujrzał zakreślające łuk światła i tym razem miał pewność, że przez wycie wichru przebija się zawodzenie silnika.

– Panowie!

Głos był słaby, ale słyszalny.

Chuck zsunął się z płyty po przeciwnej stronie i stanął w progu obok Teddy'ego. Na drugim końcu cmentarza widać było reflektory samochodu, zaraz potem rozległ się skrzek megafonu, po nim pisk sprzężenia zwrotnego i w końcu usłyszeli słowa:

– Panowie! Jeżeli tam jesteście, dajcie znać. Tu zastępca komendanta McPherson. Panowie!

– I co ty na to? – powiedział Teddy. – Znaleźli nas.

– Przecież to wyspa, szefie. Zawsze nas tutaj znajdą.

Teddy napotkał wzrok Chucka i skinął głową. Po raz pierwszy, odkąd go poznał, widział w jego oczach lęk, który starał się stłumić w sobie, zaciskając zęby.

– Wszystko będzie dobrze, Chuck.

– Panowie! Jesteście tam?

– Nie jestem pewny – odparł Chuck.

– A ja tak – oświadczył Teddy, chociaż sam miał wątpliwości. –

129

Trzymaj się mnie, a nie zginiesz. Wydostaniemy się z tej przeklętej wyspy, Chuck, obaj. Obiecuję ci.

Wyszli na hulający wiatr, który naparł na nich z siłą drużyny futbolowej, ale nie zwalił ich z nóg. Splatając ręce, wczepiając się w siebie, brnęli w kierunku światła.

10

– Rozum wam odjęło czy co?

Dobiegły ich słowa McPhersona, wykrzyczane na wietrze, a tymczasem dżip pędził jak na złamanie karku prowizorycznym szlakiem biegnącym wzdłuż zachodniego skraju cmentarza.

McPherson siedział z przodu obok kierowcy i patrzył na nich zaczerwienionymi oczami, jego teksański czar prysł w starciu z rozhukanym żywiołem. Nie przedstawił im swego towarzysza. Chłopak za kierownicą był młodzieńcem o szczupłej twarzy ze spiczastą brodą, reszta szczegółów ginęła pod kapturem nieprzemakalnej kurtki. Ale prowadził dżipa z wprawą zawodowego kierowcy, przedzierał się przez zarośla i zwały nawianych przez wichurę szczątków, jakby wcale nie zagradzały im drogi.

– Burza tropikalna przeszła już w huragan. W tej chwili wiatry wieją z prędkością ponad dwustu kilometrów na godzinę. Zgodnie z przewidywaniami do północy ich prędkość wzrośnie prawie do trzystu. A wy beztrosko sobie spacerujecie?

– Skąd to wszystko wiecie? – spytał Teddy.

– Mamy amatorską radiostację, szeryfie. Trzeba liczyć się z tym, że za kilka godzin też padnie.

– No jasne – odparł Teddy.

– Musieliśmy się oderwać od pracy przy zabezpieczaniu terenu szpitala, żeby was szukać – oświadczył McPherson, po czym walnął ręką w oparcie siedzenia i obrócił się do przodu; najwyraźniej nie miał im nic więcej do powiedzenia.

Dżip podskoczył na wypukłości i przez chwilę Teddy widział tylko niebo, czuł pustkę pod kołami pojazdu, a potem opony złapały grunt i skręcili ostro w dół stromej pochyłości. Po lewej mieli teraz ocean, zmieniony w kipiel wzbijających się bałwanów z szerokimi, białymi grzywami, które przypominały grzyby powstałe po wybuchu atomowym.

Dżip pruł przez pagórki, potem wdarł się w kępę drzew, a Teddy i Chuck, mimo że się trzymali, z tyłu wozu odbijali się od siebie jak piłki. Nagle drzewa zostały za nimi i na wprost ukazał się tył pałacyku Cawleya. Pokonali stumetrowy odcinek usłany grubą warstwą drewnianych odłamków i sosnowych igieł, nim dotarli do drogi dojazdowej, wtedy kierowca wrzucił wyższy bieg i dżip pomknął w kierunku głównej bramy.

– Zabieramy was na spotkanie z doktorem Cawleyem – oznajmił McPherson, oglądając się do tyłu. – Nie może się doczekać, żeby się z wami rozmówić.

– A ja myślałem, że zostawiłem mamuśkę w Seattle – powiedział Chuck.

Wzięli prysznic w budynku, w którym byli zakwaterowani, i włożyli przygotowane dla nich suche stroje posługaczy, pobrane ze szpitalnego magazynu. Ich mundury powędrowały do pralni. Chuck zaczesał włosy do tyłu, spojrzał na swoją białą koszulę i białe spodnie i powiedział:

– Czy życzą sobie państwo kartę win? Dzisiaj polecamy wołowinę à la Wellington. Jest wyśmienita.

Trey zajrzał do łazienki i z trudem hamował śmiech, oceniając ich nowy ubiór.

– Mam was zaprowadzić do doktora Cawleya – oznajmił.

– Mocno się nam oberwie?

– Tylko trochę, jak podejrzewam.

– Panowie – rzekł na ich widok Cawley. – Rad jestem, że was widzę.

Wydawał się ożywiony, oczy mu błyszczały. Teddy i Chuck rozstali się z Treyem w progu i sami weszli do sali narad na najwyższym piętrze szpitala.

Zebrali się w niej lekarze, jedni w fartuchach laboratoryjnych, inni w garniturach. Siedzieli wokół długiego stołu z drewna tekowego, zastawionego lampkami z zielonymi kloszami i ciemnymi popielniczkami, z których teraz wznosił się dym papierosów lub cygar; jedynym amatorem fajki był Naehring, zajmujący miejsce u szczytu stołu.

– Koledzy, oto oficerowie, o których mówiliśmy. Szeryfowie federalni Daniels i Aule.

– Gdzie się podziały wasze ubrania? – zapytał jeden z lekarzy.

– Dobre pytanie – odparł Cawley, mocno ubawiony całą sytuacją, jak ocenił Teddy.

– Wyszliśmy się przewietrzyć – wyjaśnił Teddy.

– Przy takiej pogodzie? – Cawley wskazał wysokie okna, pozaklejane na krzyż mocną taśmą. Miało się wrażenie, że lekko się wzdymają, wydychają powietrze do pokoju. Szyby brzęczały pod palcami deszczu, a cały budynek skrzypiał pod naporem wichru.

– Niestety, tak – powiedział Chuck.

– Zechciejcie spocząć, panowie – odezwał się Naehring. – Już kończymy naradę.

Znaleźli dwa wolne krzesła na końcu stołu.

– John – zwrócił się Naehring do Cawleya – musimy osiągnąć porozumienie w tej sprawie.

– Znasz moje stanowisko.

– Wszyscy je szanujemy, rzecz jasna, ale skoro neuroleptyki mogą spowodować wymagane zmniejszenie zaburzenia równowagi serotoniny, to moim zdaniem nie mamy zbyt wielkiego wyboru. Musimy dalej prowadzić te badania. Pierwszy testowany pacjent, Doris Walsh, spełnia wszystkie kryteria. Nie widzę tu żadnych przeszkód.

– Martwią mnie jednak koszty.

– To dużo tańsze niż operacja, wiesz przecież.

– Chodzi mi o ryzyko uszkodzenia zwojów podstawy i kory mózgowej. Zwracam uwagę na wyniki wcześniejszych badań prowadzonych w Europie, świadczące o możliwości porażenia układu nerwowego o skutkach podobnych do tego, które występują w następstwie zapalenia mózgu czy udaru.

Zbywając wątpliwości Cawleya, Naehring zarządził głosowanie:

– Wszyscy, którzy popierają wniosek doktora Brotigana, proszę podnieść rękę.

Ręce wszystkich zebranych oprócz Cawleya i jeszcze jednego mężczyzny śmignęły w górę.

– Wygląda na to, że niemal wszyscy opowiadają się za – oświadczył Naehring. – Dobrze. W takim razie wystąpimy do rady nadzorczej o sfinansowanie badań doktora Brotigana.

Młody mężczyzna, zapewne Brotigan, kiwając głową, podziękował kolegom. Gładkie policzki, wysunięta dolna szczęka, stuprocentowy Amerykanin. Teddy uznał, że to taki typ, który potrzebuje niańki, gdyż za bardzo pochłania go urzeczywistnianie najśmielszych marzeń jego rodziców.

– No cóż – powiedział Naehring, zamykając segregator i przenosząc wzrok na Chucka i Teddy'ego. – Jak tam wasze sprawy, panowie?

Cawley wstał i podszedł do kredensu nalać sobie kawy.

– Podobno znaleźli was w grobowcu.

Tu i ówdzie rozległy się chichoty, lekarze zasłaniali usta ręką.

– Zna pan lepsze miejsce, gdzie można by się schronić przed huraganem? – spytał Chuck.

– Owszem, tutaj. Najlepiej w podziemiach – odparł Cawley.

– Słyszeliśmy, że w porywach może osiągnąć prędkość trzystu kilometrów na godzinę.

Cawley przytaknął, zwrócony do nich plecami.

– Dziś rano w Newport na Rhode Island zniszczeniu uległo trzydzieści procent domów.

– Oby tylko nie Vanderbiltów – wtrącił Chuck.

Cawley usiadł przy stole.

– Po południu huragan przeszedł nad Provincetown i Truro. Nie wiadomo, jak bardzo ucierpiały, bo są odcięte od świata, łączność radiowa zerwana. Wszystko wskazuje na to, że teraz zmierza prosto na nas.

– Od trzydziestu lat nie było na wschodnim wybrzeżu huraganu o takiej sile – zauważył jeden z lekarzy.

– Powietrze naładowane jest elektrycznością statyczną – powiedział Cawley. – To przez to wczoraj wieczorem centralę telefoniczną diabli wzięli, a radiostacje ledwo zipią. Jeśli huragan spadnie prosto na nas, nie wiem, czy zostanie tu kamień na kamieniu.

– I właśnie dlatego upieram się przy tym, żeby unieruchomić wszystkich pacjentów w Niebieskiej Strefie – oświadczył Naehring.

– W Niebieskiej Strefie? – powtórzył Teddy.

– Na oddziale C – wyjaśnił Cawley. – Chodzi o pacjentów, którzy w powszechnym mniemaniu stanowią zagrożenie dla samych siebie, dla tej placówki i dla całego społeczeństwa. Nie możemy tego zrobić – zwrócił się do Naehringa. – Jeśli nas zaleje, potopią się. Wiesz dobrze.

– Musiałaby być niezła powódź.

– Jesteśmy na wyspie, na którą niedługo spadnie huragan wiejący z prędkością trzystu kilometrów na godzinę. „Niezła powódź" jest całkicm realna. Podwoimy straż. Ani na chwilę nie spuścimy z oka pacjentów z Niebieskiej Strefy. Bez żadnych wyjątków. Ale nic możemy przykuć ich do łóżek. Już są pozamykani w celach. Na miłość boską, to byłaby gruba przesada.

– Podejmujesz ryzyko, John – odezwał się cicho mężczyzna, szatyn siedzący pośrodku, który – jak Teddy pamiętał – podobnie jak Cawley, nie wyraził poparcia dla projektu poddanego pod głosowanie. Bawił się długopisem, studiując obrus, ale Teddy domyślił się po tonie jego głosu, że darzy Cawleya przyjaźnią. – Nie sposób przewidzieć, co się stanie. Przypuśćmy, że wysiądzie zasilanie.

– Mamy generator awaryjny.

– A jeśli on też padnie? I otworzą się cele?

– Przecież to wyspa – odparł Cawley. – Dokąd mają uciec? Chyba nie grozi nam to, że wsiądą na prom do Bostonu i spustoszą miasto. A jeśli nałożymy im więzy i placówkę zaleje, panowie, wszyscy oni zginą. W grę wchodzą dwadzieścia cztery ludzkie istnienia. A gdyby, nie daj Bóg, coś przytrafiło się tutaj pozostałym? Czterdziestu dwóm pacjentom? Ja nie mógłbym żyć z czymś takim na sumieniu. A wy?

Cawley spojrzał po twarzach swych kolegów i Teddy nagle wyczuł u Cawleya pokłady współczucia, o jakie wcześniej nawet go nie posądzał. Nie miał pojęcia, dlaczego Cawley zaprosił ich na to zebranie, ale zaczynał podejrzewać, że ten człowiek nie ma tu zbyt wielu przyjaciół.

– Panie doktorze – odezwał się Teddy. – Nie śmiem przeszkadzać...

– Ależ proszę, szeryfie. Przecież ściągnęliśmy was tutaj.

Teddy'ego korciło, żeby odpowiedzieć mu: „Poważnie?", ale zamiast tego rzekł:

– Rozmawialiśmy rano o zaszyfrowanej wiadomości, którą zostawiła Rachel Solando.

– Czy wszyscy zebrani wiedzą, o co chodzi?

– Zasada Czterech. Po prostu bomba – rzekł Brotigan z uśmieszkiem, który Teddy miał ochotę usunąć z jego twarzy szczypcami.

– Powiedział pan rano, że nie domyśla się znaczenia ostatniej wskazówki.

– „Kim jest sześćdziesiąt siedem?". Tak? – odezwał się Naehring.

Teddy skinął głową i rozsiadł się w krześle, dając im pole do popisu. Spojrzenia wszystkich zebranych skupiły się na jego osobie, wyrażały zaciekawienie i bezradność.

– Naprawdę tego nie dostrzegacie.

– Czego nie dostrzegamy, szeryfie?

Pytanie zadał sojusznik Cawleya; Teddy odczytał nazwisko wyszyte na fartuchu: Miller.

– Macie tutaj sześćdziesięciu sześciu pacjentów.

Spoglądali na niego złaknionym wzrokiem dzieci na przyjęciu urodzinowym, czekających na następną sztuczkę klauna.

– Czterdziestu dwóch pacjentów na oddziałach A i B. Dwudziestu czterech na oddziale C. To daje nam w sumie sześćdziesięciu sześciu.

Po minach odgadł, że niektórym zaczyna wreszcie coś świtać, ale większość nadal patrzyła na niego bezrozumnie.

– Sześćdziesięciu sześciu pacjentów – powiedział Teddy. – Zatem pytanie: „Kim jest sześćdziesiąt siedem?", sugeruje, że przebywa tu sześćdziesiąty siódmy pacjent.

Cisza. Kilku lekarzy spojrzało po sobie.

Ogólne milczenie przerwał Naehring:

– Nie rozumiem.

– A co w tym trudnego? Rachel Solando informuje nas w ten sposób o istnieniu sześćdziesiątego siódmego pacjenta.

– Ale sześćdziesiątego siódmego pacjenta nie ma – oświadczył Cawley, kładąc ręce na stole. – Pomysł jest znakomity, szeryfie, i gdyby to była prawda, rozszyfrowałby pan całą wiadomość. Ale dwa plus dwa nigdy nie równa się pięć, nawet jeślibyśmy tego chcieli. Skoro w zakładzie przebywa sześćdziesięciu sześciu pacjentów, rozważania na temat sześćdziesiątego siódmego tracą rację bytu. Rozumie pan?

– Nie – odparł Teddy, starając się mówić opanowanym głosem. – W tym punkcie się z panem nie zgadzam.

Cawley namyślał się, nim odpowiedział, jakby szukał odpowiednich słów, możliwie najprostszych:

– Gdyby nie ten huragan, dziś rano przyjęlibyśmy dwóch nowych pacjentów. Łączna liczba wzrosłaby do sześćdziesięciu ośmiu. Gdyby, uchowaj Boże, jakiś pacjent umarł wczoraj w nocy we śnie, liczba spadłaby do sześćdziesięciu pięciu. Suma może się zmienić z dnia na dzień, z tygodnia na tydzień, w zależności od wielu czynników.

– Ale tej nocy, kiedy Rachel Solando pisała tę zaszyfrowaną wiadomość...

– Owszem, łącznie z nią było wtedy sześćdziesięciu sześciu pacjentów. Przyznaję panu rację, szeryfie. Ale wciąż brakuje nam jednego, prawda? Nie tędy droga.

– Uważam, że to właśnie Rachel chciała nam przekazać.

– Tak, zdaję sobie z tego sprawę. Ale ta wiadomość mija się z prawdą. Nie ma sześćdziesiątego siódmego pacjenta.

– Czy zgodzi się pan, żebyśmy ja i mój partner zajrzeli do kart pacjentów?

Wywołało to u zebranych grymasy niezadowolenia i spojrzenia pełne oburzenia.

– Wykluczone – rzekł Naehring.

– Obawiam się, że to niemożliwe, szeryfie. Przykro mi.

Teddy opuścił głowę, popatrzył na swoją idiotyczną białą koszulę i spodnie do kompletu. Wyglądał jak lodziarz. Pewnie wydał im się apodyktyczny. Może prędzej by ich przekonał, gdyby każdemu podał po gałce lodów.

– Nie mamy dostępu do akt osobowych. Nie mamy dostępu do kart pacjentów. Jak waszym zdaniem mamy odnaleźć zaginioną pacjentkę, panowie?

Naehring rozsiadł się w krześle, przekrzywił głowę.

Ręka Cawleya, w której trzymał papierosa, zawisła w powietrzu w połowie drogi do ust.

Kilku lekarzy opowiadało coś sobie szeptem.

Teddy spojrzał na Chucka.

– Nie patrz tak na mnie. Ja też nie wiem, co jest grane – odparł cicho Chuck.

– Komendant nic wam nie powiedział? – zdziwił się Cawley.

– W ogóle nie rozmawialiśmy z komendantem. McPherson nas przywiózł.

– O mój Boże – westchnął Cawley.

– Co?

Cawley spojrzał po zebranych szeroko otwartymi oczami.

– Co? – powtórzył Teddy.

Cawley wypuścił z sykiem powietrze i przeniósł wzrok z powrotem na szeryfów.

– Znaleźliśmy ją.

– Słucham?

– Rachel Solando. Znaleźliśmy ją dziś po południu – odparł Cawley, zaciągając się papierosem. – Jest tu, panowie. Za tymi drzwiami, przy końcu korytarza.

Teddy i Chuck spojrzeli przez ramię w stronę drzwi.

– Możecie już odetchnąć, panowie. Wasza misja dobiegła końca.

11

Cawley i Naehring poprowadzili ich korytarzem wyłożonym mozaiką z białych i czarnych płytek. Przeszli przez podwójne drzwi do głównego oddziału szpitalnego. Minęli stanowisko pielęgniarek po lewej i skręcili w prawo do przestronnego pomieszczenia z długimi świetlówkami i wygiętymi w łuk karniszami, w którym zastali Rachel. Siedziała na łóżku w jasnozielonym szlafroku szpitalnym, który ledwie zakrywał jej kolana, świeżo umyte włosy zaczesane miała do tyłu.

– Rachel, przyprowadziłem dziś kilku moich znajomych – powiedział Cawley. – Chyba nie masz nic przeciwko temu?

Wygładziła rąbek szlafroka pod udami i spojrzała na Teddy'ego i Chucka wzrokiem zaciekawionego dziecka.

Nawet nie była draśnięta.

Cerę miała barwy piaskowca. Jej twarz, ręce i nogi były nieskazitelnie gładkie. Skóra w odsłoniętych miejscach nie nosiła żadnych śladów zadrapań czy otarć, jakie mogłyby pozostawić na niej gałęzie, kolce czy krawędzie skał.

– Co panów sprowadza? – zwróciła się do Teddy'ego.

– Pani Solando, przyszliśmy...

– Sprzedać mi coś?

– Słucham?

– Nie jesteście chyba domokrążcami? Nie chcę być grubiańska, ale decyzje co do zakupów podejmuje mąż.

– Nie, proszę pani, niczego nie sprzedajemy.

– To świetnie. Wobec tego, w czym mogę wam pomóc?

– Mogłaby nam pani powiedzieć, gdzie przebywała pani wczoraj?

– Byłam u siebie. W domu. – Spojrzała na Cawleya. – Kim są ci ludzie?

– To oficerowie prowadzący śledztwo, Rachel – odparł Cawley.

– Coś złego przytrafiło się Jimowi?

– Nie – powiedział Cawley. – Nie, nie. Z Jimem wszystko w porządku.

– Bo chyba nie dzieciom. – Rozejrzała się dookoła. – Są na podwórku. Niczego nie spsociły, mam nadzieję?

– Nie, pani Solando – odezwał się Teddy. – Dzieci sprawują się jak należy. A mąż ma się dobrze. – Napotkał wzrok Cawleya, który kiwnął głową z aprobatą. – Po prostu, hm, słyszeliśmy, że wczoraj w okolicy pokazał się znany wywrotowiec. Widziano, jak rozdawał komunistyczne ulotki.

– Wielkie nieba, tylko nie to. Dzieciom?

– O ile nam wiadomo, nie.

– Ale w tej dzielnicy? Na tej ulicy?

– Niestety, tak, proszę pani – odparł Teddy. – Mieliśmy nadzieję, że dowiemy się, gdzie pani wczoraj bywała, co pomogłoby nam ustalić, czy zetknęła się pani z owym osobnikiem.

– Posądza mnie pan o to, że jestem komunistką? – Odsunęła plecy od poduszki, zacisnęła ręce na kołdrze.

Cawley spojrzał wymownie na Teddy'ego: nawarzyłeś piwa, to teraz je wypij.

– Komunistką? Pani? Ależ skąd. Nikomu przy zdrowych zmysłach nie przeszłoby to nawet przez myśl. Pani jest tak amerykańska jak Betty Grable.

Rozwarła palce jednej ręki, puściła kołdrę i potarła kolano.

– Przecież nie jestem podobna do Betty Grable.

– Tylko pod względem pani oczywistego patriotyzmu. Z wyglądu, moim zdaniem, bardziej przypomina pani Teresę Wright. Pamięta pani ten film sprzed dziesięciu, dwunastu lat, w którym występowała z Josephem Cottenem?

– „Cień wątpliwości". Słyszałam o nim – odparła, przywołując na twarz uśmiech, który był zarazem czarujący i zmysłowy. – Mój Jim bił się na wojnie. Kiedy wrócił do domu, oświadczył, że świat jest wolny, bo Amerykanie wywalczyli wolność dla świata i pokazali, że amerykańskie zasady nie mają sobie równych.

– Święta prawda – przytaknął Teddy. – Ja też brałem udział w tej wojnie.

– Poznał pan mojego Jima?

– Żałuję, ale nie. Ale jestem pewny, że to porządny człowiek. Służył w armii?

– W piechocie morskiej – żachnęła się Rachel, marszcząc nos.

– „Zawsze wierni" – odparł Teddy. – Pani Solando, musimy koniecznie odtworzyć wszystkie wczorajsze poczynania tego wywrotowca. Może nawet go pani nie zauważyła. To przebiegły drań. Dlatego właśnie potrzebne nam są informacje o tym, co pani robiła. Zestawimy je z tym, co nam wiadomo na temat miejsc, w których bywał ten osobnik, i w ten sposób sprawdzimy, czy wasze drogi się skrzyżowały.

– Jak statków płynących nocą?

– Właśnie. Rozumie pani, o co chodzi?

– Och, tak. – Podniosła się na łóżku i siadła po turecku; jej ruchy wywołały żywy oddźwięk w żołądku i kroczu Teddy'ego.

– Proszę mi opisać swój wczorajszy dzień – zachęcił ją.

– Cóż, niech pomyślę... Przygotowałam mężowi i dzieciom śniadanie. Zrobiłam Jimowi kanapki do pracy i wyszedł. Potem zaprowadziłam dzieci do szkoły. Kiedy wróciłam, postanowiłam popływać w jeziorze.

– Często pani to robi?

– Nie – odparła, pochylając się do przodu, uśmiechając się, jakby ją podrywał. – Sama nie wiem, naszła mnie dziwna chętka. Pana też nachodzą czasami? Takie dziwne chętki?

– Jasne.

– Tak właśnie było ze mną. Rozebrałam się do naga i pływałam tak długo, aż ręce i nogi zaczęły mi ciążyć jak kłody. Wyszłam z wody, wytarłam się i ubrałam. Poszłam na spacer brzegiem jeziora. Puszczałam kaczki, budowałam zamki z piasku. Małe zamki.

139

– Pamięta pani, ile ich zbudowała? – spytał Teddy i poczuł na sobie wzrok Cawleya.

Zastanawiała się, zadarłszy głowę.

– Tak.

– Ile?

– Trzynaście.

– To dość sporo.

– Niektóre całkiem maleńkie – wyjaśniła. – Nie większe od filiżanki.

– A co potem?

– Myślałam o tobie – powiedziała.

Teddy zobaczył, że Naehring zerka na Cawleya będącego po przeciwnej stronie łóżka, a kiedy napotkał jego spojrzenie, Naehring, nie mniej zdziwiony od reszty obecnych, uniósł bezradnie ręce.

– Dlaczego o mnie? – spytał Teddy.

Odsłoniła w uśmiechu białe zęby, rozchylone na tyle tylko, że wystawał spomiędzy nich czerwony koniuszek języka.

– Bo ty jesteś moim Jimem, głuptasie. Moim żołnierzykiem. – Klęknęła na łóżku, wzięła jego dłoń w swoją i gładziła ją. – Taka szorstka. Uwielbiam te zgrubienia. Uwielbiam czuć ich wypukłości na moim ciele. Tak mi ciebie brak, Jim. Wciąż jesteś poza domem.

– Mam mnóstwo pracy – powiedział Teddy.

– Usiądź. – Pociągnęła go ku sobie za rękę.

Cawley ponaglił go wzrokiem i Teddy posłusznie zbliżył się do łóżka. Siadł obok niej. Cokolwiek kryło się za tym niemym skowytem bijącym ze zdjęcia Rachel, minęło bez śladu, przynajmniej chwilowo. Nie sposób było nie dostrzec z takiego bliska jej niepospolitej urody. Jej postać odznaczała się falistymi, miękkimi kształtami, ruchy miała niespieszne, płynne, twarz o wydatnych ustach i podbródku, ciemne oczy pałające blaskiem czystym niczym źródlana woda.

– Harujesz jak wół – powiedziała, muskając palcami dołek tuż poniżej gardła, jakby wygładzała mu fałdkę na węźle krawatu.

– Trzeba nakarmić rodzinę – rzekł Teddy.

– Och, dobrze nam się powodzi – odparła, a on poczuł jej oddech na szyi. – Wystarcza nam to, co mamy.

– Na razie. Ale ja myślę o przyszłości.

– A kto ją widział? – powiedziała Rachel. – Pamiętasz, co mawiał mój tata?

– Zapomniałem.

Przeczesała mu palcami włosy na skroniach.

– „Przyszłość to towar na przedpłaty – mówił – ja kupuję za gotówkę". – Zaśmiała się cicho i przysunęła do niego; czuł, jak napiera na niego piersiami. – Nie, kochany, żyje się chwilą obecną. Tu i teraz.

To było powiedzenie Dolores. Przypominały mu ją również usta i włosy Rachel, i to tak bardzo, że gdyby jej twarz znalazła się jeszcze bliżej, mógłby niemal przysiąc, że rozmawia z Dolores we własnej osobie. Obu kobietom wspólna była swoista rozedrgana zmysłowość – Teddy po tylu latach wciąż nie miał pewności, czy jego żona zdawała sobie sprawę z wrażenia, jakie wywoływała.

Starał się przypomnieć sobie, o co miał ją zapytać. Wiedział, że musi sprowadzić rozmowę na właściwe tory. Wyciągnąć z Rachel, co wczoraj robiła, właśnie – co się wydarzyło później, po spacerze brzegiem jeziora i zabawie w budowanie zamków z piasku.

– Co zrobiłaś potem, po przechadzce nad jeziorem?

– Już ty dobrze wiesz.

– Nie.

– Och, chcesz to usłyszeć ode mnie? O to chodzi?

Pochyliła się tak, że jej twarz znalazła się nieznacznie poniżej jego, spoglądała na Teddy'ego od dołu ciemnymi oczami, jej oddech trafiał prosto do jego ust.

– Nie pamiętasz?

– Nie.

– Kłamca.

– Mówię poważnie.

– Nieprawda. Jeśli zapomniałeś, Jamesie Solando, to już ja ci pokażę.

– Powiedz mi.

– Chcesz to usłyszeć.

– Chcę to usłyszeć.

Pogładziła go po policzku i po brodzie, a kiedy się odezwała, jej głos brzmiał ochryple:

– Wróciłam znad jeziora cała mokra, a ty wylizałeś mnie do sucha.

Teddy objął rękami jej twarz, zanim zdążyła się z nim zewrzeć. Przesunął palcami wzdłuż jej skroni – włosy były jeszcze wilgotne, czuł to opuszkami kciuków – i zajrzał jej w oczy.

– Powiedz mi, co jeszcze wczoraj robiłaś – wyszeptał i spostrzegł, że coś mąci jasność jej spojrzenia. Strach, domyślił się. Nagle wystąpił w całej okazałości, wykrzywił jej górną wargę, ściągnął brwi. Czuł, jak przez jej ciało przechodzi drżenie.

Rachel przyjrzała mu się badawczo, naraz wytrzeszczyła oczy, strzelając nimi dziko na boki.

– Ja ciebie pochowałam – oświadczyła.

– Przecież jestem tu z tobą.

– Pochowałam cię. W pustej trumnie, bo twoje szczątki zostały rozrzucone po całym Atlantyku. Włożyłam do trumny twój identyfikator, bo tylko on ocalał. Twoje ciało, twoje piękne ciało, wydane na pastwę płomieni i rekinów.

– Rachel – odezwał się Cawley.

– Jak mięso.

– Nie – powiedział Teddy.

– Czarne mięso, spalone na węgiel.

– To nie byłem ja.

– Zabili mi Jima. Mój Jim nie żyje. To kim ty, kurwa, jesteś?

Wyrwała się z jego uścisku, podczołgała się po łóżku do ściany i znów odwróciła do niego twarzą.

– Co to za jeden? – Wskazała na Teddy'ego i plunęła na niego.

Teddy był jak skamieniały. Patrzył na nią, na wściekłość zalewającą jej oczy jak fala.

– Chciałeś mnie wyruchać? Wsadzić mi kutasa, wykorzystać to, że dzieci bawią się na podwórku? Tak to sobie obmyśliłeś? Wynocha stąd! Słyszysz? Wynocha...

Skoczyła na niego z ręką wzniesioną nad głowę. Teddy zerwał się z łóżka i zaraz przemknęli obok niego dwaj posługacze z grubymi skórzanymi pasami przewieszonymi przez ramię, chwycili Rachel za ręce i cisnęli na łóżko.

Teddy był cały rozdygotany, pot wystąpił mu na ciele, a Rachel zaczęła wrzeszczeć ile sił w płucach:

– Ty bydlaku! Ty pieprzony bezlitosny bydlaku! Mój mąż wróci i poderżnie ci gardło! Słyszysz? Obetnie ci ten pieprzony łeb i razem

142

napijemy się twojej krwi! Będziemy się w niej pławić, zobaczysz, ty pieprzony zwyrodnialcu!

Jeden posługacz przygniótł jej tułów, a drugi chwycił potężnym łapskiem nogi w kostkach. Przełożyli pasy przez szczeliny w ramach łóżka, skrzyżowali je na piersi pacjentki, wsunęli w szczeliny po przeciwnej stronie, naciągnęli pasy i wetknęli końcówki w klamry, które zamknęli z trzaskiem, i wycofali się.

– Rachel – przemówił Cawley łagodnie, po ojcowsku.

– Wszyscy jesteście siebie warci, pieprzeni zboczeńcy. Gdzie są moje dzieci? Gdzie moje dzieci? Oddajcie mi dzieci, przeklęci zwyrodnialcy! Oddajcie mi dzieci!

Z jej gardła wyrwał się wrzask, który wwiercił się Teddy'emu w kręgosłup niczym pocisk. Rachel naprężyła więzy z taką siłą, że wózek szpitalny cały zaklekotał.

– Później przyjdziemy sprawdzić twój stan, Rachel – oświadczył Cawley.

Plunęła w jego stronę i Teddy usłyszał plask śliny uderzającej o posadzkę. Rachel znów krzyknęła, a na jej ustach pojawiła się krew; musiała przygryźć sobie wargi. Cawley dał znak głową i pozostali ruszyli za nim do wyjścia. Teddy obejrzał się za siebie, dostrzegł utkwiony w nim wzrok Rachel, która patrzyła mu prosto w oczy, wijąc się na materacu. Ścięgna na jej szyi były naprężone, a z ust pryskała krew i ślina, gdy wrzeszczała na niego, jakby zobaczyła pochód wszystkich umarłaków tego stulecia, wdzierający się do środka przez okno i zmierzający prosto na nią.

Cawley miał w gabinecie barek, od razu po wejściu skierował się do niego i tam zniknął Teddy'emu z oczu. Przysłonił go welon z białej gazy i Teddy pomyślał: O nie, nie teraz. Tylko nie teraz, na miłość boską.

– Gdzie ją znaleźliście? – zapytał.

– Na plaży w pobliżu latarni morskiej. Rzucała kamyki do wody.

Doktor pokazał się w jego polu widzenia, ale tylko dlatego, że Teddy obrócił głowę w lewą stronę, kiedy Cawley szedł w prawo. Kiedy Teddy odwracał głowę, zasłona z gazy zakryła wbudowany regał z książkami, a potem okno. Potarł prawe oko, łudząc się na przekór świadectwu swoich zmysłów, ale to nic nie pomogło. Naraz poczuł, jak potok wrzącej lawy przecina całą lewą stronę jego głowy i rozlewa się pod czaszką wyżłobionym wąwozem. Z początku sądził, że to wrzaski Rachel tam się usadowiły, że prześladuje go echo wściekłego zgiełku, ale to było coś znacznie gorszego: ból rozprysnął się nagle niczym tuzin sztyletów świdrujących mu czaszkę. Skrzywił się, dotknął skroni.

– Szeryfie?

Podniósł wzrok i dojrzał Cawleya za biurkiem po lewej ręce, majaczące widmo.

– Tak? – wydobył z siebie Teddy.

– Jest pan trupio blady.

– Co z tobą, szefie? – Chuck wyrósł nagle u jego boku.

– Wszystko w porządku – wystękał Teddy, a Cawley postawił swoją szklaneczkę z whisky na biurku; jej stuk wydał się ogłuszający jak strzał z karabinu.

– Niech pan usiądzie – powiedział Cawley.

– Nic mi nie jest – odparł Teddy, lecz słowa przychodziły mu tak opornie, jakby docierały z mózgu do języka po drabinie nabitej szpikulcami.

Kości Cawleya zatrzeszczały jak płonące szczapy, kiedy oparł się o biurko na wprost Teddy'ego.

– Migrena?

Teddy spojrzał na jego rozmytą postać. Skinąłby na potwierdzenie, ale doświadczenie nauczyło go, żeby podczas ataku, broń Boże, nie ruszać głową.

– Tak – wydobył z siebie.

– Domyśliłem się po tym, jak masował pan skronie.

– Aha.

– Często panu dokucza?

– Pięć, sześć... – Teddy'emu zaschło w ustach i minęło kilka sekund, nim zdołał zwilżyć nieco język – ...razy w roku.

– Ma pan szczęście – rzekł Cawley. – Przynajmniej pod tym względem.

– Jak to?

– Wiele osób cierpiących na migrenę ma gromadne bóle głowy częściej, raz na tydzień. – Cawley znów wydał z siebie ten odgłos pękających szczap, gdy odsunął się od biurka. Teddy słyszał, jak otwiera szafkę.

– Jakie ma pan objawy? – zapytał Cawley. – Częściowa utrata wzroku, suchość w ustach, uczucie palenia w głowie?

– Trafiony.

– Od tylu lat badamy mózg i wciąż nie mamy pojęcia, co powoduje migrenę. Nie do wiary, prawda? Wiemy, że zazwyczaj atakuje płat ciemieniowy. Wiemy, że wywołuje skrzep krwi. Wszystko, oczywiście, na mikroskopijną skalę, ale kiedy występuje w tak delikatnym narządzie jak mózg, ma się wrażenie, że rozrywa głowę. Tyle czasu, tyle wysiłku, a jej przyczyna czy długotrwałe następstwa nadal owiane są tajemnicą. Jesteśmy bezradni jak wobec zwykłego przeziębienia, którego nie potrafimy powstrzymać.

Cawley podał mu szklankę wody i włożył do ręki dwie żółte tabletki.

– To powinno załatwić sprawę – oświadczył. – Zapadnie pan w sen na godzinę czy dwie. A kiedy się pan ocknie, po ataku nie będzie śladu. Pana umysł będzie jasny jak słoneczny poranek.

Teddy spojrzał na żółte pastylki, na szklankę z wodą, która wysuwała mu się z ręki.

Przeniósł wzrok na Cawleya, wytężał swoje jedyne sprawne oko, ponieważ postać doktora była skąpana w tak białym i ostrym świetle, że zdawało się, iż jego barki i ręce wysyłają dookoła rażące promienie.

Bez względu na okoliczności, odezwał się głos w głowie Teddy'ego...

Niewidzialne ręce rozwarły mu z lewej strony czaszkę, wsypały do środka garść pinezek i potrząsnęły. Teddy z sykiem wciągnął powietrze do płuc.

– Jezu, szefie.

– To przejdzie, szeryfie.

Głos spróbował jeszcze raz: *Bez względu na okoliczności, Teddy...*

Stalowy pręt przebił się przez zwał pinezek i Teddy przycisnął rękę do widzącego oka, z którego trysnęły łzy. Żołądek zakołysał się w nim.

...nie bierz tych pigułek.

Żołądek zapadł się, zsunął aż do biodra, a języki ognia rozpełzły się wzdłuż szczeliny w czaszce. Teddy bał się, że jeszcze trochę, a przegryzie sobie język.

Nie bierz tych cholernych pigułek, wrzasnął znowu głos.

Teddy pochylił głowę i zwymiotował na podłogę.

– Szefie, szefie. Co ci jest?

– Niech mnie licho – powiedział Cawley. – To naprawdę ciężki atak.

Teddy uniósł głowę.

Nie...

Policzki miał mokre od łez.

...bierz...

Ktoś wetknął weń ostrze.

...tych...

I zaczął nim piłować.

...pigułek.

Teddy zacisnął zęby, żołądek podchodził mu do gardła. Próbował skupić się na szklance trzymanej w ręku, zauważył coś dziwnego na kciukach, lecz uznał, że to skutek zaburzonej przez migrenę percepcji.

niebierztychpigułek.

Zębate ostrze rozrywało miękkie różowe fałdy jego mózgu. Teddy ostatkiem sił stłumił krzyk, usłyszał wrzask Rachel stapiający się z ogniem, widział ją, jak patrzy mu w oczy, czuł jej oddech na ustach, jej twarz w dłoniach, kiedy gładził ją kciukami po skroniach, a ta pieprzona piła wrzynała mu się w mózg...

niebierztychcholernychpigułek

...i wrzucił pigułki do ust, poczuł, jak wlatują do gardła; popił wodą i przełknął, czuł, jak zsuwają się w dół przełyku, i opróżnił łapczywie szklankę.

– Będzie mi pan wdzięczny – powiedział Cawley.

Chuck był tuż przy nim, podał mu chusteczkę. Teddy wytarł czoło, potem usta i upuścił chusteczkę.

– Niech mi pan pomoże go podnieść, szeryfie – zakomenderował Cawley.

Dźwignęli Teddy'ego i obrócili; ujrzał przed sobą czarny otwór drzwi.

– Zdradzę panu mój mały sekret – rzekł doktor. – Mam tam pokoik, w którym po kryjomu ucinam sobie drzemkę od czasu do czasu. No dobrze, raz dziennie. Umieścimy tam pana, szeryfie, i odeśpi pan to. A za dwie godziny obudzi się pan rześki i wypoczęty.

146

Teddy widział swoje ręce. Dziwnie wyglądały – zwieszały się bezwładnie. I kciuki – to złudzenie optyczne na jednym i drugim. Co to jest, do kurwy nędzy? Teddy chciał potrzeć nimi o skórę, ale Cawley już otwierał drzwi. Ostatni raz przyjrzał się plamom na obu kciukach.

Czarne smugi.

Od pasty do butów, pomyślał, kiedy nieśli go w głąb ciemnego pokoju.

Do ciężkiej cholery, skąd wzięła się na moich kciukach pasta do butów?

12

Śniły mu się koszmary, tak potworne jak nigdy dotąd.

Zaczęło się od tego, że szedł ulicami Hull, ulicami, które przemierzył mnóstwo razy w swych dziecięcych i młodzieńczych latach. Minął budynek starej szkoły. Minął tani sklepik, w którym kupował gumę do żucia i napój o smaku waniliowym. Minął dom Dickersonów, dom Pakaskich, Murrayów, Boydów, Vernonów, Constantinów. Ale nikogo w nich nie było. Nigdzie żywego ducha. Całe miasto było puste, wymarłe. Przeraźliwie ciche. Nie słyszał nawet oceanu, a przecież w Hull zawsze było słychać szum oceanu.

To było straszne – jego rodzinne miasto zupełnie opustoszało. Usiadł na falochronie przy Ocean Avenue, przeszukał wzrokiem plażę, siedział i czekał, ale nikt się nie pokazał. Wszyscy poumierali, uświadomił sobie, odeszli z tego świata dawno temu. A on jest duchem, który po latach przybłąkał się z powrotem do rodzinnego miasta-widma. Miasta już tu nie było. Jego tu nie było. Nie było żadnego „tu".

Potem trafił do ogromnej sali wyłożonej marmurem. Pełno w niej było ludzi, łóżek szpitalnych, aparatów do kroplówek, i od razu poczuł się raźniej. Gdziekolwiek się znalazł, przynajmniej nie był sam. Przebiegła przed nim trójka dzieci – dwóch chłopców i dziewczynka. Miały na sobie szpitalne piżamy, a dziewczynka wyraźnie się bała. Ściskała braci za ręce.

– Ona tu jest. Znajdzie nas – powiedziała.

Andrew Laeddis nachylił się i podał Teddy'emu ogień.

– Hej, chyba nie masz mi tego za złe, co, stary?

Laeddis z wyglądu był odpychającym osobnikiem – ciało jak sękata tyczka, nieforemna głowa, stercząca, wydłużona ponad miarę broda, krzywe zęby, kępki jasnych włosów na pokrytej strupami, różowej czaszce – ale Teddy ucieszył się na jego widok. Był jedynym znajomym pośród obcych.

– Mam schowaną butelkę – oznajmił Laeddis. – Gdybyś miał ochotę wpaść na kielicha. – Mrugnął do Teddy'ego, poklepał go po plecach i zamienił się w Chucka, a Teddy'emu wydało się to całkowicie normalne.

– Musimy iść – powiedział Chuck. – Czas ucieka, przyjacielu.

– Moje rodzinne miasto jest puste. Wymarłe – odparł Teddy.

I puścił się biegiem, bo oto przez salę balową gnała z wrzaskiem Rachel Solando, wywijając tasakiem. Nim do niej dopadł, zdążyła powalić dzieci, całą trójkę, i zamachnęła się tasakiem, raz, drugi, trzeci. Teddy zastygł, dziwnie urzeczony, wiedząc, że już nic nie zdoła zrobić – dzieci były martwe.

Rachel spojrzała na niego. Twarz i ręce miała zbryzgane krwią.

– Pomóż mi – powiedziała.

– Co? Mogę sobie narobić kłopotów – odparł.

– Pomóż mi, a stanę się twoją Dolores. Będę twoją żoną. Odzyskasz ją w ten sposób.

– Jasne, oczywiście – rzekł i zabrał się do roboty. Wspólnymi siłami dźwignęli całą trójkę i wyszli z nimi na tyły domu. Zanieśli je do jeziora. Nie wrzucili ich. Obeszli się z nimi delikatnie. Położyli je na wodzie i dzieci poszły na dno. Jeden z chłopców wynurzył się, młócił wodę ręką, a Rachel powiedziała:

– To nic. On nie umie pływać.

Stali na brzegu i patrzyli, jak chłopiec tonie. Rachel objęła Teddy'ego w pasie.

– Będziesz moim Jimem, a ja twoją Dolores. Zrobimy sobie nowe dzieci – oświadczyła.

Teddy uznał, że to ze wszech miar słuszne rozwiązanie, i zdziwił się, że sam wcześniej na to nie wpadł.

Ruszył za Rachel z powrotem do Ashecliffe. Spotkali tam Chucka i poszli we trójkę długim korytarzem, który ciągnął się kilometrami.

– Ona zabiera mnie do Dolores – zwrócił się do Chucka. – Wracam do domu, stary.

– Świetnie! – odparł Chuck. – Cieszę się. Ja już nie wydostanę się z tej wyspy.

– Nie?

– Nie, ale nie szkodzi, szefie. Mówię poważnie. Tutaj jest moje miejsce. To mój dom.

– Mój dom jest tam, gdzie Rachel – oświadczył Teddy.

– Masz na myśli Dolores.

– Racja, racja. A co ja powiedziałem?

– Rachel.

– Och, przepraszam. Naprawdę uważasz, że tutaj jest twoje miejsce?

Chuck skinął głową.

– Nigdy stąd nie wyjechałem. I nigdy nie wyjadę. To znaczy, popatrz tylko na moje ręce, szefie.

Teddy spojrzał. Według niego ręce Chucka wyglądały zupełnie dobrze, co też mu oznajmił.

Chuck potrząsnął głową.

– Nie pasują. Czasami palce zmieniają się w myszy.

– Cóż, w takim razie cieszę się, że znalazłeś tu swój dom.

– Dzięki, szefie.

Chuck poklepał go po plecach i przemienił się w Cawleya. Rachel zdążyła już ich mocno wyprzedzić i Teddy przyspieszył kroku.

– Nie można pokochać kobiety, która zabiła własne dzieci – powiedział Cawley.

– Ja mogę – odparł Teddy, idąc coraz szybciej. – Pan tego nie rozumie.

– Czego? – Cawley nie poruszał nogami, ale mimo to nadążał za Teddym, sunąc w powietrzu. – Czego nie rozumiem?

– Nie zniosę dłużej samotności. Nie mogę żyć bez niej w tym pieprzonym świecie. Ona jest moją Dolores.

– Przecież to Rachel.

– Wiem. Ale zawarliśmy umowę. Ona będzie moją Dolores, a ja jej Jimem. To dobry układ.

Cawley chrząknął znacząco.

Trójka dzieci biegła korytarzem w ich stronę. Były zupełnie przemoczone i zdzierały gardziołka od krzyku.

– Jaka matka zrobiłaby coś takiego? – odezwał się Cawley.

Teddy przyglądał się dzieciom. Wyminęły ich, lecz nagle w otoczeniu zaszła jakaś zmiana, bo dzieci biegły, biegły, ale nie posuwały się naprzód.

– Zabiłaby własne dzieci – powiedział Cawley.

– To niechcący – wyjaśnił Teddy. – Bardzo się boi, to dlatego.

– Tak jak ja? – odparł Cawley, z którego nagle zrobił się Peter Breene. – Ma stracha, więc morduje dzieciaki. I to ją usprawiedliwia?

– Nie. To znaczy tak. Nie lubię cię, Peter.

– I co zrobisz w związku z tym?

Teddy przyłożył lufę służbowego rewolweru do skroni Petera.

– Wiesz, ilu ludzi zginęło z mojej ręki? – spytał, a łzy spływały mu po policzkach.

– Proszę, nie zabijaj mnie – powiedział Peter.

Teddy pociągnął za spust, zobaczył kulę wylatującą z drugiej strony głowy Petera. Wszystkiemu przyglądały się dzieci, które darły się jak opętane, a Breene powiedział: – Cholera – i oparł się o ścianę, zatykając ręką ranę wlotową. – Na oczach dzieci?

I wtedy ją usłyszeli. Z ciemności przed nimi doleciał wrzask. Jej wrzask. Zbliżała się do nich. Niewidoczna w mroku, pędziła ku nim Rachel.

– Ratuj nas – zwróciła się do Teddy'ego dziewczynka.

– Nie jestem waszym tatusiem. Nic tu po mnie.

– A ja będę mówić do ciebie „tatusiu".

– Zgoda. – Teddy westchnął i wziął dziewczynkę za rękę.

Szli skrajem urwiska ciągnącego się wzdłuż linii brzegowej Shutter Island, a potem zawędrowali na cmentarz, gdzie Teddy znalazł bochenek chleba, trochę masła orzechowego i dżemu. Weszli do grobowca, gdzie przygotował kanapki, a dziewczynka była taka szczęśliwa, gdy siedziała mu na kolanach i zajadała kanapkę. Potem Teddy oprowadził ją po cmentarzu, pokazał jej nagrobek swojego ojca, matki i swój własny:

EDWARD DANIELS
MARNY ŻEGLARZ
1920–1957

150

– Dlaczego marny z ciebie żeglarz? – zapytała dziewczynka.

– Nie lubię wody.

– Ja też. Możemy sobie podać ręce.

– Chyba tak.

– Ty już nie żyjesz. Postawili ci ten, jak to się nazywa?

– Nagrobek.

– Właśnie.

– Wygląda na to, że jestem martwy. Nikogo nie zastałem w rodzinnym mieście.

– Ja też nie żyję.

– Wiem. Smutno mi z tego powodu.

– Nie powstrzymałeś jej.

– Nic nie mogłem na to poradzić. Kiedy do niej dobiegłem, ona już zdążyła, no wiesz...

– O rany.

– Co?

– Znowu nadchodzi.

Na cmentarzu ukazała się Rachel. Minęła nagrobek, który Teddy potrącił w czasie burzy. Nie spieszyła się. Była taka śliczna, włosy miała zmoczone, ociekające deszczem. Tasak wymieniła na topór z długim styliskiem, który wlokła po ziemi.

– Teddy, daj spokój. To moje dzieci – powiedziała.

– Wiem, ale nie mogę ci ich oddać.

– Tym razem będzie inaczej.

– Jak?

– Wyzdrowiałam. Znam swoje obowiązki. Poukładałam sobie wszystko w głowie jak należy.

– Tak bardzo cię kocham – załkał Teddy.

– Ja ciebie też. Naprawdę.

Podeszła do niego i pocałowała go, prawdziwie, z pasją. Wzięła jego twarz w ręce, przesuwała językiem po języku. Wezbrał w niej cichy jęk, który trafił do jego ust. Wpijała się w niego, napierała językiem coraz mocniej, a on czuł, jak przepełnia go niewypowiedziana miłość.

– A teraz oddaj mi dziewczynkę – zażądała.

Przekazał jej dziewczynkę, a ona podniosła ją jedną ręką, a drugą chwyciła topór.

– Zaraz wrócę, dobrze?

– Jasne – odparł Teddy.

Pomachał dziewczynce, choć wiedział, że mała nie rozumie. Zrobił to dla jej dobra. Był o tym przekonany. Czasami dorośli muszą podejmować trudne decyzje, decyzje, które dla dzieci są niezrozumiałe. Ale gdy jest się dorosłym, dokonuje się wyborów w ich imieniu. I Teddy kiwał ręką dziewczynce, mimo że ona nie machała mu w odpowiedzi, tylko wpatrywała się w niego przejmującym wzrokiem, gdy matka niosła ją do grobowca; wzrokiem ofiary idącej na stracenie, pogodzonej z okrutnym losem, z buzią usmarowaną masłem orzechowym i dżemem.

– Chryste Panie! – Teddy zerwał się z płaczem. Miał wrażenie, że zmusił mózg, aby oprzytomniał, że ocknął się siłą, by wyrwać się z tego przerażającego snu. Czuł, że jeszcze czai się gdzieś w głębi jego umysłu, czeka na dogodną okazję, przyzywa go do siebie. Wystarczyło, że przymknie oczy i przyłoży głowę do poduszki, a znów się w nim pogrąży.

– Jak samopoczucie, szeryfie?

Mrugał, usiłując przeniknąć ciemność.

– Kto tam?

Cawley włączył lampkę. Stała obok jego krzesła w rogu pokoju.

– Przepraszam, nie chciałem pana przestraszyć.

Teddy podniósł się na łóżku.

– Długo tak leżałem?

Cawley posłał mu zakłopotany uśmiech.

– Te tabletki okazały się silniejsze, niż myślałem. Spał pan cztery godziny.

– Cholera. – Teddy potarł oczy dłońmi.

– Dręczyły pana koszmary, szeryfie. Straszne koszmary.

– Jestem w zakładzie dla obłąkanych na wyspie, którą nawiedził huragan.

– Ha, słuszne spostrzeżenie – odparł Cawley. – Ja dopiero po miesiącu pobytu tutaj zacząłem się wysypiać. A kto to jest Dolores?

– Słucham? – powiedział Teddy, zsuwając nogi z łóżka.

– Powtarzał pan jej imię.

– Umieram z pragnienia.

Cawley obrócił się w krześle, podniósł ze stolika szklankę z wodą i podał Teddy'emu.

– To niestety skutek uboczny. Proszę się napić.

Teddy wziął szklankę i opróżnił ją kilkoma haustami.

– A jak głowa?

Teddy przypomniał sobie, dlaczego właściwie wylądował w tym pokoiku, i dłuższą chwilę oceniał swój stan. Wzrok bez zarzutu. Po pinezkach w głowie ani śladu. Żołądek jeszcze nie całkiem doszedł do siebie. Lekki ból z prawej strony głowy, jakby od uderzenia sprzed trzech dni – nic poważnego.

– W porządku – ocenił Teddy. – Pigułki faktycznie zadziałały.

– Staramy się dogadzać, jak tylko możemy. Więc kim jest Dolores?

– To moja żona – odparł. – Nie żyje. I owszem, panie doktorze, wciąż nie mogę się z tym pogodzić. Przeszkadza to panu?

– Ależ skąd, szeryfie. Współczuję panu z powodu doznanej straty. Zmarła gwałtowną śmiercią?

Teddy spojrzał na niego i roześmiał się.

– O co chodzi?

– Nie jestem w nastroju do psychoanalizy, panie Freud.

Cawley skrzyżował nogi w kostkach i zapalił papierosa.

– Ale ja wcale nie włażę z kaloszami do pańskiej duszy. Proszę mi wierzyć lub nie, szeryfie. Ale poprzedniego wieczoru między panem i Rachel coś zaszło. Miał pan w tym swój udział. Zaniedbałbym swoje obowiązki jako jej terapeuta, gdybym nie starał się dociec, jakie upiory przywlókł pan za sobą.

– Co takiego zaszło między mną i Rachel? – powiedział Teddy. – Odgrywałem rolę, jaką mi wyznaczyła.

Cawley parsknął śmiechem.

– Poznaj samego siebie, szeryfie. Chce mi pan wmówić, że gdybyśmy zostawili was dwoje sam na sam, po powrocie zastalibyśmy was w ubraniach?

– Jestem przedstawicielem prawa, panie doktorze – odparł Teddy. – Może panu się wydawać, że coś pan dostrzegł, ale jest pan w błędzie.

– Dobrze. Skoro pan tak twierdzi – powiedział Cawley, unosząc pojednawczo rękę.

153

– Tak twierdzę.

Cawley rozsiadł się na krześle, zapalił papierosa i przyglądał się badawczo Teddy'emu, wydmuchując kłęby dymu. Teddy uzmysłowił sobie szalejący na zewnątrz sztorm, napierający na ściany, wciskający się w szczeliny między murami a dachem. Cawley siedział milczący, skupiony.

– Zginęła w pożarze – odezwał się w końcu Teddy. – Tęsknię za nią jak... Nie brakowałoby mi tak bardzo tlenu pod wodą, jak brakuje mi jej. – Uniósł brwi, zwracając się do Cawleya. – Zadowolony?

Cawley pochylił się, podał mu papierosa i ogień.

– Kochałem kiedyś pewną kobietę we Francji. Ale mojej żonie ani słowa, dobrze?

– Pewnie.

– Kochałem tę kobietę, jak się kocha... ach, nieważne – powiedział Cawley z nutką zdziwienia w głosie. – Takiej miłości z niczym nie da się porównać, prawda?

Teddy kiwnął głową.

– Jest niepowtarzalnym darem – mówił Cawley, wodząc wzrokiem za snującym się dymem z papierosa, wybiegając wzrokiem hen daleko, nad ocean.

– A co pan robił we Francji?

Cawley uśmiechnął się i pogroził mu żartobliwie.

– Och – zmitygował się Teddy.

– W każdym razie pewnego dnia wieczorem kobieta ta szła na spotkanie ze mną. Zapewne się spieszyła. W Paryżu padał deszcz, było już ciemno. Przewróciła się i koniec.

– Słucham?

– Przewróciła się. Potknęła się, upadła, uderzyła głową o coś twardego, zginęła na miejscu. Nie do wiary, prawda? W taki sposób. W czasie wojny, kiedy można umrzeć na tysiąc różnych sposobów. Przewróciła się na chodniku.

Teddy widział ból i oszołomienie malujące się na twarzy Cawleya, jakby po tylu latach wciąż jeszcze nie potrafił przejść do porządku dziennego nad tym, że padł ofiarą kosmicznego kawału.

– Czasami – ciągnął cichym głosem doktor – udaje mi się nie myśleć o niej przez trzy godziny. Czasami udaje mi się przez kilka tygodni nie rozpamiętywać jej zapachu, spojrzenia, jakie mi posyłała, kiedy wiedziała, że tego dnia będziemy mogli pobyć sam na sam, jej włosów – jak bawiła się nimi przy czytaniu. Czasami... – Cawley urwał i zdusił niedopałek. – Nie wiem, dokąd udała się jej dusza, może przeniosła się gdzieś, przeszła przez bramę, która otworzyła się w chwili jej śmierci? Gdybym wiedział, że to przejście znów się tam pojawi, jutro wyruszyłbym do Paryża i wskoczył za nią.

– Jak miała na imię? – zapytał Teddy.

– Marie – odparł Cawley i widać było, że wypowiedzenie na głos jej imienia wiele go kosztowało.

Teddy zaciągnął się papierosem, powoli wypuścił ustami dym.

– Dolores rzucała się we śnie – powiedział. – Zdarzało się często, że obrywałem w twarz. Pac, i jej ręka lądowała na moim nosie i ustach. I tak zostawała. Strącałem ją, wie pan? Czasami dość bezceremonialnie. Smacznie śpię, a tu łup, i już po spaniu. Wielkie dzięki, kotku. Ale od czasu do czasu pozwalałem jej zostać w tej pozycji. Całowałem ją, wąchałem, wdychałem. Oddałbym cały świat, żeby znów poczuć tę rękę na twarzy.

Ściany zadudniły, noc zadrżała w uścisku huraganu.

Cawley przyglądał się Teddy'emu, jakby obserwował dzieciaki dokazujące na rogu ulicy.

– Jestem naprawdę dobry w swoim fachu, szeryfie. Mam o sobie wysokie mniemanie, przyznaję. Mój iloraz inteligencji wykracza ponad przeciętną. Już jako chłopiec umiałem rozszyfrowywać ludzi. Proszę się nie obrazić, ale chcę panu coś zakomunikować. Czy przyszło panu kiedykolwiek do głowy, że ma pan skłonności samobójcze?

– Dobrze wiedzieć, że nie chciał mnie pan obrazić – odparł Teddy.

– Przyszło to panu do głowy?

– Owszem, i dlatego odstawiłem gorzałę, doktorze.

– Bo wie pan, że...

– ...połknąłbym kulkę już dawno temu, gdybym dalej pił.

– Przynajmniej pan się nie oszukuje – doszedł do wniosku Cawley.

– Tak, to przemawia na moją korzyść.

– Kiedy pan stąd wyjedzie... Mogę podać panu kilka nazwisk. Świetnych lekarzy. Mogliby panu pomóc.

Teddy potrząsnął głową.

– Szeryfowie federalni nie leczą się na głowę. Przykro mi. Gdyby to się wydało, byłby to koniec mojej służby.

– W porządku, w porządku. Słuszny argument. Ale proszę posłuchać, szeryfie...

Teddy spojrzał na niego.

– Jeśli nie zmieni pan swojego nastawienia do życia, będzie to tylko kwestia czasu.

– Co pan może o tym wiedzieć?

– Owszem, mogę. Moja specjalność to psychiczne urazy na tle doznanej straty i poczucie winy wynikające z faktu ocalenia. Cierpię na to, toteż się w tym specjalizuję. Widziałem kilka godzin temu, jakim wzrokiem patrzył pan na Rachel Solando – wzrokiem człowieka, który szuka śmierci. Pański szef w miejscowym wydziale pościgowym sporo mi o panu mówił. Powiedział, że nie ma wśród swoich podwładnych drugiego z tyloma odznaczeniami za zasługi wojenne. Podobno przywiózł pan z wojny cały stos medali. To prawda?

Teddy wzruszył obojętnie ramionami.

– Ponoć bił się pan w Ardenach i wyzwalał obóz zagłady w Dachau? Kolejne wzruszenie ramionami.

– A potem ginie pańska żona? Kto by się w końcu nie załamał pod takim brzemieniem gwałtu i okrucieństwa, szeryfie?

– Nie wiem, doktorze – odparł Teddy. – Sam się nad tym zastanawiam.

Cawley pochylił się w jego stronę i klepnął go w kolano.

– Proszę przed wyjazdem wziąć ode mnie te nazwiska. Dobrze? Miło by było, szeryfie, wiedzieć za pięć lat, że jeszcze chodzi pan po tym świecie.

– Tak, miło by było – zgodził się cicho Teddy.

13

Odnalazł Chucka w piwnicach kwater dla posługaczy, gdzie na czas nawałnicy naprędce urządzono ogólną sypialnię. Droga do niej wiodła przez szereg podziemnych korytarzy łączących wszystkie budynki zespołu szpitalnego. Teddy'ego zaprowadził tam posługacz imieniem Ben, zwalisty drab z trzęsącymi się fałdami białego cielska. Przeszli przez cztery ryglowane bramy i minęli trzy stanowiska obsadzone przez dyżurnych. Tu na dole nikt by się nawet nie domyślił, że na powierzchni szaleje huragan. Korytarze były długie, szare, kiepsko oświetlone i niepokojąco przypominały Teddy'emu korytarz z jego sennego koszmaru. Może nie ciągnęły się tak bez końca, nie kryły w sobie tylu mrocznych zakamarków, ale ich metaliczna szarość i chłód były tak samo odpychające.

Na widok Chucka poczuł zakłopotanie. Nigdy dotąd nie złapał go atak migreny w miejscu publicznym; ze wstydem przypomniał sobie, że zwymiotował na podłogę. Był bezradny jak noworodek; musieli podnosić go z krzesła.

Ale kiedy Chuck z drugiego końca pomieszczenia zawołał:,, Hej, szefie!", Teddy z zaskoczeniem uzmysłowił sobie poczucie ulgi, płynącej z prostego faktu, że znów są razem. Zabiegał o to, żeby przeprowadzić to dochodzenie w pojedynkę, ale szefostwo odmówiło. Na wieść o tym mocno się wkurzył, ale teraz, po dwóch dniach pobytu na tej wyspie, po wyprawie na cmentarz, przygodzie z Rachel i tych pieprzonych koszmarach, musiał przyznać, że jednak dobrze mieć partnera.

Uścisnęli sobie ręce i wtedy powróciły do niego słowa Chucka ze snu – „Ja już nie wydostanę się z tej wyspy" – i Teddy'emu przeszyła pierś widmowa jaskółka, która zatrzepotała skrzydłami.

– Jak się czujesz, szefie? – spytał Chuck, poklepując go po ramieniu.

Teddy uśmiechnął się z zażenowaniem.

– Lepiej. Trochę jestem roztrzęsiony, ale ogólnie w porządku.

– Jasna dupa – powiedział Chuck, zniżając głos i odsuwając się od dwóch posługaczy, którzy ćmili papierosy oparci o filar nośny. – Najadłem się przez ciebie strachu. Już myślałem, że to atak serca albo wylew.

– To tylko migrena.

– Tylko – szepnął Chuck. Odeszli dalej od posługaczy, stanęli przy betonowej ścianie pomalowanej na beżowo. – Najpierw podejrzewałem, że się zgrywasz, no wiesz, jakbyś coś kombinował, żeby dostać się do kartoteki czy coś w tym rodzaju.

– Szkoda, że nie jestem taki sprytny.

Chuck zajrzał Teddy'emu w oczy, wzrok miał pałający, natarczywy.

– Ale to podsunęło mi pomysł.

– Nie mów, że się odważyłeś?

– Odważyłem się.

– Co zrobiłeś?

– Powiedziałem Cawleyowi, że posiedzę przy tobie. No i czuwałem przy tobie. W pewnej chwili ktoś zadzwonił do niego i Cawley wyszedł z gabinetu.

– Zacząłeś szperać w kartotece?

Chuck skinął głową.

– I co znalazłeś?

– Właściwie to niewiele – odparł, robiąc smutną minę. – Nie mogłem dobrać się do szaf z aktami. Cawley pozakładał tam zamki, z jakimi do tej pory się nie spotkałem. A mam w operowaniu wytrychem spore doświadczenie. Z tymi też bym się uporał, ale zostałyby ślady. Rozumiesz?

– Postąpiłeś słusznie.

– No tak... – Chuck skinął głową przechodzącemu posługaczowi i Teddy'ego ogarnęło niesamowite wrażenie, że obaj z Chuckiem trafili w sam środek starego filmu z Jamesem Cagneyem i są parą skazańców na wybiegu, którzy knują, jak wyrwać się z kicia. – Ale przetrząsnąłem biurko Cawleya.

– Co takiego?

– Czyste wariactwo, nie? Później dasz mi po łapach.

– Po łapach? Zasłużyłeś na medal.

– Za co medal? – odparł Chuck. – Trafiłem tylko na jego terminarz. I co dziwne, były w nim zaznaczone cztery dni – wczoraj, dzisiaj, jutro i pojutrze. Cawley obrysował je czarną obwódką.

– To z powodu huraganu. Dowiedział się, że nadciąga.

Chuck potrząsnął głową.

– Przez wszystkie cztery ramki biegł napis. Wiesz, o co mi chodzi? Jakby ktoś planował w tych dniach wakacje na Cape Cod i zaznaczył to w kalendarzu. Kapujesz?

– Jasne.

Nagle zjawił się przy nich Trey Washington z rozmokłą cygaretką w gębie, przemoknięty od stóp do głowy.

– Panowie szeryfowie spiskują po kątach?

– A co myślałeś? – odparł Chuck.

– Byłeś na dworze? – spytał Teddy.

– O tak. Coś potwornego, co się tam teraz wyprawia. Obkładaliśmy budynki workami z piachem, zabijaliśmy dechami okna. Cholera.

158

Zasrańcy przewracali się jeden przez drugiego na tej piździawie. – Trey przypalił cygaretkę zapalniczką i zwrócił się do Teddy'ego. – Nic panu nie jest, szeryfie? Chodzą słuchy, że miał pan atak.

– Jaki atak?

– Każdy gada co innego. Wic pan, jak to jest.

Teddy się uśmiechnął.

– To migrena. Daje mi łupnia jak cholera.

– Moja ciotka na nią chorowała. Co ta biedaczka się wycierpiała. Zamykała się na klucz, gasiła światła, zaciągała zasłony i nie wyściubiała nosa do rana.

– Rozumiem ją.

Trey pyknął cygaretką.

– Dawno temu wykorkowała, ale szepnę dziś za nią słówko temu panu na górze. Niech ma ją w swojej opiece. A po prawdzie wredne z niej było babsko, czy ją głowa bolała, czy nie. Tłukła mnie i brata lagą ile wlazło. Bywało, że bez powodu. „Cioteczko – pytam ją – a za co to? Przecież nic nie zrobiłem". A ona na to: „Może i nie, ale na pewno knujesz coś strasznego w tej swojej łepetynie". I co począć z taką babą?

Wydawało się, że naprawdę czeka, aż mu odpowiedzą, więc Chuck odparł:

– Uciec od niej jak najdalej.

Trey zaśmiał się cicho z cygaretką w zębach.

– Tak, to prawda – westchnął. – Idę się wysuszyć. No to na razie.

– Trzymaj się, Trey.

W pomieszczeniu zrobiło się tłoczno od wracających z dworu mężczyzn, którzy otrząsali z wody sztormiaki i czarne kapelusze z szerokimi rondami, pokasływali, palili papierosy, pociągali całkiem jawnie z piersiówek.

Teddy i Chuck, oparci o ścianę, rozmawiali ściszonym głosem, patrząc na przybyłych.

– Więc w kalendarzu...

– Tak?

– ...nie było napisane „Wakacje na Cape Cod".

– Nie.

– A co?

– „Pacjent sześćdziesiąty siódmy".

– Tylko tyle?

159

– Tylko tyle.

– Ale i tak wystarczy, jak myślisz?

– Moim zdaniem aż nadto.

Nie mógł zasnąć. Słuchał, jak inni pochrapują, sapią, wdychają i wydychają powietrze, niektórzy z cichym świstem. Słyszał głosy mówiących przez sen. Jeden mówił: „Trzeba było mi powiedzieć, i już. Skąd miałem wiedzieć? ", a drugi powtarzał: „Prażona kukurydza wpadła mi do gardła". Niektórzy kotłowali się w pościeli, inni przewracali z boku na bok, jeszcze inni unosili się, żeby poprawić poduszki, i opadali ciężko na łóżka. Z czasem odgłosy te zestroiły się w jedną dźwiękową całość o powolnym rytmie, kojarzącym się Teddy'emu z przytłumionym hymnem.

Hałasy docierające z zewnątrz również były przytłumione, ale Teddy słyszał, jak huragan szoruje o ziemię i wali w fundamenty. Żałował, że nie może wyjrzeć przez okno, chociażby po to, żeby zobaczyć błyskawice malujące się na niebie upiornym światłem.

Przypomniał sobie słowa Cawleya.

To tylko kwestia czasu.

Naprawdę miał skłonności samobójcze?

Pewnie tak. Pamiętał, że od śmierci Dolores nie przeżył dnia bez myśli o tym, żeby do niej dołączyć. Czasami nawet posuwał się dalej, wyrzucał sobie, że kurczowe trzymanie się życia jest z jego strony przejawem tchórzostwa. Jaki sens miało kupowanie żywności, wlewanie benzyny do baku chryslera, golenie się, wkładanie skarpetek, wystawanie w kolejkach, wybieranie krawatu, prasowanie koszuli, mycie twarzy, czesanie się, realizowanie czeku z wypłatą, odnawianie licencji, czytanie gazet, sikanie, jedzenie – w samotności, w ciągłej samotności – chodzenie do kina, kupowanie płyt, opłacanie rachunków, znowu golenie się, znowu mycie, spanie, budzenie się ze snu...

...jeśli żadna z tych czynności nie przybliżała go do niej?

Wiedział, że powinien się pozbierać. Otrząsnąć. Przeboleć w końcu jej stratę. Radzili mu to nieliczni znajomi i krewni, a on, gdyby patrzył na siebie z ich punktu widzenia, pewnie przyznałby im rację. Też kazałby temu Teddy'emu przestać się nad sobą roztkliwiać i wziąć się w garść, poukładać sobie jakoś życie.

Ale do tego konieczne było odstawienie Dolores na półkę, przyzwolenie na to, żeby obrosła kurzem, w nadziei że nagromadzony kurz zagłuszy wspomnienia o niej. Zatrze jej obraz. Aż pewnego dnia wyda mu się istotą wyśnioną, a nie kobietą, która niegdyś stąpała po ziemi. Mówią: Musisz się z tym pogodzić, zacząć od nowa, ale co zacząć? To zasrane życie? Jak mam cię wyrzucić z pamięci? Do tej pory mi się nie udało, więc jak mam sobie z tym poradzić? Jak sprawić, żebyś odeszła w przeszłość? To wszystko, o co proszę. Chcę cię objąć, poczuć znów twój zapach i, owszem, chcę, żebyś rozpłynęła się w mroku, tak, tego chcę. Żebyś rozpłynęła się w mroku...

Te cholerne pigułki. Trzecia nad ranem, a on dotąd nie zmrużył oka. Umysł miał rozbudzony, słyszał jej głos o ciemnej barwie, z naleciałościami bostońskiego akcentu, który objawiał się, gdy nocami zapewniała go o swej dozgonnej miłości. Uśmiechnął się, słysząc jej głos, jakby była obok niego, mając przed oczami jej twarz, zęby, rzęsy, leniwą lubieżność spojrzenia, jakie posyłała mu w niedzielne poranki.

Pamiętał tę noc, kiedy los zetknął go z nią w Cocoanut Grove. Do tańca grał zespół jazzowy z rozbudowaną sekcją dętą, powietrze było sine od dymu, wszyscy odziani w najlepsze stroje wyjściowe – marynarze i żołnierze w galowych mundurach, białych, niebieskich, szarych, eleganccy panowie w zabójczych kwiecistych krawatach i dwurzędowych marynarkach z chusteczkami złożonymi w trójkąt, wsuniętymi dla szyku w górną kieszeń, i kobiety, wszędzie kobiety. Podrygiwały nawet wtedy, kiedy odchodziły przypudrować sobie nos. Pląsały, krążąc od stolika do stolika, obracały się na palcach, kiedy zapalały sobie papierosy, otwierały z trzaskiem kosmetyczki, sunęły do baru i śmiały się, odchylając do tyłu głowy, a ich włosy lśniły jak satyna i migotały w ruchu.

Teddy wybrał się tam z Frankiem Gordonem, kumplem ze szkoły wywiadu, tak jak on w stopniu sierżanta, i jeszcze kilkoma facetami; wszyscy za kilka dni odpływali na front za ocean. Lecz w chwili kiedy ją ujrzał, zostawił Frankiego, nawet nie dosłuchał do końca tego, co mu opowiadał, i ruszył w stronę parkietu. Na moment stracił ją z oczu; przysłonili ją tancerze ustępujący miejsca marynarzowi, który wywijał blondynką w białej sukni – przerzucił ją przez plecy, a potem cisnął do przodu nad swoją głową, złapał w locie i przechylił tuż nad podłogą, wywołując głośny zachwyt tłumu – wtedy znów w oddali mignęła Teddy'emu jej fioletowa suknia.

Była piękna, przede wszystkim zwracała uwagę swą barwą. Tego wieczoru nie brakowało na sali pięknych kobiecych kreacji, toteż to nie suknia go zaintrygowała, lecz sposób, w jaki ona ją nosiła. Nerwowo. Jakby czuła się w niej nieswojo. Co chwila dotykała jej z obawą, obciągała ją. Przygładzała wywatowane ramiona.

Na pewno pożyczyła suknię na ten wieczór. Nigdy nie miała czegoś takiego na sobie. Była przerażona. Tak bardzo, że nie potrafiła określić, czy kobiety i mężczyźni przyglądają się jej z litością, zawiścią czy pożądaniem.

Napotkała utkwione w niej spojrzenie Teddy'ego, gdy niespokojnie poprawiała ramiączko biustonosza. Spuściła wzrok, spłoniła się, ale po chwili znów popatrzyła na niego, a Teddy, nie odrywając od niej oczu, uśmiechnął się i pomyślał: Ja też czuję się głupio w tym stroju. Posłał jej tę myśl przez salę. Może do niej dotarła, gdyż odpowiedziała mu uśmiechem, może nie tyle zalotnym, ile pełnym wdzięczności, i wtedy Teddy ruszył ku niej, ignorując Frankiego, który opowiadał chyba coś o zapasach paszy w Iowa, a kiedy przedarł się przez ciżbę spoconych tancerzy, uświadomił sobie, że nie wie, co jej powiedzieć. Jak nawiąże rozmowę? Ładna sukienka? Mogę postawić ci drinka? Masz piękne oczy?

– Zgubiłeś się? – usłyszał jej głos.

Obrócił się i oto miał ją przed sobą. Była niewysoka, najwyżej sto sześćdziesiąt centymetrów w butach na wysokich obcasach. Zachwycająco śliczna. W przeciwieństwie do wielu innych kobiet obecnych na tej sali jej uroda nie polegała na wyważonych proporcjach i doskonałych kształtach. Było w niej coś nieogładzonego, oczy być może nieco za szeroko rozstawione, usta tak pełne, że niemal raziły na drobnej twarzyczce, podbródek o chwiejnej linii.

– Tak jakby.

– A czego właściwie szukasz?

Odpowiedział, nim zdążył się zreflektować i ugryźć w język.

– Ciebie.

Otworzyła szeroko oczy i dostrzegł w nich skazę, brązową plamkę na lewej tęczówce. Ogarnęło go przerażenie na myśl o tym, że wszystko popsuł, wypadł jak podrywacz, gładki w obejściu, pewny siebie. *Ciebie.*

Skąd on, do jasnej cholery, to wytrzasnął? Co on, do jasnej cholery...

– Cóż... – odezwała się.

Miał ochotę uciec jak niepyszny. Czuł się jak na mękach, jeszcze chwila i...

– ...przynajmniej się nie nachodziłeś.

Twarz rozciągnęła mu się w szerokim, cielęcym uśmiechu, ujrzał swoje odbicie w jej oczach. Ciołek. Matoł. Osłupiały ze szczęścia.

– Tak, chyba się nie nachodziłem.

– Mój Boże – powiedziała, odchylając się do tyłu, żeby mu się przypatrzyć, z kieliszkiem martini przyciśniętym do piersi.

– Co takiego?

– Czujesz się tu tak samo obco jak ja, prawda, żołnierzu?

Kiedy usiadła na tylnym siedzeniu taksówki obok swej przyjaciółki, Lindy Cox, która pochylając się do przodu, mówiła taksówkarzowi, dokąd ma je zawieźć, przysunęła głowę do szyby.

– Dolores – powiedział Teddy.

– Edward.

Roześmiał się.

– Co się stało?

– Nic takiego – odparł, podnosząc rękę.

– A właśnie, że tak.

– Nikt na mnie nie mówi Edward oprócz mojej matki.

– No to niech będzie Teddy.

– Tak.

Napawał się brzmieniem swego imienia w jej ustach.

– Teddy – powtórzyła, jakby ćwiczyła wymawianie.

– Hej, nie znam nawet twojego nazwiska – powiedział.

– Chanal.

Uniósł brew ze zdziwieniem.

– Wiem. Brzmi pretensjonalnie i w ogóle nie pasuje do reszty mojej osoby.

– Mogę do ciebie zadzwonić?

– Masz głowę do liczb?

Teddy uśmiechnął się.

– Właściwie...

– Winter Hill, sześć-cztery-trzy-cztery-sześć.

Stał na chodniku, odprowadzając wzrokiem taksówkę i wspomnie-nie jej twarzy tuż przy swojej twarzy – za szybą taksówki, w tańcu –

163

omal nie poraziło mu mózgu, niemal wypierając z niego jej nazwisko i numer telefonu.

Więc to takie uczucie być zakochanym, pomyślał sobie. Wbrew wszelkiej logice – przecież prawie jej nie znał. Ale zakochał się. Spotkał kobietę, z którą łączyła go jakby tajemna więź, zadzierzgnięta, zanim jeszcze się narodził. Spełnienie wszelkich marzeń, jakim nigdy nie śmiał się oddawać.

Dolores. Myślała teraz o nim w ciemnościach taksówki, czując go tak, jak on czuł ją.

Dolores. Wszystko, czego potrzebował w życiu, oblekło się teraz w ciało, miało imię.

Teddy przekręcił się na łóżku na bok i opuścił rękę do podłogi. Po chwili wymacał notes i pudełko zapałek. Zapalił pierwszą zapałkę o kciuk i trzymał ją nad kartką, na której pisał na deszczu. Zużył cztery zapałki, nim zdołał przyporządkować cyfrom odpowiednie litery:

18–1–4–9–5–4–19–1–12–4–23–14–5

R-A-D-I-E-D-S-A-L-D-W-N-E

Lecz kiedy już się z tym uporał, rozszyfrowanie wiadomości nie zajęło mu dużo czasu. Jeszcze dwie zapałki i Teddy spoglądał na odcyfrowane imię i nazwisko przez płomyk pełgający po drewienku w stronę jego palców.

Andrew Laeddis.

Zapałka coraz mocniej grzała go w palce, a on spojrzał na Chucka, pogrążonego we śnie dwa łóżka dalej. Oby tylko nie ucierpiała na tym jego kariera. Nie powinna. Teddy weźmie całą winę na siebie. Chuck się z tego wywinie. Roztaczał wokół siebie pomyślną aurę – choćby nie wiem, co się działo, Chuck zawsze spadnie na cztery łapy.

Przeniósł spojrzenie z powrotem na kartkę, zdążył popatrzeć na nią jeszcze raz, nim zgasła zapałka.

Dopadnę cię, Andrew. Przynajmniej w ten sposób spłacę dług wobec Dolores, jeśli nie potrafię oddać dla niej życia.

Znajdę cię. I zabiję.

DZIEŃ TRZECI

SZEŚĆDZIESIĄTY ÓSMY
PACJENT

14

Główny impet uderzenia huraganu spadł na dwa budynki położone poza obrębem szpitala – domy komendanta i doktora Cawleya. Połowa dachu pałacyku Cawleya została zerwana, a dachówki rozrzucone po całym terenie, niczym na poglądowej lekcji pokory. Do salonu komendanta, mimo zabezpieczeń z płyty pilśniowej, wdarło się przez okno drzewo i tak pozostało, z korzeniami sterczącymi pośrodku pokoju.

Teren szpitala usłany był muszlami i gałęziami i zalany kilkucentymetrową warstwą wody. Dachówki, kilka zdechłych szczurów, mnóstwo namokniętych jabłek, wszystko dookoła było zapiaszczone. Fundamenty budynku szpitala wyglądały tak, jakby ktoś potraktował je młotem pneumatycznym. Oddział A stracił cztery okna, a blacha na dachu w kilku miejscach zwinięta była w rulon. Dwa bungalowy mieszkalne zostały obrócone w gruz, a ściany pozostałych leżały na ziemi. Oddział B uchował się nietknięty, bez draśnięcia. Wszędzie na wyspie było widać nagie, ostre czubki drzew z odłamanymi koronami.

Powietrze znów stało się ciężkie i zastygłe. Miarowo siąpiła mżawka. Na brzegu walały się śnięte ryby. Kiedy rano wyszli na zewnątrz, w łączniku natknęli się na podrygującą na chodniku flądrę, jednym smutnym, wyłupiastym okiem spoglądającą w stronę morza.

Teddy i Chuck patrzyli, jak McPherson wraz ze strażnikiem podnoszą przewróconego na bok dżipa. Po włączeniu zapłonu udało się McPhersonowi uruchomić silnik dopiero za piątym razem i zaraz wyjechał z rykiem przez bramę. Po minucie Teddy dojrzał dżipa pokonującego pochyłość za szpitalem, zmierzającego w stronę fortu.

Na teren szpitala wszedł Cawley, przystanął, żeby podnieść odłamek ze swojego dachu, popatrzył na niego i rzucił go na mokrą ziemię. Dwukrotnie omiótł spojrzeniem Teddy'ego i Chucka, zanim rozpoznał ich w białych strojach posługaczy, czarnych pelerynach przeciwdeszczowych i kapeluszach. Posłał im ironiczny uśmiech i już kierował się w ich stronę, kiedy z budynku wyłonił się lekarz z przewieszonym przez szyję stetoskopem i zaraz do niego podbiegł.

– Dwójka wysiadła. Nie możemy jej naprawić. A mamy dwóch pacjentów w stanie krytycznym. Nie uratujemy ich, John.

– Gdzie jest Harry?

– Harry próbuje przywrócić napięcie, ale bez powodzenia. Jaki pożytek z zasilania awaryjnego, jeśli podczas awarii niczego nie zasila?

– Dobra, zajmiemy się tym.

Lekarze pospiesznie weszli do środka.

– Nawalił im generator awaryjny? – zdziwił się Teddy.

– Najwyraźniej takie rzeczy się zdarzają w czasie huraganu – doszedł do wniosku Chuck.

– Widzisz gdzieś włączone światła?

Chuck obejrzał okna.

– Nie.

– Cały system padł? Jak myślisz?

– Całkiem możliwe – odparł Chuck.

– To by znaczyło, że ogrodzenie też.

Chuck wyłowił butem jabłko z wody i podniósł. Zamachnął się do tyłu i robiąc wykrok do przodu, cisnął nim o mur. – Rzuuut pieeerwszy! – zawołał i zwracając się do Teddy'ego dodał: – Tak, to by znaczyło, że ogrodzenie też.

– I pewnie wszystkie zabezpieczenia elektryczne. Drzwi. Bramy.

– Miłościwy Boże, miej nas w swojej opiece – powiedział Chuck; podniósł następne jabłko, przerzucił je nad głową i złapał za plecami. – Czyżbyś miał ochotę wybrać się do fortu?

Teddy wystawił twarz na siąpiący deszcz.

– Wymarzony dzień na taką wyprawę.

Na teren szpitala wjechał dżip, rozbryzgując kołami wodę. Siedzący za kierownicą komendant, któremu towarzyszyło trzech strażników, zauważył Teddy'ego i Chucka stojących bezczynnie na dziedzińcu i ten widok najwyraźniej go rozdrażnił. Wziął ich za posługaczy, domyślił się Teddy, tak jak wcześniej Cawley, i zirytował się, że wałęsają się bez grabi czy pomp. Ale zaabsorbowany ważniejszymi sprawami, pojechał dalej, patrząc prosto przed siebie. Teddy uświadomił sobie, że nie słyszał jeszcze głosu komendanta, i zastanawiał się, czy jest ciemny jak jego włosy, czy jasny jak jego cera.

– No to w drogę – powiedział Chuck. – Trzeba wykorzystać sprzyjające okoliczności.

Teddy ruszył w kierunku bramy.

Chuck dogonił go po chwili.

– Zagwizdałbym, ale zaschło mi w gardle.

– Masz pietra? – spytał Teddy żartobliwie.

– Robię w portki ze strachu, tak to się chyba mówi – rzekł Chuck, miotając kolejnym jabłkiem.

Doszli do bramy. Trzymający przy niej straż wartownik miał chłopięcą twarz i okrutne oczy.

– Wszyscy posługacze mają się zgłosić u pana Willisa w biurze administracji – oznajmił. – Jesteście przydzieleni do sprzątania.

Chuck i Teddy spojrzeli po swoich białych koszulach i spodniach.

– Jajka à la Benedict* – powiedział Chuck.

Teddy skinął z aprobatą.

– Dziękuję. Właśnie się zastanawiałem. A lunch?

– Reuben** z cienko pokrojonymi plasterkami wołowiny lub indyka, do wyboru.

Teddy odwrócił się do wartownika, mignął mu przed oczami odznaką.

– Nasze mundury są w pralni.

Wartownik spojrzał na odznakę, potem na Chucka, i czekał na dalszy rozwój wypadków.

Chuck westchnął wymownie, wyjął portfel, otworzył go i podsunął wartownikowi pod nos.

– Jaką sprawę macie do załatwienia poza obrębem szpitala? Pacjentka już się znalazła.

Teddy doszedł do wniosku, że wszelkie wyjaśnienia z ich strony byłyby dowodem słabości i ten mały gnojek zyskałby nad nimi

---

*Jajko podawane w opiekanej bułeczce z kanadyjskim bekonem i sosem Hollandaise (przyp. tłum.).

**Tradycyjna przystawka reuben składa się z plastrów wołowiny i sera szwajcarskiego na żytniej grzance, polanych sosem tysiąca wysp (przyp. tłum.).

przewagę. Teddy miał już do czynienia z takimi dupkami podczas wojny w swojej kompanii. Niewielu z nich wróciło do domu, a Teddy często zastanawiał się, czy ktokolwiek naprawdę żałował tych, którzy zginęli. Nie można było do takiego gnojka nijak dotrzeć, niczego go nauczyć. Ale wiedząc, że czuje respekt przed siłą, można było sprawić, że w końcu spuszczał z tonu.

Teddy podszedł do wartownika, szukał wzrokiem jego spojrzenia i czekał, aż ten popatrzy mu w oczy.

– Idziemy na spacer.

– Nie macie upoważnienia.

– Owszem, mamy. – Teddy przysunął się i chłopak musiał podnieść na niego oczy. Czuł na twarzy jego oddech. – Jesteśmy szeryfami federalnymi i przebywamy na terenie instytucji federalnej. To tak jakby upoważnił nas sam Bóg. Nie podlegamy tobie. Nie mamy obowiązku ci się tłumaczyć. Jeśli uznamy za stosowne, możemy odstrzelić ci fiuta i żaden sąd w tym kraju nawet nie rozpatrzy tej sprawy. – Teddy przybliżył się jeszcze o centymetr. – Otwieraj tę pieprzoną bramę.

Chłopak starał się nie uciekać wzrokiem. Przełknął ślinę. Próbował nadać swemu spojrzeniu hardy wyraz.

– Powtarzam: otwieraj...

– Dobrze.

– Nie dosłyszałem – powiedział Teddy.

– Tak jest.

Teddy wypuścił powietrze przez nos, świdrując go surowym wzrokiem.

– Tak trzymaj, synu. Czołem.

– Czołem – odparł odruchowo wartownik, a grdyka wyraźnie się uwypukliła na jego szyi.

Przekręcił klucz w zamku i odsunął skrzydło bramy. Teddy przeszedł, nie oglądając się za siebie.

Ruszyli na prawo, posuwając się wzdłuż muru.

– Niezłe zagranie z tym „czołem" – odezwał się po chwili Chuck.

Teddy spojrzał na niego.

– Mnie też się podobało.

– W wojsku pewnie byłeś ostry, co?

– Jako sierżant miałem pod swoją komendą bandę dzieciaków. Połowa z nich zginęła, nie wiedząc nawet, jak to jest być z kobietą.

170

Łagodnością z takimi nic nie zdziałasz, musisz ich zastraszyć, psiamać, żeby mieć u nich posłuch.

– Tak jest, sierżancie. Słusznie prawicie. – Chuck wyprężył się i zasalutował. – Chociaż na wyspie nie ma prądu, to chyba nie zapominasz, że bądź co bądź zamierzamy wedrzeć się do fortu?

– Mam to na uwadze, nie martw się.

– Wykombinowałeś coś?

– Jeszcze nie.

– Jest otoczony fosą? Jak myślisz? To dopiero by było.

– Może na blankach trzymają w pogotowiu kadzie z gorącym olejem.

– A łucznicy? – powiedział Chuck. – Jeśli są łucznicy, Teddy...

– A my nie mamy kolczug.

Przeszli przez zwalone drzewo, grunt był podmokły, śliski od mokrych liści. Dostrzegli w oddali fort, prześwitujący między poszarpaną roślinnością, jego wysokie szare mury; widzieli też koleiny wyżłobione przez dżipy kursujące od rana do fortu i z powrotem.

– Ten wartownik w zasadzie miał rację – rzekł Chuck.

– Niby dlaczego?

– Skoro Rachel się znalazła, nasza władza tutaj straciła swoją podstawę. Jeśli nas przyłapią, szefie, w żaden sposób nie zdołamy się sensownie z tego wytłumaczyć.

Teddy czuł rozpryśnięte odłamki zieleni pulsujące mu za oczami. Był wyczerpany, lekko oszołomiony. Cztery godziny snu po tak silnej dawce leku, i to snu wypełnionego koszmarami, to stanowczo za mało. Krople deszczu ze stukiem uderzały o jego kapelusz, zbierały się w rondzie. W głowie mu szumiało, ledwo zauważalnie, lecz nieustannie. Gdyby dzisiaj do przystani przybił prom – w co jednak wątpił – jakaś jego cząstka pragnęła wskoczyć na pokład i odpłynąć. Wyrwać się z tej pieprzonej wysepki. Ale wtedy cała wyprawa poszłaby na marne; nie zdobywszy żadnych dowodów dla senatora Hurly'ego czy choćby świadectwa zgonu Laeddisa, wracałby z pustymi rękami, przegrany. Nadal bliski samobójstwa, a do tego jeszcze z ciążącym mu na sumieniu poczuciem, że nie uczynił nic, aby zmienić ten stan rzeczy.

Otworzył machnięciem notes i podsunął go Chuckowi.

– Pamiętasz te stosy kamieni usypane przez Rachel? Oto rozszyfrowana wiadomość.

Chuck osłonił notes stulonymi dłońmi, przysunął blisko do siebie.

– Więc jednak tu jest.

– Tak.

– Myślisz, że to właśnie pacjent sześćdziesiąty siódmy?

– Wszystko za tym przemawia. Teddy zatrzymał się przy skale wystającej pośrodku błotnistego stoku.

– Możesz się wycofać, Chuck. Ty nie musisz się w to pakować.

Chuck popatrzył na niego, plasnął notatnikiem o rękę.

– Jesteśmy szeryfami federalnymi, Teddy. Co nakazuje nam etyka zawodowa?

Teddy się uśmiechnął.

– Brać szturmem drzwi.

– Bierzemy szturmem drzwi, i to pierwsi. Nie czekamy na wsparcie, kiedy czas ucieka. Nie oglądamy się na krawężników, tylko szturmujemy te pieprzone drzwi.

– O tak.

– No to wszystko jasne – odparł Chuck, oddał mu notatnik i razem ruszyli w kierunku fortu.

Kiedy od fortu oddzielała ich jedynie kępa drzew oraz wąski pas pola i mogli się mu dokładniej przyjrzeć, Chuck wypowiedział na głos to, co Teddy pomyślał:

– Mamy przerąbane.

W wielu miejscach huragan powyrywał z ziemi ogrodzenie opasujące warownię. Kilka jego odcinków leżało płasko na ziemi, inne ciśnięte zostały aż do odległej linii drzew, a reszta ogrodzenia zwisała bezużytecznie.

Ale okolicę patrolowali uzbrojeni strażnicy. Dookoła fortu stale krążyło parę dżipów. Przed murami zbierał szczątki oddział posługaczy, a druga grupa zmagała się z potężnym drzewem, które utkwiło między blankami. Fosy nie było, lecz do fortu wiodło tylko jedno wejście, przez małe czerwone drzwi z karbowanego żelaza, osadzone pośrodku muru. Na blankach trzymali straż wartownicy z karabinami w ręku, w kilku wąskich okienkach wyciętych w kamieniach widniały kraty. Nigdzie w polu widzenia nie było pacjentów, w kajdanach czy bez. Sami strażnicy i posługacze, mniej więcej w równej liczbie.

172

Teddy zobaczył, że na skraju muru, pomiędzy dwoma rozstępującymi się wartownikami, pojawiło się kilku posługaczy. Zawołali do swoich kolegów w dole, żeby się odsunęli. Dopchnęli do krawędzi muru gruby pień, ciągnęli i napierali na niego, aż wysunięty za blankę zaczął się kołysać. Potem posługacze wycofali się i zniknęli Teddy'emu z oczu. Pchali pień od tyłu, aż przesunął się o kolejny metr, przechylił i przy akompaniamencie ostrzegawczych wrzasków runął w dół, i roztrzaskał się o ziemię. Posługacze wrócili na skraj muru, spojrzeli na swoje dzieło i zaczęli sobie nawzajem gratulować.

– Musi tu być jakiś kanał, nie? – odezwał się Chuck. – Do odprowadzania ścieków do morza czy coś w tym rodzaju. Można by spróbować tamtędy.

Teddy potrząsnął głową.

– Szkoda zachodu. Po prostu wejdziemy do środka.

– Aha. Tak jak Rachel czmychnęła z oddziału B? Rozumiem. Pożyczymy od niej czapkę-niewidkę. Świetny pomysł.

Widząc pełną powątpiewania minę Chucka, Teddy dotknął kołnierza swego sztormiaka.

– Nie mamy na sobie służbowych mundurów. Domyślasz się, o co mi chodzi?

Chuck spojrzał na posługaczy porządkujących teren przed murami, dostrzegł jeszcze jednego wychodzącego na zewnątrz z kubkiem gorącej kawy, kłęby pary wiły się na deszczu niczym węże.

– Sprytnie, bracie – rzekł z uznaniem. – Sprytnie.

Palili papierosy i pletli bzdury, idąc do fortu. W połowie drogi natknęli się na strażnika, przewieszony przez ramię karabin dyndał mu leniwie z lufą skierowaną do ziemi.

– Zostaliśmy tu przydzieleni – powiedział Teddy. – Podobno jakieś drzewo zaklinowało się na murach?

Strażnik spojrzał przez ramię.

– Już sobie z nim poradzili.

– To świetnie – rzekł Chuck i obaj z Teddym zaczęli się odwracać.

– Hej, wolnego – zawołał strażnik. – Jest tu jeszcze mnóstwo innej roboty.

– Na dworze pracuje chyba ze trzydziestu chłopa – zauważył Teddy.

– Zgadza się, ale ktoś musi zrobić też porządek wewnątrz. Huragan takiej warowni nie zburzy, ale szkód w środku narobi. Rozumiecie?

– Jasne – odparł Teddy.

– Gdzie jest zespół zajmujący się sprzątaniem? – spytał Chuck strażnika opierającego się o mur przy drzwiach.

Strażnik wskazał kciukiem za siebie i otworzył im drzwi. Weszli do ciemnego pomieszczenia.

– Nie chcę wyjść na niewdzięcznika – oświadczył Chuck – ale za łatwo nam poszło.

– Nie przesadzaj z tą podejrzliwością – odparł Teddy. – Czasami po prostu człowiekowi sprzyja szczęście.

Usłyszeli za sobą odgłos zamykanych drzwi.

– Szczęście – powtórzył Chuck lekko roztrzęsionym głosem. – Więc tak mamy do tego podchodzić?

– Właśnie.

Już od progu uderzył Teddy'ego w nozdrza panujący tu odór. Zapach silnego środka odkażającego, starającego się za wszelką cenę zatuszować smród wymiocin, kału, potu, a przede wszystkim moczu.

Zaraz potem w głębi budynku i na górnych piętrach usłyszeli jakiś zgiełk: odgłosy bieganiny, wrzaski odbite od grubych ścian, zwielokrotnione przez echo, rozchodzące się w wilgotnym powietrzu, nagły skowyt, świdrujący w uszach i zamierający, uporczywe trajkotanie kilku różnych głosów naraz.

– Nie możecie! – krzyczał ktoś. – Nie możecie, kurwa! Słyszycie? Nie możecie. Zabierajcie te... – Głos zamilkł.

Gdzieś nad ich głowami, za łukiem kamiennych schodów jakiś mężczyzna śpiewał „Sto butelek piwa na ścianie". Odśpiewał właśnie siedemdziesiątą siódmą butelkę i zabierał się do siedemdziesiątej szóstej.

Na stoliku, obok papierowych kubków i kilku butelek mleka, stały dwa termosy z kawą. Przy drugim stoliku, u podnóża schodów, siedział strażnik, który przyglądał im się z uśmiechem.

– Pierwszy raz, co?

174

Teddy spojrzał na niego. Stare hałasy przebrzmiały, zastąpiły je nowe, całość zlewała się w dźwiękową orgię, która atakowała uszy ze wszystkich stron.

– Tak. Słyszeliśmy różne historie, ale...

– Przywykniecie – powiedział strażnik. – Do wszystkiego można przywyknąć.

– Święta prawda.

– Jeśli nie macie przydziału na mury, możecie zostawić kurtki i kapelusze tu na dole.

– Kazali nam pójść na mury – oświadczył Teddy.

– A komu tak podpadliście? Tymi schodami wejdziecie na samą górę. Już prawie wszystkich czubków przykuliśmy do łóżek, ale jeszcze paru biega na wolności. Jak zobaczycie któregoś, krzyczcie, jasne? W żadnym razie nie próbujcie sami go obezwładnić. To nie oddział A. Te skurwiele mogą zabić człowieka gołymi rękami. Rozumiemy się?

– Rozumiemy się.

Ruszyli schodami na górę.

– Zaraz, chwila – zawołał za nimi strażnik.

Stanęli, obejrzeli się do tyłu.

Strażnik szczerzył się od ucha do ucha z wyciągniętym w ich stronę paluchem.

Przyjęli postawę wyczekującą.

– Wiem, coście za jedni – oznajmił ze swoistym zaśpiewem strażnik.

Teddy się nie odzywał, Chuck tak samo.

– Wiem, coście za jedni – powtórzył.

– Czyżby? – wydobył z siebie Teddy.

– No. Jesteście dupkami, którym trafił się przydział na mury. Na tym kurewskim deszczu. – Roześmiał się i nadal wytykając ich palcem, walnął drugą dłonią w stolik.

– To właśnie my – odparł Chuck. – Cha, cha.

– Cha, kurwa, cha – powiedział strażnik.

– Rozszyfrowałeś nas, stary, nie ma co – rzekł Teddy, udając, że bierze go na muszkę.

Rechot kretyna niósł się za nimi po schodach.

Zatrzymali się na pierwszej kondygnacji. Przed ich oczami rozciągał się ogromny hol z łukowatym sklepieniem obitym miedzią,

175

z ciemną, wypolerowaną do połysku posadzką. Teddy wiedział, że nie dorzuciłby stąd do przeciwległej ściany nawet jabłkiem czy piłką do baseballu. Hol był pusty, a brama zapraszająco uchylona. Kiedy Teddy przekroczył próg, poczuł się tak, jakby pod żebrami przebiegło mu stado myszy, gdyż pomieszczenie to przypominało mu salę balową ze snu, salę, w której Laeddis namawiał go na kielicha, a Rachel zarąbała swoje dzieci. Różniła się wprawdzie kilkoma szczegółami – sala w jego śnie miała wysokie okna z grubymi kotarami, podłogę wyłożoną parkietem i ciężkie świeczniki, a do środka sączyły się strumienie światła – lecz mimo to wydała mu się bardzo podobna.

Chuck klepnął go w ramię; Teddy poczuł, że pot spływa mu po karku.

– Powtarzam, za łatwo poszło – szepnął Chuck z nikłym uśmiechem. – Gdzie strażnik pilnujący wejścia? Dlaczego brama nie jest zamknięta na klucz?

Teddy'emu stanęła przed oczami Rachel z rozwichrzonymi włosami, z tasakiem w ręku, z dzikim wrzaskiem uganiająca się za dzieciakami.

– Nie wiem.

Chuck przysunął się do niego.

– To pułapka, szefie – syknął mu do ucha.

Teddy ruszył naprzód. Głowa mu pękała. Z niewyspania. Od deszczu. Od stłumionych tupotów i krzyków na górze. Nagle ukazało mu się dwóch chłopców i dziewczynka, trzymali się za rączki, oglądali za siebie. Drżeli.

Doleciał go śpiew: „...zdejmij jedną i w obieg ją puść, pięćdziesiąt cztery butelki piwa...".

Mignęli mu przed oczami: chłopcy i dziewczynka sunęli w rozedrganym powietrzu. Zobaczył żółte tabletki, które Cawley wetknął mu do ręki wczoraj wieczorem, i poczuł wzbierające mdłości.

„Pięćdziesiąt cztery butelki piwa na ścianie, pięćdziesiąt cztery butelki...".

– Musimy zawrócić, Teddy. Musimy się stąd wynosić. To wszystko jest cholernie podejrzane. Przecież obaj to czujemy.

Nagle w drzwiach w drugim końcu pomieszczenia stanął mężczyzna.

176

Był bosy, obnażony do pasa, ubrany jedynie w spodnie od piżamy. Miał ogoloną do skóry głowę; tyle tylko było widać, reszta rysów tonęła w mroku.

– Cześć! – odezwał się do nich.

Teddy przyspieszył kroku.

– Berek! Teraz ty gonisz! – zawołał pacjent i ruszył biegiem od progu.

Chuck zrównał się z Teddym.

– Na miłość boską, szefie!

On gdzieś tu był. Laeddis. Teddy wyczuwał jego obecność.

Dotarli do końca holu. Mieli przed sobą strome kamienne schody, które z jednej strony opadały w mrok, a z drugiej wznosiły się w kierunku krzyków i trajkotów, rozlegających się teraz głośniej. Teddy usłyszał szczęk metalu i chrzęst łańcuchów. Usłyszał głos wołający:

– Billings! Już dobrze, chłopie! Opanuj się! Tu nie ma dokąd uciec. Rozumiesz?

Nagle ktoś sapnął Teddy'emu koło ucha. Obrócił się w lewo, zobaczył ogolony łeb dwa centymetry od siebie.

– Teraz ty gonisz – oświadczył mężczyzna i dotknął palcem wskazującym ramienia Teddy'ego.

Teddy spojrzał mu w twarz połyskującą w ciemności.

– Teraz ja gonię – odparł.

– Oczywiście, jestem tak blisko, że wystarczyłby twój lekki ruch nadgarstka i znowu ja bym był berkiem, ale potem ja bym cię klepnął, i moglibyśmy tak klepać się na zmianę całymi godzinami, nawet cały dzień – mówił mężczyzna – i na zmianę stawalibyśmy się berkiem, nie robilibyśmy przerwy na lunch ani nawet na kolację, moglibyśmy to ciągnąć bez końca.

– Ale co to by była za zabawa? – odezwał się Teddy.

– Wiesz, co tam jest? – Mężczyzna wyciągnął rękę w kierunku schodów. – W morzu?

– Ryby – odparł Teddy.

Mężczyzna skinął głową.

– Ryby. Bardzo dobrze. Ryby, tak. Mnóstwo ryb, ale, tak, ryby, bardzo dobrze, ryby, tak, ale jeszcze, jeszcze co? Okręty podwodne. Właśnie. Radzieckie okręty podwodne. Trzysta, czterysta kilometrów od naszego brzegu. Słyszymy o tym, nie? Mówią o tym w wiadomościach. Jasne.

Ale my się tym nie przejmujemy. W gruncie rzeczy zapominamy o tym. To znaczy, owszem, w porządku, są radzieckie okręty, dzięki za informację. I to wszystko. Przeszliśmy nad tym do porządku dziennego. Wiemy, że kryją się w morzu niedaleko naszego wybrzeża, ale nie myślimy o tym. Racja? A one tam są, uzbrojone w rakiety wycelowane w Nowy Jork i Waszyngton, w Boston. Są tam i czają się. Czy to cię nie przeraża?

Teddy słyszał Chucka, który stał obok, wolno oddychając, czekając na swoją kolej.

– Jak słusznie zauważyłeś – odparł Teddy – wolę o tym nie myśleć.

Mężczyzna chrząknął z aprobatą i pogładził się po szczecinie porastającej mu brodę.

– Docierają tu do nas różne wiadomości. Dziwi cię to, nie? Ale tak jest. Zjawia się nowy, opowiada nam to i owo. Strażnicy też gadają. Wy, posługacze, też gadacie. A my swoje wiemy, wiemy. Co dzieje się na świecie. O próbach z bombą wodorową, o atolach. Wiesz, jak działa bomba wodorowa?

– Wykorzystuje wodór? – powiedział Teddy.

– Bardzo dobrze. Bardzo sprytnie. Tak, tak. – Facet potakiwał energicznie. – Wykorzystuje wodór. Ale, ale różni się od innych bomb. Zrzuca się bombę, nawet atomową, i ona eksploduje. Zgadza się? Zgadza się. Natomiast bomba wodorowa imploduje. Zapada się w sobie i następuje ciąg wewnętrznych podziałów. Rozszczepia się i rozszczepia. I całe to rozszczepianie co wytwarza? Masę i energię. Widzisz, z jej furii samozniszczenia powstaje całkiem nowy potwór. Rozumiesz to? Rozumiesz? Im większy rozpad, tym większe samounicestwienie, tym potężniejsza moc się wyzwala. A potem, potem? Kurwa, sru! Tylko... łup, bum, świst, gwizd. Unicestwiając siebie, roznosi się. Z implozji robi eksplozję o sile rażenia sto razy, tysiąc razy, milion razy bardziej niszczycielskiej od każdej innej znanej bomby. To jest dziedzictwo, które zostawiamy światu. I nie waż się o tym zapominać. – Poklepał Teddy'ego po ramieniu, jakby stukał w bęben. – Teraz ty berek! Do dziesiątej potęgi!

Zeskoczył po schodach w mrok i tyle go widzieli. Za to słyszeli jego „sru", które wykrzykiwał przez całą drogę na dół.

– „...czterdzieści dziewięć butelek piwa! Zdejmij jedną...".

– Masz rację – powiedział Teddy. – Wynośmy się stąd.

– Nareszcie zmądrzałeś.

Dobiegło ich z góry wołanie:

– Jasna cholera, pomóżcie mi tu, ludzie! Jezu!

Teddy i Chuck spojrzeli do góry i zobaczyli dwóch sczepionych ze sobą mężczyzn, którzy staczali się po schodach. Jeden był w niebieskim stroju strażnika, drugi w szpitalnej bieli. Zatrzymali się z łoskotem na zakręcie schodów. Pacjent wyswobodził rękę, wbił szpony w twarz strażnika tuż pod lewym okiem i wyrwał mu kawałek skóry. Strażnik wrzasnął i szarpnął głowę do tyłu.

Teddy i Chuck pobiegli do góry. Pacjent już miał zatopić szpony w twarzy strażnika po raz drugi, ale Chuck zdążył złapać go za nadgarstek.

Strażnik potarł się pod okiem i rozsmarował krew po całym policzku. Słychać było, jak cała czwórka głośno oddycha, z oddali dolatywała piwna piosenka, facet odśpiewywał czterdziestą drugą butelkę i już zabierał się do czterdziestej pierwszej, kiedy Teddy zobaczył, jak pacjent podnosi głowę, szczerząc zęby, i zawołał: – Chuck, uważaj! – i rąbnął faceta na odlew w czoło, zanim zdążył odgryźć Chuckowi kawałek przedramienia.

– Musisz z niego zejść – zwrócił się do strażnika. – Dalej. Złaź.

Strażnik wyplątał się z nóg pacjenta i wgramolił dwa schodki wyżej. Teddy podszedł do chorego, przygwoździł mu barki do kamiennego podłoża i obejrzał się przez ramię na Chucka, gdy wtem, tuż przy jego twarzy, świsnęła pałka i złamała leżącemu pacjentowi nos.

Teddy poczuł, jak ciało uderzonego wiotczeje.

– Jezu Chryste! – zawołał Chuck.

Strażnik zamierzył się ponownie, ale Teddy zablokował uderzenie łokciem.

Spojrzał strażnikowi w zakrwawioną twarz.

– Hej! Hej! On jest nieprzytomny. Hej!

Ten jednak czuł zapach swojej krwi. Już podnosił pałkę.

– Popatrz na mnie! Popatrz na mnie! – krzyknął Chuck.

Strażnik zwrócił spojrzenie na Chucka.

– Opamiętaj się, do cholery! Słyszysz, co mówię? Opamiętaj się. Facet jest unieszkodliwiony. – Chuck puścił rękę pacjenta, która opadła bezwładnie na pierś. Usiadł pod ścianą, nie odrywał oczu od strażnika. – Słyszysz, co mówię? – powtórzył cicho.

Strażnik wbił wzrok w podłogę, opuścił pałkę. Przytknął połę koszuli do rany na policzku, spojrzał na zakrwawiony materiał.

– Poharatał mi twarz.

Teddy przysunął się, obejrzał rozdarty policzek. Widywał już gorsze rany; ta nie stanowiła śmiertelnego zagrożenia. Ale zostanie po niej paskudna blizna. Żaden chirurg nie zaszyje jej tak, żeby nie było śladu.

– Nic ci nie będzie – uspokoił go. – Założą kilka szwów i po sprawie.

Nad głowami rozległy się odgłosy walki wręcz i rumor przesuwanych sprzętów.

– Macie tu bunt czy co? – spytał Chuck.

Strażnik oddychał głęboko, jego twarz powoli nabierała kolorów.

– Niezupełnie.

– Pacjenci przejęli władzę na oddziale? – dopytywał się lekkim tonem Chuck.

Chłopak popatrzył badawczo na Teddy'ego, potem na Chucka.

– Jeszcze nie.

Chuck wyjął chusteczkę z kieszeni, podał ją strażnikowi.

Chłopak kiwnął głową w podziękowaniu i przycisnął chusteczkę do twarzy. Chuck uniósł za nadgarstek rękę powalonego. Teddy przyglądał się, jak sprawdza puls. Puścił rękę i zajrzał nieprzytomnemu pod powiekę.

– Będzie żył – oznajmił, patrząc na Teddy'ego.

– Zabierzmy go stąd – zakomenderował Teddy.

Chuck i Teddy przerzucili sobie ręce pacjenta przez barki i ruszyli do góry za strażnikiem. Delikwent nie ważył dużo, ale wspinali się wysoko, a jego stopy wciąż zahaczały o przednóżki. Kiedy weszli na szczyt schodów, strażnik obrócił się, wyglądał teraz na starszego, może też nieco mądrzejszego.

– Jesteście szeryfami – powiedział.

– Co takiego?

– Widziałem was zaraz po przyjeździe. – Posłał Chuckowi nikły uśmiech. – Ta blizna na policzku rzuca się w oczy.

Chuck westchnął.

– Co tutaj robicie? – zapytał chłopak.

– Ratujemy ci twarz – odparł Teddy.

Strażnik oderwał chusteczkę, popatrzył na nią i znów ją przycisnął.

– Wiecie, kogo dźwigacie na swoich barkach? – powiedział. – Paula Vingisa. Z Wirginii Zachodniej. Ukatrupił bratu żonę i dwie córki, kiedy ten służył w Korei. Trzymał ciała w piwnicy, no wiecie, używał sobie na nich, kiedy się rozkładały.

Teddy zwalczył nagłą chęć, żeby wysunąć się spod ramienia Vingisa i spuścić bydlaka ze schodów.

– Nie da się ukryć – powiedział chłopak, odchrząknął i zaczął jeszcze raz. – Nie da się ukryć, że już mnie miał.

Spoglądał na nich zaczerwienionymi oczami.

– Jak się nazywasz?

– Baker. Fred Baker.

Teddy podał mu rękę.

– Słuchaj, Fred. Cieszymy się, że mogliśmy ci pomóc.

Chłopak przeniósł wzrok na swoje buty uwalane krwią.

– Pytam jeszcze raz: co tutaj robicie?

– Rozglądamy się – odparł Teddy. – Daj nam kilka minut, a potem znikniemy.

Strażnik zastanawiał się, a Teddy czuł, że wszystko, co wydarzyło się w jego życiu w ciągu ostatnich dwóch lat – utrata Dolores, wytropienie Laeddisa, przypadkowe odkrycie George'a Noyce'a i jego opowieści o eksperymentach na mózgu, nawiązanie kontaktu z senatorem Hurlym, wyczekiwanie na dogodny moment do wyprawy przez zatokę, tak jak w czasie wojny czekali na sprzyjające warunki przed lądowaniem w Normandii – wszystko to wisiało teraz na włosku, w tej przedłużającej się chwili namysłu strażnika.

– Wiecie co? – odezwał się w końcu chłopak. – Pracowałem w różnych niebezpiecznych miejscach. W aresztach, więzieniu o maksymalnie zaostrzonym rygorze, w innym szpitalu dla obłąkanych przestępców... – Popatrzył na drzwi i oczy rozszerzyły mu się jak przy ziewnięciu, tylko że usta pozostały zamknięte. – Tak. Mam sporo doświadczenia. Ale ta placówka? – Spoglądał im prosto w oczy. – Rządzi się własnymi prawami.

Wpatrywał się w Teddy'ego, a on próbował odczytać odpowiedź w znużonym, nieprzeniknionym spojrzeniu chłopaka.

– Kilka minut? W porządku – powiedział strażnik, kiwając głową. –

Nikt się nie połapie w tym kurewskim bałaganie. Macie kilka minut, a potem się wynosicie, zgoda?

– Jasne – rzekł Chuck.

– I jeszcze jedno. – Chłopak uśmiechnął się blado, kładąc rękę na klamce. – Postarajcie się utrzymać przy życiu przez te kilka minut, dobrze? Byłbym wam za to wdzięczny.

15

Przeszli do pomieszczenia, w którym mieściły się cele z granitowymi ścianami i posadzkami biegnącymi przez całą długość fortu, pod łukami szerokimi na trzy metry i wysokimi na pięć. Jedyne światło wpadało do środka przez wysokie okna na krańcach pomieszczenia, ze sklepienia kapała woda, tworząc na posadzce kałuże. Pogrążone w ciemności cele ciągnęły się po ich obu stronach.

– Główny generator wysiadł o czwartej nad ranem. Zamki do cel są sterowane elektronicznie. To „ulepszenie" wprowadzono stosunkowo niedawno. O kant dupy by to potłuc – mówił z przekąsem Baker. – O czwartej otworzyły się wszystkie cele. Na szczęście da się je zamknąć ręcznie, dlatego udało nam się zagonić większość pacjentów z powrotem do cel i pozamykać na siedem spustów. Ale jakiś kutas dorwał gdzieś klucz. Zakrada się i wypuszcza ich po jednym. Ucieka i wraca.

– Taki łysy? – spytał Teddy.

Strażnik popatrzył na niego.

– Łysy? Tak. Wciąż nam się wymyka. Przypuszczamy, że to jego sprawka. Nazywa się Litchfield.

– Bawi się w berka na klatce schodowej na dole, minęliśmy go po drodze.

Baker poprowadził ich do trzeciej celi po prawej stronie i otworzył drzwi:

– Wrzućcie go do środka.

Odszukanie pryczy w ciemnościach zabrało im kilka sekund. Zaraz potem Baker włączył latarkę i skierował jej promień do wnętrza celi. Położyli Vingisa na łóżku, a ten jęknął i w nozdrzach pojawiły mu się pęcherzyki krwi.

– Muszę ściągnąć posiłki i ruszyć za Litchfieldem – oświadczył Baker. – W piwnicy trzymamy osobników, których nawet nie karmimy, jeśli w pomieszczeniu nie ma sześciu strażników. Jak oni się wydostaną z cel, zrobi się, kurwa, prawdziwe piekło.

– Przede wszystkim potrzebny jest lekarz – powiedział Chuck.

Baker znalazł róg chusteczki nienasiąknięty jeszcze krwią i przytknął ją z powrotem do rany.

– Jakoś wytrzymam.

– To o niego się martwię – wyjaśnił Chuck.

Baker spojrzał na nich przez kraty.

– Dobra. W porządku. Odszukam lekarza. A wy dwaj? Uwiniecie się w rekordowym tempie, zgoda?

– Zgoda. Ale sprowadź tu lekarza – powiedział Chuck, kiedy wychodzili z celi.

Baker przekręcił klucz w zamku.

– Już się robi.

Ruszył z kopyta, ominął trzech strażników, którzy wlekli do celi brodatego olbrzyma, i pobiegł dalej.

– Co teraz? – spytał Teddy. W oddali widział uczepionego kraty okiennej mężczyznę i strażników odwijających wąż strażacki. Wzrok powoli się przyzwyczajał do nikłego światła docierającego do korytarza, ale cele wciąż tonęły w mroku.

– Muszą gdzieś tu trzymać akta pacjentów – rzekł Chuck. – Chociażby z podstawowymi informacjami na potrzeby ewidencji i opieki medycznej. Ty rozejrzyj się za Laeddisem, a ja poszukam akt.

– Domyślasz się, gdzie je przechowują?

Chuck obejrzał się w stronę drzwi.

– Sądząc po hałasach, im wyżej, tym bezpieczniej. Myślę, że administracja mieści się na górze.

– Dobra. Gdzie i kiedy się spotykamy?

– Za piętnaście minut?

Strażnicy zdążyli już rozwinąć wąż i puścili strumień wody, zmietli pacjenta z krat, rozłożyli go na podłodze.

W niektórych celach rozległy się oklaski, w innych jęki, tak głębokie i żałosne, jakby dochodziły z pola walki.

– Piętnaście minut powinno starczyć. Spotkamy się w tym wielkim holu?

– Jasne.

Uścisnęli sobie ręce. Chuck miał wilgotną dłoń, nerwowo oblizywał górną wargę.

– Uważaj na siebie, Teddy.

Wtem drzwi wejściowe otworzyły się z hukiem i przebiegł obok nich jakiś pacjent. Miał bose, brudne stopy i pędził, jakby trenował do zawodów o wysoką stawkę – płynne susy zestrojone były z wymachami rąk, zadającymi ciosy niewidzialnemu przeciwnikowi.

– Postaram się – odparł Teddy, uśmiechając się do Chucka.

– No to na razie.

– Na razie.

Chuck podszedł do wyjścia. Odwrócił się do Teddy'ego, a ten skinął głową.

Kiedy Chuck otworzył drzwi, od strony klatki schodowej nadeszło dwóch posługaczy. Gdy Chuck zniknął za rogiem, jeden z nich zwrócił się do Teddy'ego:

– Nie przebiegała czasem tędy Wielka Nadzieja Białych?

Teddy spojrzał do tyłu, zobaczył pacjenta przebierającego nogami w miejscu i okładającego pięściami powietrze.

Wskazał go ręką i cała trójka ruszyła w stronę pacjenta.

– To były bokser? – spytał Teddy.

– Trafiłeś do nas z plaży, co? Z oddziałów wypoczynkowych? – odezwał się posługacz po jego lewej, czarnoskóry mężczyzna, wyższy i starszy od swego kolegi. – Jak by to powiedzieć? Ten tutaj, Willy, wierzy, że trenuje do walki z Joe Louisem w Madison Square. Nawet jest niezły.

Zbliżali się do pacjenta, który zawzięcie młócił powietrze.

– Nie damy mu rady we trójkę – ocenił Teddy.

Murzyn parsknął śmiechem.

– Sam sobie z nim poradzę. Jestem jego menedżerem. Nie wiedziałeś? Hej, Willy! – zawołał. – Czas na masaż, stary. Do walki została już tylko godzina.

– A po kiego mi masaż? – odparł Willy, wyprowadzając serię szybkich, lekkich ciosów.

– Nie mogę dopuścić do tego, żeby kura znosząca dla mnie złote jaja nagle dostała kurczu – powiedział posługacz. – Słyszysz?

184

– Kurcz chwycił mnie tylko wtedy, kiedy biłem się z Jerseyem Joem.

– I wiesz, jak to się skończyło.

Willy opuścił ręce.

– Co racja, to racja.

– Do sali ćwiczeń marsz – zakomenderował posługacz, zamaszystym ruchem wskazując celę po lewej.

– Tylko precz z łapskami. Nie lubię, jak mnie ktoś dotyka przed walką. Wiesz przecież.

– Jasne, że wiem, zabijako. – Posługacz otworzył celę. – Ładuj się do środka.

Willy ruszył w kierunku celi.

– Słychać ich, nie? Wiwatujące tłumy na trybunach.

– Ma się rozumieć, stary, ma się rozumieć.

Teddy i drugi posługacz szli dalej.

– Jestem Al – przedstawił się posługacz, podając Teddy'emu brązową dłoń.

Teddy uścisnął mu rękę.

– Teddy. Miło mi, Al.

– Dlaczego jesteście poubierani jak do pracy na dworze, Teddy?

Teddy popatrzył na swój sztormiak.

– Dostaliśmy przydział na mury. Ale zobaczyliśmy pacjenta na schodach, ścigaliśmy go aż tutaj. Pomyśleliśmy, że przyda się wam wsparcie.

Grudki kału plasnęły o posadzkę tuż obok nogi Teddy'ego i w mroku mijanej celi ktoś zarechotał. Teddy spoglądał niewzruszony prosto przed siebie i szedł równym krokiem.

– Radzę ci trzymać się jak najbliżej środka korytarza – powiedział Al. – Ale nawet tam można oberwać. Nam to się zdarza co najmniej raz na tydzień. Widzisz gdzieś swojego uciekiniera?

Teddy potrząsnął głową.

– Nie, ja...

– O w mordę – przerwał mu Al.

– Co?

– Ja widzę mojego.

Sadził prosto na nich, cały mokrzuteńki, a Teddy zobaczył, że strażnicy rzucają wąż i ruszają w pogoń. Był niewysoki, rudowłosy, pokryta

185

wągrami twarz wyglądała, jakby obsiadł ją rój pszczół, a zaczerwienione oczy pasowały do koloru włosów. Uskoczył w prawo w ostatniej chwili, trafiając w lukę, gdy ramiona Ala śmignęły mu nad głową; mały rudzielec padł na kolana, przeturlał się i zerwał na nogi.

Al rzucił się za nim w pościg, zaraz potem minęli Teddy'ego strażnicy z uniesionymi pałkami, przemoczeni tak jak zbieg, którego gonili.

Teddy już miał się do nich przyłączyć, powodowany choćby instynktem łowczym, gdy wtem doleciał go szept:

– Laeddis.

Stał pośrodku pomieszczenia, czekając, aż zabrzmi ponownie. Nic. Zbiorowe zawodzenie, które na chwilę uciszył pościg za małym rudzielcem, wzbierało na nowo, początkowo jako buczenie pośród pobrzękiwania basenów.

Teddy'emu przyszły na myśl żółte tabletki. Jeśli Cawley podejrzewał, naprawdę podejrzewał, że on i Chuck są...

– Laed. Dis.

Odwrócił się twarzą w kierunku trzech cel po prawej stronie korytarza. Skrywała je ciemność. Teddy czekał, wiedząc, że jest widoczny dla tego, kto do niego przemówił; zastanawiał się, czy to Laeddis we własnej osobie.

– Miałeś mnie uratować.

Słowa dochodziły albo z celi pośrodku, albo z tej po lewej. Nie był to głos Laeddisa. Na pewno nie. Ale mimo to wydawał się znajomy.

Teddy przysunął się do krat środkowej celi. Przetrząsnął kieszenie, wyjął pudełko zapałek i potarł zapałką o draskę. Błysnął płomyk i Teddy ujrzał mały zlew i mężczyznę z zapadniętymi żebrami, który klęcząc na łóżku, gryzmolił po ścianie. Obejrzał się przez ramię. To nie był Laeddis. Ani nikt znajomy.

– Przepraszam, ale wolę pracować po ciemku. Z góry dziękuję.

Teddy cofnął się i odwracając się w lewo, spostrzegł, że cała powierzchnia ściany była zapisana równymi linijkami ciasno stłoczonych literek, tak małych, że trzeba by przysunąć twarz do ściany, żeby je odczytać.

Podszedł do następnej celi; zapałka zgasła. Wtedy odezwał się ten sam głos, tym razem z bliska.

– Zawiodłeś mnie.

Teddy'emu trzęsła się ręka i złamał nową zapałkę, kiedy pocierał nią o draskę.

– Mówiłeś, że mnie uwolnisz. Obiecałeś mi.

Teddy potarł kolejną zapałką, która poleciała w głąb celi, niezapalona.

– Kłamałeś.

Trzecia zapałka zasyczała i zapłonęła. Teddy przytknął ją do krat i zajrzał do środka. W lewym rogu celi siedział na pryczy mężczyzna ze spuszczoną głową, z twarzą wciśniętą między kolana, rękami oplecionymi wokół łydek. Czubek głowy miał wygolony, tylko po bokach zostawiono mu szpakowate włosy. Cały jego strój składał się z białych spodenek. Przebiegały go dreszcze, wstrząsając kośćmi rysującymi się pod skórą.

Teddy zwilżył wargi i podniebienie. Spoglądając znad zapałki, zawołał:

– Halo?

– Zgarnęli mnie z powrotem. Mówią, że należę do nich.

– Nie widzę twojej twarzy.

– Mówią, że tu jest mój dom.

– Mógłbyś unieść trochę głowę?

– Mówią, że tu jest moje miejsce. Nigdy stąd nie wyjdę.

– Chcę zobaczyć twoją twarz.

– Po co?

– Chcę zobaczyć twoją twarz.

– Nie poznajesz mnie po głosie? Mimo że tyle ze sobą rozmawialiśmy?

– Pokaż twarz.

– Łudziłem się, że z twojej strony to coś więcej niż czysto zawodowe zainteresowanie. Że się na swój sposób zaprzyjaźniliśmy. A przy okazji, ta zapałka zaraz się wypali.

Teddy wpatrywał się w pasek wygolonej skóry na głowie, dygocące kończyny.

– Mówię ci, kolego...

– Co mi mówisz? Co mi mówisz? Nowe kłamstwa, nic więcej po tobie nie mogę się spodziewać.

– Ja nie...

– Kłamca.

– Mylisz się. Pokaż...

Płomień przypalił mu koniuszek palca wskazującego i bok kciuka; Teddy puścił zapałkę.

Cela zniknęła. Zatrzeszczały sprężyny materaca, rozległ się dźwięk tarcia materiału o kamienną posadzkę i chrzęst kości.

I znów zabrzmiało to nazwisko:

– Laeddis.

Tym razem doleciało z prawej strony celi.

– Nigdy nie chodziło ci o prawdę.

Teddy wyszarpnął z pudełka dwie zapałki, mocno przycisnął jedną do drugiej.

– Nigdy.

Zapalił obie naraz. Łóżko było puste. Przesunął rękę w prawo i ujrzał mężczyznę stojącego w kącie, odwróconego do niego plecami.

– Chodziło?

– Co chodziło? – spytał Teddy.

– O prawdę.

– Tak.

– Nie.

– Tu chodzi o prawdę – zaperzył się Teddy. – O ujawnienie...

– Liczysz się tylko ty. I Laeddis. Zawsze tak było. A mnie traktowałeś jak środek prowadzący do celu.

Mężczyzna obrócił się, zbliżył do niego. Twarz miał rozbitą na miazgę, nabrzmiałą, mieniącą się kolorami purpury, czerni i wiśni. Złamany nos zaklejony był białymi plastrami.

– Jezu – wyrwało się Teddy'emu.

– Ładny widok, co?

– Kto cię tak urządził?

– To twoje dzieło.

– Co ty chrzanisz? Przecież...

Naprzeciw niego, po drugiej stronie krat, stał George Noyce, usta miał jak dętki od roweru, spuchnięte i czarne od szwów.

– Ta twoja gadanina. Ta twoja pieprzona gadanina, a ja i tak znów tu siedzę. Przez ciebie.

Teddy pamiętał ich ostatnie spotkanie w pokoju odwiedzin w więzieniu. Mimo bladej cery Noyce wyglądał wtedy zdrowo, był pełen życia, wiszące nad nim czarne chmury wyraźnie się rozproszyły. Opowiedział nawet dowcip, coś o Niemcu i Włochu, wchodzących do baru w El Paso.

– Patrz na mnie – mówił Noyce. – Nie odwracaj wzroku. Nigdy nie chciałeś zdemaskować tej placówki.

– To nieprawda, George – odparł Teddy dość cichym i opanowanym głosem.

– Właśnie, że tak.

– Nie. Jak myślisz? Co planowałem przez cały ostatni rok? Tę akcję. Tutaj i teraz.

– Ty gnoju!

Teddy poczuł, jak ten krzyk uderza go w twarz.

– Ty gnoju! – wrzasnął po raz drugi Noyce. – Cały ostatni rok planowałeś? Planowałeś zabić. Nic więcej. Zemsta i Laeddis. Tylko o to toczy się ta twoja zasrana gra. Zobacz, do czego to mnie doprowadziło. Znowu tutaj wylądowałem. Nie zniosę tego. Nie zniosę tego przeklętego miejsca. Nie po raz drugi, nie po raz drugi.

– George, posłuchaj. Jak do ciebie trafili? Muszą być jakieś nakazy przeniesienia. Opinie psychiatrów. Akta, George. Dokumenty.

Noyce się roześmiał. Przycisnął twarz do krat, poruszył brwiami.

– Zdradzę ci pewien sekret. Chcesz?

Teddy przybliżył się o krok.

– Prawdziwa bomba... – powiedział Noyce.

– Mów – zachęcił go Teddy.

I Noyce napluł mu w twarz.

Teddy odsunął się, rzucił zapałki i starł rękawem flegmę z czoła.

– Wiesz, w czym specjalizuje się nasz drogi doktor Cawley? – odezwał się w ciemności Noyce.

Teddy sprawdził dłonią czoło i łuk nosa; były suche.

– Urazy na tle doznanej straty, poczucie winy wynikające z ocalenia.

– Nic podobnego – prychnął Noyce. – Agresja. Szczególnie u męskich osobników. Prowadzi nad nią badania.

– To nie on, tylko Naehring.

– Cawley – odparł Noyce. – Za wszystkim stoi Cawley. Z całego kraju przywożą mu najgroźniejszych świrów i bandytów. Jak sądzisz, dlaczego tak mało jest tu pacjentów? I naprawdę myślisz, że ktokolwiek będzie się uważnie przyglądał dokumentom, kiedy w grę wchodzi przeniesienie osobnika znanego z agresji i zaburzeń psychicznych? Czy ty, kurwa, naprawdę tak myślisz?

Teddy zapalił następne dwie zapałki.

– Nie wyrwę się stąd – rzekł Noyce. – Raz mi się udało. Ale drugi raz już się nie uda. Nigdy się nie udaje.

– Tylko spokojnie, tylko spokojnie, George. Jak się do ciebie dobrali?

– Oni o wszystkim wiedzą. Nie rozumiesz? Znają twoje zamiary. Cały plan. Prowadzą z tobą grę. To wszystko to przedstawienie – mówił Noyce, zataczając ręką łuk nad głową – zainscenizowane specjalnie dla ciebie.

– Huragan też dla mnie zamówili, co? – Teddy uśmiechnął się. – Sprytne posunięcie.

Noyce milczał.

– Jak to wytłumaczysz?

– Nie wiem.

– Tak sądziłem. Nie popadajmy w paranoję, dobrze?

– Często zostawiali cię samego? – spytał Noyce, wpatrując się w niego przez kraty.

– Słucham?

– No, odkąd to wszystko się zaczęło, czy chociaż przez chwilę byłeś sam.

– Przez cały czas – odparł Teddy.

– Całkiem sam? – dociekał Noyce, unosząc brew.

– Niezupełnie. Z moim partnerem.

– A co to za jeden ten twój partner?

Teddy wskazał kciukiem za siebie.

– Chuck, ale on jest...

– Niech zgadnę – przerwał mu Noyce. – Nigdy wcześniej z nim nie pracowałeś, mam rację?

Teddy'emu zdawało się, że pomieszczenie z celami nagle zaczyna na niego napierać. Ręce przeszył mu ziąb. Przez chwilę nie mógł wydobyć z siebie słowa, jakby połączenie nerwowe między mózgiem a językiem zostało przerwane.

– To szeryf federalny z Seattle... – przemówił w końcu.

– Nie pracowałeś z nim wcześniej, tak?

– To nie ma znaczenia – odparł Teddy. – Znam się na ludziach. Wiem, z kim mam do czynienia. Ufam mu.

– Na jakiej podstawie?

Na to pytanie nie było prostej odpowiedzi. Czy w ogóle wiadomo, skąd bierze się wiara w drugiego człowieka? Po prostu przychodzi w jednej chwili. Teddy zetknął się na wojnie z ludźmi, którym powierzyłby życie na polu walki, ale broń Boże portfel, kiedy już nie byli pod ostrzałem. Spotkał ludzi, którym powierzyłby i portfel, i żonę, ale nigdy nie odwróciłby się do nich plecami podczas bójki.

Chuck nie musiał mu towarzyszyć w tej wyprawie, mógł zostać w podziemiach i przespać tę gorączkową akcję usuwania szkód, czekając na wiadomość o promie. Ich misja była skończona – Rachel Solando się odnalazła. Chuck nie miał powodu, żeby angażować się w poszukiwania Laeddisa, nie był oddany sprawie udowodnienia światu, że Ashecliff jest kpiną z przysięgi Hipokratesa, ale mimo to stanął u boku Teddy'ego.

– Ufam mu – powtórzył Teddy. – Inaczej nie potrafię tego wyrazić.

Noyce spoglądał na niego smutno spomiędzy metalowych prętów.

– No to już po tobie.

Teddy rzucił wypalone zapałki, wysunął kartonowe pudełeczko, wymacał ostatnią zapałkę. Usłyszał, jak nadal stojący przy kratach Noyce pociąga nosem.

– Proszę – szepnął, a Teddy domyślił się, że płacze. – Proszę.

– O co chodzi?

– Proszę, ratuj mnie. Nie chcę tu umierać.

– Nie umrzesz tutaj.

– Zabiorą mnie do latarni. Wiesz o tym.

– Do latarni?

– Wytną mi mózg.

Teddy potarł zapałkę, zobaczył w błysku płomienia, że Noyce ściska kraty i dygoce, a z opuchniętych oczu tryskają łzy i spływają po nabrzmiałej twarzy.

– Nie zrobią ci tego.

– Idź tam. Zobacz, co to za miejsce. A jeśli wrócisz żywy, powiesz mi, co oni tam wyprawiają. Przekonaj się sam.

191

– Pójdę tam, George, obiecuję. Wydostanę cię stąd.

Noyce opuścił głowę, przycisnął wygoloną czaszkę do prętów i bezgłośnie płakał. Teddy przypomniał sobie ich ostatnie spotkanie w więziennym pokoju odwiedzin. Noyce oświadczył mu wtedy: „Jeśli znowu mnie tam zamkną, zabiję się", a Teddy powiedział: „Nie wrócisz tam".

Kłamał.

Ponieważ oto miał przed sobą Noyce'a. Pobitego, złamanego, zastraszonego.

– George, spójrz na mnie.

Noyce podniósł głowę.

– Uwolnię cię stąd. Musisz jeszcze trochę wytrzymać. Nie rób sobie nic, czego nie da się już naprawić. Słyszysz? Wytrzymaj jeszcze. Wrócę po ciebie.

George Noyce uśmiechnął się przez łzy zalewające mu twarz i powoli potrząsnął głową.

– Nie możesz zabić Laeddisa i jednocześnie ujawnić prawdy o tym zakładzie. Musisz dokonać wyboru. Chyba to rozumiesz?

– Gdzie go trzymają?

– Powiedz, że to rozumiesz.

– Rozumiem. Gdzie go trzymają?

– Musisz wybrać.

– Nikogo nie zabiję, George. Nie zabiję.

I spoglądając przez kraty na Noyce'a, czuł, że mówi prawdę. Jeśli tego wymagało ocalenie tego nieszczęsnego ludzkiego wraka, tej udręczonej ofiary, Teddy wzniesie się ponad osobiste porachunki. Nie zaniecha zemsty. Odłoży ją na później w nadziei, że Dolores to zrozumie.

– Nikogo nie zabiję – powtórzył.

– Kłamiesz.

– Nie.

– Ona umarła. Pogódź się z tym.

Noyce wcisnął uśmiechniętą, zapłakaną twarz między pręty, nie odrywając od Teddy'ego łagodnych, podpuchniętych oczu.

Teddy poczuł nagłe ściśnięcie gardła. Dolores powróciła. Widział ją, jak siedzi na tarasie, spowita mgiełką, w blasku pomarańczowej łuny unoszącej się nad miastem po letnim zachodzie słońca; podnosi głowę, gdy zajeżdża przed dom, a dzieciaki wracają do przerwanej zabawy na środku ulicy; podpierając brodę i z papierosem w ręku, przygląda mu się, jak nadchodzi, a on tego dnia kupił jej kwiaty; jest po prostu jego miłością, jego dziewczyną, która patrzy na niego, jakby chciała utrwalić w pamięci jego postać, chód, te kwiaty i tę chwilę, a on ma ochotę zapytać ją, jaki odgłos wydaje serce, kiedy pęka z rozkoszy, kiedy widok jakiejś osoby wypełnia człowieka do głębi, a jedzenie, krew i powietrze nie mogą go wypełnić, kiedy czuje on, że całe życie było przygotowaniem do jednej tylko chwili, która właśnie nadeszła.

Pogódź się z tym, powiedział Noyce.

– Nie potrafię – odparł Teddy łamiącym się, piskliwym głosem, czując w środku, że chce mu się wyć.

Noyce wygiął się do tyłu i nadal uczepiony prętów przekrzywił głowę tak, że uchem dotykał barku.

– No to nigdy nie wyrwiesz się z tej wyspy.

Teddy się nie odezwał.

Noyce westchnął, jakby to, co zaraz miał powiedzieć, nudziło go tak straszliwie, że gotów był zasnąć na stojąco.

– Zabrali go z oddziału C. Jeśli nie ma go na oddziale A, to pozostaje tylko jedno miejsce, gdzie mogą go trzymać.

Noyce milczał, czekając, aż Teddy sam się domyśli.

– Latarnia – powiedział Teddy.

Noyce skinął głową i zgasła ostatnia zapałka.

Przez całą minutę Teddy stał nieruchomo, patrząc przed siebie w mrok, a potem zatrzeszczały sprężyny łóżka, znak, że Noyce się położył.

Teddy obrócił się, chcąc odejść.

– Hej!

Zatrzymał się, odwrócony plecami do celi, i czekał.

– Niech Bóg ma cię w opiece.

16

Kiedy odwrócił się, żeby ruszyć w powrotną drogę, spostrzegł czekającego na niego Ala, który stał pośrodku granitowego korytarza i przyglądał mu się leniwie.

– Dopadłeś tego drania? – spytał Teddy.

– No pewnie – odparł Al, dołączając do Teddy'ego. – Przebiegły sukinsyn. Ale tutaj nie ma dużego pola manewru. W końcu przyparłem go do muru.

Szli środkiem między celami, a Teddy'emu pobrzmiewało pytanie Noyce'a, czy chociaż przez chwilę był sam. Ciekawe, jak długo Al mu się przyglądał? Teddy odtworzył w myślach przebieg swojego dotychczasowego pobytu na wyspie, usiłując wyłuskać choć jedną chwilę, kiedy był zupełnie sam. Nawet z łazienki korzystał wspólnej, ogólnie dostępnej, i zawsze ktoś był obok, w sąsiedniej kabinie, albo czekał przed drzwiami.

Ale przecież kilka razy wypuszczali się z Chuckiem poza teren szpitala...

Właśnie. Z Chuckiem.

Co tak naprawdę o nim wiedział? Stanęła mu na chwilę przed oczami jego twarz, zobaczył go stojącego na promie, zapatrzonego w dal, w bezkres oceanu.

Wspaniały facet, z miejsca budzący sympatię, swobodny w obejściu. Wymarzony kompan. Z Seattle. Niedawno przeniesiony. Po mistrzowsku grał w pokera. Nienawidził ojca – to jedno nie pasowało do całej reszty. Właściwie jeszcze coś było z nim nie tak, coś, co utkwiło Teddy'emu gdzieś głęboko w zakamarkach umysłu. Co takiego?

Niezdarność. Tego słowa szukał. Ale nie, przecież Chuck w niczym nie wykazywał niezdarności. Toż to uosobienie zręczności. Tak gładki, że wlazłby w tyłek bez wazeliny – Teddy'emu przypomniało się ulubione powiedzonko ojca. Nie, Chuck nie był niezdarą. Ale czy chociaż raz do jego ruchów zakradła się niezgrabność? Tak. Teddy był pewny, że raz się to zdarzyło. Ale nie mógł sobie przypomnieć okoliczności. Nie teraz. Nie tutaj.

A ponadto wszystko to brzmiało niedorzecznie. Chuckowi na pewno można było ufać. Narażał się dla Teddy'ego, włamując się do biurka Cawleya.

Widziałeś, jak się włamywał?

A w tej chwili dobierał się do akt Laeddisa, chociaż mogło to zagrozić jego karierze.

A skąd wiesz?

– Tędy dojdziesz z powrotem do klatki schodowej – odezwał się Al, kiedy stanęli przed drzwiami – a potem schodami do góry. Na mury łatwo trafisz.

– Dzięki.

Teddy zwlekał z otwarciem drzwi, ciekawy, jak długo Al będzie się przy nim kręcił.

Lecz Al tylko skinął mu głową na pożegnanie i pomaszerował w głąb pomieszczenia z celami. To utwierdziło Teddy'ego w przekonaniu, że nikt go tu nie śledzi. Dla Ala Teddy był zwykłym posługaczem. Noyce cierpiał na manię prześladowczą, co było zresztą zrozumiałe, biorąc po uwagę położenie nieszczęśnika. Ale nie zmieniało to faktu, że Noyce po prostu był paranoikiem.

Al odszedł, nie oglądając się za siebie, i Teddy przekręcił gałkę. Uchylił drzwi, ale nie dostrzegł posługaczy ani strażników czających się przy schodach. Był sam. Samiuteńki. Puścił drzwi, które same się za nim zatrzasnęły. Gdy tylko wszedł na schody, zobaczył Chucka: stał na zakręcie, na którym wpadli na Bakera i Vingisa. Ściskał papierosa i szybko, mocno się zaciągał. Spojrzał w górę na nadchodzącego Teddy'ego, obrócił się i raźnym krokiem ruszył przed siebie.

– Mieliśmy się spotkać w holu.

– Mamy gości – odparł Chuck, kiedy Teddy go dogonił i razem skręcili do ogromnego holu.

– O kim mówisz?

– Komendant i Cawley są tutaj. Musimy stąd wiać.

– Zauważyli cię?

– Nie wiem. Byłem w pokoju, gdzie trzymają akta, dwa piętra wyżej. Wychodzę i widzę ich w dole, w drugim końcu holu; Cawley odwraca głowę, a ja dopadam do drzwi i wyskakuję na klatkę schodową.

– Może nie zwrócili na ciebie uwagi.

– Jasne – skitował Chuck w biegu. – Posługacz w sztormiaku i kapeluszu na piętrze wyznaczonym dla administracji? Buszujący w kartotece? O tak, wszystko gra.

Nagle nad ich głowami zapaliły się światła przy wtórze łagodnych trzasków, które brzmiały jak odgłos pękających w wodzie kości. W powietrzu rozeszło się buczenie przeskakujących ładunków elektrycznych, po którym rozległy się wrzaski, wycia i zawodzenia. Teddy i Chuck przez chwilę mieli wrażenie, jakby budynek wokół nich wydźwignął się, a potem opadł. Rozdzwoniły się alarmy, niosąc się echem po korytarzach i przenikając ściany.

– Włączyli zasilanie. W samą porę, nie ma co – rzucił Chuck i ruszył schodami w dół. Do góry pędziło czterech strażników, Chuck i Teddy wtulili się w ścianę, żeby ich przepuścić.

Przy stoliku nadal pełnił dyżur ten sam strażnik. Rozmawiał właśnie przez telefon, patrząc przed siebie zamglonym wzrokiem, lecz na ich widok jakby się ocknął.

– Chwileczkę – powiedział do słuchawki, a do nich, kiedy schodzili już z ostatniego stopnia, zawołał: – Hej, wy dwaj, zaczekajcie!

Przed drzwiami wyjściowymi kłębił się spory tłumek – posługacze, strażnicy, dwóch ubłoconych pacjentów w kajdanach – i Teddy z Chuckiem zaraz się w niego wmieszali, omijając po drodze faceta, który odsuwał się od stolika z napojami i podsunął przy tym Chuckowi niemal pod sam nos kubek z gorącą kawą.

– Hej! Wy dwaj! Hej! – wołał za nimi strażnik.

Teddy i Chuck szli równym krokiem, a pracownicy, słysząc głos dyżurnego, rozglądali się dookoła i zastanawiali się, do kogo się zwraca.

Jeszcze sekunda czy dwie, a zostaną wyłowieni z tłumu.

– Zatrzymać się!

Teddy pchnął ręką drzwi na wysokości piersi.

Ani drgnęły.

– Hej!

Spostrzegł wielką mosiężną gałkę, zupełnie taką samą jak w domu Cawleya, zacisnął na niej dłoń; była śliska od deszczu.

– Musimy pogadać!

Teddy przekręcił gałkę i pchnął drzwi. Po schodkach wchodziło dwóch strażników i Teddy obrócił się i przytrzymał drzwi, przepuszczając Chucka, a strażnik po jego lewej podziękował mu kiwnięciem głowy. Wszedł do środka ze swoim towarzyszem, a Teddy puścił drzwi i zszedł z Chuckiem po schodkach.

Po lewej ujrzał gromadkę identycznie ubranych mężczyzn, którzy mimo mżawki palili papierosy i popijali z kubków kawę; niektórzy opierali się o mur, wszyscy głośno dowcipkowali i zawadiacko wydmuchiwali dym. Teddy i Chuck podeszli do nich, ani na chwilę nie oglądając się za siebie i nasłuchując odgłosu otwieranych drzwi i nawoływań.

– Znalazłeś Laeddisa? – spytał Chuck.

– Nie, ale za to trafiłem na Noyce'a.

– Co takiego?

– To, co słyszałeś.

Przywitali się z posługaczami, którzy uśmiechali się do nich i machali ręką, a Teddy poprosił jednego o ogień. Potem poszli z Chuckiem dalej wzdłuż muru, który ciągnął się chyba przez pół kilometra. Szli, a w powietrzu niosły się okrzyki, które mogły być skierowane do nich; szli, widząc wysoko na murach, piętnaście metrów nad ziemią, sterczące groźnie lufy karabinów.

Dotarli do końca muru i skręcili w lewo na podmokłe pole porośnięte trawą. Zobaczyli, że wyrwane odcinki ogrodzenia zostały wstawione na miejsce, a posługacze zalewali słupki betonem. Widać było, że ogrodzenie zostało naprawione na całej długości, i zrozumieli, że tędy się nie wydostaną.

Zawrócili i tym razem odbili od muru, kierując się na otwarty teren. Teddy wiedział, że jedyna droga wyjścia prowadzi obok posterunku. Od razu wydałoby się podejrzane, gdyby obrali inny kierunek.

– Poradzimy sobie, szefie, nie?

– Jasne.

Teddy zdjął kapelusz, a Chuck poszedł w jego ślady; po chwili ściągnęli sztormiaki i przerzucili sobie przez ramię. Czuli na sobie drobne kropelki deszczu. Na posterunku stał ten sam strażnik i Teddy zwrócił się do Chucka:

– Nie zwalniamy kroku.

– Robi się.

Teddy próbował wyczytać coś z twarzy strażnika. Była zupełnie bez wyrazu i Teddy zadał sobie pytanie, czy jest tak beznamiętna ze znudzenia, czy dlatego, że strażnik szykuje się do starcia.

Mijając go, Teddy pomachał mu ręką, a strażnik powiedział:

– Podstawili ciężarówki.

Szli dalej. Teddy odwrócił się i idąc tyłem, powtórzył:

– Ciężarówki?

– Tak, żeby odwieźć was z powrotem. Radzę wam zaczekać, jedna ruszyła pięć minut temu. Zaraz powinna przyjechać.

– Nieee. Potrzeba nam trochę ruchu na świeżym powietrzu.

Twarz strażnika jakby drgnęła. Może Teddy tylko to sobie uroił, a może strażnik połapał się, że wciskają mu kit.

– Na razie. Cześć.

Teddy obrócił się i ruszył z Chuckiem w kierunku drzew. Wyczuwał na sobie spojrzenie strażnika, wyczuwał spojrzenia całej załogi fortu. Cawley i komendant mogli stać już przed bramą albo na murach. I obserwować.

Dotarli do linii drzew, nikt za nimi nie wołał, nikt nie oddał strzału ostrzegawczego. Weszli głębiej i wtopili się w gęstwinę grubych pni, sponiewieranych gałęzi i liści.

– Jezu – powiedział Chuck. – Jezu, Jezu, Jezu.

Teddy przysiadł na głazie. Cały był zlany potem, miał przesiąkniętą koszulę i spodnie, ale czuł się radośnie podniecony. Serce wciąż waliło mu w piersi, oczy piekły, ścierpła mu skóra na karku i szyi, ale rozpierało go najwspanialsze, poza miłością, uczucie na świecie.

Upojenie odzyskaną wolnością.

Spojrzał na Chucka i nie odrywał wzroku od jego oczu, dopóki obaj nie wybuchnęli śmiechem.

– Mówię ci, Teddy, kiedy wyszedłem zza rogu i zobaczyłem, że ogrodzenie stoi na swoim miejscu, pomyślałem: Niech to szlag, już po nas.

Teddy oparł się plecami o skałę, rozkoszując się uczuciem swobody, jakiego nie zaznał od czasów dzieciństwa. Patrzył, jak siwe chmury na niebie przecierają się i prześwituje przez nie błękit; skórę owiewał mu wietrzyk. W powietrzu unosił się zapach wilgotnych liści, wilgotnej ziemi, wilgotnej kory. Cicho kapały ostatnie krople deszczu. Miał ochotę zamknąć oczy i obudzić się po drugiej stronie zatoki, w Bostonie, w swoim łóżku.

O mało nie przysnął i to uświadomiło mu, jak bardzo jest wyczerpany. Podniósł się, wyjął papierosa z kieszeni koszuli i poprosił Chucka o ogień. Oparł dłonie o kolana.

– Musimy założyć, że prędzej czy później dowiedzą się o naszej wyprawie do fortu, jeśli już się nie połapali – powiedział.

– Baker puści farbę, jak go przycisną – odparł Chuck.

– Podejrzewam, że strażnik przy schodach został uprzedzony o naszym przybyciu.

– Albo po prostu chciał, żebyśmy się wypisali przy wyjściu.

– Tak czy siak, zapamiętał nas, zresztą nie on jeden.

Rozległo się wycie rogu mgłowego latarni bostońskiej, odgłos, który towarzyszył Teddy'emu przez całe dzieciństwo spędzone w Hull. Tchnęło przeraźliwym osamotnieniem. Sprawiało, że człowiek nagle pragnął się do czegoś przytulić, objąć drugiego człowieka, poduszkę, siebie samego.

– Noyce – powiedział Chuck.

– Tak.

– Naprawdę tu jest.

– We własnej osobie.

– Na miłość boską, Teddy, jak do tego doszło? – spytał Chuck.

Teddy opowiedział mu o tym nieszczęśniku, o jego zmiażdżonej twarzy, wrogości wobec Teddy'ego, o jego przerażeniu, roztrzęsieniu, płaczu. Pominął tylko to, co dotyczyło osoby Chucka, wysunięte przez Noyce'a podejrzenia. Chuck słuchał, potakując, wpatrując się w Teddy'ego wzrokiem dziecka spoglądającego na wychowawcę, który przy obozowym ognisku snuje opowieść o duchach.

A Teddy'emu przemknęło przez myśl, że to, co mówi, brzmi równie fantastycznie.

– Wierzysz mu? – spytał Chuck, kiedy Teddy skończył.

– Wierzę, że tu jest. To nie ulega wątpliwości.

– Przecież mógł przeżyć załamanie nerwowe. Mam na myśli prawdziwe. Z taką przeszłością? Wszystko mogło się odbyć zgodnie z prawem. Noyce rozkleja się w więzieniu, a oni na to: „Ten facet był kiedyś leczony w Ashecliffe. Wyślemy go tam z powrotem".

– Możliwe – odparł Teddy. – Ale kiedy widziałem go ostatnim razem, wyglądał na całkiem zdrowego na umyśle.

– Kiedy to było?

– Przed miesiącem.

– Wiele się może zmienić w ciągu miesiąca.

– Też prawda.

– A co z tą latarnią? – spytał Chuck. – Wierzysz w to, że ukrywa się tam garstka obłąkanych naukowców, którzy w tej chwili wszczepiają Laeddisowi do mózgu antenki?

– Oczyszczalni wody raczej nie otacza się żelazną siatką.

– Słusznie. Ale to wszystko zakrawa na jakiś Grand Guignol, nie uważasz?

Teddy zmarszczył brwi.

199

– A co to niby jest, do cholery?

– Coś makabrycznego – wyjaśnił Chuck. – Jak taki baśniowy potwór.

– Rozumiem, ale co to jest to „grą-giń"?

– Grand Guignol – odparł Chuck. – To z francuskiego. Przepraszam.

Teddy patrzył, jak Chuck z uśmiechem próbuje wybrnąć z opałów, główkując pewnie, jak zmienić temat rozmowy.

– Podłapałeś sporo francuskiego, dorastając w Portland – zauważył Teddy.

– W Seattle.

– Racja. Proszę o wybaczenie – powiedział Teddy, bijąc się w piersi.

– Interesuję się teatrem. Co w tym dziwnego? To określenie związane z teatrem.

– Wiesz, znałem kiedyś faceta, który pracował u was w biurze w Seattle – oznajmił Teddy.

– Naprawdę? – odparł z roztargnieniem Chuck, przetrząsając kieszenie.

– Naprawdę. Pewnie go znasz.

– Pewnie tak. Założę się, że nie możesz się doczekać, żeby zobaczyć, co wyciągnąłem z akt Laeddisa.

– Miał na imię Joe. Joe... – Teddy strzelił palcami i popatrzył na Chucka. – Mam to na końcu języka. Pomóż mi. Joe, Joe...

– U nas było na pęczki facetów imieniem Joe – rzekł Chuck, sięgając do tylnej kieszeni spodni.

– A ja myślałem, że ten wasz wydział jest mały.

– O, mam. – Chuck wyszarpnął rękę z tylnej kieszeni spodni, ale jego dłoń była pusta. Teddy widział wystającą wciąż z kieszeni złożoną kartkę, która wyśliznęła się Chuckowi z ręki.

– Joe Fairfield – powiedział Teddy, zastanawiając się nad ruchem, jakim Chuck wyciągnął rękę z kieszeni. Niezdarnym. – Znasz go?

– Nie – odparł Chuck, znów sięgając do kieszeni.

– Jestem pewny, że go do was przenieśli.

Chuck wzruszył ramionami.

– Nic mi nie mówi to nazwisko.

– A może chodziło o Portland. Portland i Seattle zawsze mi się mylą.

– Tak, zauważyłem.

Chuck wyjął wreszcie kartkę i Teddy'emu stanął przed oczami jego partner w dniu przyjazdu na wyspę, kiedy oddawał strażnikowi rewolwer służbowy i plątały mu się palce przy odpinaniu kabury. Z tym szeryf federalny raczej nie powinien mieć kłopotu. Taka nieudolność mogła go na służbie kosztować życie.

Chuck wyciągnął do niego rękę z kartką.

– To formularz przyjęcia Laeddisa do szpitala. Nic więcej nie mogłem znaleźć oprócz formularza i jego karty. Żadnych raportów na temat jego wybryków, żadnych notatek z terapii, żadnych zdjęć. To niesamowite.

– Racja – odparł Teddy. – Niesamowite.

Chuck podsuwał mu kartkę powiewającą na wietrze.

– No weź – powiedział.

– Nie, zatrzymaj ją – rzekł Teddy.

– Nie ciekawi cię, co tu jest napisane?

– Zobaczę później – odparł Teddy.

Popatrzył na swojego partnera. Zaległo milczenie, którego celowo nie przerywał.

– Co? – odezwał się w końcu Chuck. – Nie znam jakiegoś Joe Pies-Mu-Mordę-Lizał i dlatego mierzysz mnie podejrzliwym wzrokiem?

– Nie mierzę cię podejrzliwym wzrokiem, Chuck. Mówiłem już, że Seattle myli mi się z Portland.

– W porządku. No to...

– Idziemy – zarządził Teddy.

Wstał, a Chuck siedział jeszcze przez chwilę, wpatrzony w powiewającą na wietrze kartkę, którą trzymał. Spojrzał na drzewa, wznoszące się wokół nich. Popatrzył na Teddy'ego. Zerknął w stronę morza.

Znów zawył róg mgłowy.

Chuck wstał i z powrotem schował kartkę do tylnej kieszeni spodni.

– W porządku. Świetnie. Proszę bardzo, prowadź.

Teddy wszedł między drzewa, kierując się na wschód.

– Gdzie ty idziesz? – zdziwił się Chuck. – Szpital jest w przeciwnym kierunku.

Teddy obejrzał się na niego.

– Nie wracamy do Ashecliffe.

Na twarzy Chucka pojawiło się zdenerwowanie, może nawet lęk.

– To dokąd się wybierasz, do cholery?
– Do latarni, Chuck. – Teddy się uśmiechnął.

– Gdzie my jesteśmy? – zapytał Chuck.
– Trochę nas zniosło.

Kicdy wyszli z lasu na otwartą przestrzeń, wbrew przewidywaniom Teddy'ego nie natknęli się na ogrodzenie otaczające latarnię. Zboczyli mocno na północ. Wskutek obfitych opadów las zmienił się w mokradło, a drogę tarasowały im zwalone lub pochylone drzewa. Teddy liczył się z tym, że nie uda im się utrzymać obranego kursu, ale z jego najnowszych obliczeń wynikało, że zapędzili się aż pod cmentarz.

Z tego miejsca latarnia była doskonale widoczna. Jej szczyt wystawał zza długiego wzniesienia, następnej kępy drzew i pasa brązowej i zielonej roślinności. Tuż za polem, przed którym stali, rozciągały się bagna, a za nimi sterczały poszarpane czarne skały – dodatkowa naturalna zapora na drodze do wzniesienia. Teddy zrozumiał, że pozostało im jedynie ruszyć z powrotem przez las z nadzieją, że trafią na rozwidlenie, na którym skręcili nie tam, gdzie trzeba, i obejdzie się bez żmudnego przedzierania się z powrotem do punktu wyjścia..

Podzielił się tym spostrzeżeniem z Chuckiem.

Chuck, wymachując patykiem, strącał przyczepione do nogawek rzepy.

– Albo możemy zatoczyć koło i podejść do latarni od wschodu. Pamiętasz, którędy jechaliśmy z McPhersonem wczoraj wieczorem? Kierowca korzystał z drogi dojazdowej, a przynajmniej z tego, co po niej zostało. Za tym wzgórzem musi być cmentarz. Idziemy dookoła?

– Brzmi bardziej zachęcająco niż perspektywa powrotu przez ten gąszcz – przyznał Teddy.

– Czyżby tobie też się to nie uśmiechało? – powiedział Chuck, trąc dłonią o kark. – Bo ja wręcz uwielbiam komary. Myślę nawet, że na mojej twarzy uchowały się może ze dwa miejsca, gdzie nie zdążyły mnie jeszcze pokąsać.

To była ich pierwsza wymiana zdań od ponad godziny. Teddy czuł, że obaj próbują rozładować napięcie, jakie narosło między nimi.

Ale Teddy zbyt długo się nie odzywał i sprzyjający moment minął. Chuck ruszył w drogę, posuwając się skrajem pola mniej więcej w kierunku północno-zachodnim. Przez cały czas wyspa, jakby broniąc do siebie dostępu, spychała ich w stronę brzegu.

Szli, wspinali się, szli dalej, a Teddy rozmyślał wpatrzony w plecy Chucka. Swojego partnera, jak wyraził się o nim w rozmowie z Noyce'em. Któremu ufał. Ale dlaczego? Ponieważ nie miał innego wyjścia. Ponieważ żaden człowiek nie uporałby się z takim zadaniem w pojedynkę.

Gdyby przepadł, gdyby nie wyrwał się z tej wyspy, na pewno warto było mieć sprzymierzeńca w osobie senatora Hurly'ego. Bez dwóch zdań. Wszczałby dochodzenie. Zwrócił uwagę na zniknięcie Teddy'ego. Ale czy bardzo byłoby słychać głos raczej mało znanego senatora z niewielkiego stanu na wschodnim wybrzeżu?

Poza tym wydział pościgowy troszczy się o szeryfów. Na pewno wyśle tu swoich ludzi. Ale pytanie kiedy – czy zdążyliby tu dotrzeć, zanim lekarze z Ashecliffe nieodwracalnie odmieniliby Teddy'ego, zrobili z niego Noyce'a? Albo co gorsza, faceta, który bawił się w berka?

Teddy miał taką nadzieję, gdyż im dłużej wpatrywał się w plecy Chucka, tym mocniej utwierdzał się w przekonaniu, że był zdany na siebie. Wyłącznie na siebie.

– Jezu, znowu stosy kamieni – wyjęczał Chuck.

Znajdowali się na wąskim cyplu, który po prawej stronie opadał pod kątem prostym do morza, a po lewej stromym zboczem do rozległej równiny. Wiatr przybierał na sile, niebo nabrało czerwonobrązowej barwy, a powietrze przesycone było solą.

Stosy kamieni rozmieszczone były w dole na równinie. Sześć, w dwóch rzędach, zewsząd chronione od wiatru przez zbocza, które okalały równinę niczym ściany ogromnej misy.

– Co? Tym razem darujemy sobie? – spytał Teddy.

– Za parę godzin zajdzie słońce – odparł Chuck, pokazując ręką niebo. – Na wypadek gdybyś nie zdawał sobie sprawy, do latarni jeszcze daleko. Jeszcze nawet nie dotarliśmy do cmentarza. Nawet nie mamy pewności, czy tędy w ogóle można się tam dostać. A ty chcesz złazić na dół i oglądać kamienie.

– A jeśli to zaszyfrowana wiadomość...?

– W tej chwili to już bez znaczenia. Mamy dowód, że trzymają

203

tu Laeddisa. Sam widziałeś Noyce'a. Teraz musimy po prostu wrócić z tymi informacjami, z tymi dowodami. Zrobiliśmy swoje.

Miał rację. Teddy o tym wiedział.

Miał, ale pod warunkiem że obaj należeli do tego samego obozu.

A jeśli Chuck nie był po jego stronie i nie chciał dopuścić, żeby odebrał tę wiadomość...

– Dziesięć minut na zejście, dziesięć na wejście z powrotem – oznajmił Teddy.

Chuck przysiadł znużony na ciemnej skale, wyjął papierosa z marynarki.

– W porządku. Ale ja się na to nie piszę.

– Jak uważasz.

Chuck otoczył papierosa stulonymi dłońmi i rozpalił go.

Teddy przyglądał się smużce dymu wijącej się między zgiętymi palcami Chucka, którą wiatr porwał w stronę morza.

– Na razie – powiedział Teddy.

Chuck odwrócił się do niego plecami.

– Tylko nie skręć karku.

Teddy dotarł na dół w siedem minut, trzy minuty szybciej, niż przewidywał, ponieważ podłoże było sypkie, piaszczyste, i chwilami się ślizgał. Żałował, że rano wypił tylko kawę, ponieważ z głodu przeraźliwie burczało mu w żołądku, niski poziom cukru we krwi w połączeniu z niewyspaniem przyprawiał go o zawroty głowy, a przed oczami przelatywały mu cętki.

Przeliczył kamienie w każdym stosie i zapisał w notesie liczby wraz z przyporządkowanymi im literami:

25 (Y) -20 (T) -14 (N) -15 (O) -15 (O) -20 (T)

Zamknął notes i schował go do kieszeni. Zaczął wspinać się po piaszczystym stoku, na najbardziej stromym odcinku wczepiając się w ziemię paznokciami, wyrywając garściami trawę, kiedy tracił oparcie pod stopami i osuwał się. Wejście na górę zabrało mu dwadzieścia pięć minut i niebo zabarwiło się już na ciemny brąz. Obojętne, po czyjej Chuck był stronie, miał rację: dzień szybko chylił się ku końcowi i nieważne, co kryła zaszyfrowana wiadomość: Teddy zmarnował cenny czas.

Już pewnie nie zdążą dotrzeć do latarni, a gdyby nawet zdołali, co wtedy? Jeśli Chuck pracował dla nich, to Teddy znajdzie się w jaskini lwa.

Ujrzał szczyt zbocza, wystającą krawędź cypla i kopułę brązowego nieba nad głową i pomyślał: Może na tym będę musiał poprzestać, Dolores. Może nic więcej nie uda mi się teraz zdziałać. Laeddis dalej będzie żył. Szpital dalej będzie działał. Ale na pociechę zostanie myśl, że wprawiliśmy w ruch proces, który ostatecznie doprowadzi do upadku całego tego przedsięwzięcia.

Znalazł szczelinę u szczytu wzgórza, wąską wyrwę w miejscu, w którym stykało się z cyplem, wystarczająco wyżłobioną przez erozję, żeby mógł stanąć, oprzeć się plecami o piaszczystą ścianę, wywindować się na rękach do góry, tak aby opaść piersią na skalny cypel, a potem podciągnąć nogi. Leżał na boku, spoglądając na morze. Tak niebieskie o tej porze dnia, tak rozedrgane w świetle zmierzchu. Leżał, rozkoszując się tchnieniem wiatru i widokiem morza rozpościerającego się nieskończenie pod mroczniejącym sklepieniem nieba, i poczuł się taki znikomy, taki skończenie człowieczy, lecz nie było to wrażenie druzgocące. Napawało dumą. Być cząstką tego wszystkiego. Maleńką, owszem. Ale stanowić z tym jedność. Oddychać.

Rozejrzał się po płaskiej powierzchni cypla, z policzkiem wtulonym w skałę, i dopiero wtedy uświadomił sobie, że Chuck gdzieś zniknął.

17

Zwłoki Chucka leżały u stóp urwiska, omywane chlupoczącymi falami.

Teddy najpierw wysunął za krawędź cypla nogi, sprawdzał skaliste podłoże podeszwami butów, aż nabrał pewności, że kamienie wytrzymają ciężar ciała. Wypuścił powietrze, które bezwiednie przetrzymywał w płucach, i zsunął łokcie z krawędzi, poczuł, jak stopy zapadają się w kamiennym podłożu. Jeden kamień się przesunął, wykręcając mu prawą nogę w kostce, i Teddy złapał się krawędzi, przeniósł ciężar tułowia z powrotem na powierzchnię cypla, i kamienie pod stopami znieruchomiały.

Obrócił się i opuścił niżej. Przyklejony do ściany urwiska jak krab zaczął schodzić. Z konieczności posuwał się bardzo powoli. Niektóre kamienie były mocno zaklinowane i dawały pewne oparcie, jak śruby w kadłubie okrętu wojennego. Inne podtrzymywane były tylko przez te, które znajdowały się poniżej, i nie sposób było określić, które są które, dopóki nie postawiło się na nich nogi.

Po blisko dziesięciu minutach dostrzegł na wpół wypalonego papierosa Chucka, żar już dawno przestał się tlić i sterczał czarny niczym czubek ołówka stolarskiego.

Co spowodowało upadek? Wiatr wzmagał się, ale nie był tak mocny, żeby zdmuchnąć człowieka z płaskiej półki skalnej.

Teddy pomyślał o Chucku, który tam u góry w ostatniej minucie swego życia ćmił w samotności papierosa, i o wszystkich innych bliskich mu osobach, które ginęły, a on zmuszony był trwać na posterunku. Oczywiście o Dolores. O ojcu, który spoczywał gdzieś na dnie tego samego morza. O matce, która odeszła, kiedy miał szesnaście lat. O Tootiem Vicellim, postrzelonym w usta na Sycylii, który uśmiechał się do Teddy'ego dziwnie, jakby połknął coś o zaskakującym smaku, a przez zęby sączyła mu się krew. Był jeszcze Martin Phelan, Jason Hill, ten olbrzymi Polak z Pittsburgha od karabinu maszynowego – jak on się nazywał? – Yardak, tak, Yardak Gilibiowski. I ten blondynek, który tak ich rozśmieszał w Belgii. Oberwał w nogę: nie wyglądało to groźnie, dopóki nie okazało się, że nie można zatamować krwotoku. No i Frankie Gordon, ten, którego tamtej nocy w Cocoanut Grove zostawił na łasce losu. Dwa lata później, kiedy Teddy pstryknął w niego niedopałkiem papierosa i nazwał zasranym dupkiem z Iowa, Frankie powiedział: „Nie wiem, kto jeszcze potrafi tak przeklinać jak...", i nadepnął na minę. Teddy'emu utkwił wtedy w lewej łydce odłamek, który nosi w sobie po dziś dzień.

A teraz przyszła kolej na Chucka.

Teddy już pewnie nigdy się nie dowie, czy powinien był mu wierzyć. Czy powinien mimo wszystko udzielić mu kredytu zaufania? Chuckowi, który go rozweselał, który sprawiał, że łatwiej było mu znieść straszliwy nawał tych ostatnich trzech dni. Chuckowi, który jeszcze tego ranka żartował, że na śniadanie podają jajka à la Benedict, a na lunch reubena z cienko pokrojonymi plastrami.

Teddy zadarł głowę, oceniając przebytą odległość. Na oko znajdował się mniej więcej w połowie drogi w dół, a niebo przybrało ciemnoniebieską barwę i z każdą chwilą ciemniało coraz bardziej.

Jaka siła strąciła Chucka z tego cypla?

Na pewno nie naturalna.

Chyba że Chuck coś upuścił. Chyba że ruszył po coś na dół. Chyba że, jak teraz Teddy, próbował zejść ze skalnej ściany, czepiając się rękami i nogami kamieni, które mogły okazać się obluzowane.

Teddy zatrzymał się, żeby trochę odsapnąć; pot ściekał mu po twarzy. Ostrożnie oderwał jedną rękę od skały i wytarł ją do sucha o spodnie. Chwycił się nią wypukłości w skalnej ścianie i wytarł drugą, a kiedy z powrotem zaciskał drugą rękę na spiczastym odłamku, zauważył kawałek papieru.

Kartka utkwiła między kamieniem a brązową nitką korzenia. Powiewała lekko na morskim wietrze. Teddy zdjął rękę z czarnego odłamka i złapał ją palcami. Nie musiał jej rozkładać, żeby dowiedzieć się, co to jest.

Formularz przyjęcia Laeddisa.

Wsunął go do tylnej kieszeni. Przypomniał sobie, jak niepewnie ta kartka spoczywała w kieszeni Chucka, i zrozumiał, dlaczego Chuck tak się narażał.

Żeby odzyskać tę kartkę.

Dla Teddy'ego.

Ostatni sześciometrowy odcinek skalnej ściany pokrywały wielkie, owalne, czarne głazy, porośnięte brunatnicami. Teddy obrócił się tak, że ramiona miał wykręcone do tyłu i zapierał się dłońmi. W ten sposób posuwał się w dół po powierzchni głazów, widząc kryjące się w szczelinach szczury.

W końcu stanął na brzegu morza. Wypatrzył zwłoki Chucka, podszedł bliżej i spostrzegł, że to wcale nie jest ludzkie ciało. Kolejny głaz, spłowiały na słońcu, opleciony grubymi czarnymi warkoczami wodorostów.

Dzięki... nieważne komu. Chuck żył. To nie on tu leżał, tylko wąski, długi głaz oblepiony wodorostami.

Teddy zwinął dłonie w trąbkę, przyłożył do ust i zaczął wołać Chucka. Krzyczał i krzyczał, a imię Chucka odbijało się od skał, niosło się w powietrzu i odlatywało hen w morze. Czekał, aż zza krawędzi cypla wyjrzy głowa jego partnera.

Może wtedy szykował się, żeby zejść i poszukać Teddy'ego.

Może teraz się do tego przygotowywał.

Teddy wykrzykiwał jego imię, aż zaczęło go drapać w gardle.

Przestał wołać i nasłuchiwał odpowiedzi. Szczyt urwiska ginął w szybko zapadającym zmroku. Teddy słyszał szum wiatru. Słyszał chrobot szczurów w szczelinach między głazami. Słyszał skrzek mewy. Chlupot morza. Kilka minut później znów doleciało go wycie rogu mgłowego latarni w Bostonie.

Wzrok przyzwyczaił się do ciemności. Teddy ujrzał wpatrzone w niego oczy. Dziesiątki par oczu. Szczury wylegiwały się na głazach i gapiły się na niego bez lęku. W nocy plaża należała do nich.

Lecz Teddy bał się wody, a nie szczurów. Pieprzyć te małe oślizgłe paskudztwa. Mógł je poczęstować ołowiem. Zobaczyć, czy spuszczą z tonu, kiedy rozwali kilka z nich.

Tylko że nie miał broni, a liczba szczurów wkrótce się podwoiła. Zamiatały powierzchnię skał długimi ogonami. Teddy czuł wodę omywającą mu obcasy i utkwione w nim spojrzenie niezliczonych oczu. Trudno powiedzieć, czy to ze strachu, ale po kręgosłupie przechodziły go ciarki i swędziało w kostkach nóg.

Ruszył powoli wzdłuż brzegu i zobaczył, że na kamieniach, niczym foki w słońcu, wylegują się w blasku księżyca setki szczurów. Patrzył, jak z plaskaniem zeskakują z głazów na piasek, tam gdzie jeszcze przed chwileczką stał. Odwrócił głowę i spojrzał na odcinek brzegu, jaki się przed nim rozciągał. Nie był długi. Trzydzieści metrów dalej w wodę wrzynało się następne urwisko przegradzające plażę. Po prawej Teddy ujrzał w morzu wysepkę, której nigdy wcześniej nie zauważył. Z tej odległości w księżycowej poświacie wyglądała jak kostka brązowego mydła, wisząca na cienkim włosku. Zaraz pierwszego dnia Teddy wybrał się na te urwiska z McPhersonem. Nie widział wtedy żadnej wysepki. Był tego pewny.

Więc skąd, do cholery, tam się wzięła?

Słyszał je za plecami: gryzły się między sobą, ale głównie strzelały ogonami i piszczały jeden na drugiego. Teddy poczuł, jak swędzenie w kostkach promieniuje coraz wyżej, ogarnia kolana i uda.

Spojrzał przez ramię na plażę: piasek całkowicie przesłonięty był przez chmary gryzoni.

Przeniósł wzrok na urwisko jaśniejące w świetle księżyca, który tej nocy był niemal w pełni, i na nieprzeliczone gwiazdy, lśniące na niebie. I wtedy ujrzał łunę, której obecność była równie zagadkowa jak jeszcze nieistniejącej dwa dni temu wysepki. Pomarańczową łunę. Mniej więcej w połowie wysokości urwiska. Pomarańczową na tle czarnej skalnej ściany. O zmroku.

Teddy patrzył, jak migoce, przygasa i rozbłyskuje, przygasa i rozbłyskuje. Pulsuje...

Niczym płomień.

Jaskinia, domyślił się. Albo spora szczelina. Ktoś się w niej schronił. Chuck. To na pewno on. Może gonił tę kartkę, zranił się przy schodzeniu w dół – i postanowił posuwać się w poprzek skalnej ściany.

Teddy zdjął kapelusz i podszedł do najbliższego głazu. Widział wlepione w niego szczurze ślepia i trzepnął w nie kapeluszem. Obrzydliwe gryzonie poderwały się i zsunęły na piasek. Teddy wskoczył na opustoszały głaz, kopniakiem przepłoszył szczury z następnego i ruszył do przodu, sadząc susami z kamienia na kamień; za każdym razem coraz mniej gryzoni stawało mu na drodze, a na ostatnich głazach nie było ich już wcale. Dopadł do ściany urwiska i zaczął się wspinać; ręce pokaleczone przy schodzeniu wciąż krwawiły.

Tym razem szło mu łatwiej. Urwisko było wyższe i szersze od poprzedniego, ale wznosiło się wyraźnymi stopniami i miało więcej występów.

Wspinaczka w blasku księżyca zabrała mu półtorej godziny; piął się pod badawczym wzrokiem już nie szczurów, lecz gwiazd, a kiedy się wdrapywał, obraz Dolores zacierał się w jego pamięci. Nie potrafił przywołać jej wizerunku, twarzy, dłoni ani pełnych ust. Czuł, że uszła z niego, a jej brak był dla niego doznaniem zupełnie nowym. Wiedział, że sprawiło to fizyczne wyczerpanie, wygłodzenie, niedobór snu: Dolores się rozpłynęła. Rozpłynęła się, kiedy wspinał się podczas tej księżycowej jasnej nocy.

Ale nadal ją słyszał. Chociaż Dolores była niewidzialna, jej głos brzmiał mu w głowie. Mówił: Przestań się zadręczać, Teddy. Masz jeszcze przed sobą całe życie.

Czy właśnie o to chodziło? Czy to naprawdę możliwe, że po tych dwóch latach, kiedy chodził jak błędny, godzinami w ciemnym pokoju słuchał płyt Tommy'ego Dorseya i Duke'a Ellingtona, wpatrzony w rewolwer leżący pod ręką na stoliku, gardził tym gównianym życiem i tęsknił za nią tak straszliwie, że raz, zaciskając zęby z żalu, ułamał sobie kawałek siekacza – czy to możliwe, że wreszcie nadeszła chwila, by pogodził się z jej stratą?

Nie wyśniłem cię, Dolores. Wiem to. Ale teraz wydajesz mi się snem.

I słusznie, Teddy. Tak powinno być. Pozwól mi odejść.

Naprawdę?

Tak, kochanie.

Postaram się. Dobrze?

Dobrze.

Migocąca pomarańczowa łuna była tuż-tuż. Teddy czuł bijące od niej ciepło, nikłe co prawda, ale wyraźne. Położył rękę na półce skalnej nad głową, pomarańczowe światło odbijało się od jego nadgarstka. Podciągnął się i wsunął się tułowiem na półkę. Zapierając się łokciami, wywindował do góry resztę ciała. Widział poszarpane skały skąpane w pomarańczowym blasku. Podniósł się. Głową niemal dosięgał sklepienia jaskini. Do wnętrza pieczary prowadził wąski przesmyk po prawej i tam Teddy się skierował. Wychodząc zza skalnego załomu, ujrzał płomień ogniska rozpalonego we wgłębieniu w kamiennym podłożu oraz kobietę stojącą po drugiej stronie z rękoma założonymi do tyłu.

– A ty kto? – spytała.

– Teddy Daniels.

Kobieta miała długie włosy i ubrana była w szpitalny strój: jasnoróżową koszulę, spodnie ściągane tasiemką w pasie, pantofle.

– Tak się nazywasz, ale czym się zajmujesz?

– Ścigam przestępców.

Przekrzywiła głowę, w jej włosach widoczne były siwe pasemka.

– Ty jesteś tym szeryfem.

Teddy skinął głową.

– Może mi pani pokazać ręce?

– Dlaczego? – spytała.

– Chciałbym wiedzieć, co pani w nich trzyma.

– Dlaczego?

– Chciałbym wiedzieć, czy może mnie pani tym zranić.

210

Skwitowała to lekkim uśmiechem.

– To chyba słuszne żądanie.

– Cieszę się, że tak pani uważa.

Wyciągnęła ręce do przodu, pokazując długi, cienki skalpel.

– Zatrzymam go, jeśli nie masz nic przeciwko temu.

– Ależ skąd – odparł Teddy, unosząc ręce.

– Wiesz, kim jestem?

– Pacjentką szpitala Ashecliffe.

Znów przekrzywiła głowę i pogładziła się po koszuli.

– No, no, no. Po czym się domyśliłeś?

– Dobrze już, dobrze. Punkt dla pani.

– Wszyscy szeryfowie federalni są tacy bystrzy?

– Od dawna nie jadłem i mój umysł pracuje wolniej niż zwykle – bronił się Teddy.

– A jak spałeś?

– Co takiego?

– Jak ci się tu na wyspie śpi?

– Kiepsko, jeśli to ma jakieś znaczenie.

– Oj ma.

Podciągnęła spodnie na kolanach i siadła na ziemi, dając mu znak, żeby zrobił to samo.

Teddy usiadł i przyjrzał się kobiecie w świetle płomieni.

– Ty jesteś Rachel Solando – rzekł. – Tą prawdziwą.

Kobieta wzruszyła ramionami.

– Naprawdę zabiłaś swoje dzieci? – spytał.

Trąciła skalpelem polano.

– Nigdy nie miałam dzieci.

– Nie miałaś?

– Właśnie. Nawet nie wyszłam za mąż. Może cię to zaskoczyć, ale byłam tu czymś więcej niż zwykłą pacjentką.

– Jak to możliwe?

Przesunęła nieco drugie polano, które opadło z trzaskiem, a z ogniska wzbiły się iskry i zgasły, zanim dosięgły sklepienia jaskini.

– Pracowałam w tym szpitalu – powiedziała. – Od tysiąc dziewięćset czterdziestego piątego roku.

– Jako pielęgniarka?

Popatrzyła na niego z drugiej strony ogniska.

211

– Byłam lekarzem, szeryfie. Pierwszym lekarzem płci żeńskiej w szpitalu Drummond w Delaware. Pierwszą lekarką tutaj w Ashecliffe. Masz przed sobą prawdziwą pionierkę.

Albo pacjentkę cierpiącą na urojenia, pomyślał Teddy.

Podniósł wzrok i ujrzał utkwione w nim oczy, życzliwe, czujne, mądre.

– Na pewno pomyślałeś: A to wariatka.

– Nie – zaprzeczył.

– Co innego można sądzić o kobiecie ukrywającej się w jaskini?

– Uznałem, że ma pani po temu powód.

Uśmiechnęła się smutno i potrząsnęła głową.

– Nie jestem wariatką. Nie jestem. Ale rzecz jasna, każdy szaleniec zaklinałby się, że nim nie jest. Oto iście kafkowski dylemat, w całej swej jaskrawości. Jeśli ktoś nie jest wariatem, ale inni ogłosili światu, że jest, wszystkie jego protesty tylko umacniają świat w przekonaniu, że zwariował. Rozumiesz, co mam na myśli?

– W pewnym sensie.

– Potraktujmy to jako sylogizm. Załóżmy, że sylogizm zaczyna się od twierdzenia: „Wszyscy wariaci zaprzeczają, że są wariatami". Nadążasz?

– Jasne – rzekł Teddy.

– Teraz etap drugi: „Bob zaprzecza, że jest wariatem". Etap trzeci, wnioskowanie: „Z tego wynika, że Bob jest wariatem". – Położyła skalpel na ziemi i dorzuciła patyk do ognia. – Jeśli ktoś zostanie zaszufladkowany jako szaleniec, wszystkie jego wysiłki, które w innych warunkach dowiodłyby, że nim nie jest, w tych okolicznościach mieszczą się w ramach działań osoby szalonej. Uzasadnione protesty stanowią zaprzeczenie. Słuszne obawy nazywane są paranoją. Instynkt samozachowawczy przemianowany zostaje na mechanizm obronny. W tej sytuacji jest się z góry skazanym na porażkę. To w gruncie rzeczy wyrok śmierci. Kiedy ktoś raz tutaj trafi, już się nie wydostanie. Nikt nie wychodzi z oddziału C. Nikt. No dobrze, kilku pacjentów opuściło oddział C. Ale najpierw wycięli im kawałek mózgu. Ciach – przez oko. To barbarzyński zabieg, niedopuszczalny. Mówiłam im o tym. Walczyłam z nimi. Wysyłałam listy do różnych instytucji. Mogli mnie po prostu wyrzucić, wiesz? Zwolnić z pracy, pozwolić mi podjąć pracę w szkolnictwie, wyjechać z tego stanu.

Ale to ich nie zadowalało. Nie mogli mnie wypuścić, po prostu nie mogli. Nie, nie, nie.

Wzburzyła się podczas tej przemowy i dźgała żar patykiem, zwracając się bardziej do swoich kolan niż do Teddy'ego.

– Naprawdę była pani lekarką? – spytał.

– Owszem, byłam lekarką – odparła, podnosząc wzrok. – Właściwie nadal jestem. Pracowałam w tutejszym szpitalu. Zaczęły mnie zastanawiać przychodzące regularnie duże dostawy barbitalu i środków halucynogennych na bazie opium. Zaczęły mnie dziwić – czemu niestety głośno dawałam wyraz – zabiegi chirurgiczne, dla których „eksperymentalne" jest bardzo łagodnym określeniem.

– Co oni tu wyprawiają? – spytał Teddy.

Posłała mu szelmowski uśmiech.

– Nie domyślasz się?

– Wiem, że naruszają zasady norymberskie.

– Naruszają? Mają je w nosie.

– Wiem, że stosują radykalne zabiegi lecznicze.

– Radykalne owszem, ale nie lecznicze. Tutaj nikogo się nie leczy, szeryfie. Jak myślisz, kto finansuje działalność szpitala?

– Komisja do spraw Działalności Antyamerykańskiej – odparł Teddy.

– Nie mówiąc o tajnych funduszach – dodała. – Płynie tu nieprzerwany strumień gotówki. Odpowiedz mi na pytanie: w jaki sposób ból przenika przez ciało?

– To zależy od położenia rany.

– Nie – odparła, energicznie kręcąc głową. – To nie ma nic wspólnego z tkankami. Mózg wysyła neuroprzekaźniki do układu nerwowego. To mózg steruje bólem. Steruje lękiem. Snem. Empatią. Głodem. W rzeczywistości mózg zarządza wszystkim, co kojarzymy z sercem, duszą czy układem nerwowym. Wszystkim.

– No dobrze...

Jej oczy lśniły w blasku ogniska.

– A gdyby można było nim sterować?

– Mózgiem?

Skinęła głową.

– Stworzyć człowieka na nowo, tak aby obywał się bez snu, nie czuł bólu. Ani miłości. Czy współczucia. Człowieka, z którego nic się nie wyciągnie podczas przesłuchania, bo jego banki pamięci są wyczyszczone. – Podsyciła ogień i spojrzała na niego. – To fabryka upiorów, szeryfie. Upiorów przeznaczonych do upiornych zadań.

– Ale umiejętności tego rodzaju, wiedza tego rodzaju to...

– Owszem, kwestia przyszłości, ale nie tak dalekiej, kilkudziesięciu lat. Zaczęli na wzór Sowietów od prania mózgu. Doświadczeń z deprywacją. Podobnie jak hitlerowcy eksperymentowali na więźniach, żeby poznać skutki długotrwałego wystawienia na ekstremalne temperatury i na podstawie zdobytej wiedzy pomóc żołnierzom Trzeciej Rzeszy. Ale nie rozumiesz, szeryfie? Za pięćdziesiąt lat wtajemniczeni spojrzą wstecz i co powiedzą? – Kobieta wskazała palcem ziemię. – „To wszystko zaczęło się tutaj". Hitlerowcy wykorzystywali Żydów. Sowieci mieli do dyspozycji więźniów w gułagach. A my eksperymentowaliśmy na pacjentach na Shutter Island.

Teddy milczał. Żadne słowa nie przychodziły mu do głowy.

Kobieta zapatrzyła się w ogień.

– Nie wypuszczą cię stąd. Wiesz o tym, prawda?

– Jestem szeryfem federalnym – odparł Teddy. – Jak mogą mnie tu zatrzymać?

Uśmiechnęła się, rozbawiona tą uwagą, i klasnęła.

– Ja byłam cenionym psychiatrą z szanowanej rodziny. Kiedyś łudziłam się, że to wystarczy, żeby zapewnić mi ochronę. Z przykrością muszę cię powiadomić, że okazało się inaczej. Pozwól, że cię zapytam o doznane w przeszłości urazy.

– A czy ktoś jest od nich wolny?

– Owszem, ale my nie prowadzimy ogólnych rozważań o ludziach. Mówimy o konkretnych przypadkach. O tobie. Czy w twojej psychice są jakieś słabe punkty, w które mogą uderzyć? Czy w przeszłości przytrafiło ci się coś, co mogliby ogłosić światu jako przesłankę utraty przez ciebie poczytalności? A kiedy cię tu zamkną, a na pewno cię zamkną, twoi przyjaciele i koledzy powiedzą: „Oczywiście. Załamał się. W końcu. Kto by się nie załamał na jego miejscu? To przez te wojenne doświadczenia. I utratę matki – czy innej bliskiej osoby". I co ty na to?

– To może dotyczyć każdego – zauważył Teddy.

– No właśnie. O to chodzi. Nie rozumiesz? Może dotyczyć każdego, ale oni powiedzą tak o tobie. Jak twoja głowa?

– Moja głowa? – zdziwił się Teddy.

Przygryzła dolną wargę i skinęła kilka razy głową.

– Ta bania przyczepiona do twojej szyi. Co z nią? Nękały cię ostatnio dziwne sny?

– Pewnie.

– Bóle głowy?

– Cierpię na migrenę.

– Jezu. Tylko nie to.

– Niestety, to prawda.

– Podczas pobytu na wyspie brałeś leki, aspirynę, cokolwiek?

– Tak.

– Czujesz się trochę nieswojo? Jakbyś nie był w pełni sobą? Och, to nic takiego, mówisz, po prostu spadek formy. Może twój mózg pracuje ociupinę wolniej niż zwykle, nie kojarzysz faktów tak szybko, jak powinieneś. Ale przecież ostatnio kiepsko spałeś, mówisz. Nowe łóżko, nowe miejsce, do tego jeszcze ten huragan. Tak sobie wmawiasz. Mam rację?

Teddy potwierdził skinięciem.

– Domyślam się też, że żywiłeś się w stołówce. Piłeś kawę, którą ci dawali. Ale przynajmniej papierosy paliłeś własne, co?

– Mój partner mnie częstował – przyznał Teddy.

– I ani razu nie wziąłeś papierosa od pracownika szpitala?

Teddy czuł spoczywające w kieszeni na piersi papierosy, które wygrał w pokera. Pamiętał papierosa, którego dostał od Cawleya w dniu przyjazdu; żadne inne, które palił w życiu, nie miały tak słodkiego smaku.

Dostrzegła wypisaną na jego twarzy odpowiedź.

– Przeciętnie trzeba trzech do czterech dni, żeby stężenie środków neuroleptycznych we krwi osiągnęło odpowiedni poziom. W tym czasie skutki ich działania są niemal niedostrzegalne. Czasami pacjenci dostają ataków, które na ogół przypisuje się migrenie, zwłaszcza jeśli pacjent w przeszłości cierpiał na migrenę. W każdym razie te ataki są dość rzadkie. Niekiedy jedynym zauważalnym objawem jest występowanie u pacjenta...

– Niech mnie pani tak nie nazywa.

– ...snów, długotrwałych i niezwykle wyrazistych, snów, które wiążą się ze sobą i przechodzą jeden w drugi, a końcowy efekt jest niczym

215

kubistyczny obraz. Innym widocznym objawem jest to, że pacjent czuje się lekko zamroczony, tak. Nie myśli zbyt składnie, ale przecież źle spał, i do tego te sny, można mu więc wybaczyć tę umysłową ociężałość. A gwoli ścisłości, określenie „pacjent" nie odnosi się do ciebie, szeryfie. Jeszcze nie. To był z mojej strony chwyt retoryczny.

– Jak bardzo te środki zdążyły mi już zaszkodzić? Jeśli od tej pory nie tknę jedzenia, kawy, tabletek, nie zapalę papierosa, czy te szkody da się naprawić?

Odgarnęła włosy do tyłu i związała.

– Obawiam się, że sprawa zaszła już za daleko.

– Przyjmijmy, że zostanę na wyspie jeszcze jeden dzień. Przyjmijmy, że te środki zaczęły działać. Po czym to poznam?

– Najbardziej widoczną oznaką jest suchość w ustach, połączona – co dziwne – ze ślinieniem się. No i jeszcze postępujące porażenie nerwowe. Zauważysz lekkie drżenie mięśni. Zaczyna się w miejscu, w którym kciuk styka się z nadgarstkiem, potem powoli rozchodzi się na cały kciuk, zanim weźmie we władanie całą rękę.

We władanie.

– Co jeszcze? – spytał.

– Podwyższona wrażliwość na światło, bóle po lewej stronie głowy, słowa więznące w gardle. Zaczniesz się zacinać przy mówieniu.

Teddy słyszał dolatujący z zewnątrz szum oceanu, odgłos fal przypływu rozbijających się o skały.

– Co znajduje się w latarni?

Splotła ramiona na piersi i pochyliła się do ognia.

– Oddział chirurgii.

– Chirurgii? Przecież mogą przeprowadzać operacje w szpitalu.

– Chirurgii mózgu.

– Na to też jest miejsce w szpitalu.

Kobieta wpatrywała się w ogień.

– Ich celem jest eksploracja. Nie mówimy tu o zabiegach otwierania czaszki po to, żeby coś w mózgu naprawić. Mam na myśli zabiegi w rodzaju: „Otwórzmy czaszkę i zobaczmy, co się stanie, jeśli pociągniemy za to". Niezgodne z prawem, szeryfie. Na wzór praktyk hitlerowskich – rzekła z uśmiechem. – Tam właśnie próbują powołać do życia te upiory.

– Kto o tym wie? Tu na wyspie?

– O tym, co dzieje się w latarni?

– Tak.

– Wszyscy.

– Akurat. Posługacze i pielęgniarki też?

Patrzyła mu prosto w oczy, a jej spojrzenie było czyste i spokojne.

– Wszyscy – powtórzyła.

Nie pamiętał, kiedy zasnął, ale musiał się zdrzemnąć, ponieważ potrząsała nim gwałtownie.

– Musisz już iść – mówiła. – Oni myślą, że nie żyję. Myślą, że się utopiłam. Nie chcę, żeby mnie znaleźli, kiedy będą cię szukać. Przykro mi, ale musisz wracać.

Wstał i potarł skórę pod oczami.

– Na górze jest droga – powiedziała. – Na wschód od urwiska. Potem zakręca na zachód. Po godzinie marszu doprowadzi cię na tyły dawnej siedziby komendanta tutejszego garnizonu.

– Jesteś Rachel Solando? – upewnił się. – Wiem, że ta, którą mi pokazali, tylko ją udawała.

– Po czym się domyśliłeś?

Teddy wrócił pamięcią do poprzedniej nocy, do chwili tuż przed zaśnięciem. Przyglądał się swoim zabrudzonym kciukom, kiedy kładli go spać. Gdy się obudził, były czyste. Pomyślał wtedy, że umazane były pastą do butów, ale teraz przypomniał sobie, że dotykał tamtej kobiety...

– Miała świeżo pofarbowane na czarno włosy.

– Ruszaj już – powiedziała i skierowała go delikatnie w stronę wyjścia.

– Może będę musiał tu wrócić...

– Nie zastaniesz mnie. Przenoszę się z miejsca na miejsce. Co noc śpię gdzie indziej.

– Mógłbym przyjść po ciebie, zabrać cię z tej wyspy.

Uśmiechnęła się do niego smutno i pogłaskała go po skroniach.

– Nie dotarło do ciebie nic z tego, co mówiłam, prawda?

– Owszem, dotarło.

– Nie wyrwiesz się stąd. Jesteś teraz jednym z nas.

Napierając lekko na jego barki, przesuwała go do wyjścia.

Teddy przystanął na krawędzi i obejrzał się.

– Byłem wczoraj z przyjacielem, ale się rozdzieliliśmy. Nie widziała go pani?

Posłała mu ten sam smutny uśmiech.

– Ty nie masz tu przyjaciół, szeryfie.

18

Ledwo się trzymał na nogach, kiedy wyszedł w końcu na tyły domu Cawleya.

Obszedł dom i ruszył drogą prowadzącą do głównej bramy, która – miał wrażenie – czterokrotnie się wydłużyła od wczorajszego dnia, gdy z ciemności tuż obok niego wynurzył się mężczyzna.

– Ciekawiło nas, kiedy znów się pan pokaże – powiedział, wsuwając Teddy'emu rękę pod ramię.

Komendant.

Cerę miał białą niczym wosk, gładką, jakby polakierowaną, i lekko przeświecającą. Teddy'emu rzuciły się w oczy paznokcie komendanta, białe jak jego skóra, długie – jeszcze trochę i zaczęłyby się zakrzywiać – i starannie opiłowane. Ale jego najbardziej niepokojącą cechą były oczy. Lśniące, błękitne, z malującym się w nich osobliwym zachwytem. Oczy niemowlaka.

– Cieszę się, że wreszcie pana poznałem, komendancie. Jak się pan miewa?

– Och, znakomicie – odparł komendant. – A pan?

– Jestem u szczytu formy.

Komendant ścisnął go w ramię.

– Miło mi to słyszeć. Wybraliśmy się na przechadzkę, tak?

– Skoro pacjentka się znalazła, pomyślałem, że zwiedzę okolicę.

– Ufam, że wycieczka się udała.

– Bardzo.

– Świetnie. Spotkał pan naszych tubylców?

Dopiero po minucie Teddy się połapał. W głowie huczało mu teraz bez przerwy. Nogi się pod nim uginały.

– Ach, ma pan na myśli szczury.

Komendant poklepał go po plecach.

218

– Właśnie, szczury! Mają w sobie coś dziwnie królewskiego, nie uważa pan?

– To tylko szczury – odparł Teddy, patrząc mu w oczy.

– Szkodniki, owszem, przyznaję. Ale to, jak dumnie siedzą na zadkach i mierzą człowieka wzrokiem, jeżeli uznają, że są w bezpiecznej odległości, i jak szybko się poruszają... Potrafią w mgnieniu oka wśliznąć się do nory i z niej uciec. – Komendant popatrzył na niebo. – Chociaż „królewskie" nie jest chyba właściwym określeniem. Może „zdatne"? To wyjątkowo zdatne stworzenia.

Stanęli przed bramą. Wciąż ściskając Teddy'ego za ramię, komendant obrócił się na pięcie i znów mieli przed sobą dom Cawleya i morze.

– Ucieszył pana ten nowy dar zesłany przez Boga? – spytał komendant.

Teddy spojrzał na niego i wykrył czające się w tych nieskazitelnych oczach zepsucie.

– Słucham?

– Dar zesłany przez Boga – powtórzył komendant, zamaszystym gestem wskazując na spustoszoną okolicę. – Jego gwałtowność. Kiedy zszedłem na dół i ujrzałem to drzewo na środku mojego salonu, było jak wyciągnięta do mnie boska ręka. Nie dosłownie, oczywiście. Wyciągało się w przenośni. Bóg uwielbia przemoc i gwałt. Pan to rozumie, prawda?

– Nie – powiedział Teddy. – Nie rozumiem.

Komendant odszedł kilka kroków od Teddy'ego i odwrócił się do niego twarzą.

– A jak inaczej wytłumaczyć tę wszechobecną gwałtowność? Jest w nas. Wydzielamy ją. Przemoc przychodzi nam łatwiej niż oddychanie. Toczymy wojny. Składamy całopalne ofiary. Łupimy, rwiemy na strzępy ciała naszych braci. Pola naszych bitew usłane są cuchnącymi trupami. A dlaczego to robimy? Żeby pokazać, że bierzemy z Niego przykład – oznajmił komendant z uśmiechem, obnażając żółte zęby.

Teddy obserwował jego rękę gładzącą grzbiet książeczki, którą przyciskał do brzucha.

– Od Boga pochodzą trzęsienia, huragany, tornada – mówił komendant. – Od Niego pochodzą góry, które plują nam na głowy ogniem. Oceany, które pochłaniają okręty. Jego dziełem jest przyroda, a przyroda to potwór, który zabija z uśmiechem. Bóg zsyła na nas choroby po to, abyśmy konając, mieli świadomość, że tylko po to wyposażył nasze ciała w otwory, byśmy mogli czuć, jak przez nie wycieka z nas życie. Wyposażył nas w chuć, wściekłość i chciwość, i w plugawe serca. Abyśmy na Jego cześć zadawali gwałt. Nie istnieje ład moralny w czystszej postaci niż ten sztorm, który nas nawiedził. Nie istnieje żaden ład moralny. Liczy się tylko jedno – czy moja gwałtowność zdoła pokonać twoją?

– Nie jestem pewny, czy...

– Zdoła? – przerwał mu komendant, podchodząc tak blisko, że Teddy czuł jego nieświeży oddech.

– Co? – spytał Teddy.

– Czy moja gwałtowność zdoła pokonać twoją?

– Nie jestem człowiekiem gwałtownym – powiedział Teddy.

Komendant splunął na ziemię.

– Jesteś drapieżcą. Widzę to, bo sam jestem drapieżcą. Sam siebie znieważasz, zaprzeczając własnej żądzy krwi, synu. I znieważasz mnie. Gdyby usunąć wszelkie hamulce narzucone przez społeczeństwo, a ja stałbym ci na drodze do pożywienia, rozłupałbyś mi kamieniem czaszkę i wyżarłbyś ze mnie co lepsze kąski. – Nachylił się do niego. – Gdybym teraz zatopił zęby w twoim oku, potrafiłbyś mnie powstrzymać przed tym, żebym cię oślepił?

Jego oczy niemowlaka pałały radością. Teddy wyobraził sobie serce komendanta, tłukące się mu w piersi – czarne.

– Przekonaj się – powiedział.

– Oto właściwa postawa – szepnął komendant.

Teddy przesunął stopy, czuł krew pulsującą mu w żyłach na rękach.

– Tak, tak. „I stało się, żem się zżył z kajdanami" – dodał cicho komendant.

– Słucham? – spytał Teddy mimowolnie szeptem; po całym jego ciele rozchodziło się dziwne mrowienie.

– To Byron – wyjaśnił komendant. – Zapamiętasz te słowa, prawda?

– Ale z ciebie okaz, niepowtarzalny – rzekł Teddy z uśmiechem, kiedy ten cofnął się o krok.

Komendant odpowiedział mu nikłym uśmieszkiem.

– On uważa, że nie ma w tym nic złego.
– W czym? – spytał Teddy.
– W tej twojej gierce. Uważa, że to nic groźnego. Ale ja tak nie sądzę.
– Nie?
– Nie – odparł komendant, opuszczając rękę i podchodząc bliżej. Skrzyżował ręce za plecami, przyciskając teraz książeczkę do podstawy kręgosłupa, rozstawił nogi po wojskowemu i wbił wzrok w Teddy'ego. – Twierdzisz, że wyszedłeś na przechadzkę, ale ja wiem swoje. Poznałem się na tobie, synu.
– To nasze pierwsze spotkanie – zauważył Teddy.
Komendant potrząsnął głową.
– Rasy, z których się wywodzimy, są sobie znajome od wieków. Przejrzałem cię na wylot. I myślę, że jesteś przygnębiony. Tak myślę. – Wydął usta i zapatrzył się w czubki swoich butów. – Nie przeszkadza mi twoje przygnębienie. Swoją drogą to żałosne, ale nikomu nie szkodzi. Uważam też, że jesteś niebezpieczny.
– Każdy ma prawo myśleć, co mu się podoba – odparł Teddy.
Komendant pociemniał na twarzy.
– Nie zgadzam się z tym poglądem. Ludzie są głupi. Żrą, piją, puszczają gazy, spółkują i mnożą się, a szczególnie niekorzystna jest ta ostatnia okoliczność, bo świat byłby dużo przyjemniejszym miejscem, gdyby żyło na nim znacznie mniej ludzi. Niedorozwinięci, wykolejeńcy, wariaci, ludzie bez kręgosłupa moralnego – oto, kogo powołujemy do istnienia. Zakałę tej ziemi. Na Południu próbują teraz dojść do ładu z czarnuchami. Ale powiem ci coś: mieszkałem jakiś czas na Południu i wszyscy tam są czarni. Biali, Murzyni, kobiety – same czarnuchy. Gdzie się obejrzysz, czarnuchy, a tyle z nich pożytku co z psów chodzących na dwóch nogach. Ale pies potrafi przynajmniej od czasu do czasu zwietrzyć zwierzynę. Czarnuch z ciebie, synu, urobiony z podłej gliny. Czuć to od ciebie.
Jego głos brzmiał zaskakująco miękko i dźwięcznie, niemal kobieco.
– Ale niedługo przestanę ci sprawiać kłopot, prawda, komendancie? – powiedział Teddy.
Komendant się uśmiechnął.
– Zgadza się, synu.

– Wsiądę na prom i będziesz miał mnie z głowy.

Komendant zrobił dwa kroki w kierunku Teddy'ego, uśmiech znikł z jego twarzy. Przekrzywił głowę i spojrzał mu prosto w oczy swoim wzrokiem noworodka.

– Nigdzie nie wyjedziesz, synu.

– Śmiem wątpić.

– Wolno ci – rzekł komendant i nachylił się do Teddy'ego. Obwąchał go z lewej strony, potem z prawej.

– Wywęszyłeś coś? – spytał Teddy.

– Aha – mruknął komendant i cofnął się. – Zapach strachu, synu.

– To radzę ci wziąć prysznic – odparł Teddy. – Zmyć z siebie ten smród.

Przez chwilę żaden z nich się nie odzywał, wreszcie komendant powiedział:

– Nie zapominaj o kajdanach, czarnuchu. Swoich nieodłącznych towarzyszach. I wiedz, że cieszę się na myśl o naszej ostatecznej rozgrywce. Och, co to będzie za rzeź – dodał.

Odwrócił się i ruszył drogą w kierunku swojego domu.

Kwatery męskiej części personelu były opustoszałe. Teddy poszedł do swojego pokoju, powiesił w szafie sztormiak i rozejrzał się za śladami świadczącymi o powrocie Chucka, ale nic nie wskazywało na to, że wrócił.

Naszła go ochota usiąść na łóżku, ale zdawał sobie sprawę, czym by się to skończyło: padłby bez czucia i spał jak zabity do rana. Orzeźwił się w łazience zimną wodą i mokrym grzebieniem zaczesał do tyłu krótko przycięte włosy. Miał wrażenie, jakby ktoś wypróbowywał niedawno na jego kościach tarnik, a krew w żyłach wydawała się gęsta jak maź. Oczy były zapadnięte, w czerwonych obwódkach, a cera zszarzała. Ochlapał jeszcze kilka razy twarz zimną wodą, wytarł się i wyszedł z pokoju.

Na dziedzińcu szpitalnym nikogo nie spotkał.

Powietrze już się ocieplało, robiło się parne i lepkie. Cykady i świerszcze powoli odzyskiwały głos. Teddy obszedł teren w nadziei, że mimo wszystko natknie się na Chucka, który, powodowany tą samą myślą, też mógł teraz kręcić się po okolicy, wypatrywać partnera.

Przy bramie stał strażnik, a w pokojach paliły się światła, lecz poza tym nie widać było żadnych oznak ludzkiej obecności. Teddy skierował się do szpitala, wszedł po schodkach i szarpnął za klamkę, lecz drzwi wejściowe, niestety, były zamknięte na klucz. Wtem zaskrzypiały zawiasy, Teddy rozejrzał się, lecz okazało się, że to strażnik wyszedł za bramę, żeby pogadać ze swoim kolegą stojącym na posterunku po drugiej stronie. Usłyszał trzask zamykanej bramy. Szorując butami po betonowej nawierzchni, Teddy odsunął się od drzwi i usiadł na schodkach.

Nie potwierdziła się teoria Noyce'a. Ponad wszelką wątpliwość Teddy był teraz zupełnie sam. Owszem, był odcięty od świata. Ale wyglądało na to, że nikt go nie śledzi.

Poszedł na tyły budynku szpitala. Zrobiło mu się raźniej na widok posługacza siedzącego na stopniach przed wejściem i ćmiącego papierosa.

Teddy zbliżył się i posługacz, szczupły, czarnoskóry chłopak, spojrzał na niego. Teddy wyciągnął papierosa z kieszeni.

– Masz ogień? – zapytał.

– Jasne.

Teddy pochylił się i przypalił od niego papierosa. Uśmiechnął się w podziękowaniu i wyprostował. Naraz przypomniało mu się, że kobieta w jaskini przestrzegała go przed paleniem tutejszych papierosów. Wypuścił powoli dym bez zaciągania się.

– Wszystko w porządku? – spytał.

– U mnie gra. A u pana?

– Nie narzekam. Gdzie się wszyscy pochowali?

– W środku – odparł chłopak, wskazując kciukiem za siebie. – Na jakimś ważnym zebraniu. Ale nie wiem, o czym gadają.

– Wszyscy lekarze i pielęgniarki?

Chłopak skinął głową.

– I kilku pacjentów. No i posługacze. A ja siedzę tutaj, bo kazali mi pilnować tych drzwi. Klamka się zacina. Ale poza tym jest tam prawie cały personel medyczny.

Teddy wydmuchiwał dym bez wciągania go do płuc. Miał nadzieję, że chłopak nie zauważy. Zastanawiał się, co ma zrobić w tej sytuacji. Spróbować dostać się do środka pod fałszywym pretekstem? W oczach chłopaka Teddy był pewnie zwykłym posługaczem z innego oddziału.

Dostrzegł jednak przez szybę w drzwiach za plecami posługacza, że w holu pojawili się ludzie, którzy kierowali się do drugiego wyjścia. Podziękował chłopakowi za ogień i poszedł z powrotem do drzwi frontowych. Kłębił się tam spory tłumek ludzi, którzy rozmawiali i palili papierosy. Teddy spostrzegł siostrę Marino, która powiedziała coś Treyowi Washingtonowi, kładąc mu rękę na ramieniu, a ten się roześmiał wyraźnie ubawiony.

Teddy ruszył w ich stronę, lecz usłyszał Cawleya wołającego go od schodów. Odwrócił się do niego. Cawley podszedł, ścisnął mu lekko łokieć na powitanie i wziął go na stronę.

– Gdzie się pan podziewał? – zapytał.

– Zwiedzałem waszą wyspę – odparł Teddy.

– Urządził pan sobie wycieczkę?

– Owszem.

– Widział pan coś ciekawego?

– Szczury.

– Tak, nie da się ukryć, że mamy ich tu mnóstwo.

– A jak naprawa dachu? – spytał Teddy.

– Postawiłem wiadra w miejscach, gdzie przecieka. – Cawley westchnął. – Poddasze zalane, zniszczone, podobnie podłoga w pokoju gościnnym. Żona się zapłacze. Przechowywała suknię ślubną na tym poddaszu.

– Właśnie. A gdzie teraz przebywa pańska małżonka?

– W Bostonie. Mamy tam mieszkanie. Żona i dzieci potrzebowały zmiany otoczenia, więc wyjechały na tydzień na wakacje. Czasami ma się po prostu dość tej wyspy.

– Ta wyspa i na mnie zaczyna źle działać, a jestem tu dopiero trzy dni, doktorze.

Cawley przyjął to z łagodnym uśmiechem.

– Ale to już długo nie potrwa – oświadczył.

– Słucham?

– Wraca pan do siebie, szeryfie. Przecież Rachel się znalazła. Prom zwykle przypływa rano około jedenastej. Sądzę, że do południa dostarczy pana do Bostonu.

– Jak miło.

– Prawda? – odparł Cawley, pocierając głowę. – Powiem panu coś, szeryfie, tylko proszę się nie obrażać.

– Skąd my to znamy?

– Nie zamierzam osądzać stanu pańskiej psychiki – zastrzegł się Cawley, unosząc rękę. – Nie. Chodzi o to, że pańska obecność w szpitalu wywołała wzburzenie wśród pacjentów. Rozumie pan – „zawitał do nas stróż prawa", i tak dalej. Niektórzy są z tego powodu nadmiernie pobudzeni.

– Przykro mi.

– To nie pańska wina. To raczej urząd, który pan reprezentuje, a nie pańska osoba jest przyczyną.

– Cóż, w takim razie nie ma o czym mówić.

Cawley oparł się o mur. Stał tak w pomiętym fartuchu i poluzowanym krawacie, a cała jego postać wyrażała skrajne wyczerpanie, takie, jakie w tej chwili odczuwał Teddy.

– Po oddziale C chodziły słuchy, że po południu przebywał tam niezidentyfikowany osobnik ubrany jak posługacz – rzekł nagle Cawley.

– Naprawdę?

– Naprawdę – odparł Cawley, spoglądając na Teddy'ego.

– Coś podobnego.

Cawley strzepnął kłaczek, który przyczepił mu się do krawata.

– Otóż ów nieznajomy podobno wykazał się dużą wprawą w poskramianiu niebezpiecznych ludzi.

– Nie może być.

– Oj może, może.

– Cóż jeszcze zdziałał „ów nieznajomy"?

Cawley wygiął do tyłu ramiona, ściągnął fartuch laboratoryjny i przewiesił go przez rękę.

– Widzę, że obudziło to pańską ciekawość.

– Nie ma to jak ploteczka od czasu do czasu.

– Zgadzam się. Ów nieznajomy rzekomo – czego nie można jednak potwierdzić w stu procentach – odbył długą rozmowę z niejakim George'em Noyce'em, schizofrenikiem cierpiącym na dodatek na manię prześladowczą.

– Hmm – powiedział Teddy.

– Otóż to.

– Więc ten, jak mu tam...

– Noyce – podpowiedział Cawley.

– Noyce – powtórzył Teddy. – No właśnie. Ten facet ma urojenia, tak?

– I to ostre. Plecie trzy po trzy, opowiada niestworzone historie, które wywołują u słuchaczy wzburzenie.

– Oho, znów to określenie.

– Przepraszam. Powiedzmy, że wywołują u słuchaczy drażliwość. Dwa tygodnie temu tak rozzłościł pacjentów, że jeden z nich dotkliwie go pobił.

– Niesłychane.

Cawley wzruszył ramionami.

– Cóż, zdarza się.

– Jakie bzdury wygaduje ten Noyce? – spytał Teddy.

Cawley machnął ręką.

– Fantazjuje, jak to mają w zwyczaju paranoicy. Że niby cały świat sprzysiągł się przeciwko niemu i chce go zniszczyć, i tym podobne brednie.

Cawley spojrzał na Teddy'ego i zapalił papierosa, w jego oczach odbił się błysk płomienia zapałki.

– Ale wkrótce pan stąd wyjedzie.

– Na to wygląda.

– Najbliższym promem.

– Jeśli ktoś raczy nas obudzić – odparł Teddy, posyłając mu lodowaty uśmiech.

Cawley odpowiedział mu tym samym.

– To się chyba da załatwić – dodał.

– Świetnie.

– Może papierosa? – powiedział Cawley i podsunął mu paczkę.

– Nie, dziękuję – odparł Teddy, zasłaniając się ręką.

– Rzuca pan palenie?

– Ograniczam.

– I słusznie. Czytałem w pismach fachowych, że papierosy mogą być przyczyną wielu okropnych chorób.

– Czyżby?

Cawley kiwnął głową.

– Na przykład raka, z tego, co wiem.

– Tyle różnych rzeczy powoduje teraz śmierć.

– Owszem, ale też coraz więcej chorób potrafimy wyleczyć.

– Tak pan uważa?

– Inaczej nie zostałbym lekarzem – odparł Cawley, zadzierając głowę i wydmuchując dym.

– Mieliście tu kiedyś pacjenta nazwiskiem Laeddis, Andrew Laeddis? – spytał Teddy.

– Nic mi to nazwisko nie mówi – powiedział Cawley, patrząc znów prosto przed siebie.

– Nie?

– A powinno?

Teddy potrząsnął głową.

– Znałem go kiedyś i...

– Skąd?

– Co takiego?

– Skąd pan go znał?

– Z wojska – odparł Teddy.

– Aha.

– W każdym razie słyszałem, że mu odbiło i trafił tutaj.

Cawley zaciągnął się powoli papierosem.

– Ktoś wprowadził pana w błąd.

– Najwyraźniej.

– No cóż, tak bywa. Ale zaraz... powiedział pan przed chwilą „nas" czy się przesłyszałem?

– Słucham?

– „Nas", jak w pierwszej osobie liczby mnogiej.

– Miałem na myśli siebie? – spytał Teddy, kładąc rękę na piersi.

Cawley potwierdził skinięciem.

– Wydawało mi się, że powiedział pan: „Jeśli ktoś raczy nas obudzić". Nas.

– Powiedziałem tak. Oczywiście. A przy okazji, widział go pan gdzieś?

Cawley uniósł ze zdziwieniem brwi.

– Niech pan przestanie udawać. Jest tutaj?

Cawley roześmiał się, spojrzał na Teddy'ego.

– Co znowu? – spytał Teddy.

Cawley wzruszył ramionami.

– Po prostu nie mogę się w tym połapać.

– W czym połapać?

– Zgrywa się pan, szeryfie, czy co?

227

– Ja się zgrywam? Chcę tylko wiedzieć, czy on tu jest.
– Kto taki? – spytał Cawley z nutą rozdrażnienia w głosie.
– Chuck.
– Chuck? – powtórzył powoli Cawley.
– Mój partner – powiedział Teddy. – Chuck.
Cawley odsunął się od muru, opuszczając rękę z papierosem.
– Przecież przyjechał pan tu sam, szeryfie, bez partnera.

19

– Zaraz, chwileczkę... – powiedział Teddy.
Jego wzrok napotkał Cawleya, który przyglądał mu się z bliska.
Teddy zamknął usta, czuł, jak na jego powieki napiera mrok tej letniej nocy.
– Proszę mi opowiedzieć o swoim partnerze – odezwał się Cawley, który utkwił w nim zaciekawione, zimne spojrzenie. Nigdy wcześniej nikt nie przyglądał się Teddy'emu w ten sposób: badawczo, rozumnie i straszliwie beznamiętnie. Takim wzrokiem patrzył frant w bulwarowym przedstawieniu, wyrywający się z głupią uwagą i udający, że nie wie, z której strony spodziewać się docinku.
A Teddy grał w tej farsie błazna, gamonia w za luźnych szelkach i beczce zamiast spodni, który jako jedyny nie rozumie dowcipu.
– Szeryfie? – spytał Cawley, posuwając się kroczek do przodu, jakby Teddy był motylem, którego bał się spłoszyć.
Jeśli Teddy będzie się wściekał, dopytywał, gdzie jest Chuck, jeśli w ogóle będzie upierał się przy istnieniu Chucka, zda się zupełnie na ich łaskę.
Napotkał spojrzenie Cawleya i ujrzał malujące się w nich rozbawienie.
– Wariaci zaprzeczają, że są wariatami – powiedział Teddy.
– Słucham? – spytał Cawley, podchodząc kroczek bliżej.
– Bob zaprzecza, że jest wariatem.
Cawley skrzyżował ręce na piersi.
– *Ergo:* Bob jest wariatem – dokończył Teddy.
Cawley odchylił się na piętach, na jego twarzy pojawił się uśmiech.

Teddy uśmiechnął się w odpowiedzi.

Stali tak chwilę, nad ich głowami w koronach drzew na nocnym wietrze szeleściły liście.

– Wie pan – odezwał się Cawley ze spuszczoną głową, ryjąc czubkiem buta w trawie. – Udało mi się tu stworzyć coś naprawdę cennego. Ale cenne osiągnięcia mają to do siebie, że mało kto ze współczesnych potrafi się na nich poznać. Każdy chce efektów widocznych od razu. Zmęczeni jesteśmy lękiem, zmęczeni smutkiem, zmęczeni bezsilnością, zmęczeni samym zmęczeniem. Marzy nam się, żeby znów było jak za dawnych dobrych lat, chociaż nawet ich nie pamiętamy, a przy tym, paradoksalnie, na łeb, na szyję przemy w przyszłość. A cierpliwość i wyrozumiałość pierwsze padają ofiarami postępu. To żadna nowość. Taka jest i była kolej rzeczy. – Cawley podniósł głowę. – Więc chociaż mam wielu potężnych zwolenników, tyle samo mam potężnych wrogów. Ludzi, którzy chcą wydrzeć mi z rąk dorobek mojego życia. A do tego nie mogę dopuścić. Będę tego bronić ze wszystkich sił. Rozumie pan?

– Och, rozumiem, doktorze.

– To dobrze – powiedział Cawley, opuszczając ręce. – A co z tym pańskim partnerem?

– Jakim partnerem?

Teddy zastał w pokoju Treya Washingtona, który leżał na łóżku i przeglądał stary numer czasopisma „ Life".

Teddy spojrzał na łóżko, które zajmował Chuck. Pościel była zmieniona, a łóżko starannie posłane, i nikt by się nie domyślił, że dwa dni temu ktoś w nim spał.

W szafie wisiała świeżo wyprana, zapakowana w folię garderoba Teddy'ego: marynarka, koszula, krawat i spodnie. Teddy przebrał się w czyste ubranie.

– Jak samopoczucie, szeryfie? – zagadnął go Trey, wertując błyszczące czasopismo.

– W porządku, dziękuję.

– To dobrze, to dobrze.

Teddy zauważył, że Trey unika jego wzroku – zapatrzony w czasopismo przewraca w kółko te same strony.

Teddy przełożył zawartość kieszeni do nowego ubrania. Formularz przyjęcia Laeddisa wraz z notesem umieścił w wewnętrznej kieszeni marynarki. Usiadł na łóżku Chucka naprzeciwko Treya, zawiązał krawat i buty, a potem siedział w milczeniu.

– Jutro będzie upał – odezwał się Trey, przewracając kartkę.

– Naprawdę?

– Kurewski upał. Źle działa na pacjentów.

– Nie wiedziałem.

Trey pokiwał głową.

– Tak, tak. Są wyjątkowo podnieceni, nie mogą spokojnie usiedzieć na dupie. A do tego ta pełnia jutro. Fatalnie. Tylko tego nam trzeba.

– Dlaczego?

– Co takiego, szeryfie?

– Dlaczego fatalnie, że jutro wypada pełnia? Myślisz, że ludzie od tego dostają świra?

– Wiem, że tak jest – odparł Trey, wygładzając palcem zagięty róg kartki.

– Skąd?

– Niech pan sam pomyśli. Księżyc powoduje przypływ, zgadza się?

– No tak.

– Przyciąga wodę jak magnes czy coś w tym rodzaju.

– Racja.

– A połowę mózgu człowieka stanowi woda – oświadczył Trey.

– Poważnie?

– Poważnie. A jeśli stary, poczciwy pan księżyc może zawrócić ocean, to nie potrafi zawrócić nam w głowie? Niech się pan zastanowi.

– Jak długo tu pracujesz, Trey?

Trey skończył rozprostowywać kartkę, przewrócił następną.

– Oj, długo. Od czterdziestego szóstego. Jak tylko wypuścili mnie do cywila.

– Byłeś w wojsku?

– Jasne. Zaciągnąłem się, żeby walczyć, a wylądowałem przy garach. Walczyłem ze szkopami podłym żarciem.

– Zrobili nas w balona.

– O tak. Wciągnęli nas do wojny, obiecywali, że do czterdziestego czwartego się skończy.

– Nie da się zaprzeczyć.

230

– Pan to bywały w świecie człowiek, co, szeryfie?

– Widziało się to i owo.

– I jak tam jest w szerokim świecie?

– To samo gówno, tylko inne języki.

– Święta prawda, no nie?

– Wiesz, Trey, jak nazwał mnie dziś komendant?

– Zamieniam się w słuch.

– Czarnuchem.

– Co takiego? – powiedział Trey, odrywając wzrok od czasopisma.

– Powiedział, że na świecie rozplenili się podludzie. Niższe rasy. Czarnuchy. Niedorozwinięci. Powiedział, że ja jestem dla niego zwykłym czarnuchem.

– Na pewno się to panu nie spodobało – zachichotał Trey, ale śmiech zaraz zgasł na jego ustach. – Nie ma pan pojęcia, co to znaczy być czarnuchem.

– Zdaję sobie z tego sprawę. Ten człowiek jest twoim przełożonym, Trey.

– Nie jest moim szefem. Ja należę do personelu medycznego. A Biały Diabeł? Rządzi służbą więzienną.

– Tak czy siak, jest twoim szefem.

– Nie jest – oświadczył Trey, podnosząc się na łokciu. – Słyszysz, człowieku? To znaczy, czy wyjaśniliśmy sobie tę sprawę ponad wszelką wątpliwość, szeryfie?

Teddy wzruszył ramionami.

Trey zsunął nogi z łóżka i usiadł.

– Próbuje mnie pan wyprowadzić z równowagi?

Teddy potrząsnął przecząco głową.

– To dlaczego nie przyzna mi pan racji, kiedy mówię, że ja nie pracuję dla tego białego skurwysyna?

Teddy zbył to pytanie kolejnym wzruszeniem ramion.

– Ale gdyby przyszło co do czego – powiedział – i komendant zaczął wydawać rozkazy? Kicałbyś aż miło.

– Co takiego?

– Kicałbyś. Jak królik.

Trey potarł szczękę, wpatrywał się w Teddy'ego z niedowierzaniem.

– Tylko bez urazy – powiedział Teddy.

– Ależ skąd.

– Po prostu zauważyłem, że ludzie tutaj lubią tworzyć własną prawdę. Mówią sobie, że tak jest, powtarzają to w kółko, aż wydaje im się, że tak musi być i koniec.

– Ja dla niego nie pracuję.

– No właśnie odparł Teddy, wskazując na nicgo ręką. – Oto tutejsza prawda, którą znam i uwielbiam.

Trey wyraźnie miał ochotę go rąbnąć.

– Posłuchaj – mówił Teddy – dziś w nocy odbyło się ważne zebranie, a potem doktor Cawley przychodzi do mnie i wmawia mi, że przyjechałem tu bez partnera. A jeśli zapytam ciebie, powiesz mi to samo. Zaprzeczysz, że siedziałeś z tym człowiekiem przy jednym stole, grałeś z nim w pokera, śmiałeś się razem z nim. Zaprzeczysz, że kiedykolwiek dał ci radę, jak trzeba było postąpić z tą twoją jędzowatą ciotką – uciec od niej jak najdalej. Zaprzeczysz, że spał w tym właśnie łóżku. Mam rację, panie Washington?

Teddy spuścił wzrok.

– Nie wiem, o czym pan mówi, szeryfie.

– Rozumiem, rozumiem. Przecież nie miałem partnera, a on nie utknął gdzieś na tej wyspie ranny. Albo martwy. Albo, co gorsza, nie tkwi teraz pod kluczem na oddziale C czy w latarni. Przecież nie miałem partnera. Dalej, przećwiczymy to.

– Nigdy nie miałeś partnera – rzekł Trey, patrząc na niego.

– A ty nie pracujesz dla komendanta – powiedział Teddy.

Trey splótł ręce na kolanach. Spoglądał na Teddy'ego i widać było, że walczy z sobą. Oczy miał wilgotne i drżał mu podbródek.

– Musisz stąd uciekać – wyszeptał.

– Zdaję sobie z tego sprawę.

– Nie – odparł Trey, potrząsając energicznie głową. – Nie masz pojęcia, co naprawdę jest grane. Zapomnij wszystko, co słyszałeś. Zapomnij wszystko, co wydaje ci się, że wiesz o tym miejscu. Oni chcą się do ciebie dobrać. A jak się do ciebie dobiorą, to po tobie. Nie będzie dla ciebie ratunku. Żadnego.

– Powiedz mi, powiedz mi, co tutaj jest grane – nalegał Teddy, ale Trey potrząsnął głową.

– Nie mogę. Popatrz na mnie – zwrócił się do Teddy'ego, z uniesionymi brwiami i rozszerzonymi oczami. – NIE MOGĘ TEGO

ZROBIĆ KONIEC KROPKA. Jesteś zdany tylko na siebie. Ale ja na twoim miejscu nie czekałbym na żaden prom.

– Nie mogę nawet wydostać się poza teren szpitala, a co dopiero z wyspy – parsknął Teddy. – A nawet gdybym mógł, mój partner...

– Zapomnij o nim – syknął Trey. – Jego nie ma. Kapujesz? I już nie wróci, człowieku. Musisz uważać na siebie i tylko na siebie.

– Trey – powiedział Teddy. – Trzymają mnie tu w zamknięciu.

Trey wstał i podszedł do okna; wpatrywał się w mrok czy we własne odbicie, Teddy'emu trudno było osądzić.

– Nigdy nie możesz tu wrócić. Nigdy nie możesz nikomu powiedzieć, że ja ci pomogłem.

Teddy milczał.

Trey obejrzał się na niego przez ramię.

– Umowa stoi?

– Stoi – odparł Teddy.

– Prom przypływa tu o dziesiątej rano. Rusza z powrotem do Bostonu punkt jedenasta. Gdyby komuś udało się ukryć na pokładzie, może przeprawiłby się przez zatokę. Inaczej musiałby odczekać dwa, trzy dni, aż kuter rybacki „Betsy Ross" dopłynie od południowej strony wyspy i zrzuci na ląd trochę rzeczy. – Trey odwrócił się i spojrzał na Teddy'ego. – Takich, co to w ogóle nie powinny się znaleźć na tej wyspie. W każdym razie kuter nie przybija do brzegu. Trzeba do niego dopłynąć.

– Nie wytrzymam trzech dni na tej pieprzonej wyspie – powiedział Teddy. – To dla mnie obcy teren. A komendant i jego ludzie na pewno znają tu każdy zakątek. Wytropią mnie.

– No to pozostaje prom – rzekł Trey po chwili.

– Pozostaje prom. Ale jak mam się stąd wydostać?

– Cholera, możesz mi nie wierzyć, ale naprawdę masz fart. Huragan wszystko rozpieprzył, a szczególnie zabezpieczenia elektryczne. Naprawiliśmy już prawie wszystkie przewody na murach. Prawie wszystkie.

– Które odcinki nie są jeszcze pod napięciem? – spytał Teddy.

– W południowo-zachodnim narożniku. Te dwa odcinki, dokładnie tam gdzie mur załamuje się pod kątem prostym, nie zostały jeszcze podłączone. W innych miejscach usmażysz się jak na ruszcie, dlatego radzę ci pod żadnym pozorem nie dotykać tam przewodów. Słyszysz?

233

– Słyszę.

Trey skinął głową swojemu odbiciu w oknie.

– No to jazda. Czas ucieka.

– A Chuck? – powiedział Teddy, podnosząc się.

– Nie ma żadnego Chucka – zirytował się Trey. – Jasne? Nigdy nie było. Jak się stąd wyrwiesz, możesz gadać o Chucku ile wlezie. Ale tutaj? Ten facet po prostu nigdy nie istniał.

Kiedy stanął u południowo-zachodniego krańca muru, przyszło mu do głowy, że Trey mógł kłamać. Gdyby Teddy dotknął tych przewodów, zacisnął na nich rękę i okazałoby się, że są pod napięciem, rano znaleźliby jego zwęglone zwłoki u podnóża muru, czarne jak stek sprzed miesiąca. I po kłopocie. Trey zostałby wybrany na pracownika roku, może nawet dostałby w nagrodę ładny złoty zegarek.

Rozejrzał się i poszukał długiej gałązki, a potem przesunął się trochę w prawo od narożnika. Wziął rozbieg, skoczył jedną nogą na mur i wybił się do góry. Uderzył gałązką w przewód; z przewodu z trzaskiem wzbił się płomień i gałązka się zapaliła. Teddy opadł na ziemię i przyjrzał się kawałkowi drewna w ręku: płomyk zgasł, ale gałązka jeszcze się tliła.

Spróbował jeszcze raz, tym razem w narożniku po prawej stronie. Nic.

Stał pod murem, łapiąc oddech, potem skoczył na mur po lewej stronie, uderzył gałązką w przewód. Znów nic się nie stało.

W miejscu, gdzie mur się załamywał, na górze, sterczał metalowy pręt. Dopiero za trzecim razem Teddy zdołał go dosięgnąć. Trzymając się mocno, wspinał się na górę. Zahaczył barkami o przewód, zahaczył kolanami o przewód, zahaczył rękami o przewód, i za każdym razem myślał, że już po nim.

Ale żył. A kiedy znalazł się na szczycie muru, nie pozostało mu nic innego, jak opuścić się na ziemię po drugiej stronie.

Podniósł się i raz jeszcze spojrzał na Asheclifce.

Przybył tu, żeby poznać prawdę, ale jej nie odkrył. Przybył tu, żeby rozprawić się Laeddisem, ale jego również nie znalazł. Jednocześnie stracił partnera.

W Bostonie będzie czas, żeby żałować tego, co się stało. Czas na obwinianie się i na wstyd. Czas na rozważenie istniejących możliwości, na naradę z senatorem Hurlym i na opracowanie planu ataku.

Bo Teddy tu powróci. Szybko. To nie ulegało wątpliwości. I jeśli dobrze pójdzie, uzbrojony w nakazy sądowe i zezwolenia. I przypłyną własnym promem. Wtedy okaże swój gniew. Wtedy obróci przeciw nim karzący miecz sprawiedliwości.

Teraz jednak czuł tylko ulgę – ważne, że uszedł z życiem i jest po drugiej stronie tego cholernego muru.

Ulgę. I strach.

Dotarcie z powrotem do jaskini zabrało mu półtorej godziny, ale nie zastał w niej nikogo. Ognisko już dogasało. Teddy usiadł przy tlącym się żarze, chociaż powietrze było nadzwyczaj ciepłe jak na tę porę roku i z godziny na godziny robiło się coraz parniej.

Teddy czekał w nadziei, że ta, która rozpaliła to ognisko, wyszła na chwilę nazbierać drewna, ale w głębi duszy wiedział, że nie doczeka się jej powrotu. Może doszła do wniosku, że go schwytali, a on zdradził jej kryjówkę komendantowi i Cawleyowi. Może – Teddy wiedział, że tylko się łudzi, ale nie mógł się oprzeć – natknęła się na Chucka i oboje przenieśli się w jakieś bezpieczniejsze miejsce.

Ognisko się dopaliło, a Teddy zdjął marynarkę, okrył nią ramiona i pierś i oparł się plecami o ścianę jaskini. Tak jak poprzedniej nocy jego uwaga tuż przed zaśnięciem skupiła się na kciukach.

Nim zapadł w sen, spostrzegł, że zaczynają drżeć.

Dzień czwarty
MARNY ŻEGLARZ

20

Wszyscy zmarli, prawdziwi i domniemani, sięgali po swoje płaszcze. Byli w kuchni, a płaszcze wisiały na kołkach. Ojciec Teddy'ego wziął swoją starą marynarską kurtkę, wsunął w nią ręce, potem pomógł włożyć płaszcz Dolores i zwrócił się do Teddy'ego:

– Wiesz, co chciałbym dostać na Gwiazdkę?

– Nie, tato.

– Dudy.

Teddy domyślił się, że chodzi mu o kije do golfa w worku.

– Tak jak Ike – powiedział.

– Właśnie – odparł ojciec i podał Chuckowi płaszcz.

Chuck nałożył go na siebie. To był piękny płaszcz z przedwojennej kaszmirskiej wełny. Po bliźnie na twarzy Chucka nie było śladu, ale nadal miał te delikatne, pożyczone ręce. Podsunął je Teddy'emu pod nos i przebierał palcami.

– Spotkałeś się z tą lekarką? – spytał Teddy.

Chuck potrząsnął głową.

– Jestem stanowczo zbyt gruntownie wykształcony – powiedział. – Poszedłem na wyścigi.

– Wygrałeś?

– Straciłem mnóstwo forsy.

– Fatalnie.

– Pocałuj żonę na dobranoc – powiedział Chuck. – W policzek.

Teddy wsunął się między swoją matkę i Tootiego Vicellego, który uśmiechał się, ukazując zakrwawione usta. Pocałował Dolores w policzek i powiedział:

– Skarbie, dlaczego jesteś cała mokra?

– Jestem wyschnięta na kość – zwróciła się Dolores do ojca Teddy'ego.

– Gdybym był o połowę młodszy, ożeniłbym się z tobą, dziewczyno – odparł jego ojciec.

Wszyscy byli przemoczeni, nawet matka Teddy'ego i Chuck. Woda ściekała z ich płaszczy strumieniami i rozlewała się po podłodze.

Chuck podał mu trzy kłody, mówiąc:

– Dołóż do ognia.

– Dzięki. – Teddy wziął od niego kłody, ale zapomniał, gdzie je położył.

– Pieprzone króliki – oznajmiła Dolores, drapiąc się po brzuchu. – Są do niczego.

Do kuchni weszli Laeddis i Rachel Solando. Nie mieli na sobie płaszczy. Nic na sobie nie mieli. Leaddis podał Teddy'emu butelkę whisky, a potem wziął w ramiona Dolores. Teddy poczułby zazdrość, ale Rachel uklękła przed nim, rozpięła mu spodnie i zaczęła go pieścić ustami. Chuck, ojciec Teddy'ego, matka i Tootie Vicelli pomachali im na pożegnanie, wychodząc, a Laeddis i Dolores, spleceni w uścisku, wycofali się do sypialni. Teddy słyszał, jak baraszkują na łóżku, zrywają z siebie ubrania, ciężko dysząc. To wszystko wydawało się na swój sposób słuszne, cudowne, i dźwignął klęczącą przed nim Dolores – słychać było, jak Rachel i Laeddis rżną się w sypialni na całego – i pocałował żonę. Zakrył dłonią dziurę w jej brzuchu, a ona mu podziękowała. Wszedł w nią od tyłu, spychając z kuchennego stołu kłody. Komendant i jego ludzie nalali sobie whisky, którą przyniósł Laeddis. Komendant mrugnięciem wyraził swoje uznanie dla techniki, jaką Teddy posuwał żonę, i oświadczył:

– A to jurny biały czarnuch. Jak go zobaczycie, od razu strzelać. Słyszycie? Bez namysłu. Jak ten ptaszek wyfrunie z wyspy, mamy przesrane, panowie.

Teddy zsunął marynarkę, pod którą spał, i podpełzł na skraj jaskini.

Komendant i jego ludzie stali u góry nad krawędzią urwiska. Świeciło słońce. Darły się mewy.

Teddy zerknął na zegarek: była ósma rano.

– Tylko bez brawury – mówił komendant. – Facet ma za sobą szkolenie bojowe i doświadczenie w walce. Został odznaczony Purpurowym Sercem, i to kilkakrotnie. Gołymi rękami zabił na Sycylii dwóch żołnierzy wroga.

Teddy wiedział, że te informacje pochodzą z jego akt osobowych. Do cholery, jakim cudem wpadły im w ręce jego akta osobowe?

– Świetnie włada nożem i jest mistrzem w walce wręcz. Nie zbliżać się do niego. Przy pierwszej okazji zastrzelić go jak dwunogiego psa.

Mimo powagi sytuacji Teddy nie mógł powstrzymać się od uśmiechu. Ciekawe, ile już razy ludzie komendanta zmuszeni byli wysłuchiwać jego „psich" porównań?

Po ścianie niższego urwiska schodziło na linach trzech strażników. Teddy odsunął się od krawędzi. Strażnicy dotarli na dół do poziomu plaży. Po kilku minutach wspięli się z powrotem. Teddy usłyszał, jak jeden z nich mówi: „Nie ma go tam, panie komendancie".

Nasłuchiwał jeszcze przez chwilę, kiedy przeczesywali okolicę w pobliżu cypla i drogę. Potem odeszli, ale zanim Teddy opuścił kryjówkę, odczekał całą godzinę, by upewnić się, że nikt z tyłu nie zamyka pochodu, a grupa pościgowa wystarczająco się oddaliła i na nikogo się nie natknie.

Kiedy stanął na drodze, było dwadzieścia po dziewiątej. Zaraz ruszył nią z powrotem w kierunku zachodnim. Starał się utrzymywać szybkie tempo, ale wciąż nasłuchiwał odgłosów, które zdradzałyby obecność strażników z przodu lub z tyłu.

Trey miał rację co do pogody – było obrzydliwie gorąco. Teddy zdjął marynarkę i przewiesił ją przez rękę. Rozluźnił krawat, ściągnął go przez głowę i włożył do kieszeni. Paliło go gardło z pragnienia, a oczy piekły od potu.

Stanął mu przed oczami Chuck ze snu, wkładający płaszcz, i ten obraz poraził go mocniej niż widok Laeddisa obłapiającego Dolores. Do czasu pojawienia się Rachel i Laeddisa śniły mu się osoby, które już nie żyły. Z wyjątkiem Chucka. Ale Chuck wziął płaszcz z tego samego wieszaka i wyszedł za nimi. Wymowa tej sceny dręczyła Teddy'ego. Jeśli dopadli Chucka na cyplu, to pewnie zabrali go ze sobą wtedy, kiedy Teddy po zejściu na równinę wspinał się z powrotem na górę. Ten, kto się podkradł do Chucka, musiał mieć w tym nie lada wprawę, bo Chuck ani pisnął.

Jakimi środkami trzeba dysponować, żeby pozbyć się nie jednego, lecz dwóch szeryfów federalnych?

Potężnymi.

A jeśli zamierzali wpędzić Teddy'ego w obłęd, nie mogli tego samego uczynić z Chuckiem. Nikt nie uwierzyłby w to, że w ciągu dwudziestu czterech godzin dwóch szeryfów naraz postradało zmysły. Chuck musiał więc ulec wypadkowi. Przypuszczalnie podczas burzy. W gruncie rzeczy, jeśli byli naprawdę cwani – a wszystko na to wskazywało – to przedstawią śmierć jego partnera jako kroplę, która przelała czarę i doprowadziła Teddy'ego do nieodwracalnej utraty poczytalności.

Nie można było odmówić temu rozwiązaniu swoistej symetrii.

Ale jeśli Teddy stąd się nie wydostanie, wydział pościgowy na pewno nie przyjmie na wiarę miejscowej wersji wydarzeń, choćby była jak najbardziej przekonująca, i wyśle ludzi, żeby na miejscu sprawdzili jej wiarygodność.

A co ci wysłannicy zastaną na wyspie?

Teddy przyjrzał się swoim kciukom i nadgarstkom. Drgawki się nasilały. I pomimo snu nic mu się nie rozjaśniło w głowie. Czuł się zamroczony, język miał odrętwiały. Do czasu kiedy przybędą szeryfowie, żeby zbadać sprawę, leki zadziałają. Jego koledzy zobaczą na własne oczy, jak Teddy ślini się bez przerwy i robi pod siebie. I wersja szpitalna zostanie potwierdzona.

Usłyszał ryk syreny i wyszedł na wzgórze w samą porę, żeby zobaczyć, jak prom kończy robić zwrot i podchodzi tyłem do przystani. Przyspieszył kroku i dziesięć minut później ujrzał prześwitujący między drzewami tył domu Cawleya.

Zszedł z drogi do lasu. Z oddali dolatywały odgłosy rozładunku, dudnienie zrzucanych skrzyń, szczęk podnośników na kółkach, stukot kroków na drewnianym pomoście. Teddy dotarł na skraj lasu i zobaczył posługaczy uwijających się na przystani, dwóch pilotów przy sterze na promie i strażników, mnóstwo strażników. Kolby karabinów mieli oparte na biodrach i stali zwróceni twarzą w stronę wyspy, lustrowali wzrokiem las i odkryty teren prowadzący do Ashecliffe.

Po rozładowaniu promu posługacze odjechali wózkami, lecz strażnicy pozostali na miejscu i Teddy zrozumiał, że ich jedynym zadaniem tego ranka jest dopilnowanie, żeby pod żadnym pozorem nie dostał się na prom. Cofnął się w głąb lasu i skierował do pałacyku Cawleya. Zobaczył na dachu jednego strażnika, odwróconego do niego tyłem. Teddy domyślił się po hałasie, że w środku na górze kryją się jeszcze inni. Po zachodniej stronie domu w przybudówce stał samochód. Buick roadmaster rocznik 1947. Koloru łososiowego, z białą skórzaną tapicerką. Prawdziwe cacko, wypucowane i wypolerowane dzień po przejściu huraganu. Ukochany pojazd.

Teddy otworzył drzwi. Skórzana tapicerka w środku pachniała nowością. W schowku znalazł kilka pudełek zapałek i zabrał wszystkie.

Wyciągnął krawat z kieszeni, podniósł kamyk z ziemi i zawiązał dookoła niego węższy koniec krawata. Podniósł tablicę rejestracyjną, odkręcił korek wlewu paliwa, a potem wepchnął owinięty krawatem kamyk aż do samego zbiornika. Z otworu rury jak z ludzkiej szyi zwisał szeroki, pokrytym kwiecistym wzorkiem przód krawata.

Teddy przypomniał sobie, jak Dolores podarowała mu ten krawat – trzymał ją na kolanach, a ona zawiązała mu nim oczy.

– Przykro mi, kotku – szepnął. – Jest mi drogi, bo dostałem go od ciebie. Ale nie oszukujmy się: ten krawat jest po prostu ohydny.

Posłał jej do nieba uśmiech na przeprosiny i zapalił zapałkę, a od zapałki całe pudełko, a od płonącego pudełka krawat.

A potem pognał jak oszalały.

Teddy był w połowie drogi przez las, kiedy samochód eksplodował. Zaraz potem usłyszał nawoływania, odwrócił się i między drzewami ujrzał wzbijające się w powietrze płomienie. Potem nastąpiła seria cichszych wybuchów, jak na pokazie sztucznych ogni, kiedy z samochodu wyleciały szyby.

Na skraju lasu przystanął, zwinął marynarkę w kulę i wepchnął ją pod kamienie. Widział strażników i marynarzy z promu pędzących w stronę domu Cawleya. Zrozumiał, że jeśli ma to zrobić, to tylko teraz, nie było już chwili do namysłu. I dobrze, bo gdyby zaczął się zastanawiać, na co się porywa, nigdy by się nie odważył.

Wyszedł zza drzew i pobiegł wzdłuż brzegu. Lecz tuż przed zatoką, gdzie byłby widoczny dla wracających na przystań strażników, skręcił gwałtownie w lewo i rzucił się w morze.

Jezu, woda była lodowata. Teddy miał cichą nadzieję, że nagrzała się trochę od upału, ale ziąb poraził całe jego ciało jak prąd elektryczny i zaparło mu dech w piersiach. Mimo to brnął przed siebie, starając się nie myśleć o tym, co kryje morze – o węgorzach, meduzach, krabach czy nawet rekinach. Można by się uśmiać, ale Teddy czytał kiedyś, że rekiny zwykle atakują ludzi w wodzie głębokości około metra, a on właśnie brodził po pas i zapuszczał się dalej. Słyszał wrzaski dolatujące od strony domu Cawleya i nie zważając na walące mu młotem serce, zanurzył się pod powierzchnię.

Ujrzał dziewczynkę ze swoich snów, która unosiła się w wodzie tuż pod nim; w jej otwartych oczach malowała się rezygnacja.

Potrząsnął głową i dziewczynka zniknęła. Z przodu dostrzegł stępkę, szeroki, czarny pas falujący w zielonej wodzie. Podpłynął do niej, chwycił ją oburącz. Przesunął się po stępce bliżej dziobu i odbił się w stronę drugiej burty. Zmusił się, żeby powoli wynurzyć się z wody, wystawić nad powierzchnię tylko głowę. Poczuł na twarzy ciepło słońca, wypuścił powietrze z płuc i wziął głęboki oddech, starając się nie dopuszczać do świadomości wizji swoich nóg zawieszonych w głębinie morskiej, morskich stworów zaintrygowanych ich widokiem, podpływających, żeby obwąchać je z bliska...

Drabinka była dokładnie tam, gdzie się spodziewał: miał ją tuż przed sobą. Uczepił się trzeciego szczebla i czekał. Słyszał, jak strażnicy wracają na przystań, tupocą po drewnianym pomoście.

– Przeszukać prom – rozległ się głos komendanta.

– Ależ panie komendancie, nie było nas tylko...

– Zeszliście z posterunku i macie czelność się ze mną kłócić?

– Nie, panie komendancie. Przepraszam.

Drabinka zanurzyła się nieco głębiej w wodzie, gdy na pokład weszło kilkunastu chłopa. Teddy słyszał, jak przeszukują prom – odgłosy otwieranych drzwi, przesuwanych mebli i sprzętów.

Coś wsunęło mu się między uda, niczym dłoń. Teddy zacisnął zęby, chwycił się mocniej drabinki i siłą woli wyparł z umysłu wszelkie myśli, żeby nie wyobrażać sobie, jak to coś wygląda. Cokolwiek to było, prześliznęło się między jego udami; Teddy mimowolnie syknął.

– Mój samochód. Kurwa, wysadził w powietrze mój samochód.

To Cawley, sądząc po głosie, przybity i zdyszany.

– Sprawy zaszły za daleko, doktorze – odezwał się komendant.

– Ustaliliśmy, że decyzja należy do mnie.

– Jeśli ten człowiek ucieknie z wyspy...

– Nie ucieknie z wyspy.

– Tak samo był pan pewny, że nie puści z dymem pańskiego auta. Mam rację? Musimy przerwać tę operację. Nie możemy narażać się na dalsze straty.

– Zbyt wiele mnie to kosztowało, żebym teraz dał za wygraną.

– Jeśli ten człowiek nam się wymknie, to będzie nasza klęska – rzekł podniesionym głosem komendant.

– Nie wydostanie się z tej cholernej wyspy! – odparował Cawley równie głośno.

Ani jeden, ani drugi nie odzywali się przez całą minutę. Słychać było skrzypienie desek pomostu pod ich ciężarem.

– Świetnie, doktorze. Ale prom zostaje. Nie odpłynie stąd, dopóki go nie znajdziemy.

Teddy trzymał się drabinki; zimno przeszywało mu stopy, paliło je.

– W Bostonie będą domagać się wyjaśnień – rzucił Cawley.

– No to im pan wyjaśni. Prom zostaje.

Coś trąciło Teddy'ego w lewą nogę.

– Zgoda, komendancie.

Znów naparło na jego nogę i Teddy odpowiedział kopniakiem. Plusk przeciął powietrze niczym wystrzał.

Na rufie rozległy się kroki.

– Nie ma go na pokładzie. Szukaliśmy wszędzie.

– To gdzie się podział? – odparł komendant. – Czy ktoś ma jakiś pomysł?

– Cholera!

– Co takiego, doktorze?

– Latarnia!

– Przeszło mi to przez myśl.

– Ja się tym zajmę.

– Niech pan weźmie ze sobą ludzi.

– Powiedziałem, że się tym zajmę. Rozstawiliśmy straże wokół latarni.

– Za mało.

– Zajmę się tym, powiedziałem.

Buty Cawleya załomotały na pomoście, kiedy ruszył w stronę brzegu. Potem odgłos jego kroków stłumił piasek.

– Nieważne, czy jest w latarni, czy nie – oświadczył komendant podwładnym. – Ta łódź nie odpłynie. Znajdźcie pilota i przynieście mi klucze do silnika.

Niemal całą drogę przebył pod wodą.

Odbił się od promu i popłynął w stronę brzegu. W pobliżu brzegu opadł na piaszczyste dno i posuwał się naprzód, orząc palcami piasek. Kiedy pokonał w ten sposób znaczną odległość, wynurzył głowę i odważył się spojrzeć za siebie. Oddalił się już o kilkaset metrów i widział strażników otaczających pierścieniem przystań.

Zanurzył głowę z powrotem i brnął dalej, wczepiając się w dno palcami, ponieważ gdyby płynął kraulem czy nawet pieskiem, nieunikniony plusk mógł ściągnąć na niego uwagę. W końcu dotarł do miejsca, gdzie linia brzegowa łagodnie się załamywała. Za cyplem wyczołgał się z wody na piasek i trzęsąc się z zimna, usiadł na słońcu. Dalej szedł pieszo, dopóki nie natrafił na skały przecinające plażę. Nie pozostawało mu nic innego, jak znów zanurzyć się w wodzie. Związał razem buty, zawiesił je na szyi i popłynął dalej.

Wyobrażał sobie kości ojca spoczywające gdzieś na dnie tego oceanu, wyobrażał sobie rekiny z płetwami i długimi sprężystymi ogonami, barakudy z białymi zębiskami. Zdawał sobie sprawę, że musi przez to przebrnąć, inne wyjście nie istniało. Był cały odrętwiały z zimna, ale nie miał wyboru, musiał płynąć naprzód i może będzie musiał uczynić to ponownie za dwa dni, kiedy „Betsy Ross" zrzuci swój ładunek u południowego krańca wyspy. Wiedział, że jedynym sposobem na przezwyciężenie strachu jest stawienie mu czoła – tyle nauczyło go wojenne doświadczenie – ale mimo to, jeśli będzie to zależało tylko od niego, nigdy więcej, przenigdy nie zanurzy się w oceanie. Czuł go wokół siebie i na sobie, jego spojrzenie, dotyk. Czuł jego wiek – istniał, nim narodzili się bogowie, i pochłonął ofiar więcej niż oni.

Kiedy zobaczył latarnię, musiało być około pierwszej. Nie miał pewności, gdyż zegarek zostawił w marynarce, ale mniej więcej na tę godzinę wskazywało położenie słońca na niebie. Wyszedł na brzeg u stóp urwiska, na którym się wznosiła. Położył się na skale i wygrzewał na słońcu, aż przestał się trząść, a jego skóra straciła upiornie siną barwę.

Jeżeli Chuck tam był, nieważne, w jakim stanie, Teddy wyciągnie go stamtąd. Nie zostawi go na ich łasce, nawet martwego.

Więc zginiesz.

To był głos Dolores i Teddy nie mógł odmówić słuszności jej słowom. Nie uda mu się przeczekać na wyspie dwóch dni, do czasu aż u jej brzegów pojawi się „Betsy Ross", jeśli Chuck będzie daleki od pełnej sprawności umysłowej i fizycznej.

Zostaną wytropieni...

Teddy się uśmiechnął.

...jak dwunogie psy.

Nie mogę go porzucić, oświadczył Teddy Dolores. Po prostu nie mogę. Jeśli go nie znajdę, to co innego. Ale to mój partner.

Dopiero co się poznaliście.

Nie szkodzi. Jeśli go tam trzymają wbrew jego woli, znęcają się nad nim, muszę go uwolnić.

Nawet gdybyś miał przypłacić to życiem?

Nawet gdybym miał przypłacić to życiem.

Obyś go tam nie znalazł.

Zsunął się ze skały i ruszył usłaną muszlami, piaszczystą ścieżką, która wiła się wśród trawy morskiej. Uzmysłowił sobie nagle, że Cawley, mówiąc o jego skłonnościach samobójczych, nie miał do końca racji. To raczej było z jego strony pragnienie śmierci. Prawda, od lat daremnie szukał przyczyny, dla której warto byłoby żyć. Ale nie widział też powodu, żeby się zabijać. Samemu odebrać sobie życie? Nawet w najczarniejszych godzinach wydawało mu się to żałosnym rozwiązaniem. Wstydliwym. Nędznym.

Ale też...

Nagle stanął oko w oko ze strażnikiem, który nie mniej od Teddy'ego zaskoczony był tym nieoczekiwanym najściem. Strażnik stał z otwartym rozporkiem, karabin przewieszony miał przez ramię. W pierwszym odruchu próbował zapiąć rozporek, ale się rozmyślił, i ta chwila wahania wystarczyła, żeby Teddy ugodził go kantem dłoni w grdykę. Strażnik złapał się za gardło, a Teddy w przysiadzie podciął mu nogę i strażnik runął do tyłu. Teddy podniósł się i silnie kopnął go w prawe ucho, a temu gałki oczne obróciły się do góry i rozdziawił usta.

Teddy pochylił się nad nim, zsunął mu z ramienia pasek od karabinu i wyszarpnął spod niego broń. Słyszał, jak oddycha. Czyli go nie zabił.

I był teraz uzbrojony.

Wykorzystał to przy spotkaniu z następnym strażnikiem, który trzymał wartę przy ogrodzeniu. Teddy go rozbroił, był to młody chłopak, wyrostek właściwie.

– Zabijesz mnie? – spytał.

– Jezu, nie, chłopaku – odparł Teddy i trzasnął go kolbą w skroń.

Za ogrodzeniem stał mały barak i Teddy najpierw skierował się do niego. W środku nie znalazł nic oprócz kilku pryczy, pisemek z gołymi panienkami, kociołka ze starą kawą i paru mundurów wiszących na haku na drzwiach.

Wyszedł z baraku i ruszył w stronę latarni. Naparł kolbą na drzwi i ustąpiły. W środku było tylko jedno wilgotne, betonowe pomieszczenie, zupełnie puste, jeśli nie liczyć pleśni na ścianach, a dalej kręte schody wykonane z tego samego kamienia co ściany.

Wszedł po schodach na pierwsze piętro, które okazało się tak samo ogołocone jak parter. Musiały tu być jakieś podziemia, rozległe i połączone ze szpitalem korytarzami, ponieważ jak dotąd to miejsce wyglądało na... zwyczajną starą latarnię.

Usłyszał jakieś szuranie na górze, wrócił na schody i wspiął się na następny poziom, gdzie natknął się na masywne żelazne drzwi. Przytknął do nich lufę i poczuł, że ustępują.

Znów usłyszał to szuranie, wyczuł zapach palonego papierosa, zza drzwi dolatywał szum morza i świst wiatru. Teddy wiedział, że jeśli komendant był na tyle sprytny, żeby w środku po obu stronach drzwi postawić strażników, to położą go trupem, gdy tylko ukaże się w progu.

Uciekaj, najdroższy.

Nie mogę.

Dlaczego?

Bo wszystko sprowadza się do tego właśnie.

Co się sprowadza?

Cała ta sprawa. Wszystko.

Nie rozumiem, w jaki sposób...

Ty. Ja. Laeddis. Chuck. I Noyce, ten biedny popapraniec. Wszystko sprowadza się teraz do tego. Albo ta sprawa znajdzie tam swój koniec, albo ja.

Chodziło o jego ręce. Ręce Chucka. Nie rozumiesz?

Nie. Co z nimi?

Nie pasują do niego, Teddy.

Teddy wiedział, co Dolores ma na myśli. Wiedział, że wiąże się z tym coś ważnego, ale nie na tyle ważnego, żeby marnować teraz czas na rozmyślanie o tym.

Muszę wejść przez te drzwi, kochanie.

Dobrze. Ale bądź ostrożny.

Teddy przykucnął z lewej strony drzwi. Przycisnął kolbę karabinu do żeber i podparł się prawą ręką o posadzkę, żeby nie stracić równowagi. Lewą nogą kopnął drzwi, które otworzyły się szeroko, a Teddy w tym czasie klęknął na jedno kolano, przyłożył karabin do ramienia i wycelował.

W Cawleya.

Doktor siedział za stołem, zwrócony plecami do małego kwadratowego okna, za którym rozpościerał się srebrzystoniebieski ocean. Zapach morza roznosił się po całym pokoju, a wiatr delikatnie rozwiewał Cawleyowi włosy na skroniach.

Nie było widać po nim zaskoczenia. Nie było widać po nim strachu. Cawley otrząsnął popiół z papierosa do popielniczki i patrząc na Teddy'ego, powiedział:

– Skarbie, dlaczego jesteś cały mokry?

21

Ściany po obu stronach okna zasłonięte były różowymi prześcieradłami, przyklejonymi w rogach pomarszczoną taśmą. Na stole Cawley rozłożył wcześniej skoroszyty, wojskową radiostację polową, notes Teddy'ego, formularz przyjęcia Laeddisa i marynarkę Teddy'ego. W kącie pomieszczenia na krześle stał magnetofon szpulowy; taśmy obracały się, a doczepiony do niego u góry maleńki mikrofon skierowany był do środka pokoju. Cawley miał przed sobą czarny skórzany notes. Zapisał coś w nim i zwrócił się do Teddy'ego:

– Usiądź.

– Co pan powiedział?

– Zaproponowałem, żebyś usiadł.

– A przedtem?

– Dobrze wiesz, co powiedziałem.

Teddy zdjął kolbę z ramienia, ale wchodząc do pokoju, wciąż celował w Cawleya.

Cawley wrócił do swych zapisków.

– Jest nienaładowany.

– Słucham?

– Karabin. W komorze nie ma naboi. Dziwię się, że nie zauważyłeś. Przy twoim doświadczeniu z bronią palną.

Teddy odciągnął zamek i sprawdził komorę. Pusta. Dla pewności wymierzył w ścianę i nacisnął spust, ale jego wysiłki wynagrodził jedynie suchy trzask kurka.

– Postaw broń w kącie – polecił Cawley.

Teddy położył karabin na podłodze, odsunął krzesło, ale nie usiadł.

– Co zakrywają te prześcieradła?

– Dowiesz się w swoim czasie. Siadaj. Zrzuć z siebie ten ciężar. – Cawley podniósł z podłogi gruby ręcznik i rzucił go Teddy'emu. – Weź. Osusz się trochę. Jeszcze się przeziębisz.

Teddy wytarł włosy i ściągnął mokrą koszulę. Zwinął ją w kulę i cisnął w róg pokoju. Wytarł ręcznikiem tors i sięgnął po marynarkę leżącą na stole.

– Mogę?

– Proszę bardzo – odparł Cawley, podnosząc wzrok znad notatek.

Teddy włożył marynarkę i usiadł na krześle.

Cawley notował coś skrzętnie, skrobiąc piórem o papier.

– Ciężko zraniłeś strażników? – spytał.

– Wyliżą się.

Cawley skinął głową, odłożył pióro i wziął radiostację. Pokręcił korbką, żeby ją ożywić. Podniósł słuchawkę, przełączył na nadawanie i powiedział:

– Tak, zjawił się tutaj. Niech doktor Sheehan opatrzy pańskich ludzi, a potem proszę go przysłać do mnie.

Odłożył słuchawkę.

– Nieuchwytny doktor Sheehan – odezwał się Teddy.

Cawley potwierdził ściągnięciem brwi.

– Niech zgadnę, przypłynął promem dziś rano.

Cawley potrząsnął głową.

– Przez cały czas był na wyspie.

– Ukryty na samym widoku – zauważył Teddy.

Cawley uniósł ręce w obronnym geście.

– To znakomity psychiatra – odparł, lekko wzruszając ramionami. – Młody, ale świetnie się zapowiada. To był nasz wspólny pomysł. Razem to obmyśliliśmy, on i ja.

Teddy poczuł, jak pulsuje mu żyłka na szyi, tuż pod lewym uchem.

– I co? Jest pan zadowolony z wyników? – zapytał.

Cawley przewrócił kartkę w notesie, rzucił okiem na tę pod spodem.

– Nie bardzo. Więcej sobie obiecywałem.

Spojrzał na Teddy'ego, a ten wyczytał z jego twarzy coś, co dostrzegł już raz podczas ich krótkiego spotkania na schodach następnego ranka po przyjeździe, a potem na odprawie przed spodziewanym przejściem huraganu. Nie pasowało to do reszty osoby Cawleya, nie pasowało do tej wyspy, do latarni, do okrutnej gry, jaką ze sobą prowadzili.

Współczucie.

Przysiągłby, że właśnie to malowało się na twarzy Cawleya, gdyby nie wiedział, jak się mają rzeczy.

Teddy obejrzał to niewielkie pomieszczenie, ściany zasłonięte prześcieradłami.

– Więc to jest to?

– To jest to – powtórzył Cawley. – Latarnia w całej swojej okazałości. Twój święty Graal. Ta wielka prawda, do której dążyłeś. Spełniła twoje oczekiwania?

– Nie widziałem jeszcze podziemi.

– To latarnia. Tu nie ma podziemi.

Teddy spojrzał na swój notes, który leżał na stole oddzielającym go od Cawleya.

– Tak, to twoje notatki z dochodzenia. Znaleźliśmy je razem z marynarką w lesie niedaleko mojego domu. Zniszczyłeś mi samochód.

Teddy wzruszył ramionami.

– Przykro mi, że tak się stało.

– To był mój ukochany wóz.

– Domyśliłem się.

– Pamiętam, jak wiosną czterdziestego siódmego zobaczyłem go na wystawie, a kiedy go kupowałem, pomyślałem sobie: John, możesz odhaczyć ten punkt na swojej liście. Ten samochód posłuży ci co najmniej przez następne piętnaście lat. Z jaką radością odhaczałem ten punkt – westchnął Cawley.

– Jeszcze raz przepraszam – powiedział Teddy, podnosząc ręce.

Cawley pokręcił z niedowierzaniem głową.

– Naprawdę sądziłeś, że pozwolimy ci wsiąść na ten prom? Nawet gdybyś dla odwrócenia uwagi wysadził w powietrze całą tę wyspę, jak myślisz, co by się wtedy stało?

Teddy zbył to wzruszeniem ramion.

– Jesteś sam – mówił Cawley – a wszyscy pracownicy mieli dziś rano tylko jedno zadanie: nie dopuścić cię do promu. Po prostu nie rozumiem logiki, którą się kierowałeś.

– To była jedyna droga. Musiałem zaryzykować – odparł Teddy.

Cawley przyglądał mu się ze zdziwieniem, a potem mruknął: – Jezu, jak ja kochałem ten samochód – i spuścił wzrok.

– Nie ma pan przypadkiem wody? Chce mi się pić – oznajmił Teddy.

Cawley rozważał przez chwilę jego prośbę, potem odsunął się w bok, odsłaniając dzbanek i dwie szklanki stojące na parapecie. Nalał im obu wody i podał Teddy'emu szklankę.

Teddy wypił wodę duszkiem.

– Suchość w ustach, tak? – zauważył Cawley. – Przylgnęła do języka niczym swędzenie, którego nie można uśmierzyć, choćby się wypiło całą beczkę?

Przesunął dzbanek w jego stronę i patrzył, jak Teddy napełnia swoją szklankę.

– Drżenie rąk. Coraz bardziej się nasila. A jak głowa? Mocno boli?

W chwili kiedy Cawley go o to zapytał, Teddy poczuł ból przeszywający mu czaszkę niczym rozgrzany pręt. Jego ognisko umiejscowione było za lewym okiem, a stamtąd rozchodził się na skroń i w dół aż do szczęki.

– Można wytrzymać – powiedział.

– To dopiero przedsmak.

Teddy napił się wody.

– No jasne. Ta lekarka zdążyła mnie uprzedzić.

Cawley rozsiadł się w krześle i z uśmiechem postukał piórem w notes.

– Jaka znowu lekarka?

– Nie wiem, jak się nazywa, ale pracowała u was – rzekł Teddy.

– Aha. I co dokładnie ci powiedziała?

– Wyjaśniła mi, że neuroleptyki zaczynają działać po czterech dniach, gdy ich stężenie we krwi osiąga odpowiedni poziom. Przewidziała wszystkie objawy: suchość w ustach, bóle, drgawki.

– Mądra kobieta.

– Nie da się ukryć.

– Ale to nie są skutki neuroleptyków.

– Nie?

– Nie.

– To w takim razie czego?

– Odstawienia – rzekł Cawley.

– Odstawienia czego?

Cawley znów się uśmiechnął, zapatrzył przed siebie i podsunął mu notes, otwarty na stronie, na której Teddy zapisał swoje ostatnie notatki.

– To twój charakter pisma, zgadza się? – spytał.

Teddy zerknął w dół.

– Zgadza się.

– Ostatnia zaszyfrowana wiadomość?

– Przecież widać, że to szyfr.

– Ale nie zadałeś sobie trudu, żeby to odczytać.

– Nie miałem okazji. Sprawy nabrały ostatnio szalonego tempa, jak sam pan pewnie zauważył.

– Jasne, jasne. No to może teraz znajdziesz czas, żeby rozszyfrować tę wiadomość? – zaproponował Cawlcy, stukając zachęcająco w kartkę.

Teddy spojrzał w dół, na sześć liczb i przyporządkowane im litery:

25 (Y) -20 (T) -14 (N) -15 (O) -15 (O) -20 (T)

Gorący pręt napierał na jego oko.

– Nie czuję się w tej chwili najlepiej.

– Przecież to proste – ocenił Cawley. – Tylko sześć liter.

– Najpierw niech przestanie mnie tak łupać w skroni.

– W porządku.

– Odstawienia czego? – ponowił pytanie Teddy. – Czym mnie nafaszerowaliście?

Cawley naciągnął z trzaskiem knykcie i opadł na oparcie krzesła z rozdzierającym ziewnięciem.

– Chloropromazyną. Niestety, ma uboczne skutki. I to całkiem sporo. Osobiście nie przepadam za tym lekiem. Miałem nadzieję, że obejdzie się bez tego, że wystarczy imipramina, ale ostatnie wypadki dowiodły, że się myliłem. – Pochylił się do przodu. – Nie jestem zwolennikiem leczenia farmakologicznego, ale w twoim przypadku jest ono konieczne.

– Imipramina?

– Znana też pod nazwą handlową Tofranil.

Teddy uśmiechnął się. – I chloropro...

– ...mazyna – dokończył Cawley. – Chloropromazyna. To właśnie skutki jej odstawienia tak boleśnie odczuwasz. Podawaliśmy ci ją przez ostatnie dwa lata.

– Chyba się przesłyszałem.

– Przez ostatnie dwa lata.

Teddy parsknął śmiechem.

– No nie. Wiem, że macie potężne wpływy. Ale to ostatnie twierdzenie to jawna przesada.

– Ja nie przesadzam.

– Przez dwa lata faszerowaliście mnie prochami?

– Lekami, jeśli łaska.

– I co? Mieliście swojego człowieka w biurze wydziału pościgowego, który miał za zadanie przyprawiać mi kanapkę każdego ranka? Albo nie, wsadziliście go do kiosku z gazetami, gdzie zawsze kupuję kawę po drodze do pracy. Tak byłoby sprytniej. Więc przez dwa lata wasz człowiek w Bostonie niepostrzeżenie podsuwał mi leki?

– Nie w Bostonie – odparł cicho Cawley. – Tutaj.

– Tutaj?

Cawley skinął głową.

– Tak, tutaj. Jesteś naszym pacjentem. Leczymy cię w tym szpitalu od dwóch lat.

Teddy słyszał narastające fale przypływu, rozgniewane, tłukące o podstawę urwiska. Splótł dłonie, żeby opanować ich drżenie; starał się nie zwracać uwagi na pulsujący ból za lewym okiem, coraz bardziej piekący i uporczywy.

– Jestem szeryfem federalnym – rzekł Teddy.

– Byłeś szeryfem federalnym.

– Jestem – powtórzył Teddy. – Jestem szeryfem federalnym, w służbie rządu Stanów Zjednoczonych. Wypłynąłem z Bostonu w poniedziałek rano dwudziestego drugiego września tysiąc dziewięćset pięćdziesiątego czwartego roku.

– Czyżby? – odparł Cawley. – A jak dotarłeś do portu? Samochodem? Gdzie go zaparkowałeś?

– Przyjechałem metrem.

– Przecież metro tak daleko nie dojeżdża.

– Przesiadłem się do autobusu.

– A dlaczego nie samochodem?

– Bo jest w naprawie.

– Aha. A niedziela? Pamiętasz, co robiłeś w niedzielę? Możesz mi opisać ten dzień? Czy w ogóle potrafisz powiedzieć mi cokolwiek o tym, jak wyglądało twoje życie, zanim przebudziłeś się w łazience na promie?

Teddy potrafił, to znaczy, mógłby powiedzieć, gdyby ten pieprzony pręt za okiem nie wwiercał mu się w zatoki.

Niech mu będzie. Przypomnij sobie. Powiedz mu, co robiłeś w niedzielę. Wróciłeś z pracy do domu. Do apartamentu przy Buttonwood. Nie, nie. Nie Buttonwood. Przecież tamten budynek, podpalony przez Laeddisa, doszczętnie spłonął. Nie, nie. Gdzie ty teraz mieszkasz, człowieku? Jezu. Miał to przed oczami. Tak, tak. Mieszkanie przy... mieszkanie przy... Castlemont. Właśnie. Castlemont Avenue. Nad rzeką.

No dobrze. Wyluzuj się. Wróciłeś do siebie, do mieszkania przy Castlemont, zjadłeś kolację, napiłeś się mleka i poszedłeś spać. Zgadza się? Zgadza się.

– A to? Zdążyłeś się temu przyjrzeć? – spytał Cawley, przesuwając w jego stronę formularz przyjęcia Laeddisa.

– Nie.

– Nie? – Cawley zagwizdał ze zdziwienia. – Przecież tak ci zależało na zdobyciu tego dokumentu. Gdybyś go dostarczył senatorowi Hurly'emu – dowód istnienia sześćdziesiątego siódmego pacjenta, który oficjalnie nie figuruje w ewidencji – byś nas zdemaskował.

– To prawda.

– Pewnie, że prawda, do cholery. I przez ostatnie dwadzieścia cztery godziny nie znalazłeś czasu, żeby na ten świstek zerknąć?

– Powtarzam, sprawy nabrały...

– Szalonego tempa, wiem. No cóż, to rzuć okiem teraz.

Teddy spojrzał na dokument: zawierał właściwe nazwisko, wiek pacjenta, datę sporządzenia notatki z przyjęcia Laeddisa. W rubryce „Uwagi" Teddy przeczytał:

Wysoce inteligentny. Rozpoznany ostry zespół urojeniowy, idący w parze z silnymi skłonnościami do agresji. Pacjent jest niezmiernie pobudzony. Nie okazuje skruchy w obliczu popełnionej zbrodni, ponieważ nie przyjmuje do wiadomości, iż taki czyn w ogóle popełnił. Pacjent stworzył niezwykle wymyślną, fantastyczną konstrukcję fabularną, która w tej chwili uniemożliwia mu dopuszczenie do siebie prawdy o swoich czynach.

U dołu widniał podpis *Dr L. Sheehan*.

– To by się zgadzało – rzekł Teddy.

– Tak sądzisz?

Teddy potwierdził skinieniem głowy.

– W odniesieniu do kogo?

– Laeddisa.

Cawley wstał. Podszedł do ściany i zdarł jedno z prześcieradeł, odsłaniając cztery imiona i nazwiska, wypisane wielkimi drukowanymi literami:

EDWARD DANIELS – ANDREW LAEDDIS
RACHEL SOLANDO – DOLORES CHANAL

Teddy czekał, ale Cawley najwyraźniej nie spieszył się z wyjaśnieniem. Nie odzywali się przez minutę.

– Rozumiem, że chce pan mi coś przez to powiedzieć – przemówił w końcu Teddy.

– Popatrz na te nazwiska.

– Widzę je.

– Twoje nazwisko, sześćdziesiątego siódmego pacjenta, zaginionej pacjentki i twojej żony.

– Nie jestem ślepy.

– Oto twoja Zasada Czterech – oświadczył Cawley.

– Jak to?

Teddy zawzięcie tarł skroń, próbując wyłuskać stamtąd ten pręt.

– Ty mi powiedz. Przecież jesteś specem od szyfrów.

– Co mam ci powiedzieć?

– Co mają ze sobą wspólnego Edward Daniels i Andrew Laeddis?

Teddy przyglądał się przez chwilę nazwisku Laeddisa i własnemu.

– Oba składają się z trzynastu liter.

– Tak jest – rzekł Cawley. – Tak jest. Co jeszcze?

Teddy wpatrywał się w nie jakiś czas.

– Nic – oświadczył wreszcie.

– Próbuj dalej.

Cawley zdjął fartuch lekarski, przewiesił go przez oparcie krzesła. Teddy usiłował się skupić, ale ta zabawa zaczynała go męczyć.

– Nie spiesz się.

Teddy wpatrywał się w litery, aż ich kontury zaczęły mu się rozmazywać w oczach.

– No i co? – spytał Cawley.

– Nic. Nie widzę żadnego podobieństwa poza tym, że mają po trzynaście liter.

– No dalej! – zachęcał Cawley, uderzając w ścianę wierzchem dłoni.

Teddy potrząsnął głową. Zrobiło mu się słabo. Litery tańczyły mu przed oczami.

– Skup się.

– Jestem skupiony.

– Co łączy te litery? – spytał Cawley.

– Ja nie... I tu, i tu jest ich trzynaście. Trzynaście.

– Co jeszcze?

Teddy wytężał wzrok, aż litery mu się rozpłynęły.

– Nic.

– Nic?

257

– Nic – rzekł Teddy. – A co pan chce ode mnie usłyszeć? Nie mogę odpowiedzieć, skoro nie znam odpowiedzi. Nie...

– To są te same litery! – krzyknął Cawley.

Teddy pochylił się do przodu, próbując osadzić w miejscu pląsające mu przed oczami litery.

– Co?

– To są te same litery.

– Nie.

– Te imiona i nazwiska to anagramy.

– Nie – powtórzył Teddy.

– Nie? – odparł Cawley, marszcząc brwi i przesuwając ręką wzdłuż napisów. – Składają się z tych samych liter. Popatrz. Edward Daniels. Andrew Laeddis. Te same litery, tylko przestawione. Przecież masz głowę do szyfrów, szkoliłeś się nawet w tym kierunku w wojsku, prawda? I próbujesz mi wmówić, że nie dostrzegasz tych samych trzynastu liter w imieniu i nazwisku swoim i Andrew Laeddisa?

– Nie! – zawołał Teddy, przyciskając pięści do oczu, żeby zetrzeć z nich bielmo czy też odgrodzić je od światła, sam nie wiedział.

– „Nie" oznacza, że to nie są te same litery? Czy raczej ty „nie" chcesz, żeby to były te same litery?

– Nie mogą być te same.

– Otwórz oczy. Przekonaj się sam.

Teddy otworzył oczy, ale nadal kręcił głową i roztańczone litery chwiały się na boki.

Cawley chlasnął wierzchem dłoni w drugi rząd liter.

– No to sprawdź te imiona i nazwiska. „Dolores Chanal" i „Rachel Solando". Mają po trzynaście liter. Nie chcesz mi powiedzieć, co je łączy?

Teddy nie mógł zaprzeczyć świadectwu własnych oczu, a zarazem nie mógł uwierzyć w to, co widział.

– Nie? Tego też nie dostrzegasz?

– To niemożliwe.

– Owszem, możliwe – oświadczył Cawley. – Znów te same litery. Tworzą anagram. Przybyłeś tu, żeby poznać prawdę? Oto twoja prawda, Andrew.

– Teddy – poprawił go Teddy.

Cawley przypatrywał mu się z tym samym znajomym wyrazem fałszywego zatroskania na twarzy.

– Nazywasz się Andrew Laeddis – rzekł Cawley. – Sześćdziesiąty siódmy pacjent szpitala Ashecliffe? To ty, Andrew.

22

– GÓWNO PRAWDA!

Teddy wykrzyczał to, a krzyk rozniósł się echem w jego głowie.

– Nazywasz się Andrew Laeddis – powtórzył Cawley. – Trafiłeś do nas na mocy wyroku sądowego dokładnie dwadzieścia dwa miesiące temu.

Teddy skwitował to machnięciem ręką.

– Nawet was bym nie posądzał o taki tani chwyt.

– Spójrz na dowody. Proszę cię, Andrew. Skierowano cię...

– Nie nazywaj mnie tak.

– ...tutaj, ponieważ popełniłeś straszliwą zbrodnię. Niewybaczalną w oczach społeczeństwa, ale ja ci wybaczam. Andrew, popatrz na mnie.

Wzrok Teddy'ego powędrował od wyciągniętej w jego stronę ręki doktora, przez ramię i pierś, do jego twarzy: oczy Cawleya znów promieniowały tym obłudnym współczuciem, tą pozorowaną troską.

– Nazywam się Edward Daniels.

– Nie. – Cawley pokręcił głową ze znużeniem człowieka pokonanego. – Nazywasz się Andrew Laeddis. Zrobiłeś coś strasznego i za nic nic potrafisz sobie tego wybaczyć, dlatego udajesz kogoś innego. Wymyśliłeś misterną i zawiłą intrygę, w ramach której wyznaczyłeś sobie rolę bohatera, Andrew. Wmówiłeś sobie, że wciąż jesteś szeryfem federalnym i prowadzisz tu dochodzenie. I odkryłeś spisek, co oznacza, że nasze zaprzeczenia potwierdzają tylko twoje urojenia, w myśl których my wszyscy sprzysięgliśmy się przeciwko tobie. I może machnęlibyśmy na to ręką, pozwolili ci żyć w tym wyimaginowanym świecie. Mnie by to odpowiadało. Gdybyś był nieszkodliwy, chętnie bym na to przystał. Ale ty jesteś człowiekiem gwałtownym, bardzo gwałtownym. A twoje doświadczenie bojowe i wprawa w obezwładnianiu przestępców jeszcze pogarszają sprawę. Jesteś naszym najgroźniejszym pacjentem. Nie możemy sobie z tobą poradzić. Decyzja już zapadła – spójrz na mnie.

Teddy podniósł oczy i ujrzał Cawleya, który pochylał się w jego stronę nad stołem i patrzył na niego błagalnym wzrokiem.

– Zapadła decyzja, że jeśli nie zdołamy wyrwać cię z tej urojonej rzeczywistości – zaraz, teraz – zostaną zastosowane trwałe rozwiązania w celu zagwarantowania, że już nigdy nikogo nie skrzywdzisz. Rozumiesz, co próbuję ci wytłumaczyć?

Przez sekundę – przez ułamek sekundy, nawet nie przez całą – Teddy niemal mu wierzył.

Ale potem się uśmiechnął.

– Niezłe przedstawienie urządziliście, doktorku. A kto gra złego glinę – Sheehan? – Teddy zerknął do tyłu na drzwi. – Powinien lada chwila pojawić się na scenie.

– Spójrz na mnie – powiedział Cawley. – Spójrz mi w oczy.

Teddy posłuchał. Cawley miał oczy zaczerwienione i zapadnięte z braku snu. Ale wyrażały one coś jeszcze oprócz skrajnego wyczerpania. Co takiego? Teddy wpatrywał się w nie badawczo. I naraz go olśniło – gdyby nie wiedział, jak sprawy stoją, przysiągłby, że doktor ma złamane serce.

– Posłuchaj – mówił Cawley – jestem twoją jedyną szansą. Możesz liczyć tylko na mnie. Od dwóch lat wysłuchuję twoich urojeń. Znam każdy ich szczegół, każdy rys – wiem o szyfrach, zaginionym partnerze, burzy, kobiecie ukrywającej się w jaskini, potwornych eksperymentach w latarni. Wiem o Noycie i zmyślonym senatorze Hurlym. Wiem, że wciąż śni ci się Dolores, z jej brzucha leje się woda i jest cała przemoczona. Wiem o kłodach w jeziorze.

– Chrzanisz – odparł Teddy.

– Skąd bym znał takie szczegóły?

Teddy wyliczał po kolei argumenty na trzęsących się palcach:

– Jadłem w waszej stołówce, piłem waszą kawę, paliłem wasze papierosy. Niech to cholera, zaraz po przyjeździe wziąłem od ciebie trzy „aspiryny". A następnego dnia czymś mnie odurzyłeś. Siedziałeś przy mnie, kiedy się ocknąłem. Od tamtej pory nie jestem sobą. Od tego wszystko się zaczęło. Od tamtej nocy po ataku migreny. Co mi wtedy dałeś?

Cawley się odsunął. Skrzywił się, jakby przełknął coś kwaśnego, i wyjrzał przez okno.

– Czas ucieka – wyszeptał.

– Co takiego?

– Czas – powiedział cicho Cawley. – Dostałem cztery dni. Niewiele mi go zostało.

– To wypuść mnie. Wrócę do Bostonu, złożę na was doniesienie w wydziale pościgowym, ale spokojna głowa – przecież masz wpływowych przyjaciół i sprawa na pewno rozejdzie się po kościach.

– Mylisz się, Andrew. Moi zwolennicy opuścili mnie niemal co do jednego. Od ośmiu lat toczę walkę, ale szala zwycięstwa przechyla się na stronę przeciwnego obozu. Jestem na przegranej pozycji. Stracę stanowisko, stracę fundusze. Zaręczyłem radzie nadzorczej, że wystawię psychodramę o niespotykanym w dziejach psychiatrii rozmachu i w ten sposób uda mi się ciebie uratować. Że dzięki niej odzyskasz poczytalność. Ale jeśli okaże się, że byłem w błędzie...

Cawley wytrzeszczył oczy i podparł ręką brodę, jakby wpychał szczękę z powrotem na swoje miejsce. Opuścił rękę i spojrzał na Teddy'ego.

– Nie rozumiesz, Andrew? Wszystko zależy od ciebie. Twoja klęska pociągnie za sobą moją. A jeśli ja przegram, to koniec.

– Ojej, to smutne – podsumował Teddy.

Za oknem skrzeczały mewy. W powietrzu czuć było sól, słońce i wilgotny, nadmorski piasek.

– Spróbujmy inaczej – powiedział Cawley. – Czy twoim zdaniem to zbieg okoliczności, że Rachel Solando, wytwór twojej wyobraźni, nawiasem mówiąc, nosi nazwisko złożone z tych samych liter co twoja nieżyjąca żona i tak samo jak twoja żona ma na sumieniu śmierć własnych dzieci?

Teddy zerwał się; jego rękami od barków w dół targały wstrząsy.

– Moja żona nie zabiła własnych dzieci. My nie mieliśmy dzieci.

– Nie mieliście dzieci? – odparł Cawley i podszedł do ściany.

– Nie mieliśmy, ty głupi sukinsynu.

– Aha. No dobrze. – Cawley zdarł drugą zasłonę.

Na ścianie widać było szkic miejsca zbrodni, zdjęcia jeziora, zdjęcia zwłok trójki dzieci. Imiona i nazwiska wypisane wielkimi drukowanymi literami:

EDWARD LAEDDIS
DANIEL LAEDDIS
RACHEL LAEDDIS

Teddy opuścił wzrok i przyglądał się swoim dłoniom; podrygiwały, jakby żyły własnym życiem, odłączone od reszty ciała. Gdyby mógł je przydepnąć, z chęcią by to zrobił.

– Twoje dzieci, Andrew. I co? Wyprzesz się własnych dzieci? Będziesz zaprzeczał, że kiedykolwiek żyły? Będziesz?

Teddy wyciągnął w stronę Cawleya rozdygotaną rękę.

– To dzieci Rachel Solando. To rysunek miejsca zbrodni w jej domu nad jeziorem.

– To wasz dom. Przenieśliście się tam, bo tak doradzili ci lekarze ze względu na żonę. Pamiętasz? Po tym, jak „przez przypadek" podpaliła wasze mieszkanie? Niech pan zabierze ją z miasta, mówili, zapewni jej sielskie otoczenie. Może wtedy wydobrzeje.

– Ona nie chorowała.

– Ona była niepoczytalna, Andrew.

– Przestań mnie tak nazywać, do kurwy nędzy. Ona nie była wariatką.

– Twoja żona cierpiała na depresję wymagającą leczenia szpitalnego. Rozpoznano u niej psychozę maniakalno-depresyjną. Ona była...

– Nieprawda – wtrącił Teddy.

– Była niedoszłą samobójczynią. Znęcała się nad dziećmi. A ty przymykałeś na to oczy. Uważałeś po prostu, że jest słaba. Ubzdurałeś sobie, że zdrowie psychiczne to kwestia wyboru, i wystarczyło tylko, żeby pamiętała o swoich obowiązkach. Względem ciebie. Względem dzieci. Pogrążałeś się w pijaństwie. Zamknąłeś się w swojej skorupie. Coraz więcej czasu spędzałeś poza domem. Lekceważyłeś wszystkie oznaki. Puszczałeś mimo uszu słowa nauczycieli, księdza z waszej parafii, jej krewnych.

– Moja żona nie była wariatką!

– A dlaczego? Bo się wstydziłeś.

– Moja żona nie była...

– A kiedy w końcu trafiła do psychiatry, to tylko dlatego, że próbowała odebrać sobie życie i wylądowała w szpitalu. Nawet ty nie miałeś na to wpływu. I powiedzieli ci, że ona zagraża samej sobie. Powiedzieli ci...

– Nigdy nie byliśmy u żadnego psychiatry!

– ...że stanowi zagrożenie dla dzieci. Wszyscy cię ostrzegali.

– Nigdy nie mieliśmy dzieci. Planowaliśmy, ale Dolores nie mogła zajść w ciążę.

Chryste Panie! Czuł się tak, jakby ktoś wtłaczał mu wałkiem odłamki szkła w głowę.

– Podejdź tu – powiedział Cawley. – Mówię poważnie. Podejdź bliżej i przyjrzyj się nazwiskom na zdjęciach z miejsca zbrodni. Przekonasz się na własne oczy, że...

– Takie zdjęcia można podrobić. Można wszystko zainscenizować.

– Ty śnisz. Ciągle śnisz. Nie możesz się uwolnić od snów, Andrew. Zwierzyłeś mi się z nich. Śniły ci się ostatnio dzieci, dwójka chłopców i dziewczynka? A dziewczynka zaprowadziła cię na cmentarz i pokazała ci twój nagrobek? Jesteś „marnym żeglarzem”, Andrew. A wiesz, co to oznacza? To znaczy, że okazałeś się marnym ojcem. Nie umiałeś przeprowadzić swoich dzieci przez życie, Andrew. Nie uratowałeś ich w porę. Może porozmawiamy o kłodach w jeziorze, co? No chodźże tu i popatrz na te zdjęcia. Powiedz, że nie rozpoznajesz na nich dzieci ze swoich snów.

– Przestań pieprzyć.

– No to chodź. Podejdź i popatrz.

– Odurzacie mnie, zabijacie mojego partnera, wmawiacie mi, że nigdy go tu nie było. Chcecie mnie zamknąć w waszym wariatkowic, bo wiem, co się tu wyprawia. Wiem, czym faszerujecie schizofreników, wiem o waszych eksperymentach, o stosowaniu lobotomii lekką ręką, o tym, że macie w dupie zasady norymberskie. Przejrzałem was, doktorku.

– Czyżby? – Cawley oparł się o ścianę i założył ręce. – No to oświeć mnie, proszę. Przez ostatnie cztery dni buszowałeś po całym naszym zakładzie. Przetrząsnąłeś wszystkie zakamarki. No i gdzie są ci oprawcy w fartuchach lekarskich? Gdzie sale operacyjne, w których dokonuje się zbrodniczych zabiegów?

Cawley podszedł do stołu i zajrzał do swoich notatek.

– Nadal wierzysz, że robimy naszym pacjentom pranie mózgu,

Andrew? Urzeczywistniamy pionierski eksperyment zakrojony na dziesiątki lat, którego celem jest stworzenie – jak to ich kiedyś nazwałeś – upiorów do wykonywania upiornych zadań? Skrytobójców? – Cawley zachichotał pod nosem. – Muszę ci to przyznać, Andrew, nawet w tych czasach szalejącej paranoi twoje pomysły nie mają sobie równych.

Teddy wymierzył w niego trzęsący się palec.

– Jesteście eksperymentalną placówką stosującą radykalne rozwiązania...

– Owszem, jesteśmy.

– Przyjmujecie tylko najbardziej agresywnych pacjentów.

– Zgadza się. Z jednym zastrzeżeniem – najbardziej agresywnych i jednocześnie najbardziej podatnych na urojenia.

– I do tego...

– Co?

– Przeprowadzacie eksperymenty.

– Tak jest! – Cawley klasnął w dłonie i ukłonił się. – Jesteśmy winni zarzucanych nam czynów.

– Chirurgiczne.

– Co to, to nie – odparł Cawley, podnosząc palec. – Nie robimy eksperymentalnych operacji na mózgu. Zabiegi chirurgiczne stosowane są tylko w ostateczności i to mimo moich stanowczych protestów. Jestem jednak w tym sprzeciwie osamotniony i nawet ja nie potrafię z dnia na dzień zmienić narosłych przez dziesięciolecia przyzwyczajeń.

– Kłamiesz.

– Podaj mi jakiś fakt świadczący o tym, że twoja teoria spiskowa nie jest wyssana z palca. – Cawley westchnął. – Chociaż jeden.

Teddy się nie odzywał.

– Natomiast ty po prostu nie przyjmujesz do wiadomości dowodów przedstawionych przeze mnie.

– Bo to nie są żadne dowody, tylko stek bzdur.

Cawley złożył ręce i podniósł je do ust jak w modlitwie.

– Wypuśćcie mnie stąd – oświadczył Teddy. – Jako oficjalny przedstawiciel prawa żądam, abyście umożliwili mi powrót do Bostonu.

Cawley przymknął na chwilę oczy. Kiedy je otworzył, w jego spojrzeniu pojawił się nowy, twardszy wyraz.

– W porządku, w porządku. Postawiłeś na swoim, szeryfie. Proszę, to ci ułatwi zadanie.

Podniósł z podłogi skórzaną torbę, rozpiął ją, wyjął z niej rewolwer Teddy'ego i rzucił go na stół.

– To twoja broń, tak?

Teddy wpatrywał się w rewolwer.

– To twoje inicjały wygrawerowane na rękojeści, zgadza się?

Teddy wytężał wzrok, pot zalewał mu oczy.

– Tak czy nie, szeryfie? To twoja broń?

Teddy dostrzegał wgniecenie na lufie, które powstało tamtego dnia, kiedy Philip Stacks, strzelając do niego, trafił w rewolwer i zginął od rykoszetu własnej kuli. Dostrzegał inicjały E. D. wyryte na rękojeści, dowód uznania za wytropienie Brecka. A na kabłąku spustowym od spodu metal był wytarty i odrapany od czasu, kiedy upuścił rewolwer, goniąc bandytę w St. Louis zimą czterdziestego dziewiątego.

– To twój rewolwer?

– Tak.

– Podnieś go. Upewnij się, że jest naładowany.

Teddy przeniósł spojrzenie z powrotem na Cawleya.

– Śmiało, szeryfie. Podnieś go.

Teddy wziął rewolwer trzęsącą się ręką.

– Jest naładowany? – spytał Cawley.

– Tak.

– Na pewno?

– Poznaję po ciężarze.

Cawley skinął głową.

– No to wal. Bo tylko w ten sposób wydostaniesz się z tej wyspy.

Teddy próbował użyć drugiej ręki jako podpórki, ale to niewiele dało, gdyż ona też dygotała. Wziął kilka głębokich oddechów, powoli wypuszczając powietrze. Próbował wycelować w Cawleya pomimo wstrząsów, jakie targały jego ciałem, pomimo potu zalewającego mu oczy. Miał Cawleya na celowniku, nie dalej niż metr od siebie, ale ten podskakiwał i kołysał się z boku na bok, jakby płynęli łodzią po wzburzonym morzu.

– Daję ci pięć sekund, szeryfie.

Cawley podniósł słuchawkę radiostacji i pokręcił korbką.

– Jeszcze trzy sekundy – mówił Cawley, przykładając słuchawkę do ucha. – Pociągnij za spust, bo inaczej dokonasz żywota na tej wyspie.

Chociaż Teddy cały się trząsł i rewolwer ciążył mu w ręce, jeszcze miał szansę, pod warunkiem że spróbuje teraz. Zabije Cawleya, zabije jego wspólników czających się za drzwiami.

– Komendancie, proszę przysłać go na górę – powiedział Cawley.

Naglc Teddy ujrzał wszystko wyraźniej, ręce przestały mu drżeć, czuł w nich jedynie mrowienie. Teddy wymierzył w Cawleya, gdy ten odkładał słuchawkę. Doktor miał dziwną minę, jakby dopiero teraz uzmysłowił sobie, że Teddy się na to zdobędzie.

Cawley podniósł rękę i powiedział:

– Dobrze, już dobrze.

Teddy strzelił mu w sam środek piersi.

Potem uniósł rękę o centymetr i strzelił Cawleyowi w twarz.

Wodą.

Cawley zmarszczył brwi. Potem zamrugał kilka razy. Wyjął chustkę z kieszeni.

Za plecami Teddy'ego otworzyły się drzwi. Teddy natychmiast się obrócił i wycelował w stojącego w progu mężczyznę.

– Oszczędź mnie – powiedział Chuck. – Zapomniałem wziąć parasol.

23

Cawley wytarł twarz i usiadł na swoim miejscu. Chuck obszedł stół i do niego dołączył. Teddy wpatrywał się w rewolwer, który obracał w dłoni.

Podniósł wzrok i zobaczył, że Chuck siada obok Cawleya. Dopiero teraz Teddy zauważył, że Chuck ma na sobie fartuch lekarski.

– Myślałem, że zginąłeś – powiedział Teddy.

– Jak widać, nie – odparł Chuck.

Słowa przychodziły Teddy'emu z trudem. Zacinał się, jak przewidziała ta lekarka.

– Ja... ja... byłem... ja byłem gotów poświęcić własne życie, żeby cię stąd wyciągnąć. Ja...

Teddy rzucił rewolwer na stół, poczuł się nagle zupełnie wyczerpany. Opadł ciężko na krzesło, był u kresu sił.

– Szczerze nad tym boleję – powiedział Chuck. – Doktor Cawley i ja z ciężkim sercem i po długich namysłach zdecydowaliśmy się wprowadzić ten pomysł w życie Chcieliśmy oszczędzić ci niepotrzebnych cierpień, poczucia, że zostałeś zdradzony. Musisz mi wierzyć. Ale widzieliśmy jasno, że innego rozwiązania nie ma.

– Czas ucieka – wtrącił Cawley. – To nasza ostatnia rozpaczliwa próba ratowania ciebie, Andrew. Nietuzinkowe przedsięwzięcie, nawet jak na tutejsze warunki, ale żywiliśmy nadzieję, że się uda.

Teddy próbował zetrzeć pot z oczu, ale tylko bardziej go rozmazał. Spojrzał na rozmytą postać Chucka.

– Kim ty właściwie jesteś? – spytał.

– Doktor Lester Sheehan – przedstawił się Chuck, podając mu rękę nad stołem.

Teddy udał, że jej nie widzi, i po chwili Sheehan cofnął rękę.

– A więc – zaczął Teddy i wciągnął nosem wilgotne powietrze – pozwalałeś mi w kółko gadać o tym, jak to musimy znaleźć Sheehana, a przez cały czas miałem go tuż pod nosem.

Sheehan skinął głową.

– Nazywałeś mnie „szefem". Opowiadałeś dowcipy. Zabawiałeś mnie. Pilnowałeś mnie bez przerwy, mam rację, Lester?

Teddy popatrzył na niego.

Sheehan próbował spojrzeć mu w oczy, lecz nie mógł, spuścił wzrok i skubał krawat.

– Musiałem mieć cię na oku, czuwać nad twoim bezpieczeństwem.

– Tak, bezpieczeństwem – rzekł Teddy. – W takim razie jesteś usprawiedliwiony. Rozgrzeszony.

Sheehan puścił krawat.

– Znamy się już dwa lata, Andrew.

– To nie jest moje imię.

– Dwa lata. Jestem twoim psychoterapeutą. Dwa lata. Spójrz na mnie. Nie poznajesz mnie?

Teddy otarł oczy rękawem marynarki i tym razem poskutkowało. Widział wyraźnie Chucka siedzącego za stołem. Poczciwego Chucka, który nie umiał obchodzić się z bronią, z rękami, które nie pasowały do szeryfa federalnego. Bo były rękami lekarza.

– Traktowałem cię jak przyjaciela – powiedział Teddy. – Ufałem ci. Zwierzałem ci się. Zszedłem po ciebie z tego pieprzonego urwiska. Obserwowałeś mnie wtedy? Czuwałeś nad moim bezpieczeństwem? Traktowałem cię jak przyjaciela, Chuck. Ach, przepraszam. Lester.

Sheehan zapalił papierosa i Teddy z zadowoleniem spostrzegł, że jemu też drżą ręce. Niezbyt mocno. Nie tak strasznie jak Teddy'emu, o nie. I gdy wyrzucił zapałkę do popielniczki i zaciągnął się papierosem, zaraz przestały mu się trząść. Ale mimo wszystko...

Mam nadzieję, że tobie też się dostało, pomyślał Teddy.

– Owszem – odparł Sheehan (Teddy musiał się pilnować, żeby przestać myśleć o nim jako Chucku) – czuwałem nad twoim bezpieczeństwem. A moje zniknięcie sam wymyśliłeś. Tylko że miałeś zobaczyć formularz przyjęcia Laeddisa na drodze, a nie na dole urwiska. Spadł mi przypadkiem, kiedy wyciągałem go z kieszeni, i porwał go wiatr. I zaraz ruszyłem po niego na dół, bo wiedziałem, że jeśli ja tego nie zrobię, to ty na pewno. I dwadzieścia minut później zamarłem w bezruchu pod nawisem skalnym, bo zobaczyłem, że ty schodzisz. Byłeś ode mnie na wyciągnięcie ręki. Ledwo się powstrzymałem, żeby cię nie chwycić.

Cawley odchrząknął.

– Niewiele brakowało, byśmy odwołali akcję, kiedy zobaczyliśmy, że szykujesz się do zejścia z urwiska. I kto wie, może trzeba było tak zrobić.

– Byście odwołali akcję – powtórzył Teddy, zmuszając się, żeby nie parsknąć śmiechem.

– Tak jest – rzekł Cawley. – To było przedstawienie, Andrew.

– Na imię mam Teddy.

– Ty napisałeś scenariusz do tego widowiska, a my pomogliśmy ci je wystawić. Ale bez zakończenia całe przedstawienie byłoby na nic, a rzecz kończy się twoim przybyciem do latarni.

– Bardzo dogodnie – podsumował Teddy i rozejrzał się po pomieszczeniu.

– Opowiadasz nam to od dwóch lat. O tym, jak zostałeś wysłany na wyspę w sprawie zaginionej pacjentki i odkryłeś nasze niecne eksperymenty chirurgiczne, inspirowane hitlerowskimi wzorcami, a także pranie mózgów w sowieckim stylu, jakie urządzamy pacjentom. O tym, jak Rachel Solando uśmierciła trójkę swoich dzieci w taki sam sposób, jak twoja żona zabiła wasze. A kiedy byłeś niemal u celu, twój partner – wspaniale go nazwałeś, słowo daję, Andrew. Chuck

Aule. Spróbuj to kilka razy szybko wypowiedzieć. To twój kolejny żart, Andrew – zginął, a ty zostałeś sam i wpadłeś nam w ręce. Nafaszerowaliśmy cię prochami i wsadziliśmy do celi, zanim zdążyłeś o wszystkim powiadomić swojego urojonego senatora Hurly'ego. Podać ci nazwiska obecnych senatorów ze stanu New Hampshire, Andrew? Mam tutaj listę.

– To wszystko było na niby? – powiedział Teddy.

– Tak.

Teddy się roześmiał. Śmiał się tak głośno, jak nie zdarzyło mu śmiać się od czasu śmierci Dolores. Ryczał ze śmiechu i słyszał, jak całe pomieszczenie rozbrzmiewa echem jego śmiechu, echem, które łączyło się z wciąż nowymi salwami śmiechu dobywającymi się z jego ust, rozlewało się po ścianach i ulatywało przez okno, stapiając się z łoskotem fal.

– A jak podrobiliście huragan? – zapytał, uderzając dłonią w stół. – Chętnie posłucham, doktorze.

– Nie można podrobić huraganu – odparł Cawley.

– No właśnie – rzekł Teddy i znów walnął ręką w stół.

Cawley spojrzał na jego rękę, potem podniósł wzrok i popatrzył mu w oczy.

– Ale można huragan przewidzieć. Szczególnie na wyspie.

Teddy potrząsnął głową, czuł, że wciąż się szeroko uśmiecha, chociaż uszły z niego siły i pewnie wydawał się głupawy i słaby.

– Czy wy nigdy nie dajecie za wygraną? – spytał.

– Sztorm odgrywał istotną rolę w twoich urojeniach – oświadczył Cawley. – Czekaliśmy, aż nadejdzie.

– Brednie – skwitował Teddy.

– Brednie? A jak wyjaśnisz anagramy? Jak wyjaśnisz to, że dzieci na tych zdjęciach – dzieci, których nie mogłeś widzieć, skoro były dziećmi Rachel – to te same dzieci, które występują w twoich snach? Jak wytłumaczysz, Andrew, słowa, którymi cię przywitałem, kiedy stanąłeś w progu: „Skarbie, dlaczego jesteś cały mokry?". Skąd je znam? Myślisz, że jestem jasnowidzem?

– Nie – odparł Teddy. – Myślę, że byłem mokry, to wszystko.

Przez chwilę wydawało się, że głowa Cawleya zaraz oderwie się od szyi. Doktor wziął głęboki oddech, założył ręce i pochylił się nad stołem.

269

- Woda w rewolwerze. Te twoje szyfry. To wszystko aż bije po oczach, Andrew. Zajrzyj do notesu. Ostatni zapis. Sześć liter. Trzy rzędy. Odczytanie go powinno być dla ciebie dziecinnie proste. Popatrz.

Teddy spojrzał na kartkę w notesie:

25 (Y) -20 (T) -14 (N) -15 (O) -15 (O) -20 (T)

- To wyścig z czasem - odezwał się Lester Sheehan. - Zrozum, wszystko się zmienia. W psychiatrii też. Od lat toczy się tu walka, a wygląda na to, że my przegrywamy.

Y-T-N-O-O-T

- Czyżby? - odparł z roztargnieniem Teddy. - Jacy „my"?
- My - rzekł Cawley - czyli ci, którzy wierzą, że do umysłu dociera się nie za pomocą szpikulców albo końskich dawek niebezpiecznych leków, tylko przez uczciwy rozrachunek jaźni samej z sobą.
- „Uczciwy rozrachunek jaźni samej z sobą" - powtórzył Teddy. - Ładnie powiedziane.

Trzy rzędy, powiedział Cawley. Pewnie wypada po dwie litery na każdy.

- Posłuchaj mnie - odezwał się Sheehan. - Jeśli nic z tego nie wyjdzie, to przepadliśmy. Nie chodzi tylko o ciebie. W tej chwili przewaga jest po stronie chirurgii, ale nie na długo. Wkrótce zacznie rządzić farmakologia i wbrew pozorom nie będą to wcale rządy mniej barbarzyńskie. Dalej się będzie otępiać i skazywać na wegetację, tylko że pod szyldem łatwiejszym do zaakceptowania dla opinii publicznej. Ale tutaj, w tym szpitalu, o wszystkim rozstrzygnie twój przypadek, Andrew.

- Jestem Teddy. Teddy Daniels.

Teddy domyślił się, że pierwszy rząd stanowi słowo „on".

- Naehring zarezerwował już dla ciebie salę operacyjną.

Teddy podniósł wzrok znad notatek.

Cawley skinął głową.

- Wywalczyliśmy dla ciebie cztery dni. Jeśli nam się nie uda, pójdziesz na operację.

– Jaką operację?

Cawley spojrzał na Sheehana, a ten wpatrywał się w czubek swego papierosa.

Cawley już otwierał usta, ale Sheehan go uprzedził.

– Przezoczodołową lobotomię.

Teddy zamrugał i zerknął w dół na kartkę. Odgadł drugie słowo: „to".

– Tak jak Noyce – rzekł. – Zaraz pewnie usłyszę, że nie macie takiego pacjenta.

– Noyce jest naszym pacjentem – powiedział Cawley. – I w tej historii, którą opowiedziałeś doktorowi Sheehanowi, tkwi wiele prawdy. Ale nigdy nie wrócił do Bostonu. Nigdy nie odwiedzałeś go w więzieniu. Noyce przebywa w naszym szpitalu od sierpnia pięćdziesiątego roku. Wydobrzał na tyle, że przenieśliśmy go z oddziału C i zakwaterowaliśmy na oddziale A. Do tego stopnia można było mu zaufać. A potem na niego napadłeś.

Teddy oderwał wzrok od ostatnich dwóch liter.

– Co zrobiłem?

– Napadłeś na niego. Dwa tygodnie temu. O mało nie zatłukłeś go na śmierć.

– Niby z jakiego powodu?

Cawley spojrzał na Sheehana.

– Bo mówił do ciebie „Laeddis" – wyjaśnił Sheehan.

– To nieprawda. Widziałem się z nim wczoraj i...

– I co?

– Na pewno nie nazywał mnie „Laeddis".

– Nie? – odparł Cawley, wertując swój notatnik. – Mam tu zapis waszej rozmowy. Taśmy zostawiłem w gabinecie, ale myślę, że na razie wystarczy nam zapis. Proszę mi powiedzieć, czy to brzmi znajomo. – Cawley poprawił okulary i pochylił głowę. – Cytuję: „Liczysz się tylko ty. I Laeddis. Zawsze tak było. A mnie traktowałeś jak środek prowadzący do celu".

Teddy potrząsnął głową.

– Wcale nie nazywa mnie „Laeddis". Inaczej rozłożyliście akcenty. On mówił, że liczę się tylko ja – tutaj „ty" – i Laeddis.

– Jesteś rozbrajający – parsknął Cawley.

– Dokładnie to samo pomyślałem o tobie – odparł z uśmiechem Teddy.

271

– A co powiesz na to? – rzekł Cawley, zaglądając do notatek. – Pamiętasz, jak zapytałeś Noyce'a, kto go pobił?

– Jasne. Spytałem go, kto był za to odpowiedzialny.

– A dokładnie: „Kto cię tak urządził? ". Zgadza się?

Teddy skinął głową.

– Noyce odpowiedział wtedy – cytuję: „To twoje dzieło".

– No tak, ale...

Cawley przyglądał mu się niczym owadowi pod szkłem.

– Ale co?

– Miał na myśli...

– Zamieniam się w słuch.

Teddy'emu z trudem przychodziło składanie słów tak, żeby wiązały się ze sobą, żeby następowały po sobie sprzężone niczym wagony towarowe.

– Chodziło mu o to – mówił Teddy wolno, z namysłem – że przyczyniłem się do jego pobicia w sposób pośredni przez to, że nie uchroniłem go przed powrotem do szpitala. Nie twierdził, że to ja go pobiłem.

– Powiedział: „To twoje dzieło".

Teddy wzruszył ramionami.

– Owszem, ale różnie interpretujemy znaczenie jego słów.

– A to? – Cawley przewrócił kartkę. – Kolejna wypowiedź Noyce'a: „Oni o wszystkim wiedzą. Nie rozumiesz? Znają twoje zamiary. Cały plan. Prowadzą z tobą grę. To wszystko to przedstawienie, zainscenizowane specjalnie dla ciebie".

Teddy rozsiadł się w krześle.

– I co? Żaden z tych pacjentów, żadna z tych osób, które rzekomo znam już dwa lata, nie zdradziła się przede mną ani jednym słowem, kiedy przez ostatnie cztery dni odgrywałem tę, niech wam będzie, maskaradę?

Cawley zamknął notes.

– Przywykli do tego. Od roku wymachujesz im przed oczami tą plastikową odznaką. Z początku sądziliśmy, że to będzie miarodajny sprawdzian – damy ci odznakę i zobaczymy, jak zareagujesz. Ale twoja reakcja przeszła moje najśmielsze oczekiwania. No dalej. Otwórz portfel, Andrew. Powiedz mi, czy twoja odznaka jest z plastiku, czy nie.

– Najpierw odcyfruję tę wiadomość.

– Niewiele ci zostało. Jeszcze dwie litery. Pomóc ci, Andrew?
– Teddy.
Cawley potrząsnął głową.
– Andrew. Andrew Laeddis.
– Teddy.
Cawley patrzył, jak Teddy stawia kolejne litery.
– Co tam jest napisane?
Teddy się roześmiał.
– Powiedz nam.
Teddy potrząsnął głową.
– Zdradź nam to, proszę.
– To wasza sprawka. Te zaszyfrowane przekazy pochodzą od was. Wymyśliliście Rachel Solando, biorąc litery z imienia i nazwiska mojej żony. To wy się za tym wszystkim kryjecie.
– Co mówi ta ostatnia wiadomość? – spytał Cawley, starannie arty-kułując każde słowo.
Teddy odwrócił notes w ich stronę, żeby mogli zobaczyć:

on
to
ty

– Zadowolony? – spytał Teddy.
Cawley wstał. Sprawiał wrażenie skrajnie wyczerpanego. Człowieka będącego u kresu wytrzymałości. Kiedy przemówił, Teddy wychwy-cił w jego głosie nutę przeraźliwego smutku, której nigdy wcześniej u niego nie słyszał.
– Mieliśmy nadzieję. Mieliśmy nadzieję, że zdołamy cię uratować. Postawiliśmy na szali swoją reputację. A teraz rozejdzie się wieść, że pozwoliliśmy pacjentowi odegrać wymyślną szopkę, którą sobie uroił, a jedynym tego skutkiem jest kilku rannych strażników i spalony samochód. Jeśli o mnie chodzi, mogę przełknąć upokorzenie na polu zawodowym. – Cawley wyjrzał przez małe prostokątne okno. – Może ten szpital stał się dla mnie za ciasny. Albo ja już do niego nie pasuję. Ale pewnego dnia, szeryfie, i to w niedalekiej przyszłości, farmakolo-gia sprawi, że ludzkie doświadczenie stanie się nieludzkie. Rozumiesz, co chcę powiedzieć?

273

– Raczej nie – zbył go Teddy.

– Tak myślałem.

Cawley pokiwał głową i skrzyżował ręce na piersi. Na chwilę zapadło milczenie, słychać było jedynie szum wiatru i fale tłukące o skały.

– Jesteś bohaterem wojennym, żołnierzem zaprawionym w bezwzględnej walce wręcz. Podczas swojego pobytu w tym szpitalu zraniłeś ośmiu strażników, nie licząc tych dwóch dzisiejszych, czterech pacjentów i pięciu posługaczy. Doktor Sheehan i ja broniliśmy cię tak długo i zażarcie, jak to było możliwe. Ale personel medyczny, z nielicznymi wyjątkami, i cała służba nadzoru żądają, żebyśmy cię unieszkodliwili, jeśli inne środki zawiodą.

Odsunął się od parapetu, pochylił nad stołem i utkwił w Teddym ponure spojrzenie.

– To twoja ostatnia deska ratunku, Andrew. Jeśli nie przyjmiesz do wiadomości tego, kim jesteś i jakie czyny popełniłeś, jeśli nie okażesz chęci wyzdrowienia, nic nie będziemy mogli dla ciebie zrobić.

Wyciągnął rękę do Teddy'ego.

– Przyjmij moją pomoc, proszę, Andrew – powiedział ochrypłym głosem. – Ratuj się.

Teddy podał mu rękę. Obdarzył Cawleya swoim najserdeczniejszym uściskiem dłoni, najserdeczniejszym spojrzeniem. Uśmiechnął się do niego.

– Przestań mówić do mnie Andrew – powiedział.

24

Doprowadzili go na oddział C w kajdanach.

Tam umieścili go w podziemiach, a jego sąsiedzi wrzeszczeli ze swoich cel. Straszyli, że go zgnoją. Straszyli, że go zgwałcą. Jeden odgrażał się, że spęta go jak maciorę i zeżre mu po kolei wszystkie palce od nóg.

Chociaż był skuty, pilnowali go dwaj strażnicy, kiedy do celi weszła pielęgniarka, żeby zrobić mu zastrzyk.

Miała włosy koloru truskawek, pachniała mydłem, a kiedy nachyliła się, żeby wkłuć mu igłę w żyłę, Teddy'ego owionął jej oddech i poznał ją.

– To ty udawałaś Rachel – oświadczył.

– Przytrzymajcie go – powiedziała.

Strażnicy chwycili go za ramiona, wyprostowali mu ręce.

– To byłaś ty. Z przefarbowanymi włosami. Witaj, Rachel.

– Stój spokojnie – poleciła i wbiła mu igłę w ramię.

Napotkał jej spojrzenie.

– Znakomita z ciebie aktorka. Naprawdę mnie nabrałaś z tą swoją gadką o kochanym zmarłym Jimie. Pierwszorzędnie zagrane, Rachel.

Pielęgniarka spuściła wzrok.

– Mam na imię Emily – oświadczyła i wyciągnęła igłę. – Prześpij się teraz.

– Proszę – zawołał za nią Teddy.

Przystanęła w drzwiach i spojrzała na niego przez ramię.

– To byłaś ty.

Potwierdzeniem było nie skinięcie głowy, lecz momentalne drgnienie oczu, a potem Emily posłała mu uśmiech pełen takiej żałości, że Teddy miał ochotę ucałować jej włosy.

– Dobranoc – powiedziała.

Nie czuł wcale, jak strażnicy zdejmują mu kajdany, nie słyszał, jak odchodzą. Zamilkły hałasy dochodzące z sąsiednich cel, a powietrze wokół niego nabrało bursztynowej barwy. Teddy miał wrażenie, jakby unosił się na wilgotnym obłoku, a jego nogi i ręce były jak z waty.

I śnił.

Śniło mu się, że zamieszkał z Dolores w domu nad jeziorem.

Bo musieli się wyprowadzić z miasta.

Bo miasto było nieprzyjazne i niebezpieczne.

Bo Dolores podpaliła ich mieszkanie przy Buttonwood.

Chciała wykurzyć z niego duchy.

We śnie ich miłość zdawała mu się mocna niczym stal, nie mogły jej zaszkodzić ni ogień, ni deszcz, ni walenie młotów.

Śniło mu się, że Dolores jest niepoczytalna.

A jego mała słodka Rachel zapytała go raz wieczorem – był pijany, ale zdołał jeszcze przeczytać jej bajkę na dobranoc – jego Rachel zapytała:

– Tatusiu?

– Tak, kotku? – odparł.

– Mama czasami tak dziwnie na mnie patrzy.
– Jak to dziwnie?
– Po prostu dziwnie.
– Robi tak dla żartu?
Rachel pokręciła przecząco głową.
– Nie?
– Nie – powiedziała.
– Więc jak na ciebie patrzy?
– Jakby była przeze mnie smutna.
A on przykrył ją kołdrą, ucałował na dobranoc, wtulił się w jej szyję i powiedział, że taka dziewczynka jak ona nikogo nie zasmuca. Nie może nikogo zasmucić. Nigdy.

Którejś nocy kładł się do łóżka, a Dolores rozcierała sobie blizny na nadgarstkach, popatrzyła na niego i powiedziała:
– Kiedy odchodzisz w to drugie miejsce, cząstka ciebie nie wraca.
– Jakie drugie miejsce, kochanie? – spytał, kładąc zegarek na nocnym stoliku.
– A ta cząstka, która wraca? – Przygryzła wargi i przybrała pozę, jakby zaraz miała zdzielić się pięściami w twarz. – Nie powinna.

Posądzała rzeźnika prowadzącego sklep na rogu o to, że jest szpiegiem. Mówiła, że uśmiecha się do niej, trzymając w ręku tasak ociekający krwią, i na pewno zna rosyjski.
Powiedziała, że czasami czuje ostrze tego tasaka w piersiach.

*

– Fajnie byłoby tu mieszkać – rzekł raz mały Teddy, kiedy wybrali się razem do Fenway Park i oglądali dzieci grające w piłkę.
– Przecież mieszkamy tutaj.
– Ale tu, w parku.
– Nie podoba ci się tam, gdzie teraz mieszkamy?
– Za dużo wody.
Teddy pociągnął łyk z piersiówki. Zmierzył syna wzrokiem. Był wyrośniętym, silnym chłopcem, ale za bardzo płaczliwym na swój wiek i lękliwym. Tak teraz chowało się to najmłodsze pokolenie, miękkie,

rozpieszczone dzieci okresu prosperity. Szkoda, że matka Teddy'ego już nie żyła; ona wpoiłaby swoim wnukom, że trzeba być twardym, silnym. Świat jest bezwzględny. Nic nikomu za darmo nie daje. Raczej odbiera.

Takie nauki może przekazać dzieciom mężczyzna, ale to kobieta je w nich utrwala.

Tymczasem Dolores karmiła je marzeniami, fantazjami, stanowczo zbyt często chodziła z nimi do kina, do cyrku, na parady i widowiska uliczne.

Pociągnął z butelki i zwrócił się do syna:

– Za dużo wody. Czy coś jeszcze ci się nie podoba?

– Nie, tato.

– Co jest nie tak? – pytał ją. – Co masz mi do zarzucenia? Czego ci nie zapewniam? Jak mogę cię uszczęśliwić?

– Ja jestem szczęśliwa – odpowiadała.

– Nie jesteś. Powiedz mi, co mam zrobić. Spełnię każde twoje życzenie.

– Czuję się świetnie.

– Wciąż się denerwujesz. A kiedy się nie złościsz, wpadasz w euforię i chodzisz po ścianach.

– I co z tego?

– Dzieci się boją, ja się boję. To nieprawda, że czujesz się świetnie.

– Prawda.

– Ciągle jesteś smutna.

– Ja nie – odpowiadała. – To ty.

Rozmawiał z księdzem i ksiądz odwiedził ich w domu raz czy dwa. Rozmawiał też z jej siostrami i starsza z nich, Delilah, przyjechała do nich z Wirginii na tydzień i to jakby trochę pomogło, ale na krótko.

Oboje unikali wszelkiej wzmianki o lekarzach. Lekarze zajmowali się wariatami. Dolores nie była wariatką. Była po prostu spięta.

Spięta i smutna.

Teddy'emu śniło się, że Dolores wyrwała go kiedyś ze snu i kazała wziąć rewolwer. Rzeźnik włamał się do ich domu, oświadczyła. Jest na dole, w kuchni. Rozmawia przez telefon po rosyjsku.

Tamtego wieczoru przed Cocoanut Grove, kiedy stał przed taksówką, przyklejony niemal do szyby, a ich twarze dzieliły zaledwie centymetry...

Spoglądał do środka i myślał:

Znam cię. Znałem cię całe moje życie. Czekałem na ciebie. Czekałem, aż się zjawisz. Przez wszystkie te lata czekałem na ciebie. Znałem cię, zanim jeszcze przyszedłem na świat.

To było właśnie to.

Nie palił się, żeby pójść z nią do łóżka, zanim wyślą go na front, ponieważ wiedział, już w tej chwili, że wróci z wojny cały i zdrowy. Wróci, ponieważ bogowie nie kierowali biegiem gwiazd po to, aby spotkał swoją bratnią duszę i zaraz ją utracił.

Nachylił się do środka taksówki i wyznał to Dolores.

– Nie martw się – dodał. – Zobaczysz, że wrócę do ciebie.

Musnęła ręką jego twarz.

– Trzymam cię za słowo – powiedziała.

Śniło mu się, że wrócił do domu nad jeziorem.

Przez dwa tygodnie tropił faceta od portowej dzielnicy Bostonu aż do Tulsy w Oklahomie, zatrzymując się po drodze w dziesięciu różnych miejscach. Przez cały czas deptał mu po piętach i dosłownie wpadł na niego na stacji benzynowej, kiedy ten wychodził z męskiej ubikacji.

Była jedenasta rano, gdy wszedł do domu. Cieszył się, że to środek tygodnia i dzieciaki są w szkole. Czuł w kościach trudy pościgu i niczego tak nie pragnął, jak wyciągnąć się we własnym łóżku. Zawołał Dolores, nalewając sobie podwójną whisky, a ona przyszła z podwórza i oznajmiła:

– Za mało tego było.

Odwrócił się ze szklanką w ręku i zapytał:

– Czego za mało, kochanie?

Spostrzegł, że Dolores jest przemoczona, jakby właśnie wyszła spod prysznica, tylko że miała na sobie starą ciemną sukienkę w spłowiałe kwiatki. Była boso, woda spływała jej z włosów, ściekała z sukienki.

– Skarbie – zapytał. – Dlaczego jesteś cała mokra?

– Za mało tego było – powtórzyła i postawiła butelkę na kuchennym blacie. – Wciąż jestem przytomna.

I wyszła z powrotem na podwórze.

Patrzył, jak idzie w kierunku altanki długimi, chwiejnymi krokami, zataczając się. Odstawił drinka, podniósł butelkę, poznał, że to laudanum, które zapisał jej lekarz po powrocie ze szpitala. Kiedy Teddy wyjeżdżał na dłużej, odmierzał jej tyle łyżeczek, ile jego zdaniem potrzebowała na okres jego nieobecności w domu, i przelewał do mniejszej buteleczki, którą zostawiał w apteczce. Dużą butelkę trzymał pod kluczem w piwnicy.

Zawartość butelki powinna wystarczyć Dolores na sześć miesięcy, a ona opróżniła ją do dna.

Patrzył, jak potyka się na schodach prowadzących do altanki, upada na kolana, podnosi się.

Jakim cudem dobrała się do tej butelki? Piwniczny kredens nie był zaopatrzony w zwyczajny zamek. Nie sforsowałby go silny mężczyzna, nawet gdyby miał narzędzia. Wytrychem nie mogła go otworzyć, a jedyny klucz Teddy nosił przy sobie.

Patrzył, jak jego żona siada na huśtawce ogrodowej pośrodku altanki, potem spojrzał na butelkę. Przypomniał sobie, jak stał w tym samym miejscu tego wieczoru przed wyjazdem. Był już wtedy po kilku głębszych, popatrzył na jezioro, potem poszedł na górę pocałować dzieci na dobranoc, zbiegł na dół, kiedy zadzwonił telefon. Wydział pościgowy wzywał go w trybie pilnym, toteż chwycił płaszcz i neseser, wychodząc, pocałował Dolores i ruszył do samochodu...

...i zostawił w kuchni dużą butelkę laudanum.

Pchnął tylne drzwi, poszedł przez trawę do altanki, stanął przy schodkach, a ona przyglądała mu się, cała mokra, i huśtała się leniwie, odpychając się nogą.

– Kochanie, kiedy wypiłaś całą butelkę? – spytał.

– Dziś rano – odparła i pokazała mu język, potem ni z tego, ni z owego uśmiechnęła się marzycielsko i zapatrzyła w łukowaty sufit altanki. – Ale to i tak za mało. Nie mogę zasnąć. Chcę zasnąć. Jestem taka zmęczona.

Dostrzegł unoszące się na powierzchni stawu kłody, ale wiedział, że to wcale nie są kłody, i zaraz oderwał od nich wzrok i popatrzył na żonę.

– Dlaczego jesteś zmęczona?

Wzruszyła ramionami, potrząsając rękami zwieszonymi bezwładnie u boków.

– Mam już dość tego wszystkiego. Chcę wrócić do domu.

– To jest twój dom.

Wskazała na sufit.

– Tam, skąd przyszliśmy.

Teddy znów spojrzał na trzy kłody, obracające się z wdziękiem na wodzie.

– Gdzie jest Rachel?

– W szkole.

– Przecież ona jest jeszcze za mała.

– Ale do mojej szkoły się nadaje – rzekła jego żona, obnażając zęby.

I Teddy zawył. Zawył tak przeraźliwie, że Dolores spadła z huśtawki, a on przeskoczył przez nią, przesadził balustradę z tyłu altanki i pognał jak oszalały, wyjąc „nie", wyjąc „Boże", wyjąc „ tylko nie moje dzieci", wyjąc „ Jezu", wydając z siebie nieartykułowany skowyt.

Rzucił się do wody. Potknął się i upadł na twarz. Pogrążył się w wodzie, która zakryła go, gęsta niczym olej, i płynął przed siebie, płynął, aż wynurzył się między nimi. Między kłodami. Między swoimi dziećmi.

Edward i Daniel przewróceni byli na brzuch, ale Rachel unosiła się na wodzie twarzą do góry, miała otwarte oczy i spoglądała na niebo. W jej źrenicach utrwaliła się rozpacz matki, jej spojrzenie utkwione było w chmurach.

Wyniósł je po kolei i złożył ich ciała na brzegu. Obchodził się z nimi ostrożnie. Trzymał je mocno, lecz delikatnie. Wyczuwał ich kości. Głaskał po policzkach, ramionach, żebrach, nogach. Obsypywał je pocałunkami.

Padł na kolana i wymiotował, aż paliło go w piersi i opróżnił cały żołądek. Podszedł do dzieci, skrzyżował im rączki, zauważył, że Daniel i Rachel mają na nadgarstkach otarcia od sznura, i domyślił się, że Edward zginął pierwszy. Dwoje młodszych czekało, słysząc wszystko, wiedząc, że zaraz przyjdzie ich kolej.

Ucałował każde z nich w oba policzki i w czoła i przymknął Rachel powieki.

Czy wierzgały, kiedy niosła je do wody? Wrzeszczały? A może pogodziły się z losem i tylko pochlipywały?

Przed oczami stanął mu obraz żony w fioletowej sukience, w której zobaczył ją po raz pierwszy, wyraz jej twarzy, w którym zakochał się od pierwszego wejrzenia. Wtedy sądził, że to z powodu sukni, że czuła się onieśmielona w takiej wystrzałowej sukience w eleganckim klubie. Ale tak naprawdę była przerażona i nie potrafiła tego do końca ukryć. Strach nigdy jej nie odstępował – strach przed pociągami, przed bombami, przed łoskoczącymi tramwajami i młotami pneumatycznymi, ciemnymi alejkami, Sowietami i okrętami podwodnymi, przed złorzeczącymi mężczyznami przesiadującymi w knajpach, przed rojącymi się w morzach rekinami, skośnookimi Azjatami z czerwonymi książeczkami w jednej ręce i karabinami w drugiej.

Panicznie bała się tego wszystkiego i wielu innych rzeczy, ale najbardziej przerażało ją to, co tkwiło w niej samej: zmyślny czerw, który zagnieździł się w jej mózgu, żerował na nim całe życie, igrał z nim, grasował po nim, według własnego widzimisię zrywał połączenia.

Teddy zostawił dzieci i wrócił do altanki. Siadł na podłodze i długo przyglądał się, jak jego żona się huśta, a najgorsze w tym wszystkim było to, że tak bardzo ją kochał. Gdyby mógł poświęcić własny umysł, żeby uchronić ją przed szaleństwem, nie wahałby się. Oddać za nią ręce albo nogi? Proszę bardzo. Była jedyną miłością, jakiej w życiu zaznał. To ona sprawiła, że wrócił cały z wojny, że odnalazł się w tym strasznym świecie. Kochał ją nad życie, bardziej niż własną duszę.

Ale on ją zawiódł. Zawiódł własne dzieci. Zaprzepaścił wszystko, co udało im się wspólnie zbudować, gdyż nie chciał dostrzec, jaka Dolores jest naprawdę, nie chciał zrozumieć, że szaleństwo nie wynikało z jej winy, że nie miała na to wpływu, że nie świadczyło to bynajmniej o słabości charakteru czy moralnej ułomności.

Nie chciał tego przyjąć do wiadomości, ponieważ jeśli była prawdziwą miłością jego życia, jego nieśmiertelną drugą połową, to co w takim razie należało sądzić o jego umyśle, jego poczytalności, jego moralnej ułomności.

I dlatego odsunął to od siebie, odsunął się od niej. Zostawił ją, swą jedyną miłość, żeby sama zmagała się z toczącym ją od wewnątrz czerwiem szaleństwa, patrzył, jak jej umysł idzie w rozsypkę.

Dolores huśtała się leniwie, a on pomyślał: Chryste Panie, jak ja cię kocham.

Kochał ją bardziej (przyznawał to ze wstydem) niż swoich synów.

Ale czy bardziej niż słodką, małą Rachel?

Chyba nie. Chyba nie.

Widział w wyobraźni Rachel w objęciach matki, która niesie ją do wody. Widział, jak jej oczy rozszerzają się, gdy pogrąża się w jeziorze.

Spojrzał na żonę, z obrazem Rachel wciąż przed oczami, i pomyślał: Ty okrutna, zwyrodniała, pomylona suko.

Siedział w altance i płakał. Stracił poczucie czasu. Płakał, a przed oczami stanęła mu Dolores witająca go z werandy, kiedy wracał do niej z kwiatami, Dolores spoglądająca na niego przez ramię podczas ich podróży poślubnej, Dolores w fioletowej sukni, w ciąży z ich pierworodnym, zdejmująca mu z policzka swoją rzęsę, wyrywająca się z jego uścisku, a kiedy indziej znowu wtulająca się w niego, głaszcząca go po ręce, roześmiana, posyłająca mu te wymowne niedzielne uśmiechy, spoglądająca na niego, a jej twarz zanika wokół tych jej dużych oczu i pozostają tylko one, z tym nieustannym wyrazem lęku i osamotnienia, zawsze to tkwiące gdzieś na dnie osamotnienie...

Wstał, nogi trzęsły mu się w kolanach jak galareta.

Usiadł obok niej, a ona powiedziała:

– Jesteś moim rycerzem.

– Nieprawda.

– Jesteś. – Wzięła jego dłoń. – Kochasz mnie. Ja wiem. Wiem, że masz swoje wady.

Co sobie pomyśleli – Daniel i Rachel – kiedy wyrwał ich ze snu ucisk sznura owijanego wokół nadgarstków? Kiedy zajrzeli jej w oczy?

– O Boże.

– Masz swoje wady. Ale jesteś mój. I starasz się.

– Skarbie, przestań, proszę.

A Edward? Edward na pewno uciekał. Musiała go ścigać po całym domu.

Była teraz taka rozpromieniona, szczęśliwa.

– Przeniesiemy je do kuchni – oświadczyła.

– Co?

Usiadła na nim okrakiem, przywarła do niego cała mokra.

– Posadzimy je przy stole, Andrew.

Ucałowała go w powieki. Przycisnął ją z całych sił do siebie i łkał w jej ramionach.

– Będą naszymi lalkami. Wytrzemy je – powiedziała.

– Co takiego? – zapytał stłumionym głosem.

– Przebierzemy je w suche ubranka – szepnęła mu do ucha.

Wyobraził ją sobie w pudle z białymi, gumowymi ścianami i małym okienkiem w drzwiach. Nie mógł znieść tego widoku.

– Położymy je dzisiaj do naszego łóżka.

– Nie mów tak, proszę.

– Tylko na tę jedną noc.

– Błagam.

– A jutro zabierzemy je na piknik.

– Jeśli kiedykolwiek mnie kochałaś... – Nie dokończył, zapatrzony w trzy ciała ułożone na brzegu.

– Zawsze cię kochałam, najdroższy.

– Jeśli kiedykolwiek mnie kochałaś, błagam cię, nic nie mów – zaklinał ją Teddy.

Chciał pójść do dzieci, ożywić je, zabrać je stąd, jak najdalej od niej.

Dolores położyła rękę na jego rewolwerze.

Zacisnął na niej dłoń.

– Pokaż, że mnie kochasz – powiedziała. – Uwolnij mnie.

Szarpnęła za rewolwer, ale odsunął jej rękę. Spojrzał jej w oczy. Ich blask aż raził. To nie były oczy człowieka. Raczej psa. Albo wilka.

Po tym, co przeszedł na wojnie, co widział w Dachau, przysiągł sobie, że już nigdy nikogo nie zabije, chyba że nie będzie miał wyjścia. Chyba że zobaczy wycelowany w siebie rewolwer. Tylko wtedy.

Nie mógłby żyć, mając na sumieniu śmierć jeszcze jednego człowieka. Nie mógłby.

Dolores pociągnęła za rewolwer, a jej oczy błyszczały jeszcze jaśniej. Znów odsunął jej rękę.

Spojrzał w stronę brzegu i zobaczył je, starannie ułożone, jedno obok drugiego.

Wyszarpnął rewolwer z kabury. Pokazał go żonie.

Dolores zagryzła wargi i skinęła głową, a z oczu płynęły jej łzy. Zadarła głowę.

– Będziemy udawali, że wciąż są z nami. Będziemy je kąpać, Andrew.

Przyłożył lufę do jej brzucha. Drżała mu ręka i drżały mu usta, kiedy mówił:

– Kocham cię, Dolores.

I nawet wtedy, trzymając rewolwer przyciśnięty do jej ciała, był przekonany, że się na to nie zdobędzie.

Spojrzała w dół, jakby zdziwiona, że wciąż jeszcze jest na tym świecie, a on pod nią.

– Ja też cię kocham. Kocham cię jak...

Nacisnął spust. Huk wystrzału odbił się w jej oczach, ustami z cichym pyknięciem wyleciało powietrze. Przyłożyła rękę do rany i patrzyła na niego, drugą ręką trzymając go za włosy.

A kiedy z rany wylała się krew, przycisnął Dolores do siebie i zwiotczała mu w rękach, a on trzymał ją, trzymał ją i płakał, wypłakiwał tę straszną miłość w jej spłowiałą sukienkę.

Podniósł się. Otaczały go ciemności; poczuł dym z papierosa, zanim dojrzał żarzący się ognik, który rozbłysł nagle, kiedy czuwający przy nim Sheehan się zaciągnął.

Siedział na łóżku i łkał. Nie mógł się powstrzymać. Powtarzał jej imię.

– Rachel, Rachel, Rachel – mówił.

I widział jej oczy zapatrzone w chmury i jej włosy unoszące się na wodzie.

Kiedy ustały spazmy, kiedy obeschły łzy, Sheehan zapytał:

– Która Rachel?

– Rachel Laeddis – powiedział.

– A ty jesteś...?

– Andrew. Nazywam się Andrew Laeddis.

Sheehan zapalił małą lampkę, która wydobyła z mroku stojące na zewnątrz celi postaci Cawleya i strażnika. Strażnik odwrócony był do nich plecami, ale Cawley, z rękami opartymi o pręty, zaglądał do środka.

– Dlaczego tu jesteś?

Wziął od Sheehana chusteczkę i wytarł sobie twarz.

– Dlaczego tu jesteś? – powtórzył pytanie Cawley.

– Bo zabiłem żonę.

– A dlaczego ją zabiłeś?

– Bo zamordowała nasze dzieci i musiałem położyć kres jej udręce.

– Jesteś szeryfem federalnym? – spytał Sheehan.

– Nie. Kiedyś byłem, ale już nie jestem.

– Od jak dawna przebywasz w tym szpitalu?

– Od trzeciego maja pięćdziesiątego drugiego roku.

– Kim była Rachel Laeddis?

– Moją córeczką. Miała cztery lata.

– Kto to jest Rachel Solando?

– Nikt. Ona nie istnieje. Wymyśliłem ją.

– Po co? – spytał Cawley.

Teddy potrząsnął głową.

– Po co? – ponowił pytanie Cawley.

– Nie wiem. Nie wiem...

– Owszem, wiesz, Andrew. Powiedz mi.

– Nie mogę.

– Możesz.

Teddy chwycił się za głowę i kiwał się na łóżku.

– Niech pan mnie nie zmusza. Błagam, błagam, doktorze!

Cawley zacisnął ręce na prętach.

– Muszę to od ciebie usłyszeć, Andrew.

Spojrzał na Cawleya przez kraty, miał ochotę skoczyć na niego i odgryźć mu nos.

– Ponieważ – zaczął i urwał; odchrząknął i splunął na podłogę. – Ponieważ nie mogę żyć ze świadomością, że pozwoliłem żonie zabić nasze dzieci. Lekceważyłem wszystkie oznaki. Łudziłem się, że jeśli będę dobrej myśli, wszystko się poprawi. Jestem odpowiedzialny za ich śmierć, ponieważ opuściłem je w potrzebie.

– I?

– I ta świadomość jest dla mnie nie do zniesienia. Nie mogę z nią żyć.

– Ale musisz. Zdajesz sobie z tego sprawę.

Skinął głową. Podciągnął kolana pod brodę.

Sheehan spojrzał przez ramię na Cawleya, który obserwował ich przez kraty. Cawley zapalił papierosa i zmierzył Teddy'ego wzrokiem.

– Powiem ci, czego się boję, Andrew. Już to kiedyś przerabialiśmy. Dziewięć miesięcy temu doszliśmy z tobą dokładnie do tego samego etapu. A potem nastąpiła regresja. Błyskawiczna.

– Przykro mi.

– Doceniam to, ale w tej chwili przeprosiny na nic się nie zdadzą. Muszę mieć pewność, że pogodziłeś się z rzeczywistością. Nie możemy sobie pozwolić na kolejną regresję.

Teddy spojrzał na Cawleya, wychudzonego mężczyznę z podkrążonymi oczami. Człowieka, który próbował go ocalić. Człowieka, który pewnie był jego jedynym prawdziwym przyjacielem.

Widział huk wystrzału odbijający się w jej oczach, czuł dotyk przemoczonych nadgarstków, które skrzyżował synom na piersiach, miał przed oczami włosy córki, które odgarnął jej z twarzy.

– Tym razem nie będzie regresji – powiedział. – Nazywam się Andrew Laeddis. Zamordowałem swoją żonę, Dolores, wiosną pięćdziesiątego drugiego roku.

25

Kiedy się obudził, do pokoju zaglądało słońce.

Podniósł się i spojrzał w stronę krat, ale krat nie było. Tylko okno, które wydawało mu się dziwnie niskie, dopóki nie spostrzegł, że to on leży wysoko, na górnym łóżku w pokoju, który dzielił z Treyem i Bibbym.

Był sam w pokoju. Zeskoczył z łóżka, otworzył szafę z ubraniami, zobaczył swoje świeżo uprane rzeczy i zaraz je włożył. Podszedł do okna i postawił nogę na parapecie, żeby zawiązać sznurowadło. Z okna rozciągał się widok na teren szpitala, po którym uwijali się pacjenci, posługacze i strażnicy. Jedni kręcili się przed szpitalem, drudzy sprzątali teren, a jeszcze inni zajmowali się tym, co pozostało z krzewów różanych posadzonych wzdłuż fundamentu.

Przyglądał się swoim rękom, kiedy zawiązywał drugi but. Ani drgnęły. Wzrok miał ostry, a umysł jasny; czuł się jak nowo narodzony.

Wyszedł na dziedziniec. Po drodze spotkał siostrę Marino, która uśmiechnęła się na jego widok.

– Dzień dobry – powiedziała.

– Zapowiada się piękny.

– Cudowny. Chyba ten sztorm sprowadził nam pogodę.

Oparł się o barierkę i spojrzał na niebo, błękitne niczym oczy niemowlęcia. Powietrze pachniało świeżością, której tak brakowało przez całe lato.

Siostra Marino życzyła mu miłego dnia i odeszła, a on z przyjemnością patrzył, jak kołysze biodrami; najwyraźniej wracał do zdrowia.

Szedł dalej i minął posługaczy, którzy mieli wolny dzień i grali w piłkę. Pokiwali mu i powiedzieli: „Dzień dobry", a on odpowiedział tym samym.

Usłyszał wycie syreny, którym prom oznajmiał, że podpływa do pomostu. Pośrodku trawnika przed budynkiem szpitala stali Cawley i komendant, zajęci rozmową. Przywitali go skinięciem głowy, a on nie pozostał im dłużny.

Przysiadł z boku na schodkach przed wejściem do szpitala i patrzył na to wszystko. Dawno już nie czuł się tak dobrze.

– Proszę.

Wziął papierosa, włożył go do ust, pochylił się w stronę ognia i zdążył jeszcze poczuć odór benzyny, zanim zapalniczka Zippo zamknęła się z trzaskiem.

– Jak się czujemy tego pięknego ranka?

– W porządku. A ty? – spytał, wciągając dym do płuc.

– Nie narzekam.

Spostrzegł, że Cawley i komendant przyglądają się im.

– Dowiemy się kiedyś, co to za książeczkę komendant tak ze sobą nosi?

– Nie. Chyba zabierze tę tajemnicę ze sobą do grobu.

– Wielka szkoda.

– Może pewnych spraw na tej ziemi po prostu nie dane jest nam poznać. Spójrz na to od tej strony.

– Ciekawy punkt widzenia.

– No cóż, staram się.

Zaciągnął się drugi raz, zauważył, że dym ma wyrazisty, słodki smak, i lgnie do podniebienia.

– I co teraz? – spytał.

– Ty decydujesz, szefie.

Uśmiechnął się do Chucka. Siedzieli sobie w promieniach porannego słońca, na luzie, jak gdyby nigdy nic, jakby na świecie wszystko było w najlepszym porządku.

– Trzeba by się stąd wyrwać – rzekł Teddy. – Wracać do domu.

Chuck skinął głową.

– Spodziewałem się, że to powiesz.

– Masz jakiś pomysł?

– Daj mi minutę – powiedział Chuck.

Teddy skinął głową i oparł się o schody. Czekał minutę, może nawet kilka minut. Widział, jak Chuck podnosi rękę i jednocześnie kręci głową. Cawley skinął Chuckowi głową, a potem powiedział coś komendantowi i obaj ruszyli w stronę Teddy'ego, a za nimi czterej posługacze. Jeden z nich niósł białe zawiniątko i Teddy'emu wydawało się, że dostrzegł błysk metalu, kiedy posługacz rozwinął białą płachtę i padły na nią promienie słońca.

– Sam nie wiem, Chuck – powiedział. – Myślisz, że nas przejrzeli?

– Gdzie tam. – Chuck odchylił głowę do tyłu i mrużąc oczy w słońcu, uśmiechnął się do niego. – Jesteśmy dla nich za sprytni.

– Właśnie – pochwycił Teddy. – Nie da się ukryć.